Alessandro Nier

GUSANOS
DE MUTGHAR

GNOSTIC MOLY

estranged ediciones slu

ADVERTENCIAS LEGALES

Estranged Edicions S.L.U. sigue adelante en su intención de aproximar la literatura de fantasía, terror y ciencia-ficción. Somos una editorial joven y entusiasta orientada a la publicación en formato electrónico y ahora también en papel a través de Create Space y Bubok. Nuestras obras se hallan en multitud de plataformas como son: iBookstore, Google Play, Amazon Kindle, Barnes & Noble, Kobo, Lektu y la Casa del Libro.

Amamos la literatura, la mimamos y queremos transmitir esta querencia a nuestros lectores. Para Estranged Ediciones S.L.U., la literatura es la mayor herramienta para transmitir sentimientos y emociones.

Aun así, somos conscientes de la evolución del sector editorial e intentamos dotar a nuestras obras de un contenido más extenso como es añadir ilustraciones (todas ellas exclusivas y con la reserva de todos los derechos de copyright) y publicitar las obras a través de las redes sociales como google +, facebook, Twitter y Pinterest.

Para mayor información sobre la editorial pueden acudir a nuestra página web:

http://jbuerab.wix.com/estrangedediciones.

Agur!!!!

Amposta, 4 de Abril de 2015
Estranged ediciones SLU

Alessandro Nier nació en 1979 en Amposta. Abogado de profesión y afín a las letras desde temprana edad. Uno de sus relatos, Capes D'Acer, fue publicado por Aeditors Serret Bloc en el compendio El Riu que Parla en agosto de 2008.

Ha escrito tres novelas: Oniros (2004), La Lágrima de Cristal (2008) y Uriel: Libro primero Gnostic Moly (2013) este último publicado por Estranged Ediciones S.L.U.. Uriel fue número 1 de ventas en Amazon y en su página de facebook dispone, actualmente, de más de cuatro mil seguidores. En México, la versión Kindle ha estado durante más de un año entre los diez más vendidos y a día de hoy sigue ostentando los primeros puestos.

7

En su vertiente comunicativa, ha dirigido y presentado los programas de radio Això no es tot (2000-2001), Més que paraules (2002-2008) y actualmente Batrock en la sintonía 87.8 FM correspondiente con Amposra Radio y en EMUTE (emissores Municipals de les Terres de l'Ebre).

Su inclasificable obra literaria alterna lo fantástico, lo real, el terror y la ciencia-ficción. Todo ello influenciado por la pasión conque el autor vive la música y el cine, referentes ineludibles para disfrutarlo.

Gusanos de Mutghar, la novela que presentamos, es un guiño a películas de terror de los años 80 con destellos steampunk. Pueden encontrarse referentes a Critters, Gremils, Evil Dead y a The Monster Squad aunque con una fuerte influencia de clásicos del terror como H.P. Lovecraft, Robert Howard y Stephen King. Todo ello con un toque de humor que recuerda a Ghostbusters. Un libro que también extiende el universo Gnostic Moly.

NOTA DEL AUTOR
SOBRE GNOSTIC MOLY Y
CUSANOS DE MUTGHAR

Gusanos de Mutghar, la obra que ha adquirido, es una novela autónoma que no depende de ningún libro previo. Es decir, que pueden empezar la lectura sin preocuparse por otras tramas.

Aun así, los que hayan leído *Uriel: Libro Primero Gnostic Moly* encontrarán relaciones. En términos cinematográficos, *Gusanos de Mutghar* es un *spin-off* de *Gnostic Moly*. Existe autonomía en el argumento pero hay elementos conexos que enriquecen ambas obras. En el universo *Gnostic Moly* se alterna la historia principal identificada como *Libro Primero*, *Libro Segundo*, etc., con otras obras como esta, *Gusanos de Mutghar*, cuya función es ampliar y complementar la trama sobre la que orbita todo: la de *Gnostic Moly*.

Para el que desee leer la historia en orden, *Gusanos de Mutghar* se halla justo entre *Uriel: Libro Primero Gnostic Moly* y *Gabriel: Libro Segundo Gnostic Moly* que aun está pendiente de publicación.

Insisto en que la lectura de *Gusanos de Mutghar* es autónoma y puede realizarse sin necesidad de acudir a *Gnostic Moly*, ahora bien, si quieren saber más sobre el universo *Gnostic Moly*, *Gusanos de Mutghar* es una pieza más a la espera del segundo libro de la saga.

Para obtener el libro *Uriel: Libro Primero Gnostic Moly*, pueden acudir a la página web de la editorial: http://jbuerab.wix.com/estrangededuciones o bien a través de plataformas como Creative Space de Amazon: http://www.amazon.es/Uriel-Libro-Primero-Gnostic-Volume/dp/1507637616/ref=tmm_pap_title_o

Amposta, 5 de Abril de 2015

Alessandro Nier

GUSANOS DE MUTGHAR

"Plantarás y cultivarás viñas, pero no beberás vino ni recogerás nada, porque el gusano las devorará".

Deuteronomio 28, 39

"Sí, se enjambran dentro de los lugares nocturnos y malditos de encarcelamiento de los Primigenios como mares de gusanos sobre una herida ulcerada"

El Necronomicón: La Traducción de Dee
Lin Carter

CAPÍTULO 1
MAGNUM OPUS

El Gran Diluvio

Raqu, el magnum opus de los ghak, zarpó. Los tripulantes miraron hacia donde estaba su isla pero la cubrían las olas del Gran Diluvio. La salubridad del mar se antojaba como la única manera de romper con la maldición. Aun así, la malevolencia radicaba en la roca del fondo marino que no habían podido demoler.

Habían luchado con uñas y dientes contra los batyars y las lothgars pero cuando creían haberlos derrotado surgían nuevos engendros. Los campos se habían sembrado de cadáveres y las ciudades habían sido reducidas. Transcribieron su triste historia en Oakh para que las generaciones futuras jamás habitasen la isla. Ellos debían exiliarse. No podían continuar allí. Fue una decisión difícil ya que esas tierras habían sido su morada durante siglos pero la isla era propiedad de ese demonio y el enfrentamiento con sus nauseabundos retoños había destapado su infame magisterio. Habían sufrido heridas demasiado hondas para continuar allí. Más allá de la prudencia, pues la plaga no había sido erradicada, los recuerdos encadenados a la isla eran demasiado grotescos.

Tenían los conocimientos para emigrar a otros mundos. Un pueblo como el suyo, capaz de retar a un dios, estaba sumamente avanzado. El portal estaba bajo el mar, en la bahía de Kuatar, definida por dos grandes acantilados: uno en el norte y otro en el sur donde se había levantado Ma, una de sus ciudades.

Era un día turbio y llovía a cántaros, tal y como les habían advertido. El Gran Diluvio solo fue comunicado a unos pocos afortunados para que pudieran huir. Raqu, la nave de lenitiva belleza escogida para el éxodo, navegaba por el mar corrompido. Con una de sus velas, sostenidas por tres palos de titanio altos como montañas, podía taparse un valle. Su eslora medía una milla. El castillo de popa era como una fortaleza y la proa estaba decorada con un acrostolio que representaba a Gioneh.

En la cubierta de Raqu, los ghak contemplaron los primeros destellos azules. Algunos era la primera vez que los veían porque solo los altos gobernantes conocían el virtuosismo de los viajes intergalácticos. Hubo otro destello. Eran relámpagos de artificiosa luminiscencia. El tercero fue fulgurante e iluminó las gotas de agua como si fueran largos machetes. La lluvia y los fogonazos eléctricos del portal reflejados en el cielo nebuloso creaban el efecto de una cruel tormenta. Sin embargo, el cielo no descargaba relámpagos, solo enviaba agua en abundancia.

Cruzaron la línea. Raqu fue recubierta por la luz azul y desapareció de la Tierra con la esperanza de que el recuerdo de los gigantes se borrara para siempre.

CAPÍTULO 2
ESFERAS

Talatoya
Julio de 2016 d.C.
Jueves

Alba

Corría el verano del año 2016. La despertaron los graznidos de las gaviotas. Titubeante, abrió los ojos. No llevaba gafas y el sol había convertido el cielo en un espejo deslumbrante. Vio líneas movientes en lo alto. Quizá eran pájaros o ilusiones de ojos torturados.

Se puso el antebrazo sobre la frente e identificó un rostro. Un chico atractivo, de facciones marcadas, ojos claros y pelo corto rizado, la miraba detenidamente.

–¡Dormilona! –Álex movió su cabello húmedo y la mojó.

Alba empujó a su novio y le hizo caer en la arena.

–¡Te odio! –gritó ella.

Alba se levantó e intentó quitarse las gotas de su cuerpo. Estaban en una cala poco concurrida y habían llamado la atención. Los bañistas buscaban tranquilidad y era censurable que unos veinteañeros se la birlasen.

Álex la rodeó con sus fornidos brazos. Ella llevaba un biquini de Agatha Ruiz de la Prada y él unas horribles bermudas. Lo prefería así que con un mini bañador; tenía demasiado paquete para publicitarlo.

Álex se agachó y la besó. Medía dos metros y era el portero del equipo de fútbol de la universidad. Estaba forzudo. Ella le llamaba He-man. Alba no era exuberante: bajita, pelo natural extrañamente anaranjado, ojos color miel y piel blanca; el deseo de cualquier gótica aunque nada en ella la acercaba a ese movimiento. Lo único que le enorgullecía era su espigada figura. Tenía los pechos grandes, la cintura estrecha y el trasero firme. No era portentosa pero despertaba un deseo fetichista. Ella tenía veinticinco años y Álex veinticuatro; a esas edades todo estaba en su sitio.

El portero y la "delantera" se besaron pero el romanticismo se echó a perder. Las bermudas se movieron como si contuvieran una nueva extremidad y Álex le embutió la lengua hasta la gargantilla.

Alba se lo reprobó pero le había gustado. Álex, que esperaba su enfado, se mofó, dio palmas y carcajeó como si le hubiesen contado un chiste.

—¡Estás loco! —le insultó ella yéndose hacia el mar para sofocar la excitación—. ¡De remate! —Gritó. En ese momento solo descubría los pechos, el resto del cuerpo estaba bajo el agua. Se cercioró que nadie la veía y con las manos se apretó el busto e hizo momos a Álex. Este, que se partía de risa por una causa inidentificable, la señaló y curvó la espalda evidenciando su erección. Mientras, en la playa, los bañistas ideaban cómo matarles y esconder los cuerpos.

Alba braceó mar adentro. Iba a natación desde pequeña pero sus senos le habían impedido federarse. Cuando estuvo a una distancia considerable de la costa, se sumergió y abrió los ojos. El sol iluminaba la belleza submarina; nada que ver con la oscuridad del litoral peninsular. Ahora entendía por qué ese lugar se llamaba La Cala Blanca. El mar de Talatoya era tan paradisíaco como el de sus cuatro hermanas: Mallorca, Menorca, Formentera e Ibiza.

Regresó a la superficie. Estaba a doscientos metros de la arena, sola, alejada de los barcos anclados y en medio de los dos acantilados que configuraban la cala.

Se hizo la muerta y miró el sol. Con las orejas sumergidas y los ojos clavados en el firmamento, escuchó su respiración. Cerró los ojos y se abandonó. Era fascinante estar rodeada de agua y sentir el aire sobre la piel. Álex no entendía esas cosas.

Una ola la desequilibró. Se enderezó y se dio cuenta de que la corriente la había aproximado a las rocas de la derecha espumeadas por las arremetidas del mar.

Se sintió atraída, se sumergió y observó. Había corales en las rocas. Los diminutos y coloridos tentáculos se movían rítmicamente. Talatoya estaba llena. Era un espléndido y rarísimo fenómeno. Miró al frente y los corales decoraban una hendidura. Le faltó el aire, sacó la cabeza del agua y analizó la situación. Por arriba, solo se veía el recto acantilado y no había rastro de la cueva sumergida. Entusiasmada por el hallazgo, volvió abajo y buscó la hendidura que estaba dos metros por debajo del nivel del mar. El coral centelleaba con fluorescencia. Dedujo que habría otra fuente luminosa y fue a descubrirla.

Traspasó el umbral de la cueva y se fascinó con la geometría, colorido y movimiento del coral. Estaba dentro de un cilindro luminoso acompañada por los peces. No veía el final y no se entretuvo. Braceó hasta que el agua sustituyó el techo rocoso. El líquido amarilleaba por la acción directa de la luz. Subió y salió al exterior. Necesitó un momento para recuperarse ya que había estado un buen rato bajo el agua.

Estaba en una pequeña cavidad de rocas alargadas, como filamentos mal yuxtapuestos que, en resultas, eran un coladero para la luz superior como el rosetón para las catedrales. Se trataba de un entresijo rocoso que no lograba cerrarse. Desde fuera parecía un fornido acantilado pero desde allí se antojaba quebradizo. La estancia estaba cubierta de agua con piedras sobresalientes y se escuchaban las olas romper contra el acantilado.

Fue hacia un costado, se encaramó a una roca, se sentó y se relajó.

Llevaban un ritmo frenético. Era la primera vez que ponía los pies en la isla. Se habían embarcado en unas locas vacaciones. Estaban a primeros de julio y llevaban una semana de fiesta. Discotecas, *afters*... Habían decidido ir a Talatoya la noche anterior desfasando en Pachá Barcelona. La idea había sido de Álex. A priori, ese viaje se justificaba porque Alba había acabado la carrera de derecho. Le había costado un par de años más de lo normal pero para el fortachón era meritorio. Él aun cursaba segundo de empresariales y llevaba seis años en la universidad.

No obstante, aun no tenían habitación. Álex se había responsabilizado de buscarla pero se había olvidado. En lugar de emplear la mañana en ello, Álex quiso bañarse a la primera cala donde paró el autobús. Tenían el equipaje en la arena. Un desastre.

Escuchó un tintineo parecido al de un cascabel. Vio algo que antes había pasado desapercibido; sobre una roca puntiaguda descansaba un collar dorado. La piedra sobresalía medio metro del agua como si se tratara de un maniquí decapitado. El collar estaba cabalmente dispuesto como si lo hubiera preparado una dependienta experta.

Braceó entre las piedras y se aproximó al collar. Los vaivenes del agua lo humedecían. Estaba constituido por diminutas esferas doradas que comparó con los agujeros comestibles de los filipinos. La parte trasera estaba unida por una hilera de esferas cuyo número aumentaba a medida que caían sobre el pecho.

Tragó agua. No se había dado cuenta de que había abierto la boca. Tosió y sintió el salitre en la garganta. Se aferró a la roca donde estaba la joya. Se había abrazado a la parte delantera de la alhaja. Había cientos de esferas del tamaño de pequeñas canicas. Juntas, creaban una malla. Había visto joyas así en exposiciones y museos; le sorprendió que algo tan bello se hubiese extraviado.

Quitó el collar de la roca, se apoyó contra la pared y lo analizó. Las esferas estaban adheridas unas a las otras con un sistema que permitía el movimiento pero no había material que las uniese; era como si estuviesen imantadas. En el centro de cada una había una especie de hoja oscura y alargada.

Absorbida por la belleza del collar, se lo colgó al cuello. Le quedaba perfecto sobre su abultado pecho. La frialdad de las esferas congenió con su piel.

Ese collar era para ella.

Al regresar a la playa, pensó que Álex estaría preocupado pero tonteaba con unas chicas que hacían *topless*. Había estado media hora desaparecida y su novio no se había percatado.

Cogieron el autobús y fueron a comer a un restaurante de un pueblo cercano llamado Yh-Wa. Ella quiso probar las especialidades en sobrasada heredadas de las islas vecinas. Álex comió macarrones con queso y una hamburguesa. A veces pensaba que salía con un niñato. En el postre, le enseñó el collar y él hizo algo muy peculiar cuando se sorprendía: aporreó la palma derecha con la parte superior de la mano izquierda hecha un puño contrayendo la cara como si se hubiese comido un limón.

—¡Ualaaaa! —exclamó el cachas. Insensible, asió el collar—. ¡Bahhh! ¡Es un pongo!

Alba le quitó la joya de las manos.

—¡No sabes de qué hablas! ¡Este collar…!

La de pelo anaranjado iba a enumerar los factores que lo hacían primoroso pero de nada hubiese servido. A la segunda palabra, Álex se hubiera dormido así que guardó silencio.

Mientras comían, buscaron habitación. Con el móvil, que disponía de conexión a internet, localizaron los teléfonos de los hoteles de la isla. Llamaron pero todos estaban completos. Alba estaba desesperada pero Álex jugaba con su tableta informática a un videojuego que consistía en organizar un pueblo. Cuando Alba llamó al undécimo hotel sin éxito, su novio recolectó un cuadrado de maíz en su finca cibernética. Alba le dio un golpe en el hombro.

—¿Qué haces? —le reprendió Álex.

—¡Si hubieses llamado antes no estaríamos así!

—¡No me acordé! —Álex miró la lista de hoteles que había en el móvil de Alba—. Solo has llamado a los de una, dos… —Álex le cogió el iPhone y vio las webs que Alba había visitado—… y tres estrellas. ¿Por qué no miras en los de cuatro y cinco?

—Mis padres corren con los gastos y no quiero abusar —lo dijo con la boca pequeña. La universidad y las juergas las pagaban ellos. Alba y Álex no habían trabajado nunca. ¿Alquilar una habitación cara era un abuso o formaba parte de la dependencia?

—¡Tus padres tienen dinero de sobras! —recordó Álex—. Y si dices que eres su hija te harán sitio donde sea.

Alba asintió. No deseaba cargarles con un gasto extraordinario pero si no dormirían en la intemperie y eso les dolería. Se convenció que debía descansar y si era necesario hacerlo en una habitación que costase mil euros la noche pues lo haría por ellos. Aun así, no quería blandir su influencia y prefería pagar más antes que presentarse como la hija de Tropez y Singh. En la medida de lo posible, ocultaría sus apellidos. Si hubiese llamado a los hoteles anteriores desvelando su identidad le hubiesen facilitado su mejor habitación aun estando ocupada pero era preferible hacer un gasto mayor antes que recurrir a su progenie.

Alba llamó a los hoteles de cuatro estrellas y ninguno estaba libre; solamente le quedaban dos de cinco estrellas: el R'lyeh y el Na Patarra. Llamó al primero pero nada. Alba bufó y Álex le acarició la espalda.

—¡Queda uno!

Álex señaló el último hotel al que faltaba llamar. Era el más caro. Se llamaba Na Patarra y estaba en Ma, la capital de Talatoya. El precio de las habitaciones era prohibitivo y Alba no lo tenía claro.

—¡Ya lo hago yo! —intervino Álex.

El chico le quitó el teléfono y llamó al Na Patarra. Solicitó una *suite* doble con todas las comodidades. Alba no escuchaba lo que le decían. Álex asentía pero no podía deducir si había logrado su cometido. Después de unos minutos, Álex colgó e, indiferente, tomó un sorbo del *gin-tonic* que se había pedido.

—¡Bueno! —se ofendió Alba ante el silencio—. ¿Qué dicen? Álex se hizo el despistado.

—¡Ah! —Álex simuló no haberla visto. Imbécil, pensó Alba—. ¡Tenemos habitación!

Alba le dio una colleja y le besó. Él le acarició la pierna muy cerca del sexo. Ella se lo permitió y se olvidó del precio del hotel.

CAPÍTULO 3
NA PATARRA

Talatoya
Julio de 2016 d.C.
Jueves

Alba

Subieron al autobús. Hasta Ma había veinte minutos de trayecto. Álex se durmió y Alba se informó de la ciudad por el móvil.

Ma era la capital de la isla y tenía cinco mil habitantes. Talatoya, de un tamaño parecido al de Formentera, había emergido súbitamente del mar provocando un sensible oleaje en el Mediterráneo. El fenómeno había acontecido en el 1880 lo que, para Alba, era cercano a la formación del universo ya que ella había nacido en el 1991 e incluso las olimpiadas de Barcelona le parecían remotas.

Continuó leyendo. La página web relacionaba la aparición de la isla con otro hecho. También en 1880, el francés Auguste Rodin terminó una escultura en bronce, *El pensador*, que se hallaba en el Museo de Artes Decorativas de París. La web mostraba una imagen de la estatua; un hombre desnudo, con la espalda curvada y sentado en una piedra con el dorsal de la mano derecha sosteniendo la barbilla. La obra de Rodin representaba a Dante, el personaje principal de la *Divina Comedia*, ante las puertas del infierno.

Alba desconectó internet. Cuando leía sobre el averno se estremecía. No le afectaban las películas de miedo o las canciones sobre el diablo; el infierno atería en la intimidad de la lectura.

Miró por la ventana.

Ahora, el paisaje era fértil pero cuando la isla surgió solo había algas; luego afloró la vegetación y, después de un siglo, Talatoya adquirió las características de las Baleares. Los científicos no se explicaban la aparición de la isla. Algunos apostaban por causas volcánicas pero no había cráteres suficientes. Tampoco era creíble la acumulación de sedimentos puesto que emergió súbitamente. Toda suposición cojeaba. Por otro lado, un trecho relevante de Talatoya era el ambivalente color rojizo de su tierra. No era un tinte encendido sino sutil y su intensidad dependía de la zona. En los anuncios promocionales blandían esa peculiaridad: "La isla de Fuego", "La tierra ardiente", "El cielo del ocaso a sus pies"... Había escuchado un montón de frases horrorosas relacionadas con ese etéreo colorante.

Pese a la similitud con Menorca, Mallorca, Formentera e Ibiza, el Gobierno hizo de Talatoya otra Comunidad Autónoma con sus propias leyes. Alba se preocupó. Había encontrado un tesoro. ¿Qué regulación había sobre eso? Había sido una mediocre estudiante de derecho pero había aprendido que cada administración legislaba lo que le daba la gana.

Cogió de nuevo el teléfono móvil y en la red dio con la normativa de Talatoya al respecto: "Cuando alguien se encuentre un tesoro debe entregarlo a las autoridades para contribuir a la edificación de la historia". En el resto del país, había la obligación de entrega cuando lo hallado era de especial interés pero en Talatoya todo era valioso teniendo en cuenta la manera en que la isla había emergido.

Alba, consciente de la infracción, golpeó a Álex y lo despertó:

—¡Si alguien te pregunta sobre el collar di que es un regalo de mi abuela!

Álex la miró con los ojos legañosos.

—¿Qué bicho te ha picado?

—Si decimos que nos lo hemos encontrado nos lo quitarán y nos sancionarán.

—Entonces... vale.

—Bien —Alba celebró que Álex, aparentemente, lo hubiese entendido.

—Hemos llegado —Álex señaló por la ventana.

El autocar bajaba por las montañas y disfrutaban de una panorámica de Ma. La ciudad tocaba el mar siguiendo la línea de una bahía. No había playa: la costa era un puerto curvo con barcos, motos de agua y veleros amarrados. La ciudad trepaba por las cordilleras pudiéndose ver las calles y las casas. Ma era una U atrapada entre el mar y la sierra. Sobre el acantilado sur, había gigantescas construcciones ruinosas que antes habían albergado una civilización pero que ahora solo eran pedruscos.

Alba se quedó prendada de la ciudad pero no fue la única. Los turistas del otro lado del autobús se agolparon a las ventanas. Hubo una marabunta de *flashes* y de chismorreos. Dos orondos y apestosos trotamundos se pusieron detrás de la pareja.

El conductor ordenó a los pasajeros que regresaran a sus asientos. Alba intentó evadirse de la avalancha de turistas y Álex se mofó de una mujer a quien le chorreaba sudor por los sobacos. Ella le rió la gracia y volvió la vista a Ma.

La ciudad cambiaba de perspectiva según el movimiento del autocar. Se fijó en los extremos de la bahía. Habían tres kilómetros desde los amarres hasta el mar abierto. Por derecha a izquierda, el golfo estaba delimitado por dos acantilados. Había fantasía en ellos y le recordaron a los Argonath, Isildur y Anárion, de *El Señor de los Anillos*. En la obra de Tolkien, eran dos colosos de piedra sitos en el río Anduin y se representaban con las manos extendidas hacia el norte marcando el límite del reino de Gondor. Se construyeron como una advertencia para que el enemigo no traspasase esa frontera. Alba tenía capacidad para almacenar esos datos aunque le importaban un comino.

El autobús cogió un bache, se movió y cayeron maletas. El alboroto le impidió profundizar en su visión novelesca.

Cinco minutos después, bajaron a la plaza de la ciudad. Con una aplicación del móvil buscaron la dirección del hotel. Había setecientos metros hasta su destino. Con las maletas a cuestas surcaron las calles. Ma era un destino eminentemente turístico. Había tiendas de recuerdos pero también estaban Armani, Gucci y Dolce & Gabbana.

Alba estaba fatigada ya que solo había dormido dos horas. Después de una noche de fiesta por Barcelona habían cogido el avión y habían llegado a la isla a las diez de la mañana. Luego, se habían ido a la playa y Alba se había quedado frita hasta que Álex la despertó. Ansiaba dormir hasta el día siguiente. Eran las seis de la tarde y aun notaba el alcohol. Álex estaba igual; no había abierto la boca desde que habían bajado del autobús. Miraba a las chicas con automatismo pero estaba tan cansado que no hubiese sido capaz de cumplir.

Llegaron ante una avenida de moreras. Se trataba de una calle peatonal más amplia; entre la calzada y las casas había hileras de árboles. Por lo que marcaba la aplicación del móvil, el hotel estaba al final de la calle así que la cubrieron, torcieron a la derecha y apareció el Na Patarra.

El edificio de base rectangular estaba en medio de una florida plaza sin edificios colindantes. Era una esbelta torre de piedra tenuemente rojiza de veinte plantas. Surgía entre la arboleda del parque como un hongo anormal. Las grandes ventanas estaban enclavadas en fachadas bermejas. En la planta diecisiete, se anunciaba en letras doradas el nombre del hotel y, más arriba, en el tejado, había una piscina.

Alba y Álex tomaron un sendero que se adentraba en el parque. La vegetación era abundante y los árboles tapaban la visión del colosal edificio. La gente iba con la cabeza alta. El señorío de Ma se magnificaba en los aledaños del Na Patarra.

Llegaron a la entrada. Unas escaleras de mármol conducían a una gran puerta de cristal custodiada por un ejército de botones que trajinaban con maletas.

Andrajosos, se plantaron en la entrada y un guarda de seguridad les barró el paso.

—¡Tenemos una reserva! —soltó Álex.

—Lo siento —el guarda los miró con desdén. Habían ido a la playa, no se habían duchado y estaban ojerosos—. Está lleno.

—¡Qué dices! —Álex se enfurruñó. Necesitaba drogarse o dormir.

El fortachón explicó que instantes antes había llamado para formalizar la reserva pero el guarda arrugó la nariz. Alba conocía esa actitud. Eran hoteles exclusivos con un marcado derecho de admisión. Los clientes podían reservar pero si llevaban pintas inadecuadas los enviaban al carajo.

Álex se desesperó. El guarda les indicó el camino de regreso a la calle. Alba se hizo a la idea de dormir en la intemperie pero Álex metió la pata:

—Debe haber un error, señor... —Álex buscó su nombre en el rectángulo del bolsillo— Wilson. Ante usted tiene a la hija del profesor Eduard Tropez y de la neuróloga Janet Singh.

Alba entró en cólera, cerró los puños, estiró el labio superior y enseñó los dientes. Álex la temió; sabía que la había pifiado pero ignoraba en qué. Alba se lo había dicho muchas veces: "¡nunca digas quiénes son mis padres!", pero era como hablar con la pared. Si Alba los hubiese llamado hubieran encontrado sitio enseguida pero quería hacerlo sola aunque fuese con su dinero.

El guarda abrió los ojos como platos y llamó a los botones para que recogieran su equipaje.

—¡Lamentamos el incidente señorita! —se disculpaba el guarda mientras los seguía cabizbajo—. ¡No volverá a pasar! De haberlo sabido, yo...

Alba no lo escuchaba. Estaba harta de esas lisonjas. Detestaba recurrir a sus apellidos para ganarse favores. Sus padres eran mundialmente conocidos por sus trayectorias profesionales. La prensa rosa les asediaba y estaban cargados de pasta. Eso provocaba un servilismo automático en todo el mundo que ella no sabía valorar.

Entraron al *hall*. Del techo colgaban grandes arañas. Las escaleras conducían a un rellano y de ahí a un entresuelo con columnas donde había trajeados tomando copas.

Apareció el encargado a petición del guarda que se despidió con reverencias. Los botones subieron su equipaje en el ascensor. El responsable, que vestía un polo rosa y pantalones blancos de pinza, ungió a Alba con peloteos y le dio una tarjeta que era la llave de una habitación sita en la planta dieciocho. El encargado llamó al ascensor y subió con ellos. Se abrieron las puertas y apareció el pasillo. La luz se colaba por las grandes ventanas. Por debajo, estaban las letras doradas del hotel.

El encargado les dijo que cada planta tenía cuatro habitaciones: dos en cada extremo del pasillo con lo que todas daban al exterior y absorbían la luz natural.

—Gracias a esto, en las noches despejadas y de luna llena no es necesario encender las luces —decía orgulloso—. Hay muchas ventanas y la luz nocturna es suficiente para alumbrar. ¡Es fascinante! Cuando eso sucede, lo llamamos el efecto "Bajo la Luz de la Luna", como la canción de Rebeldes.

Alba jamás la había escuchado. Álex miraba el techo. ¿El encargado no se daba cuenta de que pasaban de él?

Llegaron a la habitación 18 B, a la izquierda del ascensor. Entraron y vieron las maletas. El encargado continuaba hablando:

—El rojo de las fachadas es fruto de una aleación —nada de lo que decía captaba la atención de los jóvenes—. Se tomó como referencia la piedra característica de la isla y se unió con otras para dar lugar a este color tan hermoso que mezcla lo típico con lo moderno.

Alba observó que el encargado aun no había cruzado el umbral.

—¡Adiós! —dijo ella cerrando la puerta.

Alba, sin deshacer el equipaje, se tiró en la cama. No tenía fuerzas de cambiarse de ropa ni de echarle la bronca a Álex. Aplastó la cabeza sobre el cojín alborotándose el cabello. Álex hizo lo mismo. Estaban en un pequeño palacio. La cama era de dos por dos y tenían un televisor de cuarenta pulgadas. El ventanal ofrecía una excelsa imagen del mar detrás de las cortinas.

Álex empezó a roncar. Alba se molestó porque si se hubiera puesto de costado lo hubiese evitado. Se descentró. Pensaba que al tocar la cama se quedaría frita pero habían transcurrido cinco minutos y no había pegado ojo.

Le dio una patada a Álex pero este se limpió la baba y continuó roncando. Se puso nerviosa, se levantó y fue al servicio. Regresó a la habitación y se sentó en la cama. Suspiró. Miró al lado. Había un libreto informativo sobre la mesilla de noche. Con mayúsculas se anunciaba el nombre del hotel. Pensó que hojearlo la haría dormir. Se echó en la cama y lo abrió por el final. Se quedó prendada de los servicios del Na Patarra. Había tratamientos con barro, yoga, reiki y uno de los mejores spas de Europa. Los párpados le pesaron. Iba a dormirse pero llegó a la primera página donde se explicaba el origen del nombre del hotel:

"Cerca del pueblo de Torralba de Salort, en la isla de Menorca, se halla el pozo de Na Patarra. Sorprende su forma y se duda sobre el motivo por el que fue construido. ¿Para almacenar agua de lluvia? Resulta difícil de creer. Se trata de una hendidura de más de sesenta metros de profundidad, formada por nueve tramos y ciento treinta y siete escalones. Se dice que fue construido por los gigantes que habitaron las islas. Los ancianos aseguran que es mucho más fondo, le tienen gran respeto e incluso han llegado a taparlo. Las autoridades les preguntaron por qué lo habían hecho y ellos, timoratos, dijeron que de ahí salían criaturas diabólicas, espíritus y seres extraordinarios que perturbaban el sueño. Según ellos, el pozo de Na Patarra era la boca del Infierno."

Cerró el libreto. La explicación continuaba. Dedujo que habría conexiones entre lo mágico del hotel y las fantasías ancestrales de Menorca. Era un cuento de hadas que fascinaría a los comensales pero ella hizo cábalas. Poco antes había descubierto que Talatoya había emergido cuando se forjó *El pensador* simbolizando a Dante ante las puertas del infierno y ahora, por segunda vez, leía esa horrenda palabra: ¿el hotel era la puerta al infierno donde miraba Dante?

Sintió un miedo atenazador. Perdió el sueño, se levantó y golpeó a Álex con un cojín hasta despertarle.

—¡Levanta! —le ordenó.

—¿Qué? —Álex la miró anonadado.

—¡Nos vamos! —dijo ella.

Álex la obedeció sin rechistar.

Asieron las maletas y salieron de la *suite*.

CAPÍTULO 4
YERT EL TORTUGA

Talatoya
Julio de 2016 d.C.
Jueves

Alba

Una hora después, andaban sin rumbo por las calles peatonales de Ma. Álex le suplicaba que llamase a sus padres pero ella se negaba. Habían ido a todos los hoteles y, como les confirmaron por teléfono, no había ni una habitación libre. Álex había probado de quitarle el DNI pero ella lo amenazó con romper. Alba no le había confesado por qué se habían marchado del Na Patarra. Habían pagado la factura y hecho el *check-out* media hora después del *check-in*.

Eran las siete de la tarde. Estaban exhaustos y les temblaban las piernas. Alba lamentaba no contribuir al *glamour* de Ma. Las mejores marcas ofrecían sus productos: era un Corte Inglés al aire libre aunque con un cariz *hippie*. Regía un contexto familiar. No había jóvenes eufóricos como en Ibiza. Alba le daba vueltas a estos infecundos pensamientos mientras avanzaban como zombis entre la multitud.

Unos músicos recitaban versos en francés. Las casas se alzaban por encima de los negocios y se encontraban con el cielo pincelado de ocre.

Alba se detuvo. Álex no se dio cuenta y continuó. Se había enojado y con razón. Lo que había hecho no tenía lógica. Temía al infierno y, en el mismo día, supo que *El pensador* se había erguido al originarse Talatoya y que el Na Patarra recibía el nombre de una boca del Inframundo. ¿Y? Eso era curioso pero no explicaba su alteración. Salir del hotel había sido una locura. Estaban rodeados de un ambiente festivo pero Alba estaba ida y Álex cabreado.

La gente pasaba por el costado y parecían ir a gran velocidad. ¿Por qué había reaccionado así? Lo más lógico sería regresar al Na Patarra; ya sabían quién era y les conseguirían otra habitación. No estaba dispuesta a hacerlo en otro hotel. Sin embargo, la posibilidad de regresar resultaba mareante. Alba había gestado una rocambolesca diatriba temiendo al Na Patarra y prohibiéndose llamar a sus padres. Lo estaban pasando mal por su culpa.

Miró el bolso. Le colgaba del lado y estaba abierto. El fondo brillaba. Se olvidó del cansancio y de la culpabilidad. Allí estaba el collar que había encontrado en la playa. Religiosamente, introdujo la mano y lo sacó. Relucía más que antes. Parecía distinto; como si el dorado se hubiese intensificado. Miró los segmentos estirados e inamovibles atrapados dentro de las canicas transparentes y parecía que hubiesen crecido.

Se apartó la melena y se lo puso; le cayó sobre el pecho y se sintió aliviada. Era como si aquella reliquia la entendiese. Quiso echarse a correr y abandonar a Álex pese a no tener motivos para hacerlo.

Un factor externo la apartó de tan funestos deseos.

Apercibió que la estaban observando. ¿Acaso el collar le avivaba los sentidos?

—¡Eh! —Álex se puso ante ella y la zarandeó—. ¡Frodo! —gritó—. ¡Reacciona!

—Nos siguen —dijo Alba con un hilo de voz.

—¿Quién? ¡Parecemos unos sin techo!

Alba no podía explicarlo pero se sentía espiada. Álex se agachó y la observó con los labios torcidos y los ojos abiertos. De cerca perdía todo el atractivo.

—¿Qué sucede? —preguntó el fortachón.

Alba pasó de él y miró al lado. Había una tienda esotérica. Ma estaba lleno de comercios que aglutinaban *shopping* y misticismo alternando productos típicos con budas y cruces asadas.

—¡Entremos! —ordenó Alba; Álex agachó la cabeza y obedeció. También había aprendido a hacer pis sentado en el inodoro.

La entrada estaba flanqueada por dos fuentes eléctricas. Avanzaron por un pasillo estrecho y oscuro. Los enseres estaban en la penumbra y cuando la negrura fue a engullirlos otro foco los iluminó. Había pañuelos, estatuillas de hadas, espejos, piedras de colores, amuletos... un sinfín de cachivaches. El pasillo se abrió a una sala ranciamente iluminada. Las sombras favorecían el misticismo. La gente husmeaba en los estantes y tocaba los objetos. Había varias habitaciones como aquella a las que se accedía por aperturas desiguales que parecían cuevas y entre ellas no había puertas; solo cortinas.

Álex no encontraba nada interesante y estaba tieso en medio de la sala. Ella lo ignoró, entró por una de las aperturas, cruzó la cortina y se plantó en otra estancia donde sonaba música ceremonial y una luz rosada confería fantasía. Las paredes estaban cubiertas por banderas de la luna y el sol con rostro humano; en algunas sonreían y en otras adoptaban un rictus solemne. A la derecha había un gran Buda sentado con las piernas cruzadas y, a la izquierda, estaba Kali, la diosa de los seis brazos. En medio, había unos magníficos jardines zen.

Con gente era sencillo enfrentarse a esos lugares pero a solas cobraban fuerza como la palabra infierno en la intimidad de la lectura.

En el techo tintineaba un objeto compuesto por trozos de metal. Se aproximó y se plantó debajo. Cerró los ojos: se mentalizó que nadie la seguía y que se lo había imaginado. La noche anterior se habían emborrachado. Llevaban cuarenta horas sin dormir, a excepción de los diez melosos minutos en la playa. Por fin racionaba. Regresarían al Na Patarra. Tras descansar todo quedaría en un malagüero intrascendente.

No lo vio pero sintió que alguien entró en la tienda y avanzó por el pasillo hacia la estancia principal. Temerosa, y con la flaca esperanza de que todo formase parte de una entelequia, apartó un poco la cortina y se asomó. La tienda estaba llena. Álex olía palitos de incienso, se ofendía y los devolvía a su caja. Todo era normal excepto una figura. Tal y como había presentido, una persona había entrado. La cadencia de sus pasos era la que había intuido. Era un anciano delgado y bajo pero de pecho abultado y brazos fibrosos. Llevaba un bigote blanco y el pelo cano sin auspicios de calvicie. Tenía el rostro arrugado y la piel cobriza como si fuese un pescador. Vestía pantalones de pinza negros y jersey blanco imperio sin mangas. En la espalda le colgaba una gruesa caña de bambú sujeta por una banda que le cruzaba el pecho. Lo más llamativo era un monóculo prieto a su ojo izquierdo que no estaba anudado a cadena alguna.

Supo que ese hombre la había estado siguiendo aunque no tenía pruebas.

El anciano ignoró la estancia principal y se dirigió hacia el lugar donde estaba Alba. Ella, que estaba sola, no supo qué hacer. Si salía en busca de Álex se encontraría de frente con el anciano. Se apartó de la entrada pero una voz la detuvo:

—Disculpe —por la sonoridad, se trataba de alguien mayor pero Alba daba la espalda a la cortina y no podía corroborarlo—. Debo hablar con usted.

Alba se dio la vuelta. El anciano del monóculo había corrido la cortina, la había soltado y se habían quedado los dos solos con los dioses hindús. Alba, nerviosa, se cruzó de brazos.

—¡Mi novio está aquí! —Con un gesto indicó la sala contigua—. ¡Váyase!

El anciano dio un paso al frente.

—¡No se acerque! —gritó Alba. Ese hombre no parecía ofensivo pero por algún motivo lo temía—. ¡Déjeme pasar! ¡Quiero irme!

Alba fue hacia la cortina pero el hombre la cogió de la muñeca.

—Debe escucharme señorita Tropez —Alba se alarmó cuando pronunció su apellido—. No quiero hacerle daño. Si me entrega el collar que luce desapareceré.

El anciano tenía acento francés. Se fijó en el monóculo; estaba sucio y su ojo izquierdo quedaba oculto. El círculo metálico era grueso y contenía minúsculos botones. No había hilo que lo sostuviese, el cristal estaba engastado en la carne y la piel estaba agrietada como arena húmeda recién pisada.

Alba se soltó de él y se cubrió el collar con los brazos como si estuviese desnuda.

—¡Entréguemelo! —insistió—. Ha experimentado cambios desde que lo ha encontrado. ¿Me equivoco? —Alba gimió—.

Incluso diría que notó mi presencia. Esta sensibilidad procede del collar pero no se engañe. Es sumamente peli...

Iba a decir "peligroso" pero una mano se posó sobre su hombro. Era Álex. El portero, mucho más alto y robusto que el anciano, se interpuso entre ellos.

—¿Te molesta? —Álcx miraba al desconocido pero se dirigía a Alba que se resguardaba detrás de él.

—¡Vámonos! —le instó ella acariciando las esferas del collar.

El anciano les obstruía el paso y Álex le dio dos golpecitos en el pecho.

—¡Aparta! —vociferó.

—Lo siento —el hombre no perdía los nervios—. No puedo dejarles marchar si no me dan el collar.

Álex movió la cabeza como un toro preparando las astas; siempre que hacía esto se peleaba. Alba se apartó.

El anciano estiró el cuello para observar a Álex; lo tenía largo y arrugado como el de las tortugas.

Álex agarró al anciano del jersey.

—¡O te apartas por las buenas o por las malas!

El anciano hizo un juego de manos que lo liberó de Álex. Velozmente, le dio un golpe en la tripa. Álex notó el gusto de la ginebra consumida la noche anterior y se arrodilló; aun así, su cabeza alcanzaba al pecho de su pequeño adversario. Álex intentó recomponerse pero el golpe le había incapacitado. El anciano fue hacia Alba. Álex alargó la mano pero el desconocido la detuvo y le volteó el brazo. Álex sintió náuseas y vomitó sobre los jardines zen.

Alba, aprovechando el ataque a Álex, escapó de la habitación y se plantó en la sala principal. La gente no reaccionaba. Había familias y jubilados. ¿Qué podían hacer? Alba se dio la vuelta y vio que el anciano había atravesado la cortina. Como una alma que lleva el diablo, corrió hacia la salida. Para complicarle la persecución, tiró unos estantes pero él los saltó habilidoso. Mientras la perseguía, Alba escuchó un comentario:

—¡Yert! ¿Qué sucede?

El anciano se llamaba Yert. Alba no necesitaba esa información, solo quería unas piernas poderosas. Sentía el aliento de Yert en la nuca. Por fortuna, el anciano tropezó con una mujer y cayó al suelo. Ella, oronda como un huevo, le abofeteó. Él se desprendió de su agresora y continuó la carrera.

Alba llegó a la calle peatonal y corrió hacia abajo. Al poco, Yert salió de la tienda y empezó a perseguirla. La cazaría. Había reducido a Álex de un golpe y ella iba lenta. Sus grandes pechos no facilitaban la huida. A la derecha, vio camisas azules, pantalones negros y gorras con visera corta. ¡Policías! Los agentes la observaron sin entender la situación y Alba se dirigió a ellos voz en grito:

—¡Ayúdenme! ¡Quiere robarme!

Los agentes vieron a Yert abriéndose paso entre la gente, abandonaron su posición relajada y se pusieron delante de la chica. Alba se detuvo detrás de ellos.

Yert corría enérgicamente entre la multitud. Los agentes pusieron las manos sobre sus pistolas y el que llevaba un galón en los hombros dio un paso al frente y ordenó a Yert que se detuviera pero el anciano se precipitó contra la barrera de policías. Los agentes se aferraron a él y se creó un revoltijo de brazos, piernas y rostros contraídos. Yert luchaba contra cuatro jóvenes robustos que no lograban detenerle. Los cuerpos se arrejuntaban en una masa. Yert se esforzó para alcanzar a Alba. Ella cayó al suelo como un cangrejo. Los policías y Yert también se vinieron abajo. Yert extendió una mano, tocó la pierna de Alba, recibió una patada en las narices, se lamentó y continuó luchando entre las maldiciones de los agentes. Alba avanzó hacia atrás con el trasero pegado en el suelo.

Yert se contorsionó y se libró ágilmente del abrazo múltiple haciendo alarde de una viscosidad que recordaba a la de los lagartos. Se irguió, asió a Alba de los brazos y la levantó. Le hablaba pero ella gritaba como una posesa y no lo entendía. Yert alzó la voz y ella pudo escuchar una frase:

—¡Los hijos de Mutghar no han sido aniquilados! ¡Devuelve el collar al mar!

Los policías vinieron en avalancha y tiraron a la pareja al suelo.

Alba se dio contra el borde de una acera. El golpe la conmocionó pero se esforzó en observar lo que sucedía. El anciano luchaba contra los policías y los estaba tundeando. A uno lo pateó y lo envió contra una pizarra donde se anunciaba el menú de un restaurante. Los párpados de Alba querían cerrarse, no le quedaban fuerzas. Yert, que tenía a los policías aterrorizados y amoratados, les dio la espalda y fue hacia ella. Iba a por el collar pero no llegó a tocarlo. Un policía empleó la pistola eléctrica y le paralizó. Aun así, Yert dio un paso adelante. Los otros agentes se vieron obligados a disparar sus armas y el cuerpo del anciano fue transido por filamentos azules. Yert desfalleció y cayó al lado de Alba.

Y cuando el peligro cesó, la de pelo anaranjado se permitió perder la consciencia.

CAPÍTULO 5
EL PALEÓGRAFO

Septiembre de 1880 d.C.
Kitty Hawk, condado de Dare
(Carolina del Norte)
Estados Unidos

Philip Aldous Lumière

A media tarde, Philip salió de su despacho; había estudiado textos cuneiformes durante demasiadas horas. Era paleógrafo y dominaba las lenguas muertas. Se había ilustrado en París, la cuna de su especialidad; descifraba escrituras antiguas cual arqueólogo de letras. Vivía austeramente con su mujer, Alice Wright. La universidad le confiaba trabajos de segunda categoría; los grandes aparecían en las revistas y él traducía absurdidades sobre seres venidos de otros planetas y ritos paganos; nada importante aunque disfrutaba con los devaneos de los ancestros. No necesitaba el contacto humano y se pasaba días enteros en su despacho. Las caligrafías antiguas no solo requerían conocimientos sino también capacidad interpretativa. Debía trasladarse a una época remota para confraternizar con el escritor. En ese caso, estudiaba una tablilla sumeria.

Fue a la cocina, separada del comedor con una barra americana sobre la cual estaba el diario y su "desayuno": té y galletas caseras hechas por su mujer. Alice se lo había preparado como siempre. Hojeaba la prensa cuando el día acababa. Tenía un horario anárquico.

La portada del diario estaba borrosa. Buscó en el bolsillo de su chaleco. Aunque estuviese en casa, siempre vestía traje, corbata y armilla. Halló el monóculo, se lo colocó en el ojo izquierdo y la imagen de la portada se clarificó. Tuvo que mirar dos veces para creérselo:

UNA ISLA EMERGE EN EL MEDITERRÁNEO

Se quitó el monóculo pero no había trampa; la noticia era fidedigna y se ilustraba con una foto de unas rocas algosas cubiertas de percebes. Entusiasmado, leyó.

Una isla de tamaño asimilable a Formentera había hecho acto de presencia en el sudeste de las Islas Baleares, entre Mallorca y Menorca. Todavía no se había bautizado. Las autoridades ocultaban la noticia creando una aura mistérica alrededor. La fuente informativa era el testimonio de unos pescadores y un seísmo a consecuencia del alzamiento que había afectado a Mallorca, la isla más cercana.

Devoró la noticia y dobló el periódico sobre la mesa. Sorbió el té y mordió una de las enormes galletas caseras de Alice, su atenta y joven mujer de veinte años que había conocido en la universidad. Philip había cumplido los cuarenta en marzo y muchos le preguntaban si era su hija. Alice había sido su alumna pero no convenía publicitarlo.

Miró por la ventana. La casa estaba en medio de un campo de altas hierbas. No había árboles, como si la tierra reservase el espacio para conrear. En el cielo se mezclaban violetas, ocres y anaranjados. Eran las seis de la tarde de un veintitrés de septiembre y el cielo lamentaba la baja del verano.

Dio cuenta de la galleta pensando en la noticia. Había mitos relacionados con la desaparición de la tierra bajo el mar como el Gran Diluvio Universal del Génesis, la Antártida, Mu, etc. pero el fenómeno inverso escaseaba.

Se levantó y salió fuera. En el porche, el viento le movió el bigote cano. Extrañamente, a sus cuarenta años, también su cabello estaba encanecido.

Vio un punto en el cielo: una barquilla con tres figuras sostenida por una gran bola amarilla: un globo aerostático o *charlière* comandado por Alice y dos de sus múltiples sobrinos.

Observó la maniobra y fue a su encuentro. Mientras se acercaba, el globo aterrizó en medio del campo y se desinfló hasta convertirse en una pasa. El paleógrafo mantuvo una distancia prudencial. Alice y sus sobrinos saltaron de la barquilla. El quemador estaba apagado con que era cuestión de segundos que la tela cayera sobre los tripulantes; sin embargo, no se movieron y les cayó encima. Philip los perdió de vista y se preocupó. Unos bultos avanzaron por debajo de la tela y salieron a pocos metros riéndose. Al parecer, eso era divertido.

Philip se acercó. Los tres iban vestidos igual; con camisas blancas, pantalones marrones con tirantes y armillas de piel. Sobre la cabeza, llevaban un gorro de piel que les protegía las orejas. También lucían gruesas gafas y guantes sin dedos. Según Alice, esos elementos eran necesarios en las alturas donde hacía frío y alcanzaban velocidad.

—¡Bienvenidos! —exclamó Philip mientras se escondía el monóculo en un bolsillo.

Los Wright borraron sus sonrisas. No quería aguarles la fiesta y cerró la boca. Alice se quitó las gafas, fue hacia él y le besó consciente del disgusto que le había provocado el silencio de sus sobrinos. Llevaban un año casados. Ella era de su misma altura y sus rizos dorados sobresalían por debajo del gorro de piel.

—Lo siento, yo... —Philip iba a excusarse pero ella intervino.

—Ayúdanos a plegarlo —sugirió.

Entre todos, desmontaron el globo. Alice lo guardaba en el granero. Necesitaron tres viajes y en el último transportaron la barquilla. Philip la dejó en el suelo con soltura, como si no pesara.

—Estás fuerte —atestiguó Alice—. Se notan tus duros entrenamientos.

—Nos vamos —dijo Orville Wright.

—¡Un momento! —exclamó Alice—. El tío Philip ha hecho galletas.

—¿Qué dices? —objetó Philip— Yo no sé...

Alice le golpeó en el hombro.

—Pues claro que quedan —dijo ella guiñándole el ojo—. ¡Vamos!

Philip siguió el juego. Alice le dijo que sirviera las galletas con vasos de leche. Los niños, de trece y nueve años, merendaron y felicitaron a Philip. Él deseaba explicarles la verdad; que en realidad las había hecho Alice pero gracias a esa pequeña mentira desaparecieron las tensiones.

—¡Ha sido genial! —decía Wilbur, el mayor—. La tía nos ha enseñado los prados más allá de las montañas.

—¡Y hemos ido rápidos! —Orville, el pequeño, hizo un extraño ruido con los labios.

Philip interactuó con ellos. Normalmente no tenía ganas pero ese día, en que los pequeños estaban receptivos, se animó. Alice, orgullosa de que hubiese dejado sus libros, le sonreía. Los minutos transcurrieron con inusitada fluidez y dieron las nueve. La noche les sorprendió mientras Philip jugaba a las damas contra los sobrinos Wright, asesorados maliciosamente por Alice, que les susurraba los movimientos.

—¡Dios! —se alarmó Alice al escuchar la hora recitada por el reloj.

Los pequeños se lamentaron.

—¡Ahora que ganábamos! —exclamó Wilbur.

Alice les adecentó. Los niños preguntaron a Philip si podían regresar y él asintió incómodo. Su trabajo le absorbía. Una tarde libre era una hazaña que no sabía cuándo se repetiría.

Alice abrió la puerta y los niños salieron al porche. Sin embargo, lo reconsideraron, se dieron la vuelta y abrazaron a Philip que sintió cómo se le erizaba el vello de la nuca. Los niños cogieron sus bicicletas pero Alice no podía consentir que se fueran solos así que sacó la suya y les acompañó.

—¡Regresaré en media hora! —anunció ella pedaleando detrás de los pequeños.

La puerta se quedó abierta y Philip a solas. El ruido de los engranajes de las bicicletas se extinguió y los Wright se desvanecieron entre las sombras de un cielo violáceo que echaba de menos al sol.

Se levantó del suelo donde los niños habían preferido jugar. El instante posterior a la compañía era desolador. El optimismo de los Wright se antojaba fantasioso e irreal en la reciente soledad. Ahora que estaba solo, como el noventa por ciento de la jornada, se sentía defraudado.

Salió fuera. Era la hora de entrenar. Fue a la parte trasera de la casa donde tenía los utensilios para fortalecerse. Bajo el porche había un peso banca con círculos de hierro y mancuernas organizadas en compartimentos como los zapatos de una burguesa en su armario. También había un saco de boxeo, barras de hierro y un bloque de madera con muchos brazos. Lumière se había curtido en artes marciales gracias a un libro japonés traducido al inglés; otra extrañeza de su godziliana colección. El momento previo al entrenamiento era determinante tal y como lo aconsejaba el libro.

Estaba disperso y necesitaba limpiarse de superficialidades antes de empezar. El factor económico le preocupaba. Apenas llegaban a fin de mes y los únicos emolumentos eran los de la universidad que cada día confiaba menos en su tarea. Al principio, la traducción de las tablillas sumerias creaba expectación pero el contenido fantasioso que libraba Philip no era acorde con las expectativas. No sabía cómo salir de ese atolladero. Principalmente, ese era el mayor hándicap para lograr el estado idóneo para entrenar. No obstante, tenía trucos para sortearlo.

Se descalzó, se quitó la camisa, la corbata y la armilla. Se puso en posición. Estiró las piernas formando un ángulo de noventa grados con las rodillas. Juntó las palmas ante el rostro y cerró los ojos. Era como buscar bayas en el sotobosque. La paz estaba entre la maleza, solo debía ser paciente. La encontró; ya estaba listo.

Dio un golpe al bloque de madera y atravesó los brazos; lo repitió varias veces. Pegaba con destreza, sin dañarse y con intensidad. Poco a poco encontró lazos con la madera. La comunión con el objeto era esencial para realizar una buena sesión. Sentía que el tronco central se lamentaba de sus arremetidas, lo cual corroboraba su buen estado de forma. Sus músculos se tensaron: tríceps y bíceps mostraban sus corrientes sanguíneos y se abultaban. Se sintió honroso de que a los cuarenta años pudiera ventilar semejante potencia. El sudor le perló la frente. Empezó a bufar coordinado con sus movimientos. Era el mejor momento: cuando se identificaba con su cuerpo pero algo lo perturbó...

—¿Profesor Philip Aldous Lumière? —preguntó una voz masculina.

Lumière se dio la vuelta y, sorprendido, se encontró con cinco hombres vestidos con trajes oscuros, corbatas negras y sombreros. No los había visto llegar.

—¿Qué desean? ¡Están en propiedad privada! —exclamó iracundo Lumière.

Un hombre alto y delgado dio un paso adelante.

—Mi nombre es Aaron Parker —dijo—. Venimos a ofrecerle trabajo.

Lumière les observó con desconfianza. Los recién llegados estaban distanciados unos de otros. No procedían de ninguna universidad. Los centros docentes solían enviar a cuatro ojos despistados. Esos tipos gozaban de una altivez propia de alguna religión minoritaria. Había recibido visitas de grupos así aunque nunca por motivos laborales, solo le habían tirado piedras e insultado. Para los fieles, sobre todo los cristianos, la tarea de Lumière era censurable.

Philip les dio la espalda, se colgó el jersey en el hombro y con un movimiento de cabeza les indicó dónde estaba la entrada. Detestaba que le interrumpieran mientras entrenaba pero el trabajo estaba por encima de todo máxime cuando su situación económica era tan delicada. Los Wright eran poderosos pero Lumière apenas tenía ingresos. Debía aprovechar cualquier oportunidad.

Solo Aaron entró. El resto se quedó fuera vigilando como si alguien quisiera sabotear la reunión. Estaban en Kitty Hawk, ¿quién iba a molestarles?

Philip preparó café, dispuso la taza sobre la mesa baja del comedor y se sentó en el sofá; Aaron escogió una silla. Delgado, de piel cetrina, parecía un fantasma vestido de etiqueta. Pasaron los minutos y el señor Parker no hablaba. Philip se incomodó; tenía curiosidad pero la disimulaba. Parker carraspeó y le señaló. Philip todavía no se había puesto nada encima; seguía con el torso desnudo. Se sonrojó, fue en busca de un jersey y se lo puso. Aaron había preferido hablarle en condiciones normales, lo cual denotaba sus refinados modales.

—Valoramos su carrera. —Le agasajó—. Los avances en las tablillas sumerias y el desarrollo de los textos de la biblioteca de Asurbanipal en Nínive son, para nosotros, tan significativos como el descubrimiento de la inscripción de Behistún y la Piedra Rosetta.

Lumière se sorprendió. Creía que esas traducciones no habían salido de los cajones de las bibliotecas. Lumière no daba crédito. Aaron se acercó la humeante taza de café, sopló y dio un sorbo. Quemaba pero no se lamentó. Lumière se puso nervioso.

—¿A quién representa? —preguntó Lumière secamente.

Aaron enarcó la ceja, dejó la taza sobre la mesa y le contestó.

—Pertenecemos a una Organización no gubernamental. No se confunda, nada de fines no lucrativos. Nuestras gestiones son distintas. Coordinamos los gobiernos para una mayor fluidez comercial y les asesoramos en política financiera internacional.

Aaron sonrió. Sus ojos eran brillantes, pequeños y azules. Philip no se conformó con esa nebulosa retórica ya que sus intereses eran otros.

—¿Cuáles serán mis honorarios? —preguntó el paleógrafo cruzándose de brazos.

—Me sorprende que antes de saber el reto se preocupe por lo que pueda sacar.

Aaron volvió a asir la taza y dio otro sorbo. Lumière se había precipitado y Aaron había captado su estado de necesidad.

—Traduciré lo que sea por dinero. La mitad por delante. ¿De acuerdo?

Aaron se levantó y le susurró una cifra en el oído. Philip abrió los ojos. Jamás le habían ofertado una suma tan elevada. Aaron regresó a la silla y se recostó haciéndola chirriar.

—Antes de empezar le daremos la cantidad que le he dicho —Aaron se terminó el café y dejó la taza sobre la mesa—. Pero deberá viajar al otro lado del Atlántico mañana.

Se escucharon unos pasos. Aaron y Lumière miraron hacia atrás y vieron a Alice con el gorro de piel.

—¿Qué sucede? —preguntó asustada.

Lumière fue hacia ella, la cogió de la mano e iba a sentarla junto a él sin presentarla pero Aaron le tendió la mano y enarcó una sonrisa que destapó su gran cavidad bucal. Tenía los ojos pequeños pero su boca era anormalmente estirada. Las muestras de expresividad delataban su compleja fisonomía. Alice le encajó la mano pero no apretó.

—Mi nombre es Aaron. Usted debe ser Alice —dijo el anciano sonriente—. Coincidió con su marido en la Universidad.

El dato no agradó a Philip pero estaba tan embobado que no reaccionó. Se llevó a su mujer al sofá y la cogió de la mano para explicárselo:

—El señor Parker desea ofrecerme trabajo.

Alice apartó la mirada del infecto anciano y abrazó a su marido.

—¡Qué buena noticia! —lo celebró.

—Iba a explicarle de qué se trata —intervino Aaron.

Parker alargaba las sílabas distorsionando las palabras y enturbiando su contenido. Sobre la mesa de la cocina había el diario que Philip había leído durante la mañana. Aaron se levantó, lo cogió y miró la portada:

—Las noticias vuelan —dijo—. Veo que están al corriente del suceso del Mediterráneo. —Philip y Alice asintieron—. Deberán ir allí.

Parker lanzó el diario sobre la mesa del salón. Alice observó aterrorizada la fotografía de la isla llena de percebes. Ya no era una noticia inocente.

—Ha aparecido una isla entre Mallorca y Menorca. —Informó Aaron—. Aun no es habitable y hemos dispuesto medidas de seguridad para que nadie la visite. No se abrirá al público hasta terminar nuestras investigaciones. La prensa ha filtrado la noticia aunque hubiésemos preferido publicitarla a su debido tiempo.

—¿Qué quiere decir con "a su debido tiempo"? —preguntó Alice.

Aaron se acercó y enlazó las manos sobre el cinturón.

—Lo que se descubre debe ser mesurado, analizado y, si es necesario, adulterado antes de ser exhibido. La información debe restringirse.

Philip y Alice lo racionaron pero no lo toleraron.

—¿Sugiere ocultar la verdad? —preguntó Alice con la nariz arrugada.

—¡No querida! —se justificó Aaron—. Quise decir que el mundo no está preparado para conocerla.

Alice iba a replicarle pero Philip le tocó el brazo y la detuvo. Con lo que iba a cobrar no le importaba la filosofía de sus contratistas.

—¿Qué debo traducir? —preguntó Philip sumiso.

Aaron se cruzó de brazos. La americana le marcaba los huesos de los hombros.

—En la isla hay multitud de ruinas: templos, esculturas, ciudades, inscripciones... textos que deben traducirse.

Sospechamos que se trata de una nueva civilización. No podemos librar al mundo una tierra con tantos misterios. Debemos saber a qué atenernos. Cuando se hayan hecho las traducciones, se filtrará la información y la isla se abrirá al público.

Uno de los lacayos de Aaron entró por la puerta.

—Debemos irnos señor, el patriarca nos espera. —Dijo.

Aaron extendió el brazo y con la mano abierta instó a su subalterno para que esperara. El hombre asintió y salió al exterior.

—¿Cuál es su respuesta señor Lumière? —Aaron paralizó la boca en una mueca híbrida entre el suspense y el asco.

Philip cogió de la mano a Alice. Ella no lo tenía claro pero el paleógrafo le explicó el dinero que cobrarían y su rictus cambió.

—Tendremos que dejarlo todo. —Reflexionó—. Aquí tienes a tu familia.

—¡Es tu oportunidad! —replicó ella—. Te acompañaré donde sea.

Philip se levantó y se acercó a Aaron que dedujo su respuesta y sonrió. Philip le dio la mano y Aaron la encajó con fuerza.

—Cuente conmigo. ¿Cuándo nos vamos?

—Mañana por la mañana —anunció Aaron—. Hagan sus maletas. A las siete de la madrugada vendrán a recogerles. Nuestros vehículos les llevarán hasta el puerto y allí le extenderemos el cheque por el valor que le he mencionado. Será un adelanto, luego vendrán más ingresos.

Philip se quedó patidifuso. El montante que le había ofrecido era desorbitado pero solo era un adelanto. Aaron se despidió, salió por la puerta y la cerró a sus espaldas. Philip y Alice se quedaron absortos. Su vida había dado un vuelco.

CAPÍTULO 6
EL HADO

Talatoya
Julio de 2016 d.C.
Viernes

Alba

Alba abrió los ojos y vio una amplia habitación de paredes blancas. La lumbre dorada del mediodía se colaba por una ventana a la derecha. Estaba en una gran cama y al lado estaba Álex. Enfrente, había dos policías y un doctor con bata blanca.

—Se ha despertado —anunció el sanitario, un hombre mayor con gafas.

—¡Bienvenida! —Álex la besó en la frente. Alba notó un pinchazo y frunció el ceño.

—¡Cuidado! —aconsejó el médico—. Necesita reposo.

Alba se tocó la cabeza; la tenía vendada. Se mareó. Miró a los policías y uno de ellos sonrió. Era menudo, pálido y barbudo, lo cual suplía las carencias de una testera prontamente calva. Sus ojos destilaban inteligencia. No llegaba a los treinta años pero lucía galones en los hombros. El otro agente era alto y corpulento. Álex le hablaba y el médico le quitaba la venda pero ella estaba centrada en el policía sonriente.

—Un placer volverte a ver Alba —dijo el uniformado.

Era una voz barítona que pronunciada por ese joven envejecido por la alopecia, creaba una atrayente y familiar disonancia. Probó de recordar pero la cabeza aun le dolía. El médico retiró la venda, recomendó unos medicamentos y se largó. Alba se tocó la frente e identificó un chichón.

El agente se acercó. Se fijó en sus andares; levantaba el antebrazo creando un ángulo recto como si a temprana edad se lo hubiese roto. ¡Claro!

—¡Rodri! —gritó Alba.

La chica se levantó y abrazó a su amigo. Álex no comprendía.

—¡Por Dios! —dijo ella separándose—. ¡No has cambiado!

Se arrepintió inmediatamente de haberlo dicho. Rodri apenas había crecido desde los quince años. Sus padres, los Hapstov rusos, y los de ella eran íntimos y veraneaban en la localidad menorquina de Ciudadela. Se habían conocido durante los estíos de principios de milenio escuchando a King África y viendo Gran Hermano. Iban a menudo en bici y en julio de 2002, Rodri tuvo un accidente y estuvo enyesado todo el agosto; se rompió el brazo y se había acostumbrado a tenerlo tieso. Habían pasado mucho tiempo juntos, guardaban bellos recuerdos uno del otro y, sobre todo, uno: el primer beso en los labios. Jugaban al conejo de la suerte, la botella señaló a Rodri y la besó. Fue en verano de 2003. Ella tenía doce años y él dieciséis. Para ella, era un hombretón. Sin embargo, el tiempo había sido cruel y había congelado a Rodri en una estatura adolescente. Ahora, él tenía veintinueve años y ella veinticinco. La última vez que se vieron fue en el 2005, cuando él cumplió la mayoría de edad. Habían ido al cine a ver *Torrente 3: El protector*. Se despidieron con frialdad pensando verse al día siguiente pero los padres de Alba tuvieron que abandonar Ciudadela por negocios y jamás regresaron.

—¡Estás genial! —dijo él mirándola de arriba abajo. Ella se ruborizó—. He venido cuando he sabido que estabas en la isla y ha sucedido esto. Lo siento.

Alba no preguntó sobre Yert e indagó en la vida de su amigo, al que hacía más de una década que no veía. Los padres de Rodri eran acaudalados como los suyos y conocían a la misma gente. Tenían propiedades a mansalva. Rodri se había criado en Italia y en España aunque en su acento persistía un deje ruso. Hubiese podido dedicarse a los negocios pero prefirió ser agente. Era muy pequeño y sin la influencia de sus padres no hubiese accedido al cuerpo. Sin embargo, sus dotes personales no tenían parangón. Gozaba de una sublime inteligencia emocional. Se había interesado por Talatoya y vivía con su novia en Ma. Era el jefe de la policía local.

Alba le presentó a Álex y este le estrechó la mano con desgana.

—Ya tendremos tiempo de hablar —presagió Rodri—. Mañana no puedo pero libro al día siguiente y podemos quedar los cuatro. Delia, mi novia, también vendrá.

Alba le sonrió y le dio un golpecito en el hombro:

—¿Te has echado novia?

—¡Por supuesto! ¿No me creías capaz?

Alba se ilusionó. Escuchar su voz era como regresar al pasado.

—Pero antes debemos cumplir con nuestro deber y haceros unas preguntas protocolarias. —Rodri encauzó el asunto. Era inevitable, debían pasar por esas formalidades.

Mientras Alba y Álex contestaban a las preguntas de Rodri, el otro policía lo transcribía en un ordenador portátil.

Les tomaron declaración e hicieron la denuncia contra Yert. Lo explicaron todo haciendo constar la mentira sobre el collar. Alba manifestó que había sido un regalo de su abuela. Álex lo ratificó. Dijeron que habían entrado en la tienda y, sin más, Yert les había agredido y exigido la alhaja. Rodri les aseguró que el anciano pasaría unos días en la sombra antes de declarar ante el juez. Les había lesionado e intentado robar pero también lo acusarían por haber atentado contra la autoridad. Además, no tenía domicilio en la isla con que podía ingresar en prisión preventivamente.

—¿No tiene familia? —preguntó Álex.

—Yert es un misterio —explicó Rodri—. Apareció hace tiempo y los niños lo adoran, entre otras cosas, porque les narra cuentos. Lleva mucho tiempo haciéndolo —Alba se inquietó—. Es un mendigo. No trabaja y no sabemos dónde pasa las noches. No obstante, es la primera vez que se mete en líos. Es estrafalario pero nunca ha tenido problemas. Se le conoce como Yert, el Tortuga.

—¿El Tortuga? —exclamaron Alba y Álex al unísono.

—Se lo han inventado los niños. El apodo viene de *Dragon Ball*. —A Alba le brillaron los ojos—. ¿Os acordáis del Follet Tortuga?

—¡Mutenroshi! —exclamó Álex.

—Yert, el Tortuga, además de contar cuentos, enseña artes marciales a los críos como Mutenroshi hizo con Son Goku. —A Rodri se le escapó una carcajada—. De ahí surge el nombre. Él participa de la broma, se hace camisetas con dibujos de Mutenroshi y camina como él. Repito; lo que ha sucedido contigo no tiene explicación.

La comicidad del pseudónimo de Yert no alivió a Alba. Había muchas incógnitas. ¿Qué podía llevar a una persona apacible a montar un alboroto como aquel? Mientras Álex y Rodri hablaban sobre las bolas de dragón, Alba recordaba las circunstancias en que había encontrado el collar. ¿Acaso el Tortuga sabía a quién pertenecía? Alba se lamentó por no haberlo escuchado mientras le hablaba. Cuando se dirigió a ella no había beligerancia. Sin embargo, a fin de cuentas intentó robarle. Alba se tocó el cuello y no encontró la joya.

—¿Dónde está el collar? —preguntó Alba alzando la voz.

—En tu equipaje —Rodri señaló las maletas que estaban en la entrada.

Alba se reprimió de ir a buscarlo. La detuvo un recuerdo del día anterior. Cuando Yert la tenía agarrada le había dicho que debía devolver el collar al mar y que los hijos de Mutghar no habían sido aniquilados. Reflexionó y, ajena a la conversación, se dirigió a Rodri:

—¿Quién es Mutghar? —le preguntó.

Rodri frunció el ceño.

—¿Mutghar? —Rodri le devolvió la pregunta y se tocó la barbilla—. Ni idea. ¿De dónde has sacado ese nombre?

Alba dudó de explicar lo que le había dicho Yert. Sintió una palpitación, como si le susurrasen al oído que mantuviera la boca cerrada. Se produjo un incómodo silencio hasta que el otro policía tomó la palabra:

—Yo tampoco lo sé —confesó—, pero cuando Yert agarró a la víctima, le dijo que los hijos de Mutghar aun no habían sido aniquilados y que debía deshacerse del collar. —El policía miró a la escéptica concurrencia. Alba se molestó por habérsele adelantado. Se fijó en él y tenía magulladuras por todo el cuerpo; había sido testigo directo de los hechos pero Yert le había molido a palos—. Lo he recogido en el atestado. Es más, en el calabozo repite lo mismo constantemente. Insiste en que debemos deshacernos del collar para que la maldición de Mutghar no se cumpla.

Rodri torció los labios y negó con la cabeza. Miró a su compañero con enfado y este dio un paso atrás.

59

—No te preocupes Alba —dijo Rodri con tono conciliador—. Los vagabundos se inventan historias. Que Yert perdiera el control era previsible. La ha tomado con el collar de tu abuela pero hubiese podido hacerlo con otra joya. Hemos pedido a los especialistas del Na Patarra que lo observen. Deberá ingresar en un centro psiquiátrico. No temas.

¡Na Patarra! ¿Había escuchado bien? Miró en derredor y se violentó. A la izquierda había un armario de madera de nogal y a la derecha una gran ventana. Reconoció la habitación. Se levantó de la cama y se acercó a la ventana. Retiró la translúcida cortina, divisó el mar y por debajo las grandes letras doradas del Na Patarra. ¡Habían vuelto! Alejada del hotel había valorado regresar pero entre sus paredes volvía a tener miedo. Gritó y todos la miraron pasmados. Rodri la cogió de los hombros.

—Antes le ha sucedido lo mismo —recordó Álex.

—¡Alba! ¡Alba! —gritó Rodri.

—¿Por qué hemos vuelto? ¡Quiero salir! ¡Vayámonos de esta isla!

—¡Alba! —insistió Rodri hasta que los ojos de ella se clavaron en los suyos.

La de pelo anaranjado tiritaba.

—En Ma no hay hospitales —explicó Rodri—. Somos cinco mil habitantes. El Na Patarra tiene servicios médicos con los que concertamos las urgencias. El hotel dispone de recursos y en el sótano hay habitaciones. En tu caso te han dado el alta inmediatamente, no fue necesario ingresarte y valoré llevarte a comisaría pero cuando los responsables del Na Patarra supieron quién eras te obsequiaron con una habitación; la misma que abandonaste: la 18 B.

Alba miró por la ventana. La altura desde la planta dieciocho era soberbia. El resto de casas parecían las setas de los pitufos. El hado la había llevado allí. Esa palabra la utilizaba mucho su padre. El señor Tropez aseguraba que había fuerzas irresistibles que movían los destinos de los hombres. Entre otros campos, la bolsa o los juicios estaban influenciados por ese poder invisible que torcía los sucesos para desembocar en un resultado inevitable. Alba nunca lo había creído; pensaba que cada uno era dueño de sus actos pero lo sucedido la hizo dudar.

Su mirada se proyectó sobre la mesa de noche donde estaba el panfleto del Na Patarra. Rodri se percató, asió el libreto, lo abrió y en la primera página descubrió la disertación sobre el nombre. Alba lo miró como si estuviese arriesgando la vida en la boca abierta de un cocodrilo. Rodri se mofó.

—¡Entiendo! ¡No has cambiado! —Rodri se dio la vuelta y con el libreto le golpeó el hombro—. ¡Timorata! La leyenda te ha asustado —Alba bajó la cabeza. Álex cogió el libreto, leyó la historia del Na Patarra y se echó a reír. Solo era un cuento—. Alba siempre ha sido asustadiza; sobre todo en cuanto al infierno y a los demonios. Cuando contaba historias gritabas más que nadie.

—¡Imbécil! —Alba se sonrojó.

—¡No miento! —se ratificó—. Nos reuníamos alrededor de una mesa redonda y me inventaba cuentos de miedo. Te aterrabas y tenía que cambiar el final para contentarte.

Alba recuperó esos recuerdos que los años habían teñido con honesta melancolía. ¿Qué se había hecho de fulanito o de menganita? Los relatos de Rodri siempre terminaban mal pero cuando ella lloraba la muerte de los protagonistas, él le contaba un final alternativo y se apaciguaba. En cierto modo, estaba haciendo lo mismo.

—Necesitas conocer la isla. —Apostó Rodri—. Si me sigues, no temerás la historia del Na Patarra ni ninguna otra.

Álex refunfuñó. Alba tampoco lo tenía claro aunque si alguien podía quitarle el miedo era el calvo prematuro con galones. Estuvo tentada de coger el primer avión e irse de Talatoya, pero en aquel momento colisionaron dos sentimientos contrapuestos: el miedo por la isla y el deseo de descubrirla. Hasta entonces no lo había experimentado. Alba no entendía qué estaba sucediendo pero iba más allá de la conversación que estaban teniendo. Todo aquello era nuevo para ella.

—¡Permitidme que os lleve a Jasor y Uriutbur! —insistió Rodri—. Talatoya es espléndida, dadle una oportunidad.

Esos dos nombres estallaron en la mente de Alba como bombas fétidas. Alba nunca se había sentido atraída por la historia o por las reliquias. Extrañamente tranquila, miró el equipaje que aguardaba en la entrada donde le habían dicho que estaba el collar. Se lo imaginó entre sus cosas; más bien lo "vio" pese a estar dentro de las maletas. Sus destellos dorados corroboraban que debía ser valiente y descubrir Talatoya. Se quedó muda recibiendo la influencia de la alhaja. Definitivamente, el miedo por el Na Patarra, la boca del infierno, desapareció y esa apertura resultó tan inofensiva como la madriguera del Conejo Blanco de Alicia en el País de las Maravillas.

—No lo veo claro —Alba estaba harta—. Después de esto no tengo ganas de...

—Pero hay algo más a tener en cuenta —apuntó el pequeño policía barbudo.

Alba se cruzó de brazos y miró al techo con especticismo.

—No podéis iros de la isla antes de declarar ante el juez. —Señaló Rodri.

—¿Ante el juez? —Álex estaba confundido, para variar.

—Después de declarar en la policía debes hacerlo ante Su Señoría.

Rodri instó a su subalterno. El policía sacó unas hojas de papel de una carpeta y se las entregó a su jefe.

—Estas son las citaciones para el juzgado de instrucción de Ma. La juez os ha citado para el próximo martes a las diez de la mañana para declarar.

—¿Pero esto no deben hacerlo los detenidos? —preguntó asqueada Alba.

—Las víctimas es necesario que lo hagan también para que el juez sepa que queréis reclamar.

—¿Qué sucede si no vamos? —preguntó Álex.

—Que Yert podría quedar libre de cargos, como si aquí no hubiese pasado nada.

Alba se sentó en la cama y se rascó la cabellera anaranjada que le cayó sobre el rostro.

—Entonces ¿no tenemos más remedio que quedarnos aquí no? —sentenció Alba—. Hoy es viernes. Yert lleva un día detenido y le restan cuatro. Si mal no recuerdo, el límite de una detención es de setenta y dos horas.

—En efecto —asintió Rodri y miró a otro lado—. El domingo tendría que ser puesto en libertad pero … —Rodri no sabía cómo salir del atolladero—, hemos hecho gestiones para prorrogar la detención. Queremos investigar a fondo el entorno de Yert y para esto necesitamos tiempo.

Alba había terminado la carrera de derecho y la materia penal era su preferida. Recordaba la posibilidad de ampliar las setenta y dos horas de detención en caso de terrorismo pero en ningún otro supuesto. Lo que decía Rodri iba en contra de los derechos fundamentales del detenido. Un buen abogado les haría morder el polvo. Sin embargo, no tenía ganas de discutir sobre el tedioso procedimiento de custodia policial así que chasqueó los labios y se resignó a quedarse en Talatoya.

—¡Ya sé qué haremos! —saltó Rodri—. Mañana os tomáis el día libre, necesitáis descansar. Al día siguiente, a las diez, os vendré a buscar, os llevaré al puerto y cogeremos mis motos de agua. Visitaremos los lugares más emblemáticos de Talatoya. Os explicaré las leyendas de esta tierra.

Alba miró a Álex que asintió; le encantaban las motos de agua.

—¡De acuerdo! De todas formas, el que bautizó al hotel tenía mala uva —subrayó ella.

—El nombre se debe a la parcela donde está ubicado. Esta zona se conoce como Na Patarra desde que la isla emergió. ¡Además, la gente debe recordar! —Rodri se puso serio—. Na Patarra es un antiguo mito, un eco del pasado. En la globalización la cultura singulariza a los pueblos. Prefiero que se llame así a "Royal hotel" o "Empire Residence". ¡Me quedo con Na Patarra!

CAPÍTULO 7
LA QUINTA ISLA

Octubre de 1880 d.C.
Mar Mediterráneo

Philip Aldous Lumière

Durante el viaje les había acompañado el buen tiempo aunque, a medida que se acercaban a su destino, el cielo y el mar se enturbiaban.

Lumière salió a cubierta. Caía sirimiri pero les había dicho que al atardecer llegarían a la isla y no quería perdérselo. Eran unos privilegiados. La prensa apenas sabía nada y ellos la investigarían en exclusiva. Por otro lado, Philip estaba azorado. Descubrir los misterios de la isla era una tarea encomiable pero de gran responsabilidad.

Philip se agarró a una cuerda de estribor. Llevaba chubasquero y la capucha puesta. El barco disponía de altos mástiles y grandes velas. Por delante, la proa rompía las olas. Era entretenido observar a los marineros en cubierta. Subían a los mástiles y hacían nudos con soltura como si el tiempo fuera su aliado. Uno de ellos, resbalando, se acercó y le aconsejó que regresara dentro pero Philip se negó.

Pasaron lentos y exasperantes minutos hasta que enfrente apareció una línea rocosa protegida por una cortina de vapor. Se extendía de derecha a izquierda hasta donde llegaba la vista, lo cual significaba que se había divisado tardíamente.

—¡La Quinta Isla a nuestra proa! —gritó un mozo desde lo alto de un mástil.

Los marineros repitieron jubilosos "¡La Quinta Isla!". Llevaban muchos días de viaje y no habían hecho escalas. Estaban ilusionados por alcanzar su destino. Lumière se sorprendió por el nombre que recibía la isla, detuvo a un marinero y le preguntó por qué la habían bautizado así.

—Mallorca, Menorca, Ibiza, Formentera y esta es la Quinta Isla Balear. Nadie la ha llamado de otra manera y se ha quedado así: "La Quinta Isla".

Atravesaron la cortina de vapor y se plantaron en una ría de cuatrocientos metros de ancho por dos kilómetros de largo ladeada por altas paredes rocosas. Lumière se puso el monóculo y distinguió las brillantes rocas cubiertas de un desconocido bestiario marino. Avanzaron cautelosamente por la estrecha ría hasta encontrarse con un puerto triste y desierto. Había hierros desencajados parecidos a amarres donde era fácil imaginarse embarcaciones. Era una imagen desoladora, como de segmentos muertos clavados en tierra yerma. Pero había algo más. El lugar, sometido por la cortina de vapor, estaba oscurecido. El motivo estaba a quinientos metros de la costa donde se alzaba una construcción comparable a una montaña. Se trataba de una pirámide mayor que la de Keops en Guiza.

El barco se detuvo mientras Lumière contemplaba embotado la pirámide. La luz turbia del sol quedaba por detrás de la construcción y la convertía en un triángulo negro inmenso. Desde la distancia no podía concretar sus detalles así que se esforzó en apartar la mirada y desembarcar.

Amarraron el barco y extendieron las pasarelas. Philip y Alice, con las maletas a cuestas, desembarcaron. Alice se santiguó al contemplar la pirámide.

—¡Señores! —Unos mozos les asieron las maletas—. Acompáñenme. —Tomó la palabra el encargado de ellos—. Les enseñaré dónde se hospedarán.

Debían moverse. La pirámide quedaba a medio kilómetro de la costa. Estaba lejos pero su sombra se alargaba hasta ellos como un turón de paredes lisas. Lumière tuvo tentaciones de echarse a correr e investigarla. Quizá había jeroglíficos como en Egipto y México.

—Señor Lumière —le instó el mozo encargado—. Nos esperan en el campamento.

Lumière no tenía más remedio que obedecer y confiar en que le encomendasen algo relacionado con la pirámide.

Después de unos minutos andando, llegaron a un pueblo de casas de madera. Había veinte iguales. Mientras avanzaban, los guías les explicaban detalles sobre el emplazamiento. En la isla se reunían profesionales de todos los campos. Los oceanógrafos encuadraban las especies marinas adheridas a las rocas y los climatólogos intentaban explicar por qué un manto vaporoso cubría la isla. Había muchas lagunas.

Los operarios les enseñaron su casa y se despidieron. Cuando les dieron la espalda, Lumière preguntó sobre la pirámide y sobre si podría estudiarla.

—No es asunto nuestro —le respondieron con sequedad—. Espere órdenes.

No se había ilusionado con que esos trajeados le informasen sobre su papel pero esperaba un poco de educación. Le dejaron con la incógnita de si trabajaría en esa maravillosa obra pero lo pasó por alto. Eran jóvenes e ignoraban lo que transcurría por una mente curtida.

La casa disponía de una gran habitación, comedor, cocina y dos baños. No necesitaban nada más. Deshicieron las maletas y llenaron los armarios. Alice se había llevado los gorros, gafas y piezas estrafalarias que llevaba cuando iba en globo. Era una costurera experta que jugaba con combinaciones imposibles. Le fascinaban los relojes y los engranajes. Lumière no entendía cómo podían agradarle unos pantalones prietos a rayas o guantes sin dedos llenos de cables. Alice era una apasionada del cielo, literalmente, vivía en las nubes. Ella misma había construido el globo con el que paseaba a los sobrinos Wright. Pero sus aspiraciones iban más allá. Estudiaba los bocetos de Leonardo Da Vinci en busca de una máquina que pudiera volar sin helio. Philip no sabía de dónde había surgido el virus antigravitatorio de los Wright; muchos en esa familia estaban obcecados en volar.

Cansados, se echaron a la cama. Philip no podía dormir; pensaba en la pirámide. Era una obra de otra civilización pero ¿cuál? Aaron dijo que había ruinas e inscripciones. Por su experiencia, en la mayoría de casos, los misterios de las antigüedades no estaban a la vista sino en piedras escondidas y en edificios soterrados por la vegetación de la jungla. En cambio, en esa isla, la primera construcción que habían visto delataba una avanzada tecnología que se mostraba sin tapujos y con un torcido esplendor. Philip se puso de lado, cerró los ojos y vio esa excelsa construcción. Muchas preguntas se agolparon en su cabeza. No recordó cuándo se quedó dormido pero su mujer le despertó de madrugada y parecía que hubiese pasado un suspiro.

No habían cerrado las cortinas porque desde fuera no alumbraba. El alba tampoco trajo la luz. Llamaron a la puerta y eran tres hombres de Aaron; su contratista no había hecho acto de presencia durante el viaje, todo lo hacía a través de sus caudillos.

—Le rogamos que nos siga. —Eran repelentes incluso para un hombre que llevaba corbata en casa—. Aaron quiere coordinar sus investigaciones.

Philip y Alice se prepararon pero cuando iban a cruzar el umbral, los hombres detuvieron a la joven.

—No puede acompañarnos.

Alice se petrificó. Llevaba su inseparable gorro para ir en globo. Philip le aconsejaba que se lo quitase pero ella hacía caso omiso. Por otro lado, aunque Philip jamás lo confesase, sus vestimentas y utensilios extravagantes le eran anatómicamente complacientes. Philip frunció el ceño.

—No hay secretos entre nosotros —aseguró el paleógrafo.

—Son las normas —dijo uno de los tres hombres—. Los familiares de nuestros trabajadores no pueden asistir a las reuniones pero organizamos actividades para ellos. No se preocupen.

La normalidad con que trataban el tema era turbadora. Esa Organización impedía a los gobiernos publicitar la aparición de la isla, lo cual denotaba su influencia y, además, separaba a los trabajadores de sus familias.

—No pasa nada —aseguró Alice—. Me quedaré.

Uno de los hombres la invitó a acompañarlo. Alice y Philip se abrazaron. Ella se soltó y lo miró sonriente aunque el profesor no abandonó su rigidez. Por debajo del bigote, apretaba los labios. Nunca había sido empalagoso sentimentalmente hablando y no podía explicarse su repentino apego.

Los hombres insistieron y el paleógrafo, dubitativo, les siguió. Transitaron por las calles y todas las personas que se encontraron los miraron con rencor. Philip levantó la mano un par de veces pero nadie le devolvió el saludo.

Salieron del pueblo y siguieron por el campo. Apenas había vegetación y el relieve era irregular. Después de andar durante un rato, divisaron grandes pedruscos velados por una pátina de átomos de agua suspendidos en el aire.

A medida que se acercaban, se formaba lo que en la distancia se intuía. Se trataba de estructuras rocosas. No había una de completa pero juntas evidenciaban una ciudad ruinosa. Igual que con la pirámide, el tamaño era desproporcionado. Las casas eran tres o cuatro veces mayores. Las ventanas, las puertas... todo estaba hecho a una escala superior. Podrían ser grandes edificios; una ciudad antigua no tenía que estar necesariamente constituida por plantas bajas. Heródoto y Mika Waltari describían edificios mayestáticos ubicados en ciudades legendarias.

Entraron en la urbe desgastada por el tiempo. La idea de que se trataba de edificios religiosos o oficiales decayó al comprobar que el mobiliario urbano era también superlativo. Vio fuentes, bancos e incluso farolas mayores. Todo estaba decrépito, cubierto por percebes, caracoles de mar y otros seres que solo habitan en las profundidades del océano. Philip estaba deslumbrado. No era necesario ser un erudito para deducir que no eran construcciones humanas ya que poca utilidad tendría, por ejemplo, un banco de piedra de dos metros. Por otro lado, los materiales empleados no eran los habituales. Se alternaban minerales con metales lo cual robustecía las estructuras. No eran construcciones neolíticas sino tecnológicamente avanzadas, lo cual explicaba la resistencia ofrecida al salitre.

Philip prorrumpió en alabanzas. Mirase donde mirase, había inscripciones y símbolos cuneiformes. Alucinado, se detuvo varias veces pero sus guías lo recondujeron.

Llegaron a una plaza donde había una nave de paredes metálicas. Cerca transitaban científicos con batas blancas. Se trataba de una construcción neófita creada por la Organización que resaltaba en la decrepitud de las ruinas. Sus acompañantes le informaron de que estaban ante la nave de paleografía. Entraron y había gente concentrada en sus tareas. Allí coexistían elementos contemporáneos con reliquias añosas: estatuas gigantes iluminadas por lámparas de aceite, inscripciones del tamaño de una pared con pizarras al lado y formulismos...

Uno de los hombres que lo había conducido hasta allí se puso en medio de la sala, alzó los brazos y pidió atención. Todos se acercaron e hicieron un círculo alrededor de él.

−¡Hermanos! −La manera en que se dirigió a ellos hacía pensar que compartían algo más que una relación laboral−. Les presento al profesor Philip Aldous Lumière.

El hombre invitó a Philip para que se acercara a él, que ocupaba la parte central del círculo marcado por los científicos. El francés, desconcertado, dio un paso adelante y lo aplaudieron. Philip, que días antes se lamentaba del poco trabajo que le confiaba la universidad, se sintió como un ministro.

−El señor Lumière trabajará en esta área de paleografía. −Los presentes se alegraron, como si su equipo de futbol hubiese marcado un gol en el tiempo de descuento−. Todos conocen los logros del señor Aldous.

Lumière recibió un aplauso unánime. Había cincuenta personas, todas elegantemente vestidas y con la curiosidad brillando en sus ojos. Lumière no entendía la situación. No era un paleógrafo destacado, solo traducía textos mitológicos que nadie se tomaba en serio. Incluso él mismo no se los creía.

El hombre encargado de las presentaciones se iba pero Lumière le asió del brazo:

–¿Haré algo relacionado con la pirámide? –No pudo disimular su fascinación–. Creo que podría serles de gran uti...

El hombre se soltó y negó con la cabeza.

–Olvídese de la pirámide señor Lumière, al menos por ahora –el hombre se dirigió a él en voz baja–. La mayoría de los presentes forman parte de nuestra Organización. –Empleó la palabra con ritualidad como hizo Aaron en Kitty Hawk–. Debe tener en cuenta una norma básica: solamente haga lo que se le encomiende. No trabaje más allá de sus competencias. No se inmiscuya en otros quehaceres. ¿Entendido?

Lumière se quedó paralizado ante la sequedad del joven. Los aplausos y vítores quedaron en un segundo plano.

–¡Augusto! –gritó el joven.

Apareció entre los presentes un hombre orondo, barbudo y bajo vestido con un traje cuya armilla le iba demasiado ajustada; parecía que los botones fueran a estallar. Tenía las mejillas sonrosadas; un Santa Claus sin trineo.

–Le presento a Augusto Link.

El recién llegado le dio la mano con fuerza.

–Seré su mentor –se adelantó el barbudo que rozaba los sesenta años–. Puede dejarnos a solas Lord Eduard. –El hombre, muy acertadamente, agarró de los hombros a Philip y ambos dieron la espalda a Eduard–. Yo le enseñaré lo que debe hacer. Poco a poco se adaptará. Tiene usted una fama encomiable.

La familiaridad de Augusto le hizo olvidar las malas artes de Eduard. Su mentor le presentó a su equipo. Había hombres y mujeres y todos le recordaron sus "hazañas".

Alabaron su trabajo en México, Iraq y Egipto. Tal y como aseveraron, había encontrado interrelaciones en las escrituras de las culturas que habían habitado esos lares desde larga y remota fecha. Esas técnicas de traducción, que solo Lumière conocía, no las había publicado porque no eran creíbles.

Augusto y Lumière hablaron sobre asuntos de la profesión. Hicieron café y comieron galletas de mantequilla. Estaban en el centro de la nave y, en los lados, los descubrimientos aguardaban. Lumière, ajeno a la conversación que estaba teniendo lugar, observó las piedras con las inscripciones. Cada una tenía un espacio reservado marcado por cuerdas o por biombos. En su mayoría, eran grandes rocas aunque también había pergaminos, lo cual era sorprendente habida cuenta de que la isla estuvo sumergida en el mar. Todo era proporcionalmente mayor como si los textos los hubiesen redactado seres que triplicasen o cuadruplicasen el tamaño de un ser humano. Era inevitable imaginarse a los autores escribiendo con la espalda curvada.

—¿Quiere trabajar? —apuntó Augusto.

—¡Por supuesto! —asintió Philip.

—Permítame que le enseñe el lugar.

Augusto, muy atento, se levantó y condujo al francés a través de la nave. Instó a los curiosos que los dejasen a solas y Aldous se lo agradeció. Las parcelas de cada una de las inscripciones marcaban pasadizos. Era como estar en una ciudad en miniatura o en un zoo donde los animales están enclaustrados.

—¿Qué explicación le merece esta isla señor Link?

Augusto no se esperaba la pregunta.

—Lo ignoro señor Lumière. Todo apunta a que estuvo habitada pero dudo que fuera en el fondo del mar a no ser que sus habitantes fuesen parientes de Poseidón.

Augusto rió sonoramente. Lumière guardó silencio, se relajó y sonrió. Lumière recordó a Aaron Parker, a sus esbirros, a los marineros y a Lord Eduard. Era imposible imaginar una situación así con ellos.

Continuaron andando.

–Nos encontramos al sudoeste de la isla pero los textos más importantes se han encontrado al norte –apuntó Augusto–. Hay una piedra monumental en un cabo que se interna en el mar con un texto claro pero que, evidentemente, no sabemos cómo traducir. Es soberbio pero antes de ponernos con esa obra debemos entender la gramática. Confiamos en que nos ayude.

Lumière se acercó a una piedra oscura donde estaba trabajando un hombre con gafas. Las letras y símbolos estaban perfectamente grabados. Lumière tocó uno asimilable a la letra T aunque parecían dos monolitos; uno en vertical encima del cual había el otro en horizontal. El francés descubrió el monóculo, lo ancló a su ojo izquierdo y se acercó a las letras:

–Es sorprendente que no se hayan erosionado. –Evaluó Lumière–. No es solo una inscripción cincelada, sobre las letras hay una especie de tinta.

–¿Usted cree? –Augusto se acercó poniéndose sus gafas redondeadas y arrugando la nariz.

–Estoy seguro –concretó Lumière y rascó la letra–. Estas piedras están protegidas por algún ungüento especial, de lo contrario, todo hubiese desaparecido. Fíjese en los pergaminos. –Augusto asintió–. ¿Cuál resiste durante siglos el salitre? No es posible, sin lugar a dudas, esta isla fue ocupada por una civilización muy superior a la nuestra.

Augusto bajó la cabeza y se guardó las gafas en el bolsillo del chaleco.

—Supongo que lo dice por las teorías que afloran alrededor de las pirámides. He escuchado muchas. Napoleón también quiso averiguarlo, ya sabe, esa aventurita en Egipto. —Augusto le guiñó el ojo. Las fuentes de entropía discutible no eran de su agrado—. Aunque no podemos descartar nada. Por ahora es todo inconsútil, sin costuras donde aferrarnos.

—¿Quiere decir que no han avanzado nada?

—En efecto —se resignó Augusto—. La isla emergió en el mes de abril de este año y desde entonces que no se ha traducido absolutamente nada que nos ayude a discernir sobre el origen de estas ruinas. Solamente tenemos datos geológicos. Necesitamos sus conocimientos. ¿Le place que le enseñe la primera inscripción cuya traducción le hemos encomendado?

Lumière asintió y siguió a su mentor. Pensó que si no habían logrado traducir nada en meses, la tarea sería ardua y compleja. Era un reto aunque todo su trabajo avalaba empresas perdidas. La incapacidad del resto para traducir no le afectaba, estaba acostumbrado a rarezas. Ansiaba ponerse de lleno. Por otro lado, detectó en Augusto ardientes deseos de hallazgo.

Augusto condujo a Lumière ante una fina piedra gris colgada de una pared blanca. Parecía una pizarra. Las letras resplandecían como si acabasen de ser garabateadas. Lumière se azoró de la perfección con que se veían. Había tres líneas con símbolos que jamás había visto.

—Esta piedra se encontró en estas ruinas. —Informó Augusto—. Le deseo suerte. Puede contar conmigo para lo que necesite.

Augusto iba a irse pero Lumière le detuvo con una pregunta:

—Antes ha dicho que disponían de datos geológicos ¿no?

Augusto se detuvo y se dio la vuelta. Tenía el ceño fruncido.

—Le recomiendo que haga caso de la advertencia de Lord Eduard y no se inmiscuya en lo que no le atañe. Es una regla irrompible. La Organización es la que distribuye la información. No debe hacer suyos elementos de otras disciplinas.

—Se equivoca Augusto —le interrumpió Lumière—. Fechar las inscripciones es importante. Debería saber de cuándo datan. No puedo hacer las mismas conclusiones si los textos se escribieron siglos o milenios atrás. Las reglas son distintas dependiendo del periodo —Lumière mintió: su método de traducción era ajeno a esas circunstancias pero necesitaba saberlo.

Augusto lo miró con los ojos entrecerrados. Lumière detectó la excitación anterior. Ese hombre quería llegar hasta el fondo lo cual podía llevarle a romper las reglas. Debía buscar aliados ya que él era un anárquico a bordo de un tren preparado para chocar e incendiarse. Si Augusto respondía podía confiar en él. El orondo guardó silencio. Su espada de Damocles debía estar muy afilada.

—Los geólogos están azorados —contestó—. No existen en el mundo inscripciones tan arcaicas. No hablan de siglos sino de milenios de antigüedad. La fecha de las inscripciones es contemporánea o anterior al Gran Diluvio Universal.

CAPÍTULO 8
¡SE HA ROTO!

Talatoya
Julio de 2016 d.C.
Sábado-Domingo

Alba

Todos se fueron y Alba se tranquilizó. Las palabras de Rodri la habían aliviado como cuando era pequeña. El día en que Alba despertó se lo pasaron en la habitación descansando. Álex estuvo toda la tarde jugando a los videojuegos y ella tuvo que aguantar los disparos que el grandullón enviaba a los alienígenas electrónicos. Al día siguiente, disfrutaron del Na Patarra. Fueron al *spa* de la última planta. Alternaron el *jacuzzi* con la sauna y entraron en una zona donde había piscinas con temperaturas cambiantes; en unas, el agua quemaba y en otras, helaba; les aseguraron que era beneficioso para la piel. Se relajaron y fueron en busca de masajes. Álex aun se resentía del brazo. Yert se lo había doblegado pero no se lo había roto. Alba le impidió ir al gimnasio; él protestó porque debía trabajar el pecho y la banca era sagrada pero entró en razón.

El lujo los evadió aunque tenían presente la doliente experiencia del día anterior. Alba miró con recelo a un viejo con el pelo blanquecino pero recordó que Yert estaba entre rejas. Seguía dándole vueltas al nombre que había escupido el anciano. ¿Qué significaba Mutghar? Cuando lo había pronunciado por primera vez había sentido repugnancia, como si se hubiese comido un fruto seco en mal estado. Con el móvil buscó información en internet. El dios *google* no mostró nada sobre Mutghar y dio crédito a Rodri cuando aseguraba que Yert era un demente.

Aun así, no se atrevió a descubrir el collar, lo dejó en la mochila e intentó olvidarlo. Cuando estuvieron discutiendo con Rodri, la sensación de que el collar se dirigía a ella fue indiscutible pero se difuminaba a medida que transcurría el tiempo. Después de unas horas en el *spa*, se convenció de que todo habían sido imaginaciones suyas y le apeteció viajar por Talatoya tal y como les había invitado Rodri. El influjo de la alhaja se convirtió en un simple deseo libre de sobrenaturalidad.

Comieron en el restaurante del hotel. Tomaron gambas peladas con jamón ibérico, foie con mermelada de higos, chuletón a la brasa y verduras a la plancha. Después fueron a la habitación y no salieron hasta el día siguiente.

Se echaron a la cama y se quedaron fritos. Durmieron placenteramente. Al despertar, Álex quiso un polvo rápido con marcha atrás y ella se lo concedió. Alba se duchó primero y luego Álex. Contrariamente al día anterior, en que aun guardaban reminiscencias del incidente con el Tortuga, el amanecer había llegado con una aliviadora amnesia. Sus heridas habían sanado y se sentía pletórica. Había dormido y follado. No había mejor medicina. Les esperaba un día intenso: se frotaban las manos con la perspectiva de ir con motos de agua recorriendo Talatoya.

Mientras él estaba en el servicio, ella se probaba el vestuario. Se había comprado media docena de conjuntos en el *Duty Free* del aeropuerto. La tarjeta de sus padres no tenía límite. No le agradaban los enseres costosos sino vestidos discretos y bisutería. Aunque se comprase mucha ropa y cachivaches para muñecas, orejas y cuello, su precio no alcanzaba el de una pulsera de Cartier o el de un atuendo de Marc Jacobs. Pasaba la tarjeta muchas veces pero su desinterés por las marcas le limpiaba la consciencia.

Se probó un conjunto delante del espejo. *Shorts* grises de encaje y camiseta básica azul celeste. Quedaba fenomenal con unos zapatos altos negros. Debajo llevaría el biquini. No era adecuado para ir en moto de agua pero el *glamour* mandaba. Después de practicar el sexo con fogosidad necesitaba sentirse deseada. Hizo morritos como en la selfie del facebook.

Escuchó la radio. En el lavabo, Álex subió el volumen; sonaba una de sus canciones favoritas. Pit Bull con Christina Aguilera: *Feel this moment*. El *hit* empezaba con la melosa voz de la diva acompañada de un piano; al cabo de unos segundos, Christina era perturbada por unos bombos *in crescendo*. Álex empezó a dar palmas como en la discoteca. La canción se silenció y *voilà*: retumbaron las sirenas.

El éxtasis discotequero se apoderó de Alba y de Álex. Él, en la ducha, daba alaridos. *Yuuuuuuuuuu*. Y ella, ante el espejo, se movía como una *stripper*.

En ese momento adrenalítico, Alba pensó en el collar. Durante el día anterior lo había temido. La advertencia de Yert la había desalentado pero, en realidad, el anciano era un burdo friki imitador de Mutenroshi. Estaba recuperando el sentido común. No tenía que renunciar a la joya que, por "casualidad", se había encontrado en el mar.

Miró el equipaje recostado en la pared del pasillo que comunicaba con la puerta. Fue a su mochila, la abrió y descubrió una bolsa negra de plástico.

Mientras Pit Bull rapeaba, introdujo las manos en la bolsa. Sus dedos contactaron con el collar. Las esferas estaban calientes como si hubiesen estado al sol. Notó una viscosidad. Alarmada, sacó el collar. Las esferas se estaban deshaciendo. Conservaban su forma esférica pero era como si estuviesen recién pintadas y la espesa y pringosa pintura amarilla se corriera sobre sus manos y muñecas.

En la canción, Christina Aguilera adquirió protagonismo al cesar los bombos. Álex siguió dando palmas.

Como si llevase un fiambre en brazos, condujo el collar a la cama sin hacer y se arrodilló encima de las sábanas. ¡Qué frágil parecía! La pintura dorada se esparcía por sus brazos como si fuese oro líquido. En voz baja, preguntó a la joya qué le pasaba, le dio la vuelta, la revisó y sucedió un cataclismo: las esferas se separaron las unas de las otras y cayeron sobre la cama. El magnetismo que las aferraba desapareció y se confundieron con las sábanas blancas.

—¡Se ha roto! —gritó.

Su rostro se derritió; ojos y labios cayeron y su frente se arrugó. Gritó y lloró. Lloró y gritó.

Álex pensó que su novia se había hecho daño, se puso una toalla, salió de la ducha, desenchufó la radio y se plantó en el dormitorio. Alba estaba sobre la cama con las manos y brazos llenos de esa sustancia dorada. Las sábanas estaban sucias por la acción de las esferas esparcidas. Alba lloraba desconsoladamente. Álex, torpe, intentó animarla:

—¡Ya te dije que era un pongo!

Alba lo miró con ánimo asesino. Sonó su móvil que estaba en el recibidor. La de pelo anaranjado estaba impedida. Álex, que conocía sus alienaciones, fue en busca del teléfono, contestó, intercambió unas palabras, asintió y colgó:

—¡Date prisa! —dijo— Abajo está Rodri. Ha llegado puntual. ¡No le hagamos esperar! —Álex miró el caos en que se había convertido la cama—. No pienso ayudarte con esto. Dice que cojamos ropa porque esta noche la pasaremos en otro hotel.

Alba intentó recoger todas las esferas que pudo. Seguían pegándose a sus manos; ahora no eran duras sino que parecían uvas. Por otro lado, el segmento oscuro de su interior había crecido. No pudo recogerlas todas. Las que recuperaba las volvía a meter en la bolsa negra de donde había sacado el collar pero algunas se pegaron en las sábanas y otras las perdió de vista. Alba se sorbía los mocos cuando Álex la tocó en el hombro:

—¡Límpiate! —le mandó. Él ya se había vestido—. ¡Déjalas! ¡Ya lo limpiarán! Estos hoteles tienen servicios de limpieza con una profesionalidad militar. ¡Quiero montar en las motos! No entiendo esta obsesión —valoró Álex mientras se colgaba la mochila—. Hay collares más bonitos.

Alba guardó la bolsa con las esferas recuperadas en el armario. Fue al lavabo y se limpió. El mejunje dorado se borró con facilidad. Salió del servicio y contempló el desastre en que se había convertido la cama. Tuvo tentaciones de recoger la gran cantidad de esferas que aun había esparcidas entre las sábanas pero Álex adivinó sus intenciones:

—¡Ni hablar! —dijo él con autoridad. En situaciones normales no lo hubiese empleado pero la sinrazón de Alba le daba valor—. ¡Nos vamos! ¡Mientras estabas en el lavabo Rodri ha vuelto a llamar! ¡Cojamos ropa para esta noche y punto!

Alba cogió una muda y se colgó la mochila sin dejar de mirar las esferas que descansaban sobre la cama. Las sábanas estaban desechas y enrolladas unas con otras, como si se tratase de una obra de Antoni Tapies recubierta con

purpurina dorada. Se sintió desengañada porque pensaba que el collar era de calidad.

Alba cogió a su novio del brazo y salieron dando un portazo.

Cruzaron la puerta principal del Na Patarra, atravesaron el camino empedrado ladeado de árboles y en la calle se encontraron con Rodri. El pequeño magnate llevaba unas Ray-Ban, bermudas Oakley y un polo Ralph Lauren. Alba calculó que el conjunto costaba seiscientos euros. Iba montado en un Porsche Boxter S Front amarillo, descapotable y biplaza.

Álex profirió onomatopeyas de dudosa actualidad: "dabuten, ala tío, menudo buga, lo flipo..." Rodri sonrió ufano. Era su único defecto: disfrutaba cuando idolatraban sus posesiones. Los Hapstov eran muy conocidos en Rusia e incluso habían comprado un equipo de la Premier League. Sin embargo, físicamente eran enclenques y feos. Carecían de atractivo y creían que la ostentación lo suplía. La actitud de Rodri le era familiar. Recordó un incidente con unos niños que le robaron la merienda. Para vengarse, se compró la bicicleta más cara y se paseó ante ellos protegido por sus guardaespaldas. Era absurdo ver a unos trajeados seguir a un niño pedaleando. Los otros chicos no se atrevían a reírse y él, orgulloso, levantaba la barbilla. En ese momento sucedía lo mismo: Álex se había llevado a Alba y Rodri le estaba recordando que él era mejor partido. Alba apreciaba mucho a Rodri pero debía moler sus delirios de grandeza:

−¿Biplaza? −Álex y Rodri la miraron estupefactos−. ¡Somos tres!

Subieron al lujoso vehículo. Álex se puso en medio y transitaron disimulando el aprieto. Alba se mofaba. Rodri

83

estaba asqueado pero se lo merecía por haberles querido impresionar.

Bajaron una cuesta y se plantaron en el puerto. Había una carretera contigua a los amarres donde estaban los barcos. Rodri señalaba los que eran de sus padres y Álex, que no se daba cuenta de las entabladas, le reía las gracias. Rodri tenía la capacidad de calmarla pero era repelente en grado sumo.

Había todo tipo de barcos tripulados por esnobs arquetípicos. Los hombres llevaban sombreros de cowboy, camisas blancas y pantalones caquis queriendo ser Indiana Jones *En busca del Arca perdida*. Las mujeres iban con vestidos coloridos y lucían piedras energéticas como Sigourney Weaver en *Gorilas en la Niebla*.

Cruzaron el puerto hasta casi tocar el acantilado sur coronado por las gigantescas ruinas. De cerca eran mayores de lo que pensaba. Le picó la curiosidad. De lejos pasaban por un capricho natural pero de cerca despuntaba su cariz urbanita.

Rodri aparcó el vehículo y salieron.

—¡Cari! ¡Cari!

Era una voz femenina. Se dio la vuelta. Rodri abrazaba a una rubia de metro ochenta que le sobrepasaba diez centímetros de altura. Llevaba el pelo liso y le llegaba hasta los hombros. Si se rodara la segunda parte de *El Lago Azul*, sería la nueva Brooke Shields. Era delgada; vestía un pareo y descubría la parte superior del biquini. Álex la miró embobado.

—Te presento a mi novia Delia —la rubia fue hacia Alba y la abrazó.

—¡Cuánto me alegra conocerte! —mintió Delia—. Rodri siempre habla de ti —Delia se apartó y la miró de arriba abajo.

Delia se fijó en Álex, que la contemplaba boquiabierto.

—Este es Álex, la pareja de Alba —Delia le dio dos sonoros besos en las mejillas.

—¡Un placer! —confesó ella pizpireta tocándole los brazos.

Alba tuvo tentaciones de alterarse pero a Álex no le importó tanto.

Hablaron de sandeces. Álex vio un pequeño tatuaje en la muñeca de Delia y hablaron de *Gandía shore*. Alba se acercó al mar. Se detuvo a un paso del agua. Ma no tenía playa y la línea costera la ocupaba enteramente el puerto recreativo. Miró abajo y se encontró con dos grandes motos de agua. Una era amarilla y la otra azul. Había letras y números pegados. Los asientos eran amplios y podían viajar dos o tres personas en cada una.

—Estas son mis motos ¿Cuál escoges? —le preguntó Rodri—. Han hecho buenas migas —dijo echando un vistazo por detrás del hombro. Sonrió. Alba lamentó que sus ansias de llamar la atención le hubiesen impedido enamorarse de él. A solas demostraba su talante pero ante la gente era imbuido por una memez soberana que le llevaba a hacer cosas como ir a buscarles con un biplaza.

Álex se había sacado el jersey y enseñaba la tableta abdominal a Delia. Alba y Rodri se miraron confabulados. No había nada en común con sus parejas pero tampoco tenían que darse explicaciones.

—Quiero que me enseñes cosas sobre Talatoya. —Terció Alba.

—Es propia de una novela de Julio Verne. —Dijo él mirando al infinito y Alba le imitó—. El golfo donde se asienta Ma se llama Kuatar. Intentaré enseñarte los misterios de estas tierras.

Rodri la cogió de la mano y ella se incomodó. Él notó su aprieto y la soltó.

—Voy contigo. —Señaló ella.

—¿Cómo? —se sorprendió Rodri.

—Álex es patrón y puede conducir. ¡Que vaya con Delia!

Rodri la miró con la comisura derecha de los labios hundida en la mejilla adoptando un rictus de irónica sorpresa.

Subieron a las motos. Alba y Rodri en la azul y Delia y Álex en la amarilla. Después de unos cuantos acelerones innecesarios de Álex, salieron del puerto. Avanzaron por el golfo de Kuatar con lentitud. Se cruzaron con barcos cuyos tripulantes les saludaron.

El motor apenas hacía ruido. Alba podía hablar con su amigo. Le asió de la cintura y de reojo miró Ma mientras se alejaban. Detrás de la línea de barcos había una acera, la carretera y una interminable línea de negocios, prioritariamente, bares y restaurantes. Luego, seguían las casas y, entre todo ese paraíso, un edificio levemente rojizo se alzaba ceremonioso: el hotel Na Patarra.

Alba sintió un pinchazo en el estómago.

CAPÍTULO 9
EL CAMINO INVERSO

Octubre de 1880 d.C.
Mar Mediterráneo
(La Quinta Isla)

Philip Aldous Lumière

Había sido una jornada intensa. Llegó a casa y habló con Alice sobre lo que había descubierto mientras se tomaban, deleitosos, una sopa de marisco.

Ella había estado con sus vecinos. Disponían de bibliotecas, un circuito para correr y un campo de *cricket*. Había una amplia gama de servicios. Los cien habitantes del campamento no formaban parte de la Organización y, solamente, trabajaban quince, entre ellos, Philip. Había ingenieros, biólogos e incluso astrofísicos: una combinación de saberes. Se habían traído a las familias y algunos llevaban seis meses reclutados. Alice había comprobado que cuanto más tiempo pasaban en la isla más recelosos se tornaban respecto de la Organización cuyos miembros solo iban al campamento para vigilarles.

—Al principio parecen buenazos pero no debemos fiarnos. Están obsesionados por la jerarquía. Se creen superiores y nos llaman impuros.

—¿Impuros? —preguntó Lumière sorbiendo la sopa.

—Sí, sí —aseguró Alice—. ¿Crees que son una secta?

Lumière negó con la cabeza.

—No importa. Pueden hacer lo que les plazca siempre y cuando me dejen trabajar. Nos han pagado y se esperan ingresos mayores. Si solamente marcan las distancias no habrá problemas. Lo que me preocupa es lo que he visto hoy.

Lumière explicó que no habían conseguido traducir ninguno de los textos que había en la nave de paleografía y que las ruinas eran de un tamaño proporcionalmente mayor a una ciudad normal. Y, lo más inquietante, que los geólogos decían que aquella civilización habitó la isla en los tiempos del Gran Diluvio Universal.

—¡Miles de años atrás! —exclamó Alice.

—¡Es inverosímil! —confesó Lumière—. He trabajado con textos milenarios pero nunca tan ancianos. Es fantasioso incluso para mí que traduzco fábula. Estamos ante misterios de tiempos de Noé. ¿Sabes lo alejadas de nosotros que estaban aquellas gentes? Durante un siglo perecen varias generaciones, imagínate el incontable número de individuos que nos separan. ¡Da vértigo! En tanto tiempo ha habido movimientos sísmicos, catástrofes, tsunamis, tormentas, diluvios… y aun así, los vestigios de aquella civilización han llegado hasta nosotros. No tengo palabras.

Lumière se había embalado. No se había dado cuenta de que su mujer le había retirado el plato y lo estaba fregando. Solía pasar. Ella no entendía su discurso. Toleraba sus palabras aunque no las escuchaba. Por otro lado, Lumière agradecía esa desidia porque muchas veces discurseaba sin llegar a puerto y no era adecuado raptar a otros en un viaje sin destino.

Alice fue a la cama y Lumière salió a dar un paseo. Necesitaba despejarse. Caminó hasta el límite del campamento. Desde allí, disfrutaba de una posición elevada. Observó lo circundante. La pirámide, magnánima, se alzaba en el sur. No necesitaba el auxilio de un promontorio para sobresalir ya que era equiparable a una montaña; solo la rectitud de las paredes y su afilada punta delataban su artificiosidad. A pocos kilómetros se adivinaba el mar. Al norte, quedaban las ruinas que, a oscuras, parecían siniestras.

Suspiró. Conocer a los paleógrafos había sido cansino. No se acordaba de sus nombres y dudaba que volviera a dirigirles la palabra. No trabajaba en grupo; sus métodos eran demasiado personales para confiar en otras personas. No le hubiesen entendido. En la universidad era conocido como "El Lobo Solitario". Eso despertaba odio en sus competidores y atracción en las mujeres. Así había seducido a Alice, que lo esperó un día después de clase.

Detectó movimiento por debajo. Había hombres armados ¿Militares? Se extrañó. Quiso llamarles la atención pero no se atrevió. Estaban extendiendo vallas y alambres alrededor del campamento. Se preguntó por qué. Estaba a doscientos metros y no lo habían visto. Iba a irse cuando una mano cayó sobre su hombro.

—No debería estar aquí —Lumière se dio la vuelta y vio a un hombre con un chaleco de camuflaje y una escopeta colgándole de la espalda—. El horario nocturno termina a las diez. Después no puede salir.

—Nadie nos lo había dicho —replicó Lumière—. ¿Acaso hago algún mal?

El soldado lo asió del brazo amablemente pero con determinación y lo condujo hasta su casa. Lumière intentó discutir pero el guarda alegó que había estrictas normas. Al día siguiente avisaría para que les impartiesen clases y así estuvieran al corriente. Lumière y Alice habían llegado a la Quinta Isla el día anterior; por lo tanto, no estaban familiarizados con las costumbres de la Organización. Se despidió con modales y Lumière se quedó con las ganas de darle un puñetazo. No hubiese servido de nada. Él solo obedecía a la Organización.

Se echó a la cama. Su mujer dormía. Pensó en otros asuntos. Ansiaba probar sus técnicas en el texto que le habían encomendado. Y con esa ilusión se durmió.

Al día siguiente, le explicó a Alice lo sucedido. Salieron temprano y comprobaron que el campamento había sido rodeado por vallas metálicas llenas de alambres. Unos soldados les aseguraron que era por seguridad pero no se lo creyeron. Mientras desayunaban, vinieron unos hombres para decirles que iban a instruirles para que no volviera a repetirse lo de la noche anterior. A Philip le cayó la mandíbula al suelo. No entendía la ofensa y se quejó pero los de la Organización le dominaron con retórica y palabras elevadas.

–Tiene importantes quehaceres –dijo uno de ellos–. Informaremos a su mujer de todo y confiamos en que se lo transmita.

Los hombres se despidieron. Alice se inquietó pero Lumière seguía ilusionado.

–No nos desanimemos –alegó pensando en el texto que debía traducir. Cogió a Alice de la cabeza como si sostuviera una taza–. Cuando regrese me explicas lo que te hayan dicho. –La besó en la frente–. Confía en mí.

Finalizó la conversación sin mirarla a los ojos y se fue.

Lumière fue a la nave a pie. Cubrió los quinientos metros que separaban el campamento de las ruinas y por todos sitios había controles. De él se esperaba que fuera a la nave y si se desviaba se le echarían encima. Había hombres armados y en actitud desafiante distribuidos por doquier. El día anterior, con Lord Eduard y sus lacayos, no se había fijado en esas medidas de seguridad.

Llegó a las ruinas y nadie lo saludó. Al resto de impuros debían hacerles lo mismo. Cuando Alice le dijo que los llamaban así no le dio importancia pero era una denominación aciaga.

Entró en la nave de paleografía y apenas repararon en él. Se sintió defraudado. El día anterior era Dios y ahora uno más. Previsible. Tocó con los pies en el suelo. Augusto no estaba pero ya le había mostrado la inscripción sobre la que debía trabajar. Pidió biombos alrededor; para su método necesitaba aislamiento y una cuerda no se lo aseguraba.

Se sentó enfrente del texto, tomó una silla de tijeras y lo contempló como si se tratase de una puesta de sol.

La piedra era fina y los grandes caracteres ostentaban un intrigante brillo plateado. Había tres líneas. Primero debía averiguar qué eran: letras, símbolos, ideogramas… Se cruzó de piernas y buscó la conexión con lo que tenía delante. Analizó la disposición de los caracteres y el tipo de piedra. Era un indicador, señalaba algo. No debieron moverlo para trasladarlo a la nave. El lugar donde se encontraban las inscripciones era primordial para la traducción.

Atendió al orden y no le convenció. Debía leer de forma distinta. No traduciría de izquierda a derecha sino de arriba abajo; por lo tanto, debía marcar columnas de tres caracteres. Copió el contenido de la piedra en la pizarra e hizo diez columnas verticales con tres líneas cada una. Había treinta letras en total. Esa división la había visto en culturas como la del Valle del Indo. Tenía sus dudas pero confió en la traducción vertical.

¿Qué eran? Podían ser símbolos y guardar relación con el significado o pictogramas sin vínculo con el objeto o acción que identificaban.

—Son ideogramas. —Se dijo—. Letras. No son dibujos mnemotécnicos sino una escritura silábica o alfabética ordenada por leyes desconocidas.

Esto complicaba el trabajo. Si eran símbolos podía relacionarlos con lo circundante pero con las letras no servía de nada conjeturar ya que ignoraba el alfabeto empleado. Si fuera una escritura logográfica como la egipcia tendría más opciones pero era silábica como la sumeria; la tarea se le hacía cuesta arriba.

Lumière se arremangó, se desabrochó el último botón de la camisa y continuó. Apuntaba y borraba en la pizarra. Tocaba la piedra con intención de confraternizar. Pasaron las horas y Augusto le trajo la comida; le dejó el sándwich a un lado. Lumière vio el tentempié, lo agradeció, dio un mordisco y continuó.

Estaba absorbido. Lo estaba encontrando. El método del Camino Inverso requería su tiempo pero iba en buena dirección. Primero debía de comulgar con el texto y luego sentir el mensaje. Una línea podía significar mil cosas y el mérito residía en descubrirlo. Había millones de posibilidades. ¿Cómo darían forma a la letra A los babilónicos, por ejemplo? ¿Acaso pronunciaban la A como nosotros? No había asidero. Solamente su método podía llevarle hasta el significado. No era científico; no había una razón objetiva sino un lazo esotérico con el texto. Escribir es un proceso que nace de la mente, se reproduce en la boca aunque la lengua esté silenciada y se transcribe. Lumière hacía el proceso inverso: de la letra iba a la boca y de esta a la mente donde residía el mensaje. Para hacer ese viaje necesitaba billetes, que eran los detalles que nadie atendía: cuando los unía, los ideogramas o letras cobraban sentido. Era una técnica que no podía explicar a sus colegas, de ahí que muchos lo tomasen por un patrañero que se inventaba las traducciones. Entendía la crítica; además, de todo lo que había traducido, nada se había probado.

Llegó la noche. Todos habían abandonado la nave menos Augusto que le hacía compañía. No se fiaba de él. No era prudente dejar solo a un impuro. El orondo intentó convencerle de dejarlo para el día siguiente pero Philip se negó.

Lumière, con el monóculo insertado en su ojo izquierdo, analizaba cada punto. Lo anotaba en la pizarra, lo borraba y lo volvía a rescribir.

Llegó la medianoche y Lumière solo había dado un mordisco al sándwich que descansaba, tristemente, sobre un plato de plástico al lado de la piedra.

Tocaron las dos de la madrugada y Philip, al fin, lo vio. Conectó. La maraña de detalles que componían la escritura se confabuló para alcanzar un sentido más allá de las palabras. El recuerdo persistía; ninguno muere aunque sea lejano y remoto. Vio las grandes manos del ser que escribió graciosamente sobre la piedra en el suspiro que precede a la escritura. Sus manos eran mayores que las de cualquier ser humano. El Camino Inverso. Estaba allí, vio las ideas de ese gigante. ¡Platón, ayúdame! Se separó de las manos del escritor y le vio el rostro. Llevaba la cabeza rapada y una gran trenza le caía por la espalda. Sus ojos eran azules y menudos, destilaban inteligencia aunque no estaba claro si había bondad. La imagen le amilanó. Nunca había visto un ser parecido. Pero debía envalentonarse. Faltaba el último paso: asaltar sus pensamientos. Lumière forzó su habilidad. Había truncado mentes de seres ancestrales pero la del gigante era su mayor hazaña. ¡Sí! ¡Estaba allí! No había idiomas sino las ideas del gigante antes de transcribirlas. Había desandado el camino del texto. Letras – Escritura – Mente.

–Lumière, ¡Lumière! –Gritó Augusto.

Philip se despabiló. Estaba en el escritorio con una pluma y un papel. Había escrito algo. En la fase de transcripción perdía el norte pero estaba acostumbrado. Todo ese proceso lo atribuía a su capacidad para concentrarse. Se convencía de que el Camino Inverso era consecuencia de su abstracción pero Augusto estaba azorado.

–¿Se encuentra bien? –preguntó el orondo.

Philip miró abajo y vio el texto que había escrito fruto de su esotérica indagación.

–¡Lo tengo! ¡Lo he traducido!

–¿Es francés?

Se acercaron al texto. Lumière ilusionado y Augusto impertérrito.

"En la plaza donde la serpiente envuelve la esfera amarilla yace el sacerdote profano Owöd con el *Huktur-Akkim*"

Los dos se miraron y Augusto se sinceró:

–Creo que le han afectado las horas de trabajo, estaba prácticamente dormido cuando escribía. Necesita descansar.

–Debemos averiguar si es cierto –Lumière estaba excitado–. Hasta ahora, todo lo que he hecho carecía de pruebas. En Sumeria, en Babilonia y en Egipto las pruebas físicas no me amparaban, de ahí que todo quedase en conjeturas. Sin embargo, aquí tenemos la posibilidad de probarlo. ¿Existe alguna plaza con un dibujo de una serpiente enredada a una esfera amarilla?

Augusto siquiera parpadeaba. Lumière esperaba ansioso una afirmación pero el orondo se la negaba.

—Lumière, los...

—Impuros —Lumière se adelantó—. Ya sé que nos llaman así.

—Disculpe —Augusto mostraba comprensión—. Las normas son claras, no puede desviarse de su trabajo. ¿Ha husmeado en las ruinas? Tendré que informar de su desfachatez. ¡La plaza de la serpiente está vetada!

—¿Insinúa que estoy fabulando? Un momento. ¿Existe esa plaza?

—Solo digo que la plaza puede haberla visto y no acredita que lo traducido sea cierto.

—Pues excavemos.

—¿Cómo? —Augusto no se lo creía.

—El texto dice que enterrado en esa plaza está el tal Owöd con el *Huktur-Hakkim*. —Esos nombres le provocaron una nauseabunda sensación en el paladar—. Envíe a sus arqueólogos allí. Si encuentran una tumba significará que tengo razón y que, por tanto, soy capaz de traducir los textos de la isla.

CAPÍTULO 10
MICROBIO MALO

Talatoya, Ma, Na Patarra
Julio de 2016 d.C.
Domingo

S.G.A.

Sandra Gilabert Arce, S.G.A tal y como constaba en sus toallas nupciales, era la orgullosa jefa de limpieza del Na Patarra. Cada mañana, a las ocho, reunía a su ejército y las armaba con lejía, estropajos, limpiacristales y *sprays* mágicos. Había fabricado sus propios mejunjes. Se había informado de muchos elementos que "limpiaban". Era una experta, una profesional.

Como siempre, empezaron por la planta baja. En las habitaciones entraban dos operarias menos en la que escogía Sandra. S.G.A. era demasiado escrupulosa y nadie la aguantaba. Además, repasaba las habitaciones que habían hecho las otras y las sermoneaba por cualquier memez.

Barrieron las bacterias de las diecisiete primeras plantas. En las habitaciones donde había huéspedes llamaban a la puerta y los despertaban. Eran terroristas de la sanidad. La planta que ocupaban era embaída por el sonido de los dispersores de líquidos desinfectantes y cuando la abandonaban, S.G.A. aspiraba el aire que atesoraba los componentes químicos. Era el aroma de la victoria: la recompensa a su trabajo. El enemigo, el pequeño monstruito malévolo, el microbio, había sido reducido.

Llegaron a la planta dieciocho. A su paso, habían dejado una atmósfera celestial amparada por la artificiosidad higiénica.

Se distribuyeron las habitaciones. S.G.A. escogió la 18 B e impidió que sus compañeras entraran. Era el antepenúltimo asalto. Estaban sudadas, el ritmo era maratoniano pero S.G.A seguía apasionada.

Entró en la 18 B con su carro. ¡Microbio malo! Ese lugar estaba sucio. Muy sucio. La escena merecía los silbidos de la película *El Bueno, el Feo y el Malo*. Curro Savoy ilustraría el combate como con Clint Eastwood y Eli Wallach.

La cama estaba deshecha; era normal. No obstante, en ese caso era como si hubiese explosionado una bomba. Quizás tendría que deshacerse de las sábanas. No podía arriesgar la lavadora. ¡Bendito cilindro quitamanchas! La base de la montaña de sábanas estaba humedecida y había roña en el colchón.

Había esferas amarillas del tamaño de canicas esparcidas por encima de la cama. Cogió una. Consistía en una fina membrana dorada y gelatinosa que encerraba larvas negras. ¡Eran huevos! Sintió nauseas, la dejó donde lo había encontrado y le costó puesto que se le había pegado a los dedos. No perdió la calma. Se había enfrentado con todo tipo de bichos y había sobrevivido. ¡No podrían con ella!

Localizó cáscaras amarillas rodeadas de una mucosidad negruzca. Se maldijo por no haber llegado antes. ¡Las alimañas reptantes habían nacido!

Cogió un extremo de las sábanas y, a medida que las apartaba, se producía un chasquido. Las echó a un lado y descubrió un charco negro donde comulgaban las líneas oscuras que nacían de los huevos rotos.

Estuvo tentada de llamar a sus compañeras pero la puerta de la habitación estaba cerrada; nadie se atrevía a molestarla en su sacro exterminio. Lo tenía que limpiar ella y colgarse la medalla.

Se puso los guantes de látex. Pondría los bichos en una bolsa de plástico.

Alargó la mano y comprobó que la mancha negra estaba compuesta por pequeños gusanos oscuros de distintos tamaños. Sus ojos eran puntos verdes y su boca dos líneas de dientes afilados. Hasta en los más pequeños se identificaban sus rasgos. Onicóforos alargados, vermiformes y cilíndricos.

Dio un paso atrás, se llevó la mano al pecho y gritó.

Esos seres estaban comiéndose las sábanas y aumentaban de tamaño a medida que ingerían. Se desarrollaban desigualmente formando una amalgama de cilindros.

Las esferas doradas que aun no se habían roto crujieron y se abrieron. De cada una nacieron varios gusanos que hincaron el diente al colchón. Poco a poco, fueron ocupando toda la cama.

Del charco negro emergieron cuatro gusanos mayores. Asomaron sus larguiruchos cuerpos como si se tratara de serpientes. Contrariamente a los reptiles, su torso estaba ladeado por esas articulaciones gelatinosas que querían ser piernas. Daban la impresión de ser ciempiés aunque más gruesos. Los ojos verdes perdían momentáneamente su colorido por la acción de una membrana nictitante que se cerraba de lado. Horrorizada, S.G.A. los roció con *spray*. Los gusanos, molestos, cerraron las membranas nictitantes pero se recuperaron y mostraron sus afilados dientes.

La cama se quedó pequeña y los gusanos cayeron por los lados. Cuando tocaron la moqueta se desplazaron a gran velocidad. S.G.A. había visto gusanos desde una arrogante superioridad; eran diminutos, lentos y estúpidos. Sin embargo, a una escala mayor, sus ridículos movimientos eran grotescos.

Se acercaron a ella. Mordían la cama y la mesilla aumentando peligrosamente de tamaño. Les echó la lejía más agresiva pero no les afectó. Dio un paso atrás y se topó con el armario. Los gusanos habían ocupado el pasillo. No podía huir sin pisarlos.

Sintió un roce en la nuca. Algo grueso y viscoso corría entre el armario y ella. La misma sensación tuvo en los brazos y piernas. Dos gusanos larguiruchos le apresaron las muñecas y otros dos los tobillos. Estaba retenida. Habían salido del armario. El que danzaba por detrás del cuello se colgó en sus hombros, se abrió paso entre su cabello, se dio la vuelta y la miró; se trataba del mayor de todos. El bicho abrió las fauces y emitió un gruñido lobuno enseñando sus dientes afilados.

Otro gusano apareció de detrás y le cerró la boca. Sus pequeñas extremidades le tocaron la nariz y sintió desagradables cosquillas. Intentó gritar pero estaba silenciada por el cuerpo del bicho. De esta manera, uno de los grandes le tapaba la boca y otro la miraba desafiante. Ambos habían surgido del armario.

Miró a la izquierda, donde estaba el lavabo. Los gusanos escalaron el retrete, se detuvieron en la taza abierta y analizaron el utensilio. S.G.A. entró en cólera. No podía permitir que huyeran. Esos seres la miraron como mofándose. Había tres grandes gusanos encima del wáter. S.G.A. no podía gritarles porque otro bicho estaba enquistado en su boca. Si se tiraban por el retrete se extenderían y jamás se lo perdonaría. S.G.A. apretó los puños y dio un paso hacia el lavabo pero escuchó un ruido y miró a los lados. Los gusanos se comían el armario que tenía detrás como un *bombyx mori* haría con una hoja de morera. ¿Eso significaba que no eran carnívoros? Logró deshacerse de los cilindros que le asían las muñecas. Dio una patada y los de las piernas salieron despedidos.

Los aniquilaría. Eran sucios y malos. Ella era limpia y buena. Pensaba eso cuando los gusanos que estaban encima del wáter saltaron en el interior de la taza y desaparecieron. Primero fueron tres y luego se animaron más.

S.G.A. se alarmó. No porque su vida corriera peligro sino porque esos seres se escapaban. ¡Dejar extender una plaga era el mayor de los pecados tipificados en su Biblia de la desinfección!

Se aferró al gusano que se había posado sobre su boca y rompió los filamentos de una sustancia transparente y pegajosa que había empleado para amarrase. Al desapegarlo, lo lanzó al suelo y se retorció entre sus compañeros menores.

Fue a asir el carro de la limpieza pero el gusano mayor se le interpuso en el camino. S.G.A. sintió punzadas en los pies. Los pequeños engendros, temerosamente, le mordisqueaban las piernas. Después de morder se apartaban como peces. No solo comían madera.

Con un rápido movimiento, el otro gran gusano que había emergido del armario y que tenía enfrente, enquistó sus fauces de lado en el rostro de S.G.A. Al apretujarla, la retuvo con la boca abierta. S.G.A. sintió una viscosidad en la cavidad bucal ¿Acaso la estaba besando? Muerta de asco, sus ojos se nublaron. Cayó de rodillas. Los gusanos menudos la herían y el mayor la besaba repulsivamente con lengua.

Se desmayó y cayó sobre el manto de insectos. Aprovechando su inconsciencia, se la comieron poco a poco.

—Si yo no he podido ¿Quién limpiará esto? —pensó antes de fallecer.

CAPÍTULO 11
JASOR

Talatoya, Jasor
Julio de 2016 d.C.
Domingo

Alba

Alba y Rodri con la moto de agua azul y Álex y Delia con la amarilla costeaban Talatoya. Habían ido hacia el norte. Era un día soleado y el mar, claro, permitía divisar peces a diez metros de profundidad. Rodri frenaba cuando había algo reseñable. La moto amarilla no los esperaba; Delia, gritando, ordenaba a Álex que continuara y este obedecía complacido.

Rodri se detenía ante las ruinas: estructuras parecidas a embarcaderos que se adentraban en el mar y piedras decapitadas que habían sido estatuas. Todo estaba hecho a una escala mayor. Las residencias parecían edificios oficiales y las columnas eran asimilables a los pórticos de la Plaza de San Pedro.

—¡Mira! —Rodri señaló la costa donde había un semicírculo con gradas cuya altura superaba la de un ser humano—. Es el anfiteatro de Tanos.

Las gradas miraban al mar con lo cual el agua estaría recortada por los actores. Estaba mal conservado; los árboles habían roto la piedra pero la enormidad de las gradas los hacía parecer hierbajos.

—¿Por qué es tan grandioso? —se interesó Alba mientras pasaban lentamente ante el anfiteatro.

Escucharon ruido. La moto amarilla dibujaba círculos en el mar. Rodri y Delia gritaban y no valoraban la reliquia que tenían enfrente.

—Talatoya estaba habitada por gigantes. —Afirmó Rodri.

Alba observó el anfiteatro. Ya no le incomodaba el jaleo de sus respectivas parejas.

—¿Gigantes? —reiteró.

Rodri detuvo la moto, se dio la vuelta y se enfrentó a Alba.

—En Menorca también se habla de ellos. —Rodri se escuchaba a sí mismo—. Allí se sospecha que hay ciudades sumergidas como la de Sanisera junto al cabo de Cavallería. Cuando Talatoya emergió del mar, esas leyendas se reafirmaron.

Pese a ser menudo y feo, la oratoria le confería cierto atractivo.

Alba recordaba vagamente a los gigantes de Talatoya. Los había estudiado en el instituto pero el tiempo había sepultado ese conocimiento al igual que las embrolladas tramas de los dioses helenos. Una historia mitológica es como una fórmula matemática que, para no caer en el olvido, debe recitarse a menudo.

Rodri le cerró la boca a Alba pues la había abierto sin darse cuenta y señaló el anfiteatro.

—Esta arquitectura es inadecuada para nosotros. Los que se sentaban en esas gradas medían cinco metros de altura.

Talatoya estaba, como Menorca, habitada por gigantes y se llamaban ghak.

Avanzaron hacia el norte. Al cabo de unos kilómetros, la línea costera se tornó irregular. Los salientes, los cabos y los acantilados se apretujaban como si pugnasen por ocupar su diminuta parcela. Las piedras, punzantes y laminadas, parecían cristales rojos. Las calas eran pequeñas e impracticables; había caminos hasta el agua que empleaban la línea costera como una dársena. Contrariamente a lo que pudiera pensarse, esa zona asilvestrada estaba repleta de turistas. Los barcos habían tirado el ancla cerca del escarpado acantilado. En la pared rocosa que daba al mar se habían abierto agujeros que albergaban bares, restaurantes y tiendas de *souvenirs*: parecía un centro comercial. A Alba le recordó a los dibujos de los nidos de las hormigas cuando se veían desde lejos como si se hubiese cercenado la tierra.

–Te presento la costa de Jasor. –Rodri miró la hora–. Pertenece a la población de Uriutbur, que se halla en el interior, famosa por su mercado al aire libre; es un espectáculo, mañana por la mañana iremos a verlo. He reservado mesa para comer aquí y también habitaciones en el hotel R'lyeh.

Rodri señaló a la izquierda donde un majestuoso hotel de paredes onduladas de estilo gaudiniano estaba acoplado a las paredes rectas que daban al mar. Lucía cinco estrellas doradas en lo alto pero estaba tan bien implantado en la rocosidad que era como si fuese obra de la naturaleza.

Aceleraron y alcanzaron la costa. Pararon las motos, bajaron y las cedieron a unos marines que les saludaron servilmente. Era el momento de lucirse; Delia cogió de la mano a Rodri. Alba se ofendió. La boba había tonteado con Álex durante el viaje y ante la *jetset* blandía a su novio.

Subieron por un camino de piedra. La música ambiental, el sonido del mar y el tintineo de las copas se dignificaban con el aroma del marisco. Alba se detuvo y miró la pared tallada. Eran rocas sedimentarias aunque su tonalidad rojiza las elegantizaba.

—¿Estás bien? —Alba se dio la vuelta y se encontró a Rodri. Delia esperaba a unos metros de brazos cruzados.

—Estas piedras... —Alba las tocó.

—Depende del lugar de la isla son más o menos rojas. En el interior, en Uriutbur, el bermejo es mucho más intenso.

—¡Rodri! —Delia pisó con fuerza—. ¡Tengo hambre!

El jefe de policía arqueó la ceja.

—¡Vamos! —le animó Alba—. No te metas en líos.

Llegaron al restaurante y el gerente los llevó a una mesa redonda con vistas al mar. Los acantilados caían en picado y los bañistas alcanzaban al agua gracias a escaleras de hierro que convertían el mar en una gran piscina de tonos turquesas.

Pidieron la especialidad de la casa: caldereta de langosta, una receta de Fornells.

Sacaron los entrantes. Había todo tipo de marisco. Alba y Rodri se tiraron encima de la comida como si no hubiesen probado nada desde hacía semanas. El viaje en moto les había abierto el apetito aunque no notasen el cansancio. Delia solo comió pan y bebió Fanta. No tengo apetito, dijo. Alba creía imposible que alguien se resistiese a las gambas y a los tallarines. Mientras Delia comía migas de pan miraba fogosa a Álex que se había pedido un Bratwurst con patatas fritas; tampoco le gustaba el marisco. Alba y Rodri pasaban de esos cuerpos sin materia gris; la comida era más importante.

Sacaron la caldereta de langosta. ¡Espectacular! Los enormes crustáceos estaban dentro de una cacerola de barro y descansaban sobre un lecho de caldo humeante. Les dieron un babero con el nombre del restaurante, unos guantes de plástico, un tenedor para marisco y alicatas. Luego, les presentaron una langosta entera para cada uno. Alba frunció el ceño. Nunca le había gustado abrir esos bichos y, tras haber saciado el hambre con los entrantes, su preocupación regresó a las leyendas.

—¿Por qué los pueblos de Talatoya tienen nombres tan extraños? —lanzó.

Rodri se limpió los labios con el babero; acababa de succionar una pata de langosta El joven policía alabó el sabor y contestó:

—Los actuales pueblos de Talatoya están construidos al lado de las ruinas de los antiguos enclaves de los ghak. Cuando fueron descubiertos, se ubicaron las ciudades al lado conservando los mismos nombres que les dieron los gigantes.

A Álex le cayó un trozo de Bratwust en el regazo, lo cogió y se lo llevó a la boca:

—¿Te lo limpio? —preguntó Delia juguetona.

Álex hizo palmas y asintió. Alba, inalterable, se dirigió a Rodri:

—Es decir, que aquí al lado están las ruinas de la antigua Uriutbur.

Rodri asintió.

—Mañana iremos. Conozco una parte de esta mitología. En Talatoya ha habido tantos descubrimientos que es imposible controlarlos. —Rodri rompió la cabeza de la langosta con las tenazas y el líquido cayó sobre el caldo—. ¡Ummmmmm! —exclamó con los ojos brillantes—. Todo a su tiempo. Primero comer y descansar; luego piedras.

Terminaron el banquete a las cinco. Alba quiso ir de inmediato a las ruinas de Uriutbur pero Rodri le quitó la idea de la cabeza.

—No te preocupes —intervino el agente—. Uriutbur está diez quilómetros tierra adentro. Iremos en coche. Ahora descansaremos y esta noche dormiremos en el R'lyeh. Se celebran fiestas estupendas en verano. Hartos y con el sol reventando las piedras, ir a las ruinas no es una buena idea. No hay prisa.

Alba no compartía la última frase. Sí que había prisa. Ansiaba conocer más sobre los ghak. Había intentado recordar lo que había estudiado pero la historia se escabullía.

Por otro lado, durante la comida se había sentido de maravilla con Rodri. El pequeño madero mimaba el diálogo, dominaba el tempo, las pausas y empatizaba.

Salieron del restaurante y siguieron a Rodri por el sendero que recorría el acantilado. Entraron en otro de los agujeros que constelaban la pared recta: se trataba de una sala rectangular que daba al mar, el cual quedaba quince metros por debajo. Transitaba una brisa pecaminosa que hacía tocar el cielo pese a no merecerlo. El lugar estaba repleto de sofás y hamacas endoseladas. De fondo sonaba música de *Café del Mar*. Alba se tiró en una *chaise longue*. Enfrente, el mar se rompía contra las rocas y el dosel protector se abría ofreciendo el paisaje. Escuchando la música del famoso bar de Ibiza, cerró los ojos y se durmió cuando el camarero le puso sobre la mesita un Cosmopolitan.

Alba abrió los ojos y notó una pegosidad en los párpados. Había dormido profundamente. Escuchó el graznido de las gaviotas. Se incorporó, corrió el dosel y vio el mar. El sol había perdido fuelle y por la situación en el cielo, valoró que eran las seis de la tarde. Se levantó, dio un paso al frente y la música de *Café del Mar* se impuso a las olas. Al despertar, sus sentidos habían recogido las sutilezas de los elementos obviando el *chill out*. Alba miró a los lados. Rodri, Álex y Delia estaban en la barra del bar.

Estuvo tentada de ir hacia Rodri pero había algo que la atraía más que su lubricante charla. Álex explicaba lo de siempre, la parada de un penalti en la final universitaria: extendía los brazos simulándola. Rodri lo miraba fascinado, no por la historia sino por lo orgulloso que se sentía de ella. Delia, *gin-tonic* en mano, animaba a Álex.

Alba no quería ir con ellos; se levantó y fue hacia la barandilla de piedra limítrofe con el mar. Miró abajo y sintió vértigo. Siguió en dirección contraria a sus amigos. Fue hacia la derecha y salió por el lugar por el que habían entrado. Llegó al sendero a través del cual les había conducido Rodri. Desconocía los entresijos del lugar pero el dulzor del reciente despertar la animaba.

Siguió el sendero hacia la izquierda y dejó atrás la sala de las *chaises longues*. Habían llegado por la derecha, por lo tanto, estaba en una parte inexplorada. Siguió adelante y esquivó a unos millonarios que iban de *hippies* con camisas de mangas largas, pantalones cortos y chancletas. Anduvo durante unos minutos y el sendero experimentó un ascenso. Miró abajo y el mar estaba a más de treinta metros. Se mareó y tambaleó pero se tranquilizó. El sendero era amplio y había una barandilla fiable: ese lugar no era para intrépidos excursionistas sino para borrachos adinerados. Se animó y subió por unas escaleras. A medida que ascendía, la sensación de seguridad que había tenido al despertar se acentuaba. Se concentró en los escalones y subió sin mirar arriba. Fuese lo que fuese lo que encontrase deseaba ser sorprendida.

En un rato, los escalones desaparecieron. Había llegado a lo alto del acantilado donde se extendía un campo verde. Trepó hasta arriba y se puso con los brazos en jarras ante las altas hierbas. Se sintió cansada. Durante el trayecto no lo notó, pero ahora que estaba parada le faltaba el aire. Respiró hondo y notó que una sombra la protegía del sol. Miró a la izquierda donde se extendía la mancha oscura. El terreno se comprimía a medida que se introducía en el mar como si se tratase de un triángulo obtusángulo. En la punta había una estructura de piedra consistente en dos piedras rectangulares, una encima de la otra. Medía siete metros de altura formando una T que recortaba el mar.

Se acercó al monumento. Se confraternizó con su ancianidad. No le gustaba la arqueología; había estudiado historia del arte para no hacer matemáticas, no por interés. Sin embargo, necesitó saber qué era. Sin Rodri, debía ejercitar la memoria.

Recordó que se llamaban Taulas y había muchas en Menorca. A medida que descodificaba el sentido de la construcción, el cielo mudaba de color; el azul, cual dosel, se apartaba para dar lugar a un firmamento nocturno. El cielo estrellado no era negro, las estrellas se movían amparadas por un escenario multicolor y cambiante. Vio tonos rojos y anaranjados como los de las profundidades del lejano universo que saca la Nasa. Había puntos luminosos que se desplazaban a gran velocidad: podrían ser estrellas fugaces pero no estaba segura. La Taula era el único elemento inmóvil. La piedra superior era la *pedra-capitell* y la vertical la *pedra-suport*. Algunos decían que servía para sacrificar víctimas en la parte superior y dejar que los pájaros e insectos se comiesen los cuerpos. Otras teorías la consideraban un símbolo taurino porque se habían encontrado figuras de toros cerca de Taulas como la de Torralba de Salort. También

había quienes la identificaban como una representación de la Suprema Proporción: una expresión geométrica de la Divinidad. Y los más crédulos creían que era la mesa de los gigantes.

Toda esa información se abocó en su cerebro con fluidez. Sin embargo, se dio cuenta de que todo lo que racionaba no era determinante, es decir, en el fondo, no se sabía para qué servían las Taulas. El misterio superaba la grandiosidad del espectáculo casi pirotécnico que contemplaba. Podía tratarse de una alucinación, pregaba a Dios que así fuese, pero era demasiado tangible para serlo.

Unos sonidos turbaron su excelsa visión del universo. Procedían de atrás, tierra adentro. Temió darse la vuelta pero sobre el hombro sintió el peso de algo invisible que la obligó a girarse.

La situación era cambiante y fantasiosa como un cuadro impresionista de gruesas pinceladas. Había montañas y bellos prados sin broza pero una malévola sutileza lo torció todo. El sol se ocultó y las montañas se convirtieron en resbaladizos salientes puntiagudos. El cielo, ofendido por nubes oscuras, fue centelleado por relámpagos. No pudo sufrir la inmensidad de los elementos indoblegables en su original salvajismo. En la explanada que la separaba de Uriutbur, vio hombres de piel cetrina, altos, robustos y con trenzas que luchaban dramáticamente contra seres alados.

Intentó acercarse a la contienda pero el fulgor no era definido. Los soldados desfallecían y los monstruos eran abatidos en un plano deficiente y codificado.

Una niebla cubrió y silenció la cruenta batalla. Algo la miró. Sus cabellos se movieron, no por el viento sino por un aliento sombrío. Era el miedo en estado puro, el conocimiento revelado de la no existencia en su pútrida forma. Intentó discernir sus intenciones. No la retaba sino que le agradecía en un lenguaje sin palabras lo que había hecho por él.

No entendía la gratitud. No era consciente de haber ayudado en nada. Entonces, como si "aquello" hubiese adivinado sus dudas, le mostró la imagen del collar cuando lo sacó del agua. Se vio a sí misma descollándolo de la roca y llevándolo a la playa. En ese momento, esas acciones habían sido alegres pero desde esa diabólica perspectiva cobraban una magnitud cósmica inasumible.

Y todo tornó a la normalidad.

El cielo recuperó su serenidad y desaparecieron las viñetas de la contienda.

Y a pesar de todo, no sintió miedo.

CAPÍTULO 12
SOBRE EL CULTO

Octubre de 1880 d.C.
Mar Mediterráneo
(La Quinta Isla)

Philip Aldous Lumière

Se despidió de Augusto cuando este le prometió que haría lo posible por excavar en la plaza de la serpiente. Llegó a casa a las cuatro de la madrugada y Alice dormía. Al día siguiente, despertó al mediodía y su mujer ya no estaba. Le había preparado el desayuno. Sobre la mesa del comedor había un gran vaso de leche, cereales, tostadas y mermelada de frambuesa. Mientras comía jubiloso por la hazaña del día anterior, cogió el diario. No había nada sobre la aparición de la isla. Algo tan singular merecía estar semanas en portada pero la noticia solo había aparecido un día. La Organización estaba detrás. Por el testimonio de Aaron, estaban molestos por la filtración a la prensa.

No quiso pensar en los misterios que había detrás de su contratación. Dio un trago a la leche, untó una tostada con mermelada y le dio un mordisco.

Ante él había un cenicero en forma de cuenco en el que reposaba una esfera dorada. Parecía una joya aunque, en su parte central, había un extraño filamento. La asió y la inspeccionó. Estaba helada y brillaba. Presionó y estaba dura. La devolvió al recipiente y continuó dando cuenta del desayuno.

Cuando terminó, fue hacia las ruinas. La cortina de humedad que descansaba sobre la isla impedía ver más allá de un tiro de fusil.

Entró en las ruinas y luego en la nave de los paleógrafos. Había la misma frialdad que el día anterior. Buscó a Augusto porque ansiaba preguntarle si habían descubierto algo. Lo encontró hablando con unos hombres vestidos de negro en su despacho. Cuando lo vio, se despidió de ellos y fue a su encuentro. Le saludó sin exteriorizar ningún sentimiento. Empezó a hablarle sobre el tiempo pero Lumière fue al grano:

−¿Qué había en la plaza?

Augusto enlazó las manos sobre la tripa y jugó con los dedos gordos.

−No pierde el tiempo −le admiró−. Sabe que no puedo comentar nada sobre lo que sucede más allá de estas paredes.

Lumière se encaró.

−¡No me venga con esas! Necesito saber si han encontrado algún cadáver. De lo traducido se desprende que yace alguien, un tal Owöd, con que no puede ser más que una tumba. Os interesa decírmelo para saber que mis traducciones son veraces. De lo contrario, me veré obligado a cambiar de método.

−¡No! −saltó Augusto−. ¡De eso nada! En un día ha aportado más a nuestra área que en seis meses cincuenta personas trabajando a destajo −Augusto miró a los lados para cerciorarse de que no les espiaba nadie. −Venga conmigo Lumière.

Philip siguió a Lumière hasta su despacho. El orondo cerró la puerta y lo invitó a que se sentara. Él ocupó un sillón de piel dispuesto al otro lado del escritorio. Su mesa estaba llena de fósiles, diccionarios y huesos de animales pequeños. Augusto guardó silencio.

—¡Explíqueme! —se exaltó Lumière—. ¿Qué han averiguado?

Augusto miró el cristal de la puerta desde el que se veía el exterior y confirmó que nadie reparaba en ellos.

—Señor Philip. —Dijo al fin Augusto—. Ignoro cómo lo ha hecho pero hemos excavado en la plaza de la serpiente y hemos hallado un cuerpo.

Philip saltó de la silla y dio un grito triunfal.

—¡Relájese! —le aconsejó Augusto. Nervioso, tomó un lápiz de madera y empezó a moverlo entre sus dedos—. Recuerde que no puedo hablar y lo hago porque debe saberlo para continuar en el mismo camino. Por supuesto, esto no debe transcender; siquiera debe saberlo su mujer. Lo que hizo ayer merece ser aplaudido pero me juego mi carrera revelándoselo.

—¿Y cómo lo sabe? —le aguijoneó Lumière—. ¡Se trata de un asunto arqueológico!

—Cada sección tiene un líder, aquí soy yo —le contestó Augusto—. Entre nosotros nos coordinamos. Los trabajadores y los miembros del Culto de grado inferior no están al corriente, pero los que estamos por encima sabemos lo que sucede en las otras áreas sobre todo cuando se trata de asuntos enlazados como este.

Lumière se emocionó. Si habían encontrado la tumba significaba que el Camino Inverso era certero. ¡En las tablillas sumerias había procedido igual y se aseguraban acontecimientos alucinógenos propios del abuso del peyote! ¡Desbordante! No desconfiaba de sus métodos pero la falta de atención de sus colegas le hacía dudar. Era la primera vez que probaba sus traducciones. Empezó a sudar. Tiró del cuello de su camisa para que le pasara el aire. Le pasaron por la cabeza las imágenes que había visto durante toda su carrera. Su autenticidad le alentaba profesionalmente pero amenazaba su salud mental. Intentó desviar la atención; buscar otros temas para ocuparse. Entonces, recordó que Augusto había utilizado una palabra nueva para dirigirse a la Organización.

–¿El Culto?

Augusto, que seguía hablando, se detuvo en seco.

–¡El Culto! –exclamó Lumière–. Así que sois ¡El Culto!

Augusto detuvo el movimiento del lápiz y con la mirada fulminó a Lumière. El francés bajó la cabeza y volvió a levantarla esperanzado de que la ferocidad de Link hubiese desaparecido pero no fue así. El orondo rompió el lápiz por la mitad. Lumière tragó saliva y quiso devolver la conversación a su punto focal.

–¿Puedo ver la tumba de Owöd?

Augusto se limpió las manos llenas del carboncillo del lápiz y contestó:

–De habérmelo pedido ayer le hubiese arrestado. En el Culto –ahora lo dijo con determinación–, no toleramos la insubordinación y menos la de un impuro. Haré como si no lo hubiera escuchado. Tiene un don pero eso no le faculta para hacer lo que le plazca. Le aconsejo que olvide a Owöd y se centre en su tarea.

Augusto se levantó. Lumière hizo lo mismo y apoyó las manos sobre el escritorio:

–¡Necesito verlo para perfeccionar mi habilidad!

Augusto no cedió, rodeó el escritorio y se dirigió hacia la puerta. Lumière le asió del brazo.

–¡Se lo ruego! –insistió–. ¿Es un gigante verdad?

Augusto le quitó la zarpa del tríceps y le ordenó:

–¡Regrese a su puesto! Otra inscripción le espera. Una cosa más...

Lumière se esperanzó.

–¿Su método de traducción puede ser enseñado al resto de paleógrafos?

Lumière negó con la cabeza enérgicamente.

–No puede transmitirse –dijo honestamente–. Y en caso de poderse no sabría cómo hacerlo. Se trata de un viaje personal hacia...

Lumière iba a explicarlo pero Augusto le detuvo:

–¡No lo comente! Nadie en esta nave sabe lo que logró ayer. Si lo explica recurriré a la fuerza.

Lumière salió del despacho de Augusto dando un portazo. Llegó a los biombos y habían puesto otra piedra con inscripciones parecida a la que había traducido. La miró con desgana.

Le trajeron una bandeja llena de pastas y se atiborró. No tenía hambre pero prefería hartarse antes de volver al Camino Inverso. Esa técnica requería mucho esfuerzo y no estaba de humor. Había sido placentero descubrir que sus traducciones eran correctas pero deseaba ver el cadáver. La visión que había tenido durante su viaje invertido había sido la de un hombre gigantesco que escribía. ¿Owöd también sería así? ¿Qué quedaría de su cuerpo después de tantos años bajo tierra? Seguramente había sido carcomido por los insectos. Sin embargo, si Augusto había confirmado el descubrimiento significaba que había algún resquicio del sacerdote profano. ¿Qué era el *Huktur-Akkim*? ¡No podía ignorar tantos rompecabezas!

Transcurrieron las horas con lentitud. No hizo nada. Debía estarse hasta las seis de la tarde y no iba a quedarse ni un minuto más. Durante el día anterior había invertido más horas de las que estaba obligado y luego lo trataron como a un leproso. Había dado al Culto la primera traducción y le pagaban con malas artes.

No tenía ganas de trabajar. Después de comer se dedicó a hablar con sus compañeros. Ninguno sabía nada sobre la traducción que había hecho y tampoco lo comentó. Hubiese podido confesarlo pero no quería enredar a Augusto. Lo había privado de ver la tumba pero, por otro lado, le había comunicado su existencia y el éxito de su traducción. Augusto hubiese podido negarlo y decir que no habían descubierto nada. En ese caso, hubiese continuado con el Camino Inverso; era lo único que sabía hacer. Se había acostumbrado a ser el hazmerreír de la comunidad paleográfica pero, en esa ocasión había dado en el clavo y la falta de costumbre en el éxito le había llevado a comportarse como un crío.

Se hizo la hora, preparó sus cosas y se largó. Augusto le dedicó una mirada intrigante mientras cruzaba el umbral de la puerta de la nave.

Avanzó por las ruinas y, como siempre, todo el mundo le obviaba. Nadie reparaba en él, era invisible. Su logro en la traducción se había silenciado para beneficiar a los jefes de la Organización. Estaba ofendido por la manera en que lo habían tratado. No podía trabajar en esas condiciones esclavistas.

Miró a la izquierda y vio a un hombre de color que le observaba. Era alto, vestía un traje a cuadros y un sombrero marrón. Estaba en posición relajada y apoyado en una pared. Lumière se cohibió y conjeturó que era un espía de Aaron. Sintió miedo, bajó la cabeza y continuó adelante.

Llegó a casa y se encontró a Alice, con la que no había coincidido desde el día anterior. Necesitaba verla. La Organización era fría. No había arte ni carga sentimental en lo que hacían. Junto a Alice, apercibía las carencias de sus contratistas. Ella le preguntó qué tal el día y él respondió que bien. No tenía ganas de explicarle lo sucedido y no quería asustarla. Tampoco dijo nada sobre el hombre de color que lo había espiado. Nunca le había revelado cómo trabajaba; el Camino Inverso era un secreto, su único secreto. Por otro lado, le aseguró que la isla había sido habitada por gigantes a lo que ella reaccionó con una sonora carcajada:

—¡Eso lo supe al llegar! Contemplando las construcciones uno se da cuenta de que aquí había seres de tamaño superior. ¡Tantos estudiosos para esto! ¡Venga ya!

Lumière le hizo cosquillas y se relajaron. Alice sabía cómo animarle. La simple broma expulsó muchos demonios.

Cuando le preguntó a Alice por su día, esta tiró sobre la mesa un grueso manual en cuya portada se leía: *Normas de conducta.* Lumière lo hojeó. Era una especie de código civil escrito en letra menuda. Lumière, impertérrito, leyó en voz alta algunos preceptos:

—El impuro que desobedezca a un miembro del Culto, fuese cual fuese la orden, será azotado diez veces y recibirá el doble de latigazos si la insubordinación es a un alto cargo.

—¡Inaudito! —se ofendió Alice—. Nos llaman impuros y dicen pertenecer al Culto. Sabía que había alguna seña religiosa detrás de la Organización.

Philip continuó leyendo:

—El que falte al respeto a un patriarca será muerto. —Se asombró—. El que quiera saber más de lo que debe pasará dos meses en la sombra sin comer carne ni pescado.

Lumière pasó los ojos por reglas que le helaron la sangre. Decir que era una doctrina del medievo sería bondadoso. Se trataba de una cruda enumeración normativa como la del Levítico y la del Deuteronomio.

Se fueron a dormir temprano. Los dos miraban al techo en silencio.

—Estoy preocupada —confesó Alice—. Deberíamos marcharnos. Nadie nos había advertido de estas estrecheces. Si fallamos en alguna norma seremos castigados y aunque no las conozcamos, igualmente responderemos por nuestra iniquidad. Cuando llegamos había muchos servicios pero los están restringiendo. Han cerrado el acceso al campo de *cricket* y nos impiden entrar en la biblioteca. Nos hemos comido el queso de la ratonera.

—No puedo irme Alice —la interrumpió Lumière con cariño.

Iba a explicarle que había hecho importantes avances en la traducción y ansiaba visitar la tumba descubierta gracias a él. No obstante, guardó silencio. Ella no podía auxiliarle. Explicárselo solo la hubiese inquietado más.

CAPÍTULO 13
GOOGLE

Rodri

Había anochecido y, como era habitual en verano, había una fiesta privada en los locales de Jasor. No importaba que, al día siguiente, fuera lunes. Los barcos anclados iluminaban el mar y múltiples farolas describían las pasarelas y los senderos. Desde lejos, era como una reunión de luciérnagas estáticas. Esa noche, la empresa *Google* había alquilado los locales. A media tarde, se habían levantado las letras de colores del buscador de internet encima del acantilado principal de Jasor. Rodri, Alba, Álex y Delia fueron acogidos por *Google* ya que los Hapstov y los Tropez tenían acciones de la empresa.

Delia y Álex habían desaparecido. Rodri estaba encantado. El personal del puerto era correcto y los socios de *Google* discretos. No aguantaba a los simpáticos y Alba tampoco. Se parecían mucho; incluso habían escogido parejas similares que no tenían nada que ver con ellos. ¿Lo justificaban sus cuerpazos? Rodri asintió dubitativo.

Pensó en Alba. Había sido la primera chica que había besado en los labios. La erección le había durado un día entero. Hacía una eternidad que no la veía; desde el 2005. Pasaron los años y se redujo la fuerza de su recuerdo aunque jamás se extinguió. Sabía que algún día volvería a verla. Ahora tenía veintinueve años y ella veinticinco. Mientras Alba se había convertido en una mujer, él apenas había superado el metro sesenta de altura y, además, le había caído el pelo. Cuando eran pequeños se sentía cómodo y, en cierta manera, superior. Sin embargo, estancarse en una estatura mediocre extensible a todos sus miembros, había mellado su autoestima. Inconscientemente, hacía estupideces como la de ir a buscarlos en un biplaza. Sí, quería impresionarla. Se declaraba culpable. Pero ¿acaso ella se fijaría en un hombre de mirada perruna e insegura? En absoluto. Cada uno lleva sus complejos como puede.

Después de saludar a los peces gordos, se alejó de la concurrida pasarela. Había un disc-jockey situado en el puerto, enfrente de donde habían amarrado las motos de agua. Por encima del elegido por los dioses para poner música, había las letras de *Google*. Todos debían recordar que estaban allí gracias a esa empresa que exhibía un esqueleto completo de un dinosaurio T-Rex en la sede de *Googleplex*. Allí era donde se aglutinaba más gente. El pinchadiscos, que para el gusto de los *hipsters* empleaba vinilos, levantó la mano con el índice señalando el cielo. Sonó un clásico, *Enola Gay*, de los O.M.D.

Rodri bajó al puerto junto al disc-jockey. No tenía ganas de hablar con nadie y llegó al otro lado de la pista de baile. Llevaba dos *gin-tonics* y empezaba con el tercero. Siempre pedía la *Nolet's Dry Gin*. Una botella costaba alrededor de 500 euros y cada noche que salía se gastaba entre mil o dos mil euros. Era lo normal. Allí una consumición, aunque fuese una *Coca-Cola Zero*, costaba como mínimo treinta euros. Para los Hapstov y los que estaban ahí, esas cantidades eran irrisorias. Aceptaban esos precios para evitar a la purria.

Sorbió el *gin-tonic* y no halló interés en los empleados de *Google*. Dio la espalda a la pista de baile y continuó hacia la izquierda encaramándose por la pasarela. Necesitaba apartarse del *hit* de O.M.D. y llegó a una apertura del acantilado que no era alcanzada por la música. Regía un ambiente *chill-out*. En el suelo había *pufs* y colgaban hamacas del techo. Era una especie de museo internado en un bar con pedruscos, estatuas y notas con explicaciones.

Se sentó en un *puf* y lo redujo. Tuvo que acomodarse y, después de un rato, halló la posición adecuada. Miró enfrente y vio un pedrusco rojo. Había visto muchos como ese pero nunca les había prestado atención. El tinte rojizo de Talatoya era muy loado; se había investigado su origen pero no se había llegado a ninguna conclusión. Debajo de la piedra había un texto con la imagen de un hombre en blanco y negro. Sintió curiosidad, dio un notable trago al *gin-tonic* y se levantó del *puf*, lo cual le costó Dios y ayuda.

Ante la piedra, observó la fotografía que había junto al texto. Era un hombre vestido con traje y corbata, de pelo y bigote cano. No miraba directamente a la cámara sino altivamente a un lado. Debajo de la imagen había un nombre: Philip Aldous Lumière. La instantánea era en blanco y negro y estaba fechada del 1880 pero Rodri juraría que conocía a ese hombre. Cuando le identificó se quedó sin respiración. Culpó al cubata, quizá estaba demasiado cargado, pero volvió a mirarlo y no había duda. ¡Imposible!

Necesitó hablarlo con alguien. Debía buscar a Alba. ¿Dónde se habría metido?

Delia y Álex

Las flamantes parejas de Rodri y Alba habían ignorado a sus respectivos. No lo habían hecho adrede. Se habían separado de ellos sin darse cuenta. Tomando una cerveza aquí, hablando con ese tipo interesante allá, bailando... todas esas acciones habían provocado que, poco a poco, se alejaran de los que les pagaban las vacaciones. Alba y Rodri tampoco se habían esmerado en controlarlos. Rodri lo había intentado al principio pero se había desentendido. Alba se había despertado de la siesta tarde y había desaparecido. Álex ni siquiera se había dado cuenta de que hacía horas que no la veía.

Delia y Álex estuvieron hasta la medianoche bailando en la pista. Era una sesión al uso, con los éxitos electrónicos de las últimas décadas echando un vistazo a los clásicos. El pinchadiscos llevaba rastras y un jersey de los *Lakers* pero era más conservador que las noticias de la primera. Bailaron hasta la extenuación, como en *Step Up*, pero no lo hacían mejor que el resto de borrachos. Se tocaron hasta el último centímetro de su cuerpo; la Lambada, en comparación, era un *Foxtrot*.

Sudados y ardientes uno por el otro, se apartaron de la gente y subieron por el sendero. Álex le miró el trasero. Delia llevaba una falda corta por la que se transparentaba la diminuta parte inferior del biquini.

Coronaron el acantilado. Allí no les veían. Las letras de *Google* enfocaban el mar a la izquierda. Un tipo le había explicado a Álex una anécdota sobre *Google*. La empresa alquilaba cabras para cortar el césped de *Mountain View*. Los rumiantes le hacían gracia, aunque no sabía por qué.

La luz de los locales arribaba mansamente. Álex miró a Delia, que bailaba al ritmo de la música que aun se escuchaba con languidez. No pudo aguantarse más, así que la asió de la cintura y le tocó los pechos. Ella se apartó:

—¡Eh, eh! —le advirtió—. Que tenemos pareja…

Lo dijo sonriendo. Delia se imaginó cómo debía ser la verga de Álex. Sí, nada de miembro viril o pene, directamente verga. Así funcionaba su cerebro.

Álex se quedó patidifuso, había interpretado que ella quería tema pero le habían caído los cojones al suelo. Era una calientapollas. No entendió el doble sentido de sus palabras así que iba a regresar a la fiesta para tirarse a cualquier otra.

—¿Adónde vas? —lo detuvo Delia agarrándole de los hombros—. Antes… —le lamió el lóbulo de la oreja—. ¡Ensúciame!

Álex hubiese entendido un "fóllame" o que se hubiese puesto de rodillas. "Ensúciame" era un término desafortunado. Se quedó parado y Delia le besó en los labios y le metió la lengua hasta lo más hondo. Álex no se esperaba el ímpetu, perdió el control y cayó al suelo de espaldas. Delia se le puso encima a horcajadas. La rubia "ha caído", se dijo Álex triunfante.

Él se quitó el jersey y su musculatura quedó bellamente subrayada por la luz plateada de la luna. Delia le mordió los pezones. Álex sintió que su pene iba a estallar, así que lo liberó de sus pantalones y se quedó desnudo a excepción de las chancletas. Delia descubrió sus pechos pero conservó la falda y la parte inferior del biquini. Álex la manoseó como el que acaricia el salpicadero de un coche recién comprado. Delia le cogió la polla. ¡Enorme! ¡Un palo! ¡Qué bien! Mucho mejor que la de Rodri. Se la introdujo en sus genitales abriéndose paso entre la ropa. ¡Qué bien entraba! Ufffff, por un momento creía que no podía embutirla al completo.

Después de una deliciosa adaptación, Delia se movió con profesionalidad pero Álex no le cogía el tranquillo. No había coordinación. Cada uno iba a la suya, como si se masturbasen juntos.

Follaron durante diez minutos aunque Álex se corrió a los dos. Buena marca. Delia disfrutaba de que los hombres eyaculasen rápido. Lo había hecho dentro pero ella tomaba anticonceptivos. Una vez saciado, ella continuó en busca del orgasmo y tuvo su flácido pene dentro durante ocho minutos. Terminaron cuando ella se corrió. Fue un pequeño relámpago. Nada del otro mundo, como un pellizco; pero era suficiente. Con Rodri nunca llegaba. Cuando Delia copulaba estaba más atenta a su cuerpo que a su pareja; como Christian Bale en *American Pshyco*.

Se vistieron en silencio. Antes todo eran risas pero la situación se había tensado. Para ninguno había sido especial pero esperaban que para el otro hubiese sido excepcional. Habían estado todo el día tonteando para un polvo de mierda pero su arrogancia les hacía pensar lo contrario.

—¡Ha sido genial! —mintió Delia ajustándose la parte superior del bikini.

—¡Bárbaro! —gritó Álex—. Repetiremos ¿no?

Se miraron. Ella se sintió orgullosa. Claro, es que estoy tan buena, se recordó. Álex follaba fatal pero nunca había visto un manubrio semejante.

—Pues claro —ella le besó—. Pero hoy no, nos escaparemos un día de estos.

—Oye tía —Álex bajó la cabeza—. Esto no podemos decírselo a nadie ¿vale? Es que Alba me cuida mogollón y…

Delia le cerró los labios con un lengüetazo.

—Esto no sale de aquí —dijo ella—. No le devolveré las llaves de la moto de agua a Rodri y nos iremos a follar por las calas. No te preocupes por ellos. ¿Te has fijado como se miran? Parecen perritos castrados. Irán a algún museo o algo parecido. Que hagan cosas de amigos que nosotros follaremos hasta hartarnos.

—¡Oh! ¡Sí!

Los dos se jactaron. El plan no era la bomba pero era mejor que estar con sus parejas.

Alba

Había buscado intimidad después de lo acaecido ante la Taula. El cielo de la tarde se había transformado en un universo colorido impropio de la noche terrestre; como si hubiese sido desplazada a un mirador privilegiado para atinar galaxias enteras.

Quiso meditar sobre lo que había visto y se apartó de los locales con un ron. Ajena a la fiesta y sentada sobre una roca próxima al mar, miraba el cielo estrellado para comprender el fenómeno que había experimentado. Estuvo durante horas a solas evitando pensar en lo que realmente la preocupaba: ese hálito maligno que había detrás de la visión.

—¿Sabes que en nuestra empresa tenemos el *Google Sky*? —Alba se dio la vuelta enfurruñada. A su lado había un hombre flacucho. Llevaba una barba larga y el pelo corto menos por una enorme rastra resumida en un moño como el de la princesa Leia de *Star Wars*. Vestía un jersey a rayas holgado que subrayaba su extrema delgadez.— Es como un *Google Maps* pero del universo.

El chico habló de su empresa megachachipiruli. Siquiera le preguntó el nombre pero era obvio que quería tirársela. Ella hizo muecas de desprecio pero el chico había fumado hierba y no se daba cuenta. Tenía un *look* interesante pero trabajar en *Google* le había transformado en un engreído. Por otro lado, ella no deseaba irse; estaba en un sitio espléndido, con el mar bramando a pocos metros y alejada de la música. Le daba vueltas a cómo deshacerse del *googlero* cuando una voz les llamó la atención:

—¡Alba! ¡Ven! ¡He encontrado algo fascinante!

Era Rodri; el joven calvo asió a Alba y la alzó. El empuje de su amigo suplía la pereza de la chica. Ella se dejó llevar. El rastafari les instó para que se quedaran pero su voz se apagó al alejarse.

—¿Qué ha sucedido?

Escuchando su propia voz y andando, Alba se dio cuenta de que llevaba una buena cogorza. Desde la comida que no había parado de beber. Vino, cervezas, cubatas…

—¡Sígueme! —se afanó Rodri. Él también estaba borracho.

Atravesaron la pista de baile y se encaramaron a la izquierda. Buscaron el bar-museo donde, anteriormente, había estado Rodri. Vieron las piedras, los sofás y las estatuas. Rodri se detuvo delante de un cartel que se encontraba debajo de una enorme piedra roja.

—¡Mira!—indicó el policía.

Alba se fijó en la fotografía del hombre con el bigote blanco de principios del siglo pasado con el nombre de Philip Aldous Lumière.

—¿No lo reconoces? —se extrañó Rodri—. ¡Es Yert! ¡El anciano que te atacó!

Alba le tocó la frente para cerciorarse de que no tenía fiebre.

—¿Sabes lo que dices? —reflexionó Alba—. Lumière ya era viejo hace más de un siglo. Ahora debe ser un saco de huesos. Además, no lleva un monóculo.

En efecto, en la imagen, Lumière, no llevaba el cristal con cachivaches en los bordes. Aun así, Alba se interesó, bajó la cabeza y leyó el texto explicativo.

"Philip. Aldous Lumière, nacido en Renes de Chateau, sur de Francia, en el 1840, era un experto en lenguas muertas: arameo, sumerio, suferí, mílino, séntrico, el mamulique y muchas otras. Cuando Talatoya apareció con multitud de textos antiguos, se recurrió a él para traducirlos. Encontró similitudes con los idiomas más inhóspitos del planeta como si hubiesen estado influenciados por los ghak ya que los escritos de los gigantes eran anteriores a los del resto de civilizaciones. Todo ello generó polémica y se puso en duda su profesionalidad. Pero hubo otro factor que dinamitó su credibilidad. Según Lumière, el texto de la columna de Oakh era una advertencia y recomendó a las autoridades que Talatoya no fuera habitada. Eso no agradó y fue despedido. De su trabajo se conserva el nombre de la isla, el de las ciudades de los gigantes y el de un dios que amenaza Talatoya: Mutghar".

Alba se azoró, se llevó la mano al pecho y liberó un chillido como si contemplase a un fantasma nipón.

CAPÍTULO 14
OWÖD

Noviembre de 1880 d.C.
Mar Mediterráneo
(La Quinta Isla)

Philip Aldous Lumière

Pasaron los días con la misma dinámica. El octubre dio paso al noviembre y llegó el frío. El manto de humedad que envolvía la Quinta Isla no se disgregaba e incluso enturbiaba al sol.

Philip no se esforzaba en sus traducciones. Solo pensaba en Owöd pero no podía hablarlo con su mujer. Augusto le había aconsejado que no se lo explicase pero el motivo de su silencio era no preocuparla. Por otro lado, ella se esmeraba en su pasión: la costura. Diseñaba vestidos y algunos impuros se interesaron. Tenía estilo; juntaba gorros de aviador con enaguas, relojes con joyas, collares con cables...

En dos semanas, asimilaron las normas del Culto. Ya no lo llamaban la Organización como al principio. La secta impartía justicia. Habían visto tres flagelaciones en público. Los impuros desobedientes eran azotados hasta la extenuación. Los textos decían que debían hacerlo diez veces pero siempre se sobrepasaban. En poco tiempo, todos los impuros les temían. Lo sutil se evidenciaba. Alice deseaba irse sola y Philip se lo planteó a Augusto.

—Salen y llegan barcos cada día pero no permitimos que los impuros salgan y cuenten lo que hay aquí. —Le amenazó el mofletudo.

Lumière odiaba a Augusto pero era preferible a cualquier otro. Estaban secuestrados en la Quinta Isla donde los exprimían y ninguneaban.

Por otro lado, Lumière, preguntó a Augusto por qué los habían secuestrado si ellos podían bastarse para investigar. Augusto fue fulminante:

—El Culto se constituye de estirpes. Dependiendo de la sangre, somos más o menos influyentes pero las mentes brillantes no nacen en exclusiva bajo nuestra sombra. Reclutamos a impuros con habilidades especiales como tú. Trabajáis para nosotros por necesidad; si pudiéramos valernos por nosotros mismos no estaríais aquí.

La buena disposición de Augusto se esfumó. Todo estaba planeado. Primero los agasajaban y luego los sometían. Ya habían advertido bien a Alice: no podían fiarse de ellos. Además, la esclavitud no ayudaba a esforzarse sino al contrario. Augusto se había reunido con él muchas veces para que continuara. Los mandamases estaban encantados con su labor y le habían ofrecido cantidades desbordantes de dinero para animarlo. Philip también quería trabajar y repetir el éxito de la primera traducción pero ansiaba estudiar la tumba de Owöd y no continuaría hasta lograrlo.

—¡Olvídese! —le repetía Augusto cuando Lumière insistía—. He planteado su insubordinación a mis superiores. ¡No toleran que acceda a la tumba! Si sigue así nos veremos obligados a flagelarlo.

A Philip le tenía sin cuidado el dinero y las amenazas. Contemplar a un ser como el que había visto en el Camino

Inverso era goloso en sumo grado. También había algo más: el *Huktur-Akkim*. ¿Qué era eso con lo que estaba enterrado Owöd? El nombre le había producido un fuerte impacto. No podía esperar más para averiguarlo.

Se levantó a las tres y media de la madrugada. Durante dos semanas había perfilado el plan para ver la tumba recopilando información de los impuros del campamento. Sabía dónde se encontraba la plaza de la serpiente y también los turnos de vigilancia. A las cuatro de la madrugada cambiaban el turno, por lo tanto, era la mejor hora para burlar los controles.

Se puso un jersey con capucha y salió a fuera. No había vigilantes. No fue por el camino que llevaba a las ruinas sino por el campo. Lo tenía todo medido. Había hecho pruebas. El vapor que cubría la isla servía para pasar desapercibido pero también reducía la capacidad de reacción.

Cubrió la distancia hasta la ruinas y entró. Avanzó por las calles. De noche, parecían mayores y detrás de la cortina de humedad era como si aun estuviesen bajo el agua. Escuchó un ruido, se escondió detrás de unas rocas y pasaron unos guardas. Hablaban distendidamente y al cabo de poco tiempo se fueron. Continuó raudo y tuvo que esconderse tres veces más antes de llegar a su destino.

Al fin, apareció lo que le habían descrito como la plaza de la serpiente. Era grandiosa y circular. Estaba rodeada por columnas de más de treinta metros de altura, la mayoría de ellas estaban caídas o rotas y las más lejanas apenas se distinguían por culpa del vapor. La excavación estaba muy avanzada. Habían retirado gran parte de las baldosas y había un hueco de siete metros de largo por cinco de ancho en medio de la plaza. Sobre las baldosas que se conservaban podía adivinarse lo que antes había sido una esfera amarilla y un ser alargado negro. El hoyo estaba protegido por unas vallas que podían saltarse. No veía lo que había debajo desde su posición, necesitaba acercarse y asomarse. Había maquinaria y cachivaches de los científicos que habían montado un dispositivo externo para trabajar. Lo lógico hubiese sido sacar muestras y llevárselas pero habían optado por trabajar en el lugar del descubrimiento. Lumière se alegró.

Pegado a las ruinas, rodeó la plaza y vio dos parejas de soldados que le dispararían si iba hacia la tumba. Tenía que despistarles y se internó en las ruinas en busca de una solución. Vio una estatua antropomórfica de diez metros de altura; estaba decapitada y aun había algas resecas en ella. Se distinguían las piernas, aunque los brazos estaban partidos. Había reglas, medidores y otros objetos analíticos. La estaban estudiando. Descansaba sobre una base estrecha y los arqueólogos habían construido una escalera para llegar hasta la parte superior. Tuvo una idea: no le agradaba el vandalismo pero era la única manera de llegar a su objetivo.

Buscó un hierro y golpeó suavemente la base de la estatua sin hacer ruido. Aun así, se detuvo en varias ocasiones temeroso de que alguien anduviese cerca. Necesitó una hora para malquistar la base. Subió por las escaleras hasta lo más alto de la estatua. Tocó el cuello decapitado y corroboró que se movía. Por debajo había los aparatos de los arqueólogos y más piedras. No podía pensar tanto. Empujó la estatua con fuerza y esta, lentamente, se inclinó y cayó en picado. El golpe produjo un estruendo atronador. La reacción no se hizo esperar, los guardas se acercaron corriendo y gritando. Era el momento.

Saltó de las escaleras y fue hacia la plaza. Escuchó que los vigilantes llegaron al lugar del incidente y censuraron el desastre. En la plaza comprobó que los guardas se habían ido a averiguar qué había ocurrido dejando la vía libre. Corrió hacia el hoyo. Estaba más lejos de lo que pensaba, justo en medio de la plaza. Miró atrás para asegurarse que no le seguían. Arribó al lugar, saltó las vallas y se asomó a la tumba de Owöd.

Había un ser bocarriba cinco metros bajo tierra. Esperaba encontrarse con un esqueleto o con cenizas pero la criatura era identificable. Su piel era blanquecina, tenía los ojos cerrados y lucía una túnica sin mangas. Era musculoso; llevaba la cabeza rasurada y su cabello se concentraba en una coleta que le caía sobre el pecho. Medía más de cuatro metros de altura y respetaba la anatomía de un ser humano de no ser por el blanco nuclear de la piel. Estaba abrazado a un libro cuya portada rojiza de metro y medio de alto por un metro de ancho rezaba los mismos símbolos que tradujo como *Huktur-Akkim*. Era grueso, y sus páginas, aunque melladas por el paso de los milenios, se conservaban. El borde frontal, creado por la unión de las hojas, guardaba consistencia.

Philip se conmocionó. Owöd reunía las características del gigante de la visión. Sus facciones estaban marcadas y el blanco epidérmico era tan marfileño que azulaba. ¿Por qué no había sufrido el acoso de los gusanos ni de otros necrófagos? ¿El libro lo explicaría?

—¡Eh! —escuchó unos gritos—. ¡Usted! El de la capucha, ¡quieto!

Defenestrado, levantó la mirada. Los guardas habían solventado el incidente con la estatua, habían regresado a sus puestos y corrían hacia él. Lumière se había ablandado. El sacerdote le había hecho olvidar el riesgo al que estaba expuesto.

No podía quedarse parado, así que saltó las vallas y corrió en dirección opuesta a los guardas. Había dos centenares de metros hasta las ruinas. Escuchó disparos pero estaba lejos y el vapor de agua distorsionaba el objetivo. Los balazos golpearon el suelo a escasos metros.

Vio las ruinas. El sol, por detrás, despuntaba discretamente. Eran las cinco de la madrugada. Sintió un pinchazo precedido de un disparo. Miró atrás. Le habían alcanzado el pie derecho. Un rielo de sangre emergió de la herida como el surtidor de una fuente. Cayó al suelo bocabajo ante las piedras de la civilización perdida. Era el final. El Culto le sancionaría con severidad.

Los guardas se acercaron y cerró los ojos.

Escuchó más disparos pero no impactaron en él. Hubo gritos. Alzó la cabeza y enfrente había diez personas armadas y vestidas como los guardas. En el centro, estaba el hombre de color que había visto un mes atrás. Los soldados del Culto fueron abatidos por los recién llegados y sus sanguinolentos cuerpos constelaron la plaza de la serpiente.

El hombre de color ordenó que detuvieran el fuego y fue hacia Lumière. Evaluó la herida, pidió ayuda y, entre dos, lo levantaron.

Lumière se mareó y perdió el conocimiento.

Cuando se recuperó, estaba en un lugar familiar; en su despacho de la nave de paleografía rodeado de biombos y echado en un sofá. La piedra que debía traducir estaba enfrente. Le acompañaban tres personas finamente vestidas. Había un par de chicas: una oriental y otra de rasgos de Europa del este. También estaba el hombre de color que había visto antes de desfallecer. Lumière dio un brinco pero el de piel oscura le calmó:

—No haga ruido. Ya nos ha causado bastantes problemas.

Su voz era profunda y cavernosa, como si tuviera mil años y una sabiduría prehistórica. Vestía el mismo traje a cuadros de la primera vez en que lo había visto espiándole.

—Mi nombre es Diop —dijo el hombre de color. Lumière iba a presentarse pero Diop se adelantó—. Y usted es Philip Aldous Lumière.

Los presentes se miraron. Sabían muchas cosas sobre él. Sintió un pinchazo en el pie. Lo miró y estaba envenado.

—Hemos extraído la bala —dijo la joven oriental. Alrededor del cuello llevaba un fonendoscopio; ella le había intervenido—. En unas horas estará curado.

—¿Horas? —Lumière se quedó perplejo.

—No debemos levantar sospechas —intervino Diop—. Hemos borrado todas las pruebas de lo que sucedió anoche pero si le ven cojear podrían investigar. Esta mañana ha habido una convulsión en el campamento. Cuatro soldados del Culto han muerto y se ha abierto una investigación.

Lumière agradeció la prudencia pero fue al grano:

—No lo entiendo —Philip se levantó pero se mareó y la doctora oriental le ayudó a sentarse de nuevo—. ¿Por qué me salvaron?

Diop cogió una silla y se sentó enfrente.

—Lo de anoche ha precipitado los acontecimientos. Somos miembros del Culto, por nuestras venas corre sangre de ilustres estirpes. Sin embargo, los patriarcas tienen planes confusos respecto a esta isla. Nos hemos movilizado porque sospechamos que este lugar esconde un mal primigenio. Tememos lo que pueda descubrirse.

Diop le explicó cómo había evolucionado su pequeña milicia. Los rebeldes toleraban la distinción con los impuros. Creían que la sangre les legitimaba para sentirse superiores. Lumière se dio cuenta de que no podía discutir esos extremos. No les había agradado matar a hermanos y podía apreciarse reprobación en sus miradas.

—¿Cómo supieron que iba allí? —Lumière notó que el pie mejoraba. Lo apoyó en el suelo y ya no le dolía—. Es decir, aunque estén en contra del Culto ¿por qué me salvaron?

Hubo silencio. Sabían la respuesta aunque tenían sus reservas sobre si era adecuada. Al cabo de un minuto, Augusto Link entró al improvisado despacho. Lumière se puso firme y temió que descubriera a los rebeldes. Augusto fue hacia él, lo cogió de los hombros y lo sentó en el sofá.

—Desea saber por qué le hemos salvado —dijo la chica rubia de facciones caucásicas que hasta entonces se había mantenido callada.

Philip se alarmó. Se suponía que era un secreto. No entendió la situación. Augusto le presionaba en el trabajo y no debía saberlo. Aun así, Diop intervino y lo esclareció:

—¿Qué hacemos con él jefe?

Philip se asombró. ¡Augusto era el líder de los rebeldes! A sus preguntas sobre el Culto había respondido con arrogancia. No hubiese sospechado jamás que les lideraba. Una posible explicación era que todos, incluido Augusto, tiranizaban a los impuros, al menos en público, para no despertar sospechas.

—Retiraros —ordenó Augusto.

Diop y las dos chicas se largaron dedicando miradas juiciosas a Lumière.

—Están dolidos porque han matado a cuatro de los suyos —agregó Augusto cuando se habían marchado—. ¿Té?

Augusto se levantó, salió, fue en busca de una tetera y le sirvió un té humeante a Philip. El francés lo sorbió y espetó:

—No los obligué a matar a nadie.

—Yo se lo ordené. —Philip emblanqueció—. Desde que tradujiste la primera inscripción que te vigilan porque así se lo indiqué. Diop me ha informado de todo lo que hacías. Cuando fuiste a la plaza de la serpiente estaban preparados. Les dije que si era necesario abrieran fuego para protegerte. Eres demasiado valioso para perderte.

Augusto le tuteaba. Hasta entonces siempre le había tratado de usted. Philip agradeció el gesto y lo imitó:

—¿Por qué me pusiste bajo vigilancia y me escondiste lo de los rebeldes cuando me quejaba sobre el Culto?

—No te confundas Lumière. Alabo tu trabajo pero no existe confianza. Esta rebelión se lleva con sigilo y no podía confesártelo. Eres un impuro. —Augusto se contuvo—. Por ahora, eres el único de tu calaña que nos conoce y no por decisión nuestra sino a la fuerza. De no haber sido por este incidente seguirías ignorándolo. ¡Confiaba en que todo se recondujera cuando vieras el cadáver! Pero tuvimos que salvarte el pescuezo.

—Si me hubieses ayudado no habría pasado nada.

—¡Me jugué mi puesto por ti! —se enojó Augusto—. Planteé a Aaron Parker que pudieras ver el dichoso cadáver y se negó rotundamente bajo apercibimiento de que si volvía a pedírselo, mi familia sufriría las consecuencias. ¡No tienes ni idea de lo cruel que puede ser Aaron!

Augusto estaba disgustado. Philip se disculpó e intentó justificarse:

—Deseaba ver a un gigante. Al traducir vi a uno de ellos. No tengo un argumento firme, solo sé que lo anhelaba y ahora que he visto a uno ansío encontrarlos.

—No te hemos salvado por caridad —concretó Augusto— sino por tu don. Conseguiste en un día lo que no pudimos en meses. Por eso te puse en vigilancia. Nada más. Lo que dices sobre "encontrarlos" me trae sin cuidado. Solo quiero que traduzcas para averiguar dónde estamos.

—Me pondré de inmediato pero tu amigo, Diop, ha dicho que hay algo funesto aquí y que teméis lo que se pueda descubrir.

Augusto injurió al hombre del traje a cuadros.

—¡No tendría que haber hablado tanto! —se lamentó—. Supongo que ya formas parte de nuestra revolución así que debo informarte. Existen muchos secretos en el Culto. Yo soy un plebeyo, la clase más baja; tengo contactos con otras áreas pero ignoro por qué hay interés en la isla. Nuestros sacerdotes nos informaron que iba a emerger, de ahí que pudiéramos controlarla desde un principio y esconderla de los gobiernos. Esta tierra rezumba oscuridad y el aire pesa. Hace seis meses que estoy aquí y estoy enloqueciendo. Sigo las órdenes de Aaron, que es un mediano y está por encima; sin embargo, los patricios, los altos mandatarios, tienen planes que desconocemos.

La información era mucha. Philip esperaba tener tiempo para administrarla.

—¿Y si mis traducciones ayudan a vuestros superiores?

—La información llegará a nosotros antes y la podremos controlar si colaboras.

Augusto le tendió la mano. Philip la miró confuso. Era una guerra donde no quería luchar pero en la que se había visto inmerso irremediablemente.

—¡Os ayudaré! —proclamó Lumière—. Pero quiero que también protejáis a Alice.

Finalmente, se estrecharon la mano.

CAPÍTULO 15
LA QUE ESCUCHA LA VOZ

Talatoya, Jasor
Julio de 2016 d.C.
Lunes

Rodri

No tendría que haberlo hecho. Fue el primer pensamiento que le sobrevino al despertar. El sol del mediodía le había lastimado con una corrosiva culpa. Estaba en una gran cama, en una habitación con ventanales abiertos al mar. Era el hotel del acantilado, el R'lyeh, el más lujoso de Talatoya junto con el Na Patarra. Les habían dado habitaciones que para conseguirlas debían reservarse con meses de antelación. Delia, que tenía una copia de las llaves, había llegado mucho después que él, se había acostado intentando ser sigilosa pero lo había despertado por el olor a sudor y a alcohol. Iba tremendamente ebria. Él había bebido pero no había llegado a semejantes extremos.

Rodri se levantó y vio que estaban a punto de dar la una de la tarde. Miró por la ventana y la fachada ondulante del hotel daba a las rocas donde el mar colisionaba. Formaba parte del acantilado de Jasor, incluso tenía el mismo tono rojizo. Lo habían construido con una elegancia superlativa, como si fuera una roca más.

Delia había vomitado en la cama y su cojín estaba sucio aunque roncaba y disfrutaba de un plácido sueño.

Pensó en Alba. Volvió a condenarse: no tendría que haberla avisado de los parecidos entre Philip Aldous Lumièrc y Yert. Había sido una negligencia profesional. La chica había sufrido una agresión del Tortuga y él, el jefe de policía de Talatoya, se había dejado llevar por la euforia y la había conducido hasta la imagen de su agresor. La culpa había sido del alcohol. No obstante, Alba no se había violentado, al contrario. No parecía afectada por el incidente en la tienda de *souvenirs* sino por otros asuntos que se resistía a revelar. Pese a la buena acogida de Alba, Rodri seguía azotándose con el látigo de la consciencia.

Más allá de eso, el descubrimiento le había impactado. Nunca había oído hablar de Philip Aldous Lumière y mucho menos que era el descubridor de los nombres de la isla. Según la nota descriptiva, lo ningunearon por revelar que los textos de Oakh contenían una advertencia. Sin embargo, algo fallaba en esa historia. ¿Si a ese hombre se le atribuía el mérito de la traducción por qué no se le dio crédito cuando advirtió del peligro? Sintió curiosidad.

Se dirigió al ordenador de la habitación. Un Macintosh de 27 pulgadas. Lo encendió y apareció la manzana mordida de Apple. El logotipo de la empresa de Steve Jobs lo tranquilizó. Cuando la enorme pantalla se desplegó buscó en internet información sobre Philip Aldous Lumière. Encontró antiguas referencias en notas universitarias sobre textos sumerios y babilónicos. Al parecer, había participado en muchas traducciones. Hizo clic sobre una foto donde Lumière compartía espacio con el profesores del área de paleografía de una universidad norteamericana. Aproximó la imagen y era idéntico a Yert. Con bigote y pelo canos, una característica poco común en un cuarentón. La fotografía era de 1878 d.C., es decir, anterior a la aparición de la isla. Buscó más referencias y todas eran anteriores al 1880 d.C. Era como si a partir de entonces se lo hubiese tragado la tierra. Según la reseña del bar-museo, había traducido los textos pero de ser así los libros de historia lo ensalzarían.

Rodri se plegó de brazos ante el ordenador. La mesa era estrecha y la enorme pantalla del Mac le ofrecía una imagen esclarecedora del señor Lumière extraída de internet. Rodri se golpeó la mejilla con el dedo índice.

—¿Qué escondes Philip? —preguntó con una voz apenas audible.

Continuó investigando. En el buscador *safari* escribió la siguiente frase: "traductor de las inscripciones de Talatoya". En esta ocasión, la información y las imágenes eran más abundantes. El mérito de la traducción se atribuía a un hombre llamado Aaron Parker. Un Lord escocés condecorado con muchos méritos. Todo lo que se sabía sobre Talatoya era gracias a él. Había muchas fotografías. Vestía siempre traje y sombrero de ala ancha oscuros. Era delgado y su cara era larga como la de una calavera. Sonreía bruscamente, como si en las fotografías forzara la alegría que no estaba acostumbrado a expresar.

Rodri lo observó. Su cara le recordó a alguien.

Regresó a *safari* y buscó la película *Poltergeist II*. Clicó en la Wikipedia.

—¡Dios mío! —exclamó Rodri al dar con lo que sospechaba.

En la película *Poltergeist II: el otro lado*, aparecía un personaje llamado el reverendo Henry Kane que ¡era exactamente igual a Aaron Parker! Henry Kane era el líder de una secta, un tipo siniestro que visitaba a la familia de Carol

Anne amenazada por los espíritus malignos con el fin de que la pequeña lo llevara a la luz. El reverendo Henry Kane era interpretado por el actor Julian Beck, que murió antes de que terminara la grabación de la película afectado por un cáncer. La trilogía Poltergeist se considera maldita ya que muchos de sus actores perecieron, entre ellos, Heather O'Rourke, la menuda de doce años que interpretaba a Carol Anne.

A Rodri no le daban miedo esas historias pero en este caso miró tembloroso la pantalla del Mac. Comparó las imágenes de Aaron Parker y las del reverendo Henry Kane y parecían la misma persona.

Aterrorizado, Rodri apagó el ordenador.

Escuchó unos tosidos. Se dio la vuelta y Delia vomitó en la moqueta. Con toda tranquilidad, la chica se limpió los labios y continuó durmiendo.

Rodri no deseaba continuar allí, cogió sus cosas y salió escopeteado de la habitación.

Entró en el restaurante, cogió un plato y se acercó a las bandejas. Necesitaba olvidar a Aaron Parker y el restaurante del hotel abierto las veinticuatro horas era una buena manera de pasar página. Había enormes ensaimadas de distintos tipos: cabello de ángel, crema y chocolate. The Rock no hubiese podido enroscar una con los brazos. Hipnotizado, fue hacia ellas y se llevó dos porciones de la de chocolate. Al ser tan grandes apenas le cabían en el plato. Fue en busca de la bebida. Un té con tres cubitos. Sentado en la mesa, dio el primer mordisco al triángulo. La textura era melosa; las capas de la pasta estaban unidas y creaban una sabrosa homogeneidad. El chocolate, en su justa medida, se mezcló con la pasta en su boca. Cerró los ojos para profundizar en el sabor. ¡Qué incienso y qué yoga! La mejor manera de tocar el cielo era con una ensaimada.

—¡Buenos días!

Rodri abrió los ojos y vio a Alba. Se había sentado ante él. La luz entraba por detrás y la aureolaba. Llevaba un jersey blanco ajustado con un generoso escote. Sonreía como si mirase a un niño en el barro. Él, en cambio, alucinaba igual que cuando apareció por primera vez Megan Fox en *Transformers*.

Ese ángel, Alba Tropez, cogió una servilleta y se la pasó por la barbilla. ¡Se había ensuciado! Se apresuró a limpiarse.

Hablaron sobre recuerdos. Los cubitos de Rodri se deshicieron. Alba era la chica de sus sueños pero ella le consideraba un amigo y se tiraba a tíos buenos. Rodri no tenía posibilidades; había aceptado su papel de *pagafantas*.

—Ayer, —Alba introdujo el tema con prudencia— estábamos un poco bebidos para estudiar tu descubrimiento.

—Lo siento —Rodri negó con la cabeza—. No tendría que haberte hecho recordar a Yert.

—¿Qué dices? —Alba frunció el ceño— Necesito conocer la verdad sobre esta isla y ahora más que nunca. Ayer por la tarde desaparecí porque tuve una… —Alba interrumpió su discurso—. ¡Júrame que no se lo dirás a nadie! —Rodri asintió—. Ante la Taula que corona el acantilado tuve una visión relacionada con el collar.

—¿El de tu abuela?

—Bueno, en realidad no es de mi abuela.

—¡Alba! ¡Todo lo que se encuentra en Talatoya debe librarse a las autoridades!

—Lo sé, no debí mentirte pero no podía desprenderme de él. Era como si me llamase.

—¿Qué quieres decir?

—Aunque estuviese alejada, sentía que me requería. No sé por dónde empezar. De todas formas, el collar ya es historia. Se desparramó en nuestra habitación del Na Patarra; las esferas se desunieron y se estaban derritiendo.

Rodri no se lo esperaba. Lo atribuyó al incidente con Yert. Habían pasado pocos días y había víctimas que tardaban meses en recuperarse. Aun así, Rodri recordó la imagen de Lumière. ¿Y si había algo que se les escapase? Intentó eliminar el escepticismo y comprender a Alba. Podía estar afectada pero no estaba loca.

—Vamos por partes —Rodri la miró a los ojos—. ¿Dónde encontraste el collar y qué sucedió hasta que Yert quiso llevárselo?

Alba le contó que lo halló dentro de un acantilado y que desde entonces se había creado un vínculo entre ella y la alhaja. Primero fue vago pero luego se tradujo en un irrefrenable deseo de posesión.

—Creo que en la playa fui llamada —continuó Alba— ¿Cómo encontrar esa apertura en el acantilado sino? Era un lugar inhóspito. Y hay otra cosa. Ayer, ante la Taula, noté que esa misma entidad se dirigía a mí. Sentí su agradecimiento. Tuve una visión: unos gigantes luchando contra repugnantes seres alados. Mientras se desmembraban unos a otros, ese ser invisible reverenciaba mi acción. Entonces, tuve el *flash* del momento en que recogí el collar. Es como si, sacándolo del mar, lo hubiese ayudado. ¡Ya sé! Es una locura y eras tú quien nos contaba historias de miedo —Intentaron reírse pero no lo lograron—. Hemos invertido los papeles.

A Alba le costaba expresarse. Su discurso no era convincente y menos aun si carecía de determinación. La duda era importante. Rodri se puso en la piel de Alba y si experimentase lo mismo dudaría de su propio testimonio.

Había tratado con muchos locos y la mayoría aseguraban que habían visto alienígenas o fantasmas. Alba, en cambio, se cuestionaba lo cual probaba su cordura.

—¿Qué te dijo exactamente Yert antes de detenerle?

Alba se puso los dedos en las sienes e intentó recordar la frase:

—¡Los hijos de Mutghar no han sido aniquilados! ¡Devuelve el collar al mar! —contestó Alba temblando—. ¿Interpretas lo mismo que yo?

Rodri había hecho una malévola lectura. Temía exponerla, pero Alba no iba a hacerlo así que se llenó de valor y la lanzó:

—Es como si Yert te hubiese querido advertir sobre el collar. ¿Acaso el anciano conocía la *presencia* que te ha turbado?

La conversación tomaba un cariz fantasioso pero Rodri era incapaz de parar. Por otro lado, Alba se sentía reconfortada con la comprensión de su amigo.

—¡Mutghar! —repitió Rodri—. En el texto sobre Lumière se decía que era un dios que amenazaba a Talatoya.

—Entonces ¿quizás Yert no está tan loco como pensamos?

—No saquemos conclusiones precipitadas. Por lo que parece, Yert estaba al corriente de la existencia de ese tal Lumière. Me niego a pensar que fueran la misma persona, de ser así, tendría ciento setenta y seis años. Lo más seguro es que Yert supiera del paleógrafo y que lo tuviese en gran aprecio hasta el punto de adoptar el mismo físico. He investigado en internet y existió un tal Philip Aldous Lumière pero su rastro desaparece en el año 1880 d.C., justo cuando surge Talatoya.

Rodri improvisó la explicación pero era viable.

—Tú eres un experto en la isla y nunca habías oído hablar de Lumière —terció Alba.

Rodri asintió.

—Las traducciones de los textos de la isla se atribuyen a un Lord escocés llamado Aaron Parker. Según la historia oficial, fue Parker quien tradujo los textos de los ghak. No hay rastro de Lumière.

Rodri recordó su parecido con el reverendo Henry Kane y el mordisco de ensaimada se retorció en su tripa.

—¿Y por qué en ese bar se le atribuye el mérito? —se interesó Alba.

—Averigüémoslo. Haré gestiones para entrevistarnos con los regentes del bar. Quizá saquemos algo en claro. Si están dando información falsa deben responder ante la justicia.

—¿Te cuento un secreto?

—Di.

—Te odio cuando te pones en plan *sheriff*.

Sonrieron y se disipó la tensión.

Alba

No sabía cómo se las había ingeniado Rodri pero en media hora estaban en el bar donde había la fotografía de Lumière esperando a la dueña, la señora Lyliana Gheorgies, una mujer de setenta años que vivía en Uriutbur y se encargaba de la decoración, de la burocracia y, en concreto, era la responsable de la reseña de Lumière. Según un encargado, ella misma la había redactado.

Se sentaron en unos *pufs* blancos cercanos a la fotografía del paleógrafo. Eran incómodos pese a estar sobrios. Debían haberse inventado por algún grupo religioso afanado en glorificar el sufrimiento. Después de un escarceo, Alba logró posicionarse.

Esperaban a Lyliana rodeados del servicio de limpieza. Los de *google* la habían armado pero esos limpiadores eran profesionales. Habían visto restos deshonrosos de trabajadores de *Apple, Samsung, Movistar* o *Yahoo*. No se amilanaban por nada.

Pasaron los minutos en silencio. Rodri había adoptado el *rol* de policía y ella estaba demasiado nerviosa para conversar. Intentó relajarse y pensó en Rodri. Eran inevitables las comparaciones con Álex. Con el musculitos no podía hablar más allá del flirteo sexual, el fútbol y los coches. Lo peor era que no confiaba en él. No podía administrar lo que le había confesado a Rodri. Álex la hubiese enviado a hacer puñetas. Pero tenía un buen torso y un miembro viril inigualable; estaba buenísimo. Rodri, por su parte, era atento, educado y la tranquilizaba pero no le daría una patada a Álex para irse con Rodri. Era su mejor amigo y de ahí a meterse en la cama con él había un mundo. Por otro lado, Rodri la miraba con otros ojos. Él también podía estar con cualquier chica. ¡Estaba forrado! Pero para él era especial. No obstante, Rodri nunca se había declarado y ella ignoraba cómo reaccionaría. Se ruborizaba solo de pensarlo. Quizás, si Rodri diera el paso, el materialismo que la arrastraba a brazos de musculosos con vergas robustas desaparecería ¿o no? Demasiadas incógnitas. Lo que tenía claro, por ahora, era que Rodri, en términos varoniles, era lo que una chuche de un huevo frito a un huevo frito.

Esos pensamientos infecundos la ayudaron a soportar la espera.

Entró en el bar una mujer menuda y delgada. Llevaba pantalones holgados a rayas, un jersey de manga larga de seda y un pañuelo pirata. Cuando vio a la pareja, se dirigió hacia ellos. Alba y Rodri intentaron levantarse pero los *pufs* se lo impidieron. Cuando Lyliana llegó, les instó a quedarse sentados consciente de la hercúlea tarea de levantarse de esas trampas para *hipsters*.

—¡Un placer! —anunció sonriente Lyliana. Tenía la piel arrugada y bronceada. Parecía una *hippie* pescadora.

Rodri la saludó gélidamente. Alba quiso imitarlo pero le surgió una sonrisa cándida como si le acabasen de presentar a su Hada Madrina. Lyliana habló sobre el bar y lo orgullosa que se sentía de haberlo llevado durante cuarenta años. Alba seguía su discurso pero Rodri fue al grano:

—El motivo de nuestra visita es este —Rodri señaló la reseña de Lumière. Lyliana lo miró desencantada porque la había cortado. Rodri le mostró la placa—. La información de esta reseña es falsa. Quien tradujo los textos de Talatoya fue Aaron Parker.

Rodri intentó incorporarse. El *puf* lo succionaba. Logró levantarse y fue hacia la fotografía de Lumière:

—¡Explíqueme el motivo de esta reseña! —Exigió. Alba sintió lástima por Lyliana y, después de varios intentos, logró levantarse—. Falsear la información es delito. Voy a levantar acta.

Rodri sacó una libreta de boletines para atestados. Alba había pensado que sería una visita rudimentaria pero su amigo estaba metido en el papel de poli malo. Era como en el coche. Lo hacía para impresionarla. Alba se sintió defraudada.

—Le tomaremos los datos.

—Jovencito —intervino la anciana—. ¿Sabes quién era en realidad Aaron Parker?

La cara de Lyliana pasó de la afabilidad al desprecio. El tono de Rodri la animó a revelarse. Estaba calmada pese al

149

endurecimiento de sus facciones. Rodri, en cambio, había perdido la seguridad. No se esperaba una reacción semejante. Alba lo miró y él, temblando, contestó:

—Aaron tradujo los textos de Talatoya.

Rodri había luchado para liberar cada palabra.

—Pero no estamos aquí para hablar de eso —atajó él—. ¿Dónde…?

Lyliana lanzó una mirada a Alba y le sonrió.

—Defiendes a un hombre que no conoces. —Continuó la *hippie*—. Aaron Parker fue un ocultista, un sacerdote de las artes negras. Sacrificó a muchos en honor a sus dioses paganos. La historia que se cuenta sobre él es falsa, se le atribuyen honores que otros lograron. Entre ellos, Philip Aldous Lumière. —Todos miraron la fotografía en blanco y negro—.Tengo pruebas de sus asesinatos y de los ritos que hacía para aplacar a las fuerzas cósmicas que aguardan en los abismos del universo. La mentira de Parker ha sido urdida con una refinada maldad.

Alba y Rodri se quedaron boquiabiertos.

—No sé de qué… —Rodri intentó recuperar el control.

—¡Escúchame memo! —Rodri y Alba no podían reaccionar—. No tienes ni idea de dónde estás. Talatoya es una puerta que se está abriendo. Lumière fue el primero que lo advirtió pero Aaron lo ocultó todo.

Lyliana se calló pero Alba necesitaba que prosiguiera. La reseña era solo una parte de lo que sabía. La *hippie* filtraba la información.

Rodri intentó recomponerse y empezó a escribir en sus boletines.

—Eso, apunta —lo animó ella—. Recógelo todo. Todo son palabras—. Lyliana miró a Alba e hizo un gesto como si le acariciara la mejilla con el dorso de la mano pero en el aire—. Un nombre es el contenido de las acciones y, por lo tanto, les da sentido. Talatoya está repleta de nombres rescatados de nauseabundas leyendas. –Lyliana se levantó y señaló la maravillosa vista del mar que se veía por las grandes ventanas–. La costa de Jasor. El nombre es posterior a Lumière, los ghak no la habían bautizado. Jasor fue una ciudad canaanita que plantó cara a los israelitas que, comandados por Josué, invadían Canaán y el resto de territorios que conformaban la Tierra Prometida de Yahveh. Los habitantes de Jasor reunieron tropas, según la Biblia, alentados por el propio Yahveh, el que "endurecía su corazón". Sin embargo, los israelitas vencieron y conservaron todas las ciudades que les habían retado menos Jasor, que fue quemada. Esta costa recibe el nombre de la ciudad que plantó cara a los israelitas y que, en consecuencia, fue castigada con el fuego.

Alba bufó. No había nada reprochable en llamarle Jasor a la costa pero si la inspiración había sido la ciudad quemada por los israelitas era indudable que había un sentido macabro. Jasor, a ojos de un cristiano, pensó Alba, era equiparable a Sodoma o Gomorra, un ejemplo de lo que sucede cuando se obra en contra de Dios. En resultas, era como si a un hombre lo llamasen Lucifer o a una mujer Lilith.

La intensidad de Lyliana había fulminado a Rodri, que se mordía las uñas mientras se abanicaba con los boletines. Alba miró a la anciana, que tenía los ojos fijos en ella.

–Hay mucho más. –Lyliana se soltó–. R'lyeh, el nombre del hotel donde os hospedáis, era la isla sumergida donde H.P. Lovecraft sitúa a Cthulhu, uno de los dioses primigenios. Algunos dicen que está muerto pero que aun así espera el momento de resurgir. El primigenio es tan poderoso y puede vivir tanto que en él cobra sentido la frase "que no está muerto lo que puede yacer eternamente y con los eones por venir aun la muerte puede morir"[1]. En Cthulhu se funde el sueño con la realidad, la muerte con la vida. Para un ser de este calibre, fallecer es solo un paréntesis. Son conceptos complejos que no podéis entender con una fugaz explicación. Hay un libro, *Hermana del sueño*[2] de Robert Schneider que también los enlaza. Johannes Elias, el protagonista, rehúsa el sueño porque mientras duerme no puede amar y, es tan intenso su amor, que no desea perder tiempo sin sentirlo. La hermana del sueño es la muerte.

Las explicaciones de Lyliana eran densas pero absorbentes. Gozaba de una extravagante cultura. Un erudito podía saber curiosidades de la antigua Roma o de las costumbres de los persas en la época de Alejandro Magno, pero no era común encontrar similitudes entre una novela romántica de los noventa y los terrores de Lovecraft.

−¿Los dueños de R'lyeh son los mismos que los del Na Patarra? −preguntó Alba.

−Sí −contestó Rodri.

−Gente como Aaron Parker, asesinos rituales sin escrúpulos han bautizado los enclaves. ¡Figuraos! −exclamó Lyliana−. Los hoteles son la morada de Cthulhu y la puerta al infierno. Incluso prevenieron el advenimiento demoníaco poniendo el nombre de Na Patarra a la parcela donde posteriormente se irguió el hotel.

---

[1] Fragmento extraído de la obra *La Llamada de Cthulhu* del autor H.P. Lovecraft. Obra escrita en 1926. Fragmento extraído de la traducción de José A. Álvaro Garrido publicado por editorial EDAF S.L.U. en 2010 en la obra *Ciclo de Cthulhu* I, donde se incluye *La Llamada de Cthulhu* y *El ser en el Umbral*, ambas obras de H.P. Lovecraft. Este fragmento, según se desprende del libro, pertenece al *Necronomicón*.

[2] *Hermana del Sueño* del autor Robert Schneider publicada por Tusquets editores y traducida por Miquel Sáenz. Primera edición enero de 1994. © Reclam Verlag Leipzig, 1992.

Alba se sintió identificada con su indignación. Cuando descubrió el origen de Na Patarra, instintivamente, quiso abandonar el hotel. Lyliana conciliaba con esa nueva faceta esotérica que se había manifestado desde el hallazgo del collar.

Rodri intentó ganar protagonismo con alegatos administrativos.

—No hay pruebas de lo que dice ...

Rodri exigía datos. Sin embargo, Alba y Lyliana estaban ausentes. Para ellas, el parloteo de Rodri se silenció. Se estudiaban. Alba con ojos inexpertos y Lyliana con una inteligencia espiritual adquirida por muchos años de iniciación. Lyliana la estaba desgranando. Alba intentaba hacer lo mismo pero no lo conseguía. La anciana se protegía.

—¿Qué es Mutghar? —preguntó finalmente la de pelo anaranjado.

Las pupilas de Lyliana brillaron y achinó los ojos. Primero la había mirado con indiferencia, luego con curiosidad y, de repente, con horror.

—¡Por todos los dioses!

Lyliana apartó la mirada de Alba y esta se sintió como el barco que es librado de su anclaje.

—¿Qué sucede? —preguntó Rodri desconcertado.

Lyliana señaló a Alba con el índice.

—¡No te acerques! ¡Engendro del Diablo, portadora de destrucción! La que escuchas la voz de Mutghar! ¡Has abierto la puerta!

Rodri se interpuso entre ellas. Lyliana perdió el control. De inmediato, llegaron los sirvientes de Lyliana y los separaron.

—¡Debemos abandonar Talatoya! —gritó Lyliana—. ¡Todos deberíais hacerlo antes de que sea demasiado tarde!

Lyliana desapareció por donde había llegado rodeada de los suyos y lanzando maldiciones.

CAPÍTULO 16
TALATOYA

Julio de 1881 d.C.
Mar Mediterráneo
(La Quinta Isla)

Philip Aldous Lumière

Nueve meses después, Philip y Alice se habían adaptado a la insana rutina. El Culto sometía a los impuros pero la pareja gozaba de los favores de los rebeldes. Philip le había contado lo referente a ellos pero nada relacionado con Owöd y el *Huktur-Akkim.* Augusto la había visitado para presentarse. No les gustó que otra impura supiera de su existencia. Tenían un sinfín de disparatados perjuicios. Entre otros, creían que el cerebro de los impuros era menor. En conversaciones interminables, Lumière intentaba convencer a Augusto de que no era así. No obstante, mantenían una buena relación con los rebeldes.

En la isla solo había treinta insurrectos, doscientos miembros del Culto y medio millar de impuros distribuidos en campamentos con capacidad para albergar entre cincuenta y cien personas. Los miembros del Culto vivían en campamentos a parte y solo aparecían para aterrorizar a los impuros: había latigazos y ejecuciones. Pese a ser inferiores

155

en número, los sectarios iban armados y los impuros no tenían ni una lanza. De ahí que estuviesen sometidos.

Alice y Philip ansiaban irse pero el transporte estaba vedado. Sus captores les llevaban la prensa a diario pero no permitían que nadie abandonase la isla.

Por otro lado, Augusto confesó que preparaban la huida ya que Aaron sospechaba de ellos. El incidente en la plaza de la serpiente había movilizado los servicios secretos del Culto y temían ser descubiertos con que lo mejor era largarse. Unos ingenieros estaban construyendo un barco escondidos en una cueva cercana al mar.

En cuanto a la tarea de Philip, el paleógrafo se olvidó de las rencillas con Augusto y se metió de lleno en las traducciones. Cada día sabía más sobre la Quinta Isla; entre otros datos, descubrió su nombre: Talatoya. Lo supo a raíz de una descripción geográfica y urbana de la antigua civilización.

Descubrió el nombre de los núcleos urbanos. La ciudad ruinosa donde se había asentado el campamento de Lumière estaba situada al sudoeste y se llamaba Jyktyan. Había siete más: Ma, al sudeste y sobre el acantilado sur del golfo de Kuatar; la ciudad desértica de Beür donde se arribaba tras un arduo camino por la arena; Yh-Wa, al sur; Oakh, al norte, donde se encontraba la columna de Oakh con la leyenda de los gigantes; Virginos, al noroeste; Uriutbur, la Ciudad de la Alta Torre y por último, Kalac, la Ciudad Roja, tocante al cráter de Tö-yhyohep. En cada una de las ocho ciudades habitaron de cincuenta a cien individuos ya que, a su parecer, un buen gobierno debía dirigirse a pocas personas. También había descubierto el nombre de la gran pirámide que contempló al llegar a la isla: Tujba.

Lumière también recuperó los nombres del relieve. Los gigantes llamaron Lakanilk al río que transitaba al sur de Jyktyan, Jazmine al tocante a la costa escarpada cercana a

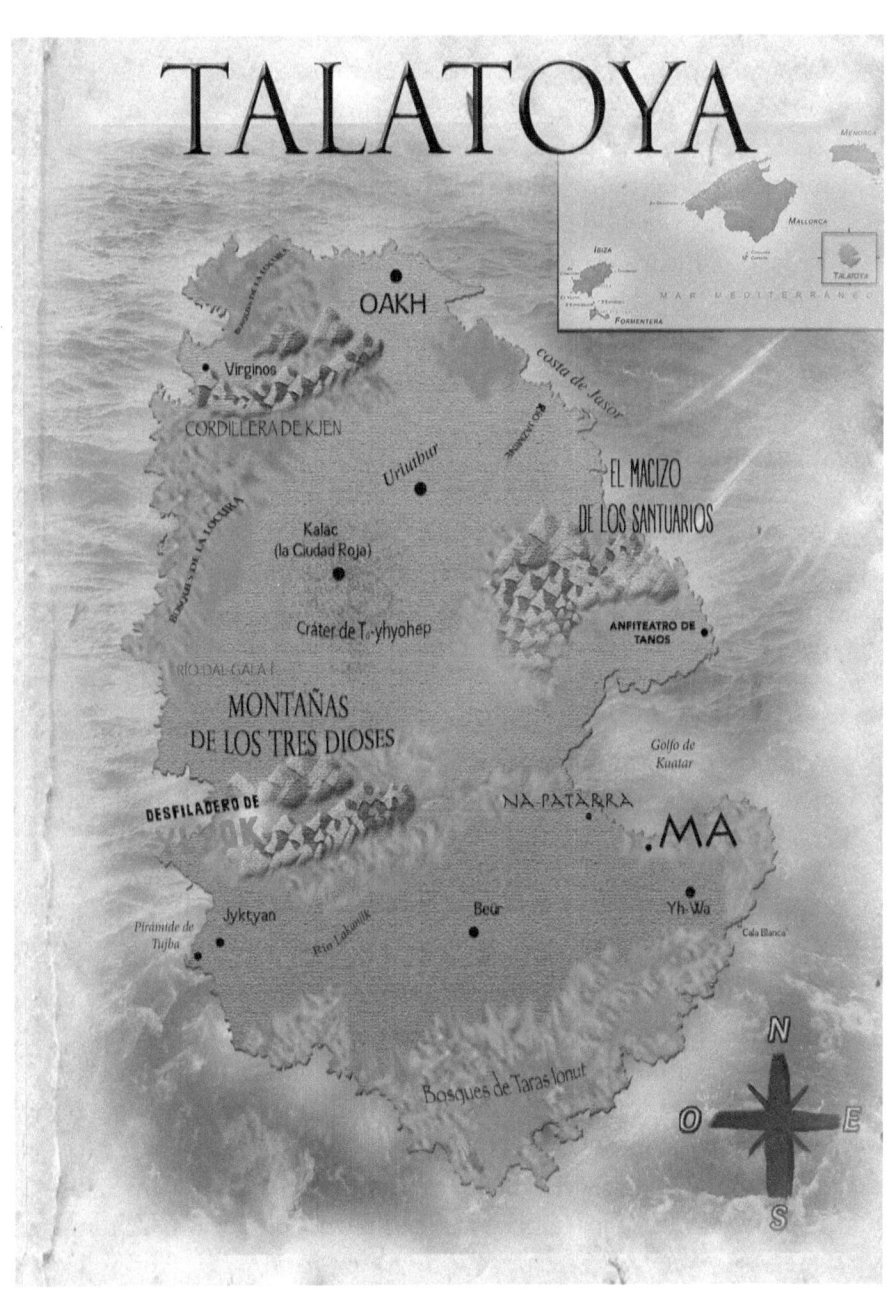

TALATOYA

Oakh y Dal-Gala-í al que precedía a los Bosques de la Locura al norte. Había tres enclaves montañosos: El Macizo de los Santuarios al noroeste, la Cordillera de Kjen, más al norte partiendo en dos los Bosques de la Locura y, el más inquietante de todos ellos, Las Montañas de los Tres Dioses atravesadas por el desfiladero de Ylyok en la parte central de la isla. Al sur, estaban los Bosques de Taras Ionut. Las montañas se identificaban perfectamente y los ríos seguían marcados aunque la corriente apenas era perceptible. Todo ello lo supo por referencias de Augusto, que le felicitaba a cada hallazgo al encajar con la realidad geológica de la isla que Lumière desconocía. Los bosques aun debían regenerarse aunque los lugares señalados por el paleógrafo coincidían con las zonas con actividad vegetal. Era cuestión de tiempo que todo volviera a ser como en la época de los gigantes.

Augusto llamó a un cartógrafo para que dibujara el mapa de Talatoya y Aaron exigió que se incorporaran nombres como el que se dio a una explanada cercana a Ma: Na Patarra. El Culto también bautizó una costa escarpada con el nombre de Jasor. Es decir, que en el primer mapa de Talatoya se unieron los nombres descubiertos por Lumière y los impuestos por Aaron.

Todos esos sustantivos, en especial el de Ylyok, le convulsionaron. Cuando los tradujo y, por primera vez, desde hacía milenios, fueron transcritos, Lumière se sintió abatido. No sabía el motivo, pero estuvo desmotivado durante semanas. Debía estar eufórico pero tenía una opresión en el pecho. Finalmente se recuperó aunque jamás contempló el mapa elaborado por el cartógrafo con los nombres que él mismo había despolvado.

Con la experiencia, Lumière dominó el Camino Inverso. Hasta entonces, lo había empleado sin convicción. Ahora, que sabía que era certero, se esforzó en dominarlo. Aprendió a no perder el conocimiento y logró depurar la técnica. Para él, lidiar con las mentes de los gigantes se convirtió en algo tan sencillo como leer un libro.

Por otro lado, la antigua raza le fascinó. Después de meses tocando sus pensamientos había creado un vínculo con ellos. Hacía el Camino Inverso del escritor; de sus letras llegaba a su mente. Hasta entonces lo había considerado entretenido pero ahora sentía reverencia. Las tablillas del palacio de Asurbanipal, por ejemplo, hablaban de dioses y guerras pero era como leer a Julio Verne. Con las evidencias de Talatoya, el don se antojaba siniestro. Era como si le susurrasen al oído desde sus tumbas. Pese a lo terrorífico de todo aquello, estaba empeñado en llegar hasta el final y perfeccionó la técnica. Entre otras cosas, aprendió a no perder el conocimiento. Lidiar con las mentes de los gigantes se convirtió en algo tan sencillo como hojear un periódico.

También conoció el nombre de esos seres. Se trataba de una raza de gigantes: los ghak, procedentes de abismos insondables del universo. Había una larga lista de reyes, tratados médicos y mapas de las estrellas que señalaban los planetas habitados y los pendientes de descubrir. Un ghak medía entre tres y cinco metros; no había una uniformidad tan marcada como en el ser humano que entre ellos se distancian centímetros. Un ghak podía medir dos metros más que otro. Era imposible no tener tentaciones de escaparse en busca de ellos. Cada línea que traducía revelaba nuevas fantasías.

Otro factor importante era que los ghak estaban tremendamente avanzados. Los libros aseguraban que, en la prehistoria, el ser humano no sabía hacer una O con un canuto. Sin embargo, mucho antes, esos seres viajaban por el espacio y curaban todo tipo de enfermedades. Esto también era habitual en las tablillas sumerias. Lumière dudó de la

159

supuesta anormalidad del ser humano en tiempos remotos. ¿Acaso la información oficial era incorrecta adrede?

A colación, Augusto le explicó que el Culto se valía de tecnología ignota. Lo soltó después de insistir mucho. Lumière no entendía cómo se había fechado la civilización de los ghak. Desconocía cómo se había podido averiguar tan acertadamente el periodo en que tuvo lugar su existencia. En segundo lugar, Lumière estaba asombrado por la manera en que le habían curado. En unas horas había sanado de una herida de bala y no sabía de ningún medicamento capaz de hacerlo. Augusto, temeroso de que hiciera otra barbaridad como la de la plaza de la serpiente, se vio obligado a explicarle que el Culto disponía de una tecnología superior e iban un paso por delante de la humanidad. Dijo "humanidad" como si ellos no formasen parte de ella. Quiso saber más pero Augusto le amenazó con azotarlo. Pese a tener buena relación con los rebeldes, había incógnitas: el origen del Culto, quién les gobernaba, a quién adoraban, etc. pero no convenía tentar la suerte. Se hizo a la idea de que jamás podría saber los secretos del Culto. No podía aspirar a tocar las estrellas, solo contemplarlas.

Augusto y Lumière habían pactado que filtrarían la información dirigida al Culto pero la que habían obtenido hasta la fecha no era comprometedora así que la libraban sin más, lo cual era recibido con entusiasmo por los patriarcas. Augusto le había dicho que los mandatarios del Culto se habían interesado mucho por esas pesquisas. La fama despistaba la investigación sobre el incidente de la plaza de la serpiente. El pacto seguía en vigor y cuando tuviesen información interesante la ocultarían. Sin embargo, aun no habían creído necesario filtrar nada. Lumière sentía curiosidad por el miedo ancestral que había movido a los rebeldes a organizarse. Buscaban algo en sus traducciones referente a los gigantes pero no había datos relevantes sobre ellos, solamente localizaciones y costumbrismos. Los rebeldes estaban nerviosos, fuese lo que fuese lo que escondía Talatoya les aterrorizaba y deseaban saberlo antes que nadie para gestionarlo.

A pesar de esto, los rebeldes entablaron amistad con Lumière y Alice. Servían al mismo fin y el roce era inevitable. Las mujeres se habían interesado por la costura de Alice. Lumière estaba satisfecho de la relación de la Wright con la rebelión. Le habían asegurado que la cuidarían pasase lo que pasase. Protegerían a Alice independientemente del destino del loco de su marido.

Disfrutaba con su trabajo pero él y Augusto necesitaban saber qué se descubría en los otros campos. Especialmente les atraía la geología y la teología que interrelacionaban los descubrimientos con los mitos. Lumière, que había traducido las tablillas de Nínive, sabía que los sumerios creían en los Annunaki, unos seres venidos del cielo que eran sus dioses, lo cual congeniaba con los ghak. Resultaba difícil creer que, milenios atrás, la Tierra estuviese poblada por extraterrestres y, por eso, sus traducciones pasaban desapercibidas. Sin embargo, en Talatoya, todo cobraba sentido.

Lumière estaba embebido de la cultura de los gigantes. Gracias a las inscripciones había sabido de sus costumbres, cargos públicos, gastronomía, etc. Vestían al estilo de los clásicos, con clámides, peplos, togas y capas. Los soldados llevaban armaduras con glebas y antebrazos de hierro aunque no enarbolaban espadas sino rifles y cañones devastadores. Había un relato que explicaba la capacidad destructora de sus armas. Aun así, pese al detalle con que describían su cultura no se daba respuesta a la principal pregunta: ¿por qué habían desaparecido? Augusto tenía una teoría:

—Pienso que en Oakh se halla la respuesta, en la piedra que da al mar encabritado y que está cubierta de inscripciones.

Si era así, no entendían por qué Aaron no los había enviado allí. Quizás primero les interesaba recopilar detalles sobre la cultura y luego disgregar su historia. Sin embargo, todo eran conjeturas y había mucho trabajo solo con las tablillas que llegaban desde los ocho pueblos de Talatoya. Nadie sabía qué había en la columna de Oakh, el monumento más atrayente y que aun no habían estudiado.

No todo era trabajo. Su relación con Alice era fogosa y el día seis de enero se supo que estaba embarazada, lo cual les llenó de júbilo.

CAPÍTULO 17
URIUTBUR

Talatoya, Jasor
Julio del 2016 d.C.
Lunes

Alba, Álex, Rodri y Delia

—¡Esa mujer estaba zumbada! —gritó Álex con sabiondez.

Habían comido el arroz blanco más caro de su vida en otro restaurante embutido en el acantilado. Estaban juntos físicamente pero cada uno campaba en su mundo.

Delia pensaba en la excusa para llevarse la moto de agua. Le daría otra oportunidad a Álex. Se irían a follar a un lugar discreto. Habían hecho un polvo mediocre pero penes gruesos como el suyo escaseaban. Volvería a tirárselo. No había escuchado lo que había sucedido con Alba. Una vieja le había gritado pero no sabía por qué ni le interesaba.

Álex tampoco atendía. Una mujer había echado pestes sobre Alba como si esta fuera la chica del *Exorcista*. También habían hablado de una fotografía antigua de un hombre que se parecía a Yert. O algo así. No estaba seguro. Se había quedado con la copla de que una tal Lyliana se había metido con su piba y claro, debía reaccionar y lo hizo insultándola. Pensaba —si eso era posible en él— en el revolcón de la noche

163

anterior. ¡Que fuerte tío! –Se decía a sí mismo– La Delia se lo pasó de miedo conmigo. ¡Repetiremos!

Rodri pensaba en la mala imagen que había dado. Orgulloso de su oratoria, había sido ridiculizado por Lyliana ante la chica de sus sueños. La pifió con lo del coche y ahora con la anciana. Abrir un expediente a Lyliana no era motivo para fardar. Sin embargo, entonces creyó que era buena idea. Era inteligente pero con Alba sus dotes se eclipsaban. Debía corregirse si quería conquistarla.

Alba, por su parte, era la única que hacía cábalas sobre lo que estaba sucediendo. Primero Yert y ahora Lyliana. ¿Qué complot había contra ella? Era la primera vez que visitaba Talatoya y parecía que todos los ancianos la habían tomado con ella. Podía entenderse que Yert fuera un loco pero que Lyliana también lo fuera era cuestionable. Además, eran dos personas respetadas que, de golpe y porrazo, se habían alarmado ante su presencia. Se arrepentía de haber ido a ese lugar.

–¡Vámonos Álex! –gritó.

–¿Qué?

–Cogeremos el primer avión a Barcelona.

Alba se levantó. Los tres se sobresaltaron. Si Alba se iba, Rodri no podría seducirla, Álex no se tiraría de nuevo a Delia y esta no podría darle otra oportunidad.

–¡No puedes irte! –gritó Delia.

Todos la miraron, era de la que menos se esperaba una exhortación.

–¡No le des importancia! –intervino Rodri– Hay locos por todos los sitios.

–¡Tía! –Álex no sabía qué decir– ¡Quiero ir a una discoteca que está muy guapa!

Alba no creyó a ninguno.

—¿Qué os pasa? —Todos miraron al suelo como niños a los que se les han encontrado las *playboys*—. Nos vamos ya. ¡Álex! —su fornido novio se puso firme—. Si quieres quedarte ningún problema. ¡Haz lo que te dé la gana!

Alba se levantó. Delia y Álex se tranquilizaron. Eran tal para cual. Cogió su mochila y se fue hacia la puerta pero Rodri se interpuso en su camino y le recomendó:

—Al menos quédate hoy.

—¡No! Tengo una sensación horripilante.

—Son las cuatro de la tarde. Tanto si tomas el transporte público como un coche llegarás a Ma como mínimo a las seis y no hay aviones hacia Barcelona hasta mañana a las diez. Pasarías la tarde y la noche sola en el Na Patarra. ¡Quédate al menos esta tarde con nosotros! Nos iremos a Ma al anochecer con las motos y mañana te llevaré al aeropuerto.

Alba y Rodri miraron a sus parejas.

—Se alegran de que me vaya —se quejó Alba. Estaban a una distancia suficiente para que no los oyeran—. Odio a tu novia.

Rodri sonrió.

—Y yo a Álex —admitió el policía.

Se miraron preguntándose por qué estaban aun con ellos. Quizás por su parecido a los *Vigilantes de la Playa*. Álex no había movido un dedo desde que Alba le había concedido permiso para quedarse; era un gilipollas.

—Una tarde más, por favor —le suplicó Rodri—. Además, ten en cuenta que mañana por la mañana nos esperan en el juzgado. No puedes fallar.

Alba no se acordaba del trámite judicial. La rabia de Alba se torció con la mirada postulante de su amigo. Pese a la necesidad de largarse, estaba obligada a pasar la tarde y la noche en Ma y antes de estar sola mejor compartir el tiempo con Rodri. La de pelo anaranjado asintió.

–¡Perfecto! –se alegró Rodri–. Esta tarde iremos al mercado de Uriutbur. Es una cita imprescindible en Talatoya, no te arrepentirás.

–Pero con una condición –Alba frunció el ceño pero en sus labios había jocosidad–. ¡Nada de atestados ni de coches biplaza! ¡No te crezcas!

Alba

Llamaron a un taxi y Rodri ordenó que los llevara al mercado de Uriutbur. El vehículo tomó una carretera estrecha y en malas condiciones hacia el interior. En todas direcciones, se extendía un campo árido de tierra rojiza que se intensificaba a medida que avanzaban. Alba se había sentado junto al conductor, no quería tener contacto con Delia. Desde su posición privilegiada, analizó el terreno. A medida que se alejaban de la costa, sus sensaciones cambiaban.

En un cuarto de hora, apareció enfrente una línea de edificaciones precedida por un campamento de tiendas que configuraban el mercado de Uriutbur. La ciudad ruinosa de los ghak estaba detrás de las lonas y las sombreaba. El *skyline* de Uriutbur se caracterizaba por los altibajos de los edificios desiguales y por una elevación muy superior: una torre situada en el extremo izquierdo de la ciudad viniendo del este y que acuchillaba las nubes. Poseía una delgadez extrema, su base experimentaba una curvatura en ambos flancos y, cual filamento, se elevaba hasta donde alcanzaba la vista superando en mucho el resto de edificios.

Mientras Rodri describía el *glamour* del mercado de Uriutbur, Alba contemplaba boquiabierta la mastodóntica torre delgada.

En unos minutos, pararon ante las tiendas, bajaron del taxi y Rodri pagó la carrera. Uriutbur estaba a un kilómetro del mercado pero la enormidad de sus edificaciones daba la sensación de estar al lado. La torre superaba la altura de muchas montañas y su cénit era indistinguible. Su longeva parte estrecha era más ancha que la base del Na Patarra pero su excesiva altura le daba esbeltez. Parecía un sobredimensionado alfiler agujereando el cielo.

—¡Qué bien! —Delia cogió de la mano a Álex, pasó corriendo por el lado de Alba en dirección a las tiendas y le dio un golpe en el hombro—. ¡Necesito tantas cosas!

Estúpida, pensó la de pelo anaranjado.

—¡Rodri! Me voy con Álex —anunció Delia desde la distancia—. Me he llevado tu tarjeta. ¿No te importa verdad?

Sin esperar respuesta, la rubia y Álex se perdieron entre las tiendas. El taxi se fue y Rodri se acercó a Alba.

—Impresiona, ¿verdad? —Rodri dio un cabezazo para señalar Uriutbur.

Alba intentó comprender lo que experimentaba. Notaba algo funesto pero se sentía amparada.

Rodri y Alba entraron en el mercado. Había la *crème* de la *crème*. Las mejores marcas, los mejores objetos de decoración, la mejor ropa, el mejor incienso, los mejores relojes, las mejores piedras, etc. Lo mejor para los que se creían mejores. Las tiendas parecían santuarios. Algunas estaban cubiertas bucólicamente con lonas. Estaba todo diseñado con precisión quirúrgica.

Avanzaron entre las calles del mercado y se encontraron con actores famosos. La mayoría saludaron a Rodri ya que su padre había financiado sus películas. Rodri le explicó lo complicado que era llevar una productora cinematográfica. Él había intentado producir guiones para la pequeña pantalla pero había sido un fiasco. A Alba le agradó que, por fin, dejara entrever sus carencias. Un hombre apocado lamentándose de su frustrada faceta creativa era más seductor que un policía multando a una anciana.

Se rieron de los *hipsters* que acompañaban a los famosos; los amigos de los actores y modelos se enaltecían por ir con ellos y abusaban de las tendencias. Vieron a uno con una *polaroid*, gafas de sol con montura rosa, diadema y un pareo. Una chica llevaba *piercings* por todo el rostro: cejas, labios, orejas e incluso mejillas. Pasaron por su lado y escucharon la conversación que tenía con un famoso periodista de la prensa del corazón.

−¡No es naaaa! −decía ella−. Por la noche es como si no los llevara.

Alba pensó que quizás era cierto pero no se arriesgaría. Tanto hierro era una carga gratuita que no iba a soportar.

También había gente estilosa. Chicos altos y fornidos con jerséis ajustados, mujeres capaces de hacer invisibles sus arrugas con su porte, ancianos que conservaban la estética *hippie*, etc. Rodri aseguró que la única diferencia entre los que parecían engendros y los interesantes era la belleza. Un feo con gafas de pasta era un presuntuoso mientras que un guaperas con las mismas gafas tenía algo especial.

Hablaron sobre esas banalidades mientras compraban cachivaches. Alba se olvidó de las circunstancias que le habían aguado el viaje. Rodri había dado en el clavo cuando la instó a quedarse. No obstante, tenía decidido largarse al día siguiente.

Llegaron a una tienda que ofrecía incienso de toda clase con cajitas de madera y utensilios para quemarlo. Se entretuvieron. Alba nunca había comprado incienso ya que todo lo oriental le daba pereza pero por alguna razón, ese día se sintió atraída. De fondo, se escuchaba la radio local de Uriutbur, cuya moderna ciudad se alzaba al otro lado de las ruinas. Sonaba *Bailando* una canción de Enrique Iglesias feat. Descemer Bueno, Gente de Zona. Mientras el pequeño de los Iglesias daba cuerda al *Spanglish*, pensó en el videoclip. Enrique cantaba rodeado de chavalería. La estrella era Enrique, el resto era prescindible. Pensó en la teoría de Rodri sobre la gente guapa. ¿Acaso el videoclip de *Bailando* era el ejemplo de que los guapos mandan? ¿Enrique tendría tantas fans si Dios no lo hubiese montado bien?

Hubo interferencias en la canción. Los coros de la Gente de Zona se perturbaron. El propietario de la radio intentó regular la sintonía pero no la recuperó.

Se elevó un molesto crepitar que anudaba los lamentos de todas las radios.

Al lado de ellos, un joven amanerado hablaba por el móvil.

—¡Oye! —miró su iPhone de última generación y lo zarandeó como si fuera un batido—. ¡*Apple*! ¡No me falles!

Alba y Rodri, que daban la espalda al pasillo del mercado, se dieron la vuelta y vieron un pequeño caos. Los modernos se rasgaban sus vestiduras porque sus preciados aparatos electrónicos carecían de conexión a internet. Estaban ofuscados por no poder twittear frases ingeniosas.

Rodri sacó el teléfono e intentó llamar. No había señal. Alba hizo lo mismo pero nada. Estaba encendido pero no funcionaba internet ni había cobertura.

—Es extraño —valoró Rodri—. Talatoya tiene excelentes torres, repetidores y una red *wifi* que se extiende por toda la isla.

Se escuchó un murmullo. Venía de arriba. Todo el mundo echó un vistazo al cielo. La mayoría, cegados en sus móviles y ordenadores, hacía mucho que no lo miraba. Era un día despejado: solo unas pequeñas nubes asomaban a la derecha y a la izquierda; la parte central del cielo, la que se proyectaba por encima de Uriutbur, estaba libre.

Detrás de la delgada y alta torre se creó un círculo oscuro que embruteció el cielo azul. Los clientes del mercado se agitaron. Se escucharon gritos y expresiones de asombro. Un sol negro competía contra el sol dorado que quedaba al otro lado del firmamento.

Se discernió la causa del círculo. Incontables puntos negros se unían procedentes de todas las direcciones. Era difícil identificarlos desde lejos porque desunidos, los puntos eran irrisorios. ¡Se trataba de millares de pájaros de distintas especies!

El círculo se estabilizó, ocultó la mitad de la torre, sombreó Uriutbur y se movió como si fuese elástico.

Los *snobs* huyeron despavoridos pero Alba y Rodri se petrificaron.

El gran círculo se alargaba y retrocedía sobre las ruinas de Uriutbur. Hubo unos minutos de incertidumbre y, finalmente, los pájaros se aglutinaron evidenciando la negrura y reduciendo el círculo. Parecía que iban a detenerse pero cogieron impulso y se dirigieron hacia el mercado.

Rodri

Rodri se asustó. Los pájaros volaban alto pero eran imprevisibles. Los presentes corrieron en dirección contraria al sentido de las aves. Rodri asió a Alba del brazo pero estaba pegada al suelo.

—¡Vámonos! —grito Rodri—. ¡Es peligroso!

Alba no lo escuchaba. Estaba hipnotizada.

Una parte de las aves descendió y alcanzó las tiendas. Atravesaron las calles dibujadas por las lonas llevándose todo a su paso. La unión de los aleteos y de los piares provocaba una anómala distorsión como si solo gritara un único ser.

Rodri se cobijó detrás de un poste de madera de una tienda, se puso las manos en las orejas y bajó la cabeza. Alba se quedó en medio de la calle. Rodri la llamó pero ella esperaba a las aves con los brazos extendidos. Rodri estaba perplejo. Los pájaros iban raudos y si la alcanzaban podían desmembrarla.

La avalancha de aves destruía el mercado. La mayoría esquivaban los obstáculos pero algunas se estampaban. Llegaron adónde ellos y Rodri cerró los ojos. Algunos pájaros colisionaron contra la tienda donde se ocultaba. Miró a la derecha. Alba estaba a cinco metros y seguía incólume: el viento le movía los cabellos. Todo se venía abajo pero ella seguía de pie porque cuando las aves se le acercaban viraban a los costados: Alba era como una piedra en medio de la corriente. ¡Los pájaros la evitaban!

En dos minutos, la desbandada atravesó el mercado. La mancha negra se dirigió hacia el mar y se disipó.

Rodri se levantó. Parecía que hubiese pasado un huracán. Las lonas habían caído y los escaparates estaban destrozados. También había pájaros muertos o renqueantes pegados a las tiendas. La gente que no había tenido tiempo de huir se levantó de su escondite. Había heridos y algunos sufrían ataques de pánico.

Alba estaba en el mismo sitio. Levantada y con los brazos abiertos. Rodri se acercó y le tocó el hombro.

—¡Huyen! —aseguró ella.

—¿De qué? —preguntó el policía.

CAPÍTULO 18
EL SEÑOR ALDAYA

Talatoya, Ma
Julio de 2016 d.C.
Lunes

Yert

—¡Mutghar! —gritaba Yert una y otra vez— ¡Le hemos abierto la puerta!

El reloj marcó las seis de la tarde y estaban a la espera del abogado de oficio. Rubén y Darío, los policías que se encargaban de la custodia de Yert, no podían acallarlo. En Ma solamente había un calabozo y cuando se practicaban detenciones encerraban a los malhechores allí hasta ponerlos a disposición judicial en menos de setenta y dos horas. El juzgado de Ma, la capital de Talatoya, los habían emplazado el martes a las 10:00 horas. La detención se había producido el jueves a las 18:00 horas y el plazo para llevarlo ante el juez había expirado el domingo. Debían llevarle al día siguiente al juzgado porque se había prorrogado la detención pero legalmente era aberrante. Un buen abogado los hubiera puesto contra las cuerdas. El atestado estaba casi completo: las denuncias de las víctimas, las declaraciones de los testigos y las fotografías de los desperfectos pero faltaba lo más afrentoso: tomar declaración al detenido.

—¡Deshaceos del collar!

Rubén y Darío se taparon las orejas e ignoraron al anciano. Para mayor desgracia, la celda se hallaba a pocos metros. La comisaría era un pequeño local alquilado al Na Patarra en la avenida de moreras que había antes del parque donde se alzaba el hotel. Antes había sido un badulaque y aun olía a especies. La única celda era de barrotes de hierro y no podía silenciar a Yert.

Llamaron a la puerta. Rubén, un chico rubio y alto, se levantó y fue a abrir. En el umbral, apareció un hombre con gafas de pasta, bajito, orondo y calvo. Pese a los rasgos de vejete, sus ojos atesoraban juventud. Tenía veintiséis años; llevaba traje, corbata y una americana oscura dos tallas mayor.

—¡Por fin! —celebró Rubén—. ¡El abogado de oficio! Pase señor Aldaya.

El joven entró y en su amplia frente aparecieron perlas de sudor. Se recolocó las gafas en su pequeña nariz y siguió a Rubén hasta un escritorio. Yert calló para la tranquilidad de los policías. Rubén y Darío se sentaron ante un ordenador y Aldaya enfrente.

Los policías lisonjearon al abogado. Le ofrecieron bebida azucarada y galletas. Aldaya se sintió encantado y no pensó en ningún momento que a Yert lo hubieran detenido durante más tiempo del permitido. Los policías lo hacían adrede. Lo conocían y sabían que era incapaz de darse cuenta de ese detalle.

Después de un rato de tertulia, Darío fue hacia la celda. Era más corpulento que Rubén. Su camiseta azul le rubricaba el torso. De pelo castaño liso que le caía hasta los hombros era el ligón de la comisaría y eso era decir mucho. Cuando el macizo estuvo ante los barrotes enseñó una llave a Yert y le advirtió:

—Abriré la puerta. Compórtate. Aquí tienes a tu abogado —Darío miró las muñecas esposadas de Yert—. No te las quito. No hagas tonterías.

Yert arrugó la nariz. Hubiese podido huir. Reducir a dos policías inexpertos era sencillo pese a las esposas. Sin embargo, aunque lo consiguiera, ¿cómo encontraría el collar? Ignoraba dónde se alojaba Alba Tropez. Había escuchado su nombre y el de su pareja durante la elaboración del atestado. No les conocía pero el collar era el mismo que había confeccionado... Debía calmarse. Lo lamentaba por la chica y su novio pero él había intentado ser educado y ellos habían bordado la senilidad. Álex le había chuleado como si estuvieran en una discoteca y Alba se había asustado como una chiquilla malcriada. Por otro lado, no podía permitir que se largasen sin más. Quiso explicarles que el collar atesoraba el mal y que la influencia de la tierra rojiza sería temible pero le tildaron de loco. Aun así, de no haber sido por los policías, se hubiese apropiado de la alhaja. Sabía lo que podía suceder y se le hacía un nudo a la garganta solo de pensarlo. No obstante, albergaba la flaca esperanza de que todo quedara en un susto. Yert naufragaba en un mar de conjeturas.

Darío abrió la celda y condujo a Yert hasta el señor Aldaya. Eran de la misma altura. Yert era un anciano pero el joven parecía, paradójicamente, más viejo.

—Soy Pedro Aldaya y seré su abogado.

El letrado negó con la cabeza.

—¡Eh! —le llamó la atención Rubén— ¡No puede comunicarle nada antes de que declare!

Al letrado, por alguna razón, no le interesaba que hablase. Sin embargo, Yert quería hacerlo. Debía advertirles de la catástrofe que estaba a punto de cernirse sobre Talatoya.

Todos se sentaron. Los dos policías ante el ordenador y Pedro y Yert al otro lado del escritorio. Yert olió a sudor. Miró al letrado compasivamente. Con ese traje oscuro en julio estaba ganándose el cielo. Inseguro, parecía que iba a derrumbarse en cualquier momento. Yert denotó su falta de tablas y, peor aun, su incapacidad para sobrellevar el caso. Yert recorrió la sala con la mirada. Su caña de bambú colgaba de la pared. Se la habían confiscado y debía recuperarla.

—Señor Yert.

Rubén se puso ante el teclado, hizo preguntas rutinarias y luego, fue al grano:

—¿Por qué atacó a la señorita Alba Tropez?

—Llevaba el collar de Mutghar —contestó. Pedro Aldaya le dio un golpe en la rodilla pero Yert continuó—. Si no lo lanzamos al mar, los gusanos aparecerán tal y como advierte la maldición.

—Un momento —le instó Rubén mostrándole una fotografía del collar—. ¿De aquí nacerán esos bichos?

Rubén y Darío se rieron. Aldaya temblaba. Yert quiso darle un golpecito en la espalda y animarlo. Estaba hundido. El anciano intentó discernir las tristes coincidencias que le habían llevado a letrado.

—Ríanse —Yert se tocó el monóculo ensartado y movió los círculos que lo rodeaban como si sintonizase un reloj—. Los batyars se multiplicarán y ...

Yert les explicó por qué había atacado a esa chica y a su novio. Intentó resumir la historia y el modo en que los gusanos evolucionaban. Terminó su relato y Rubén, en voz alta, leyó lo que había tecleado:

–Entonces, agredió a Alba Tropez porque ella llevaba un collar compuesto por esferas que contienen gusanos omnívoros –Yert asintió. Aldaya bajó la cabeza–. Estos monstruos se llaman batyars y cuando comen crecen hasta alcanzar un tamaño sobrehumano. Una vez llegan al cénit de su volumen, se...

–¡Alto! –le interrumpió Aldaya que sudaba a mansalva. Iba a durar dos telediarios en la profesión–. ¡Paren! ¡No aguanto más!

–Disculpe –habló Rubén–. Debe representar a su cliente. Si no sobrelleva la presión debería abandonar el oficio. –Lanzó sin ambages.

Aldaya sacó un pañuelo. Yert se ofendió porque había revelado un secreto ancestral y todos se centraron en el soplagaitas de su abogado.

–¡Es duro! –Aldaya empleó el pañuelo con el que se había limpiado el sudor para sorberse los mocos–. ¡Voy a desmayarme! –Miró a Yert como si fuese roña en el zapato–. ¿Dónde están los servicios?

Rubén le enseñó el camino. Los policías se quedaron a solas con Yert; no podían proseguir con la entrevista sin el letrado. Dejar marchar a Aldaya en mitad del interrogatorio no era procesalmente correcto pero era preferible a un vahído.

El señor Aldaya

Pedro Aldaya se internó en los servicios de la comisaría de Ma. Se miró en el espejo y vio su rostro blanquecino y sudoroso. Se quitó la americana. La camisa estaba húmeda en la parte de las axilas. Se lamentó por su pinta y recordó cómo había llegado allí.

Había cursado derecho porque no tenía otra vocación. Había colgado la placa pero solo lo llamaban indeseables y familiares. Cuando actuaba de turno de oficio se ponía nervioso y ese caso era excepcional. Su cliente insinuaba que una plaga mitológica iba a resurgir de las profundidades del mar. ¿Qué defensa merecía ese loco? Se lo imaginó en la trena vociferando que su abogado era un inútil. ¡Claro! Los letrados son siempre los culpables de todo. Además, era un caso mediático. La prensa se había hecho eco. Internet y los diarios locales lamentaban que la hija de los aclamados Tropez y Singh hubiese sido agredida. ¡Imposible ganar el caso! Aldaya se sintió como aquel médico que cree soportar la sangre y se desmaya cuando chorrea de verdad. Sintió vértigo. No podía con la presión.

Aldaya se quitó la corbata, puso los brazos en jarras y caminó por el servicio. Tranquilízate, pensó. Había alternativas a la abogacía. Se había sacado la carrera con sobresalientes y podía prepararse unas oposiciones. Se imaginó detrás de un escritorio poniendo sellos y se sintió mejor. Se recreó con la idea de colgar la toga y hacerse funcionario. Ya no tendría que aguantar las mofas de los jueces ni las vejaciones de los compañeros que lo habían derrotado en juicios.

Se calmó y su mirada fue hacia la derecha. Había tres retretes encajados en habitáculos de madera; se fijó en el del centro que tenía la puerta abierta y la tapa del váter levantada. No deseaba ir de vientre pero al relajarse olvidó sus obligaciones y se sintió como en casa. Miró arriba y no vio cámaras así que se dejó llevar y entró.

Cortó unos renglones de papel higiénico y los puso sobre los bordes de la taza. Se quitó los pantalones pero no había cerrado la puerta. Se levantó y el papel higiénico se pegó a sus nalgas pero ni se dio cuenta. Con los pantalones bajados, cerró la puerta del retrete y corrió el pestillo.

No estaba ahí para hacer sus necesidades. Ese día aun no se había masturbado y era la única manera de relajarse. Llevaba haciéndolo desde que ejercía: buscaba una excusa para ir al lavabo, se la machacaba y regresaba sedado.

Se agachó y cogió del bolsillo de los pantalones el teléfono móvil de pantalla táctil. Buscó su web porno favorita y seleccionó a su actriz fetiche; una latina de pechos operados que le recordaba a la asistenta de sus padres. Accionó uno de sus videos y se puso en situación.

Los batyars

Entretanto, por debajo, un ser estirado y oscuro se abría paso por las cañerías. Iba sin rumbo pero vio luz al final del túnel y fue hacia ella. El batyar vio una bóveda con una grieta central ennegrecida por gruesos pelos rizados. Reposaba sobre un anillo blanco que era donde terminaban las lucientes paredes. El batyar, cuya inteligencia era superior a la de cualquier insecto y tenía clara su función, ignoraba dónde se encontraba así que se centró en el hueco luminoso. Se trataba de un agujero abierto en la bóveda y parcialmente obturado por otro elemento parecido a una campana de grueso badajo. No se veía con claridad así que el batyar se acercó.

Los gusanos se habían reunido en las alcantarillas y se habían alimentado de podredumbre. Gracias a las ratas y a la basura habían alcanzado un tamaño idóneo. También habían inutilizado las vías de comunicación aunque con la sutileza necesaria para que no cundiera el pánico. Habían eliminado las señales de las antenas mordiendo los cables adecuados. La información les venía dada por un ente inteligente que les domeñaba y al que le debían la vida.

Llevaban una jornada obedeciendo el plan y había llegado el momento de mostrarse.

El badajo creció y el gusano se extrañó. Escuchó un chapoteo y apareció otro bicho por detrás. Habían adquirido el tamaño de serpientes adultas y sus grandes mandíbulas les permitían cazar gatos y perros.

La campana y la bóveda se movieron. El grueso badajo cambió de posición, ascendió y desapareció por arriba. La luz se incrementó y todo se vislumbró mejor. Lo que el primer gusano confundió con una campana eran dos bolas peludas. Sintieron un olor nauseabundo que para ellos era deleitoso. Podían comerse cualquier cosa pero la carne humana era su alimento favorito. Lo que tenían por encima era un cuerpo desnudo pero no eran estúpidos y antes de hincar el diente debían asegurarse de que no corrían peligro ya que una presa mayor podía abatirles.

Los dos batyars fueron en busca de la luz y rodearon las bolas sin tocarlas. Les hubiesen cabido en la boca. No tenían la experiencia necesaria para determinar que aquello eran los almacenes reproductivos masculinos y que la grieta de la bóveda era el desguace del cuerpo.

Subieron por los costados poco a poco, sin rozar y contorsionándose. Podían estrecharse a placer convirtiendo su cuerpo en un hilo y acumular la masa en la cabeza o viceversa. Uno iba por la derecha y el otro por la izquierda. Cuando alcanzaron el pecho del hombre que querían comerse, evaluaron la situación.

Aldaya tenía la mirada fija en frente. Con una mano aguantaba su móvil de pantalla táctil y con la otra acariciaba de arriba a abajo un cilindro carnoso que antes el primer gusano había confundido con un badajo. Se trataba de un cacho de carne menudo y venoso y el hombre jugaba con la piel que lo cubría. Estaba tan concentrado en el móvil que no había visto a los dos monstruos que tenía enfrente.

Los gusanos, que eran más largos que anchos, no habían sacado la totalidad de su cuerpo. Por detrás, arribaron más compañeros.

Era el momento de comer.

El señor Aldaya

Estaba muy excitado. El vídeo duraba tres minutos y resumía acertadamente una escena de media hora que había visto varias veces. Habían puesto de cuatro patas a Jena Audrey, después ella se había subido encima y finalmente la eyaculación caería sobre su tripa. El señor Aldaya se coordinaba con el actor. Al vídeo le quedaban escasos segundos para terminar y era un final educado sin afección facial.

Su esperma ascendió por el cilindro e iba a lanzarlo al mismo tiempo que el actor. En ese sagrado instante en que la masturbación cobra sentido, vio dos formas alargadas enfrente. Surgían de los huecos que quedaban entre sus partes y la taza. Eran negras, tenían el tamaño de víboras y estaban formadas por círculos que en su conjunción creaban un segmento. Tenían muchas patas que se movían como seres independientes. Miró arriba y esos cuerpos viperinos terminaban en cabezas de ojos verdes. De sus incontables dientes salieron ríos de saliva que cayeron sobre su camisa.

Aldaya pensó que se mofaban, pero que tan injuriosos cuerpos fueran capaces de cincelar una sonrisa era tan absurdo como imaginar al diablo preparando una misa.

Los seres, a la altura de su pecho, no paraban de moverse. Quiso salir corriendo pero sintió un cosquilleo en el trasero.

Dejó caer el móvil, el actor diseminó su liquido reproductivo sobre el vientre liso de Jena Audrey que lo esparció sobre los pechos. Aldaya, coordinado con el actor, notó que algo le abría su sagrado orificio inferior con la pericia de un empalador. Cayó en la cuenta de que esos monstruos habían emergido de debajo y podría haber más.

Tras unos centímetros de internamiento, notó una dolencia. Se levantó pero el ser que estaba dentro de él le mordió. Retenido por el dolor, no pudo más que regresar a su trono.

Los otros dos gusanos que tenía enfrente abrieron las fauces. El señor Aldaya recordó la declaración de Yert. ¿Y si estaba en lo cierto?

El gusano que lo devoraba por dentro le provocaba un dolor insoportable. Iba a gritar y suplicar ayuda pero los dos batyars que tenía enfrente se le tiraron encima. Se acercaban, mordían, se retiraban con un trozo de carne, se la tragaban y volvían a atacarle. Todo en el más absoluto silencio hasta convertir al letrado Aldaya en una masa informe de huesos enrojecidos y articulaciones sueltas.

Yert

Habían pasado diez minutos desde que el señor Aldaya había ido a los servicios. Durante ese tiempo, los policías y Yert permanecieron en silencio. En la declaración, había explicado el metabolismo de los batyars y sus transformaciones. Sin embargo, su testimonio había aborrecido a los policías y a su propio letrado. De todas formas, el hecho de que el señor Aldaya se ausentara tanto era preocupante. Yert sintió un pálpito y sugirió:

–Quizás tendríais que ir en busca de mi abogado.

Rubén y Darío asintieron y el segundo se dirigió al servicio. Antes de abrir la puerta, acarició el pomo. La puerta estaba a tres metros de ellos, por lo tanto, Yert no podía ver lo que había al otro lado.

Darío abrió la puerta.

–¡Qué diablos! –El de pelo castaño se lamentó.

Rubén y Yert se levantaron. Rubén ordenó al detenido que volviera a sentarse y fue con su compañero.

Los dos policías entraron al servicio y maldijeron al letrado.

Yert desobedeció las órdenes de sus custodios y se levantó. Fue a la pared donde colgaba su caña de bambú. Llevaba las esposas puestas pero la descolgó de la pared y se aproximó al servicio.

En el umbral de los lavabos, el suelo estaba cubierto de delgados filamentos dorados. Se llevó la mano al pecho. Ansiaba que lo transcrito en las runas no fuera verdad. Entró y los filamentos dorados se esparcían por toda la sala. En las paredes, se aglutinaban en formas redondeadas. Darío y Rubén no habían reparado en que Yert se había levantado con la caña de bambú decomisada.

Yert escuchó un ruido como de una garganta famélica. Se dio la vuelta y vio un gusano oscuro del tamaño de una gruesa serpiente. Se cubría a sí mismo en esos filamentos

dorados que creaba con saliva como si se tratase de un capullo. Ese ejemplar había alcanzado el tamaño para transformarse. Tiempo atrás había visto otro pero era un recién nacido. En este caso, el engendro reunía las características que temía y que lo acercaban al mítico gusano de la muerte mongol Aka Allghoi Khorhoi.

El monstruo que tenía enfrente probaba que podían crecer y evolucionar. Lo había intentado evitar desde que estaba en Talatoya pero todo había sido en balde. Mutghar se había salido con la suya.

—¡Por Dios! —exclamó Darío.

Los policías se asomaron al retrete central, se apartaron y se taparon la boca.

Yert fue hacia ellos y miró el váter cuya puerta estaba abierta. Había un cuerpo desmembrado con la ropa del señor Aldaya. Sus huesos estaban encima de la taza; de su cabeza solamente quedaban los ojos y la nariz. Estaba muerto y encima de su cuerpo, aun comiéndoselo, había dos gusanos como el que previamente había visto encerrarse en el capullo. Esos seres evolucionaban rápidamente; era cuestión de tiempo que se transformaran en algo más temible.

Los policías y los gusanos se detectaron al mismo tiempo. Los bichos abrieron sus fauces. Darío se asustó y resbaló por culpa de los filamentos, que unidos creaban un pegajoso parqué. Rubén le ayudó a levantarse y casi se da de bruces. Aprovechando su garrulidad, los bichos saltaron del cadáver del señor Aldaya hacia ellos. Los policías intentaron asir sus armas pero no las alcanzaron.

Yert acarició la caña de bambú y, en medio, apareció una cuchilla que destruyó las esposas. Las hojas de la caña, hechas de un material no contemplado en la tabla periódica, cortaba el hierro con facilidad. Libre, Yert volvió a acariciar una parte de la caña y de uno de los extremos apareció una gran punta de flecha ondeante cual cimitarra.

Rubén y Darío, nerviosos, no lograban asir sus pistolas. Yert, con resolución, avanzó hacia ellos y lanzó una estocada con la caña que impactó contra un gusano; lo partió en dos librando una hedionda sustancia verdosa. Rubén y Darío miraron a Yert con asombro; hicieron cábalas sobre lo que les había explicado y no se habían creído.

Yert acarició de nuevo la caña de bambú y en el otro extremo apareció otra hoja punzante igual que la anterior.

Rubén y Darío se levantaron. El suelo se había pringado de la sustancia verdosa y fluorescente. Yert se dirigió a los capullos que había contra la pared. Contó media docena. Sin contemplación, los destruyó con su mortífera caña. Mientras lo hacía, los gusanos que había en su interior chillaron desgarradoramente. Al terminar, el suelo enverdeció.

Rubén y Darío temblaban. Con su mirada le decían muchas cosas a su cautivo, entre ellas, que reconocían haber sido unos estúpidos al no haberle creído.

—Debemos evitar que se transformen —aconsejó Yert sin entrar en materia sobre su equivocación—. Si logran evolucionar estamos perdidos. Necesitamos refuerzos.

Rubén sacó el teléfono móvil y llamó a la centralita de la policía.

—¡No hay línea! —Se alarmó el agente.

Darío lo intentó desde su teléfono pero estaba fuera de servicio.

—¿Qué hacemos? —preguntó el lechuguino de Darío. Los policías habían perdido el norte.

—¡Avisemos a todo el mundo! —gritó Rubén fuera de sí.

—¡No nos precipitemos! —se adelantó Yert—. ¡Hemos perdido cuatro días! —miró el reloj de la pared y habían tocado las siete de la tarde—. Si estoy en lo cierto, los batyars han emergido cuando tenían los cabos atados. ¡Evacuemos a la gente de la isla antes de que sea demasiado tarde!

CAPÍTULO 19
EL MICROSCOPIO

Agosto de 1881 d.C.
Talatoya, Jyktyan

Philip Aldous Lumière

Mientras Philip hojeaba la prensa que el Culto se esmeraba en traer a diario, Alice entró por la puerta. Fue hacia él y lo besó. Llevaba un collar de piel del que colgaba una cadena dorada, leotardos a rayas violetas, falda hasta las rodillas y camisa holgada a propósito del embarazo. A la semana siguiente daría a luz. Lumière escuchó un tintineo. Alice sacó una docena de esferas doradas de una mochila y las colocó en un recipiente de cristal dispuesto ante él donde había otras. Lumière las había visto antes pero nunca la había sorprendido llevándolas. Siempre se olvidaba de hablarlo.

–¿Qué son? –preguntó.

Alice se encogió de hombros.

–No sé –contestó ella–. Son las últimas. Estaban cerca de la costa. He barrido Jyktyan y no hay más. Haré una joya con ellas. ¡Fíjate!

Alice fue en busca de un pequeño baúl, lo puso sobre la mesa, lo abrió y había más de doscientas esferas. Brillaban en contraste con el terciopelo rojo de las paredes y el fondo. Alice cogió una.

–Son irrompibles –la golpeó con la uña–. He intentado con fuego, hierro candente, incluso con balas y ni un rasguño.

–¿Y cómo harás una joya si no puedes manejarlas? –Lumière tenía curiosidad–. Deberías agujerearlas para unirlas con un hilo, por ejemplo.

–Me rebané los sesos para idearlo. –Reveló Alice visiblemente cansada por ese tema–. Quería acabarlo para enseñártelo pero no he podido resistirme.

Alice sacó del baúl unas esferas que estaban unidas unas con otras y creaban una malla dorada maleable. Se la puso sobre el pecho y señaló la parte trasera del cuello:

–Será un collar. –Concretó–. Tengo hecha la parte delantera pero me hace falta la trasera donde quiero hacer una fina línea de esferas que sostendrá al resto.

Lumière la miró fascinado. Alice se percató de su obnubilación y le entregó la alhaja. Mientras la analizaba, Alice se lo explicó:

–Entre las esferas he puesto pequeños imanes móviles. Eso posibilita que se muevan. Si fuera una estructura hierática no podría considerarse una joya.

–¿Imanes móviles? –se sorprendió Lumière–. No veo nada entre las esferas.

–Fíjate bien.

Lumière se puso el monóculo y se acercó a las esferas todo lo que pudo.

–¿Lo ves ahora? –Philip asintió–. Son tan diminutos que apenas se ven y se desplazan con las esferas, las unen sin pegarlas. No sé cómo lo hacen pero lo consiguen. Por lo que he averiguado, estos imanes especiales atraen todo tipo de superficies sólidas y no únicamente metales. Además, la fuerza con que unen los objetos es descomunal pero posibilitan el movimiento. No había visto nunca nada parecido. Al principio probé con imanes convencionales pero no me servían porque las esferas no son metálicas aunque ignoro el material con el que están hechas.

—O sea, que si las esferas se derritiesen se despegarían.

—Cierto. Además, también mantienen sus efectos debajo del agua.

Lumière echó otro vistazo a las esferas unidas por esos microscópicos enlaces imantados.

—Oye —Lumière la miró jactancioso—. ¿Y de dónde los has sacado?

—Bueno. —Alice midió sus palabras—. Los he robado al Culto.

—¿Cómo? —Lumière se llevó las manos a la cabeza.

—No pude evitarlo. Descubrí que disponían de esa tecnología y debía conseguirla. Las esferas no me servían si no podía unirlas. ¡Entiéndelo!

Lumière se fijó en los imanes. Apenas se veían; daba la impresión de que las esferas estuviesen unidas sin ningún soporte. Se trataba de otra prueba de la alta tecnología del Culto. Alice se la había jugado robando algo tan portentoso. Todo se lo tomaba con intensidad. Lumière la felicitó y vio que en el interior del baúl había esferas sueltas. Se sintió atraído.

—Dices que son irrompibles.

—Te lo aseguro —reiteró Alice.

—¿Me permites llevarme una para estudiarla?

Alice tardó en asentir. Philip cogió una y se la puso en el bolsillo.

—¿Es necesario? —Alice dudaba.

—Si no me la llevo no podré saber qué es. ¿Te molesta?

Alice negó con la cabeza y dedicó una mirada furtiva al bolsillo de Lumière. No le agradaba que se la llevara.

—Nadie sabe que las colecciono —confesó Alice sin mirarle a los ojos.

—¿Por qué? —Lumière no entendía.

Alice se encogió de hombros e imploró:

—Si tienes que enseñarlo a alguien que sea de tu confianza y, sobre todo, no digas que las he encontrado yo.

—Descuida —Lumière le besó la frente—. Seré precavido pero tú también debes guardar el secreto. Si Aaron se entera que has robado los imanes pueden azotarnos y en cuanto a las esferas no sabemos qué son y es mejor tener la boca cerrada.

El paleógrafo intentó esquivar el tema y dirigió la conversación hacia otros asuntos. Aun así, Alice controlaba su bolsillo. Lumière apercibió una extrañeza fugaz pero no le dio importancia. Esos momentos cobran sentido después de los acontecimientos que intentan prevenir.

Salieron al umbral y el paleógrafo se alejó. La miró desde lejos. Ella se resistía a entrar en casa como si sospechara que algo iba a torcerse; le dijo adiós con la mano alzada, dio unos pasos atrás y cerró la puerta. Lumière se acarició el bolsillo y apercibió el relieve de la esfera. ¿Qué podía ser? Los geólogos tenían su centro de operaciones allí mismo, en Jyktyan. ¡Perfecto!

Rogó a Augusto que se pusiera en contacto con el departamento de geología a fin de averiguar qué eran las esferas. Augusto veía fantasmas por doquier y no quería arriesgarse. Le reveló que uno de los rebeldes trabajaba allí pero era reticente:

—Recuerda lo que sucedió con Owöd. —Le advirtió.

Augusto achinó los ojos.

—Deseas averiguarlo como yo.

Se acercaron a la esfera.

—En el centro hay una especie de larva cristalizada. – Evaluó Augusto.

La observaron sin llegar a ninguna conclusión. Podía tratarse de una alhaja pero tenía una connotación orgánica. Augusto estaba fascinado. Los descubrimientos de Philip elevaban su *caché* y saldaban su curiosidad; seguía siendo clasista pero el gran trabajo de Lumière no podía obviarse.

—Los geólogos podrían sacarnos de dudas. –Insistió Philip.

—Pero ¿a qué precio? No tienes ni idea de los castigos a los que nos exponemos. El Culto no tiene miramientos.

Augusto era prudente aunque la idea le seducía. La compartimentación era sagrada para salvaguardar el poder y desarmar a los vasallos.

—¡Descuida! ¿Cómo se llama tu contacto?

—Jaime –contestó–. Lo reclutaron en España. Estudia la roca submarina de la isla–. ¿Dónde estaba la esfera?

Lumière mintió y dijo que la había encontrado él cerca de la costa. No debía meter a Alice. Quizás fuesen valiosas e irían a incordiarla. Los ojos de Augusto brillaron. El jefe de los paleógrafos estaba sorprendido aunque el motivo era inescrutable. Se despidieron y Augusto le prometió que le diría algo respecto a su petición. Philip se guardó la esfera y se resignó a esperar una resolución.

Transcurrió la jornada con torpeza. Lumière no tradujo nada. Solo pensaba en la esfera. Alice le había dicho que las había encontrado cerca de la costa. Meses atrás, cuando vio la primera, no le había dado importancia ya que primaban otros asuntos como adaptarse a las reglas del Culto. Pero ahora necesitaba saber qué era.

Tocaron las seis de la tarde y aun no tenía respuesta de Augusto. Lumière se disgustó pero lo entendía. Por su culpa habían matado a cuatro hombres y los rebeldes estaban bajo sospecha.

Se dispuso a salir de la nave y se cruzó con Augusto. Nervioso, el orondo se acarició la barba y estiró la boca elípticamente.

—Tengo un plan. Iremos a la nave de geología.

Lumière dio un salto de alegría pero Augusto lo apaciguó con las palmas abiertas y bocabajo batiéndolas pausadamente.

—Nos iremos en tres horas cuando todo esté despejado —concretó Augusto—. Ya he avisado a Jaime. Vendrán dos hombres más con nosotros.

—¿Lo tienes atado? ¿En un solo día lo has organizarlo? ¿Estás seguro?

Augusto no respondió. Lumière había dicho lo anterior sin determinación. Iban a salir de la rutina y eso era motivo de alarma. Intranquilo, a la vez que entusiasmado, Lumière accedió al plan secreto de Augusto.

Lumière y Augusto, cabizbajos y acompañados por dos rebeldes más, avanzaban por las calles de Jyktyan como si fueran conejos augurando halcones. El cielo reflejaba una oscuridad azulada. Las grandes paredes colindantes de más de veinte metros de altura recortaban el cielo donde las estrellas luchaban con tesón contra las tinieblas.

Llegaron a la nave de geología; era de características similares a la de paleografía: un gran almacén sin alma. Nadie merodeaba cerca así que se acercaron a la puerta y llamaron.

Augusto temblaba. Lumière reflexionó sobre su temor. Él, un impuro, no comprendía el pánico de los miembros de la Organización de fallar a sus juramentos. Augusto apenas le había hablado del Culto; solo sabía que estaban esparcidos por todo el mundo y que eran crueles pero ¿con qué fin?

Llamaron a la puerta y, después de una corta espera se abrió un poco. Un hombre se asomó y les indicó que pasaran. Lumière y Augusto entraron y los otros dos rebeldes se quedaron fuera. Jaime cerró la puerta. Era un hombre de mediana edad y lucía unas patillas largas y espesas. Por su tono y actitud, no veía claro lo que tenían entre manos.

La nave estaba llena de rocas de distintos colores y formas iluminadas por tristes y débiles lámparas. Los geólogos se habían marchado y Augusto fue al grano:

—Necesitamos averiguar qué es esto.

Augusto ordenó a Lumière que sacara la esfera. Philip obedeció, la extrajo del bolsillo y se la mostró a Jaime.

—Vamos a mi despacho —dijo con indiferencia.

Lumière se quedó absorto ante la determinación de Augusto. El líder de los paleógrafos, tan rígido, se había emblandecido respecto de la esfera. Recordó la actitud de Alice. Ella también tenía un sentido crítico y analítico que se había torcido ante el collar. Ambos habían abandonado su natural practicismo y reaccionaban extrañamente ante las esferas. Lumière esperaba que Augusto meditara más su petición. Si para ver a Owöd tuvo que desobedecerle ¿por qué para analizar las esferas apenas se había esforzado? Por otro lado, también le sorprendía que Alice no le hubiese dicho nada sobre las esferas hasta que él mismo las vio. Aun así, pese a la multitud de incógnitas, el objeto de Lumière era averiguar qué tenían entre manos e iban por el buen camino. O, al menos, eso pensaba.

Cruzaron la nave. Llegaron a un reservado delimitado por cortinas blancas, las echaron a un lado y hallaron herramientas de dibujo, mapas de relieve, tablas con los elementos químicos y piedras; muchas piedras. Había un pedrusco rojo sobre una mesa; estaba roto en múltiples caras, acababa en punta y medía dos metros de alto; parecía carbón brillante y desnaturalizado.

—¿Qué piedra es? —preguntó Augusto.

—Es una muestra de la que hay en el centro de la isla: en un cráter llamado Tö-yhyohep, cerca de la Ciudad Roja de Kalac. Estos sencillos nombres os los debemos a vosotros. —Jaime era irónico aunque no muy diestro en emplear tan noble arte.

Lumière se acordaba de esas traducciones. Se conocía a la perfección Talatoya pero solo había visitado Jyktyan. Deseaba ver el resto de ciudades de los ghak pero le enviaban las inscripciones a la nave; por lo tanto, no se habían desplazado. El cráter de Tö-yhyohep era peculiar. Un tinte rojizo se esparcía por el cráter y por las piedras con que se había construido la ciudad.

—La roca sumergida de la base de la isla también es rojiza aunque es imposible romperla. —Explicó Jaime—. Lo hemos intentado de mil maneras pero nada. Esta roca se encontró en el cráter de Tö-yhyohep. Reúne las mismas características que en la base aunque se puede quebrar y la estamos analizando.

Philip quiso tocarla pero Augusto recordó por qué estaban ahí.

—No perdamos tiempo. Analicemos la esfera.

Augusto mostraba de nuevo inquietud. Philip, que había encerrado la esfera en su puño, abrió la mano y volvió a mostrarla. Aterrados, contemplaron que se derretía y le embrutecía la mano de un líquido amarillo. Estaba caliente aunque no quemaba.

—¿Qué ha sucedido? —preguntó Augusto—. ¡Hace un momento estaba bien!

Philip la miró. Lo que había en el centro se movía.

—Tendríamos que estudiarlo —aconsejó Jaime ya más interesado.

El geólogo cogió la esfera de las pringosas manos de Lumière y la llevó a un sofisticado microscopio dorado; un gran utensilio imposible de hallar en paleografía. Jaime colocó la esfera sobre el portador de objetos, lo cerró para amarrarla y el objetivo la enfocó. Se ensució y tuvo que limpiarse con su ropa. Miró a través del ocular y describió lo que veía:

—No es un mineral ni una joya. Es orgánico. Una larva evoluciona en su interior.

Lumière negó con la cabeza. Esas esferas llevaban en su casa desde hacía meses y no se habían derretido. Era demasiada casualidad que explosionasen al llevárselas. Lumière apartó a Jaime, se colocó el monóculo en el ojo izquierdo y se asomó al microscopio. Tal y como había dicho el geólogo, una larva se movía.

—Es extraño que una joya se descomponga así. —Jaime intentaba explicárselo.

Mientras Lumière miraba boquiabierto, la cáscara de la esfera se rompió y asomó un ser alargado, negruzco y de ojos verdes. Su boca ocupaba toda la cabeza. "Eso" se comió los hierros que sujetaban la esfera y aumentó de tamaño. Nació como una uña y con esa ingesta alcanzó el tamaño de un dedo.

Lumière, anonadado, no avisó a sus compañeros que, despistados, hablaban sobre el fenómeno y no habían visto que la esfera se había roto.

El gusano, porque aquello solo podía ser eso, miró arriba y se encontró con el tubo del objetivo. Los ojos de Lumière y los del monstruo se cruzaron. A Philip le temblaron las piernas pero no pudo apartar la mirada. Inesperadamente, el gusano se lanzó hacia arriba y con rapidez rompió el ocular, atravesó el tubo del microscopio comiéndoselo y creciendo a medida que lo hacía, destrozó la parte superior del ocular izquierdo, resquebrajó el monóculo de Lumière y se embutió en su ojo.

Lumière se echó para atrás. El gusano le colgaba del ojo, le mordía y crecía a medida que engullía. Philip sentía cómo el bicho le destripaba la carne. Con las dos manos lo agarró del cuerpo, que se arqueaba como el de un reptil y se ondulaba como el de un gusano. Le cubría una especie de parapeto como si su piel fuese una malla y gemía como un perro hambriento. Lumière tiró pero el animal estaba aferrado y le dolió más intentar quitárselo que el propio ataque.

Jaime y Augusto se petrificaron. Un bicho había roto el microscopio y se ensañaba con Philip después de destrozarle el monóculo. En un santiamén se había dado cuenta del ojo y seguía engullendo.

Philip cayó al suelo bocarriba e intentó de nuevo quitarse el gusano pero su diámetro ya abarcaba la totalidad de la cuenca del ojo. Philip, en su amargor, pensó que le rompería el cráneo y suplicó ayuda.

Augusto y Jaime cogieron al bicho que había alcanzado el tamaño de una serpiente; su cuerpo, viscoso y brillante, se convulsionaba. El animal estaba comiéndose a Philip y tenían que reaccionar.

Jaime fue en busca de unas tenazas e instó a Augusto para que agarrara el bicho que colgaba de la cuenca del ojo.

–¡Cielo Santo! –Exclamó Augusto–. ¡La boca está dentro de Aldous!

En efecto, lo que se contorneaba era una cola. Las patas eran tan diminutas que apenas se veían. Augusto hizo tripas corazón, se armó de valor e intentó asir al bicho. Se movía espasmódicamente y se le escapó un par de veces pero a la tercera logró asirlo y Jaime le indicó que lo levantara. El cuerpo del gusano quedó en línea recta mirando el ojo desgarrado de Philip. Medía cuarenta centímetros; había evolucionado con una velocidad soberbia a raíz de la ingesta de los mecanismos del microscopio y de la carne de Lumière.

–¡Bien hecho! –le animó Jaime.

El geólogo preparó las tenazas e iba a tirar pero Aldous lo detuvo:

–¡No! ¡Córtalo! –Jaime y Augusto se paralizaron–. Si tiras será peor. ¡Mátalo!

Jaime le hizo caso y apretó las tenazas. El cuerpo del bicho ofrecía resistencia, era como si estuviese hecho de cuero. Volvió a intentarlo y después de un gran esfuerzo, lo segmentó y, en lugar de sangre, rieló un nauseabundo líquido verdusco y fluorescente. Jaime y Augusto cayeron al suelo, se levantaron y contemplaron que el bicho seguía moviéndose pese a carecer de la mitad de su cuerpo. Al ingerir se recomponía.

Lumière gritaba exasperado pues cada mordisco acercaba al gusano a su cerebro. Jaime y Augusto repitieron la misma operación; Augusto agarró al animal y Jaime cerró las tenazas, esta vez tocando la sanguinolenta cuenca del ojo. Le cortarían todo el cuerpo y si eso no funcionaba estaban perdidos. Jaime apretó con todas sus fuerzas y cercenó el cuerpo del animal que cayó al suelo contorneándose como un reptil. Se asomaron a la cavidad. La cabeza del monstruo aun se movía en la cuenca del ojo pero lo hacía lentamente; la carne que engullía se desperdiciaba por la parte trasera ya que no había un sistema digestivo que la administrase. Finalmente, se detuvo.

Augusto y Jaime observaron a Lumière desde una distancia prudencial. Augusto le preguntó cómo estaba.

Lumière ladeó la cabeza y sintió que iba a perder la consciencia.

Se escucharon unos disparos. Unos proyectiles atravesaron los cuerpos de Augusto y de Jaime. Procedían desde arriba y las líneas que dibujaban eran transversales a los cuerpos: de esta manera, los atravesaron con efectividad haciéndoles sangrar abundantemente. Después de varios balazos, los científicos cayeron al suelo sin vida. Lumière intentó gritar pero el gusano aun estaba embutido en la cuenca de su ojo. Sintió náuseas. La sangre de Augusto y Jaime encharcó el lugar y lo alcanzó.

Llegaron unos militares: los esbirros de Aaron. Revisaron que Augusto y Jaime estuviesen muertos. Por si acaso, les dispararon a bocajarro.

Y Lumière se desmayó.

CAPÍTULO 20
DESPEDIDAS

Talatoya, Jasor
Julio del 2016 d.C.
Lunes

Alba

Rodri se la llevó a través de las tiendas. Como ellos, más gente había esquivado a las aves. Al salir del mercado, Rodri probó de llamar a un taxi pero no había cobertura. Ningún teléfono funcionaba.

Los *snobs* estaban igual: alrededor del mercado y sin poder largarse. Había heridos pero ninguno grave. Los vendedores ambulantes se organizaron y fueron a la nueva Uriutbur, al otro lado de las ruinas, en buscar de ayuda. Necesitaban transporte y ambulancias. Al poco rato, llegaron autobuses para organizar el éxodo de los turistas hacia sus hoteles.

Alba y Rodri esperaban el autobús. Era incómodo. Había sucedido algo excepcional que Alba no podía explicar y Rodri no se atrevía a poner sobre la mesa. Había tensión pero la de pelo anaranjado confiaba resolverla en una sana tertulia. Se escucharon unas voces:

—¡Eh! ¡Eh!

Entre la gente se aproximaban Delia y Álex. Delia llevaba bolsas de distintas marcas. Álex, como siempre, se lo tomó a broma:

—¿Habéis visto a esas bestias? ¡Qué locura!

El fortachón se refería a las aves. Había alucinado con el caos; según su punto de vista había sido como un concurso de fuegos artificiales. No detectaba el calvario de los tendederos ni las pérdidas millonarias sino una escena de acción propia de Michael Bay. Delia también le quitó peso al asunto y enumeró las cosas que se había comprado antes de la hecatombe. Rodri le reclamó los tickets. Siempre lo hacía para su control. Observó las facturas y una de ellas ascendía muy por encima del resto.

—¡Te has vuelto loca! —le recriminó Rodri—. ¡Hay apartamentos más económicos que este bolso!

—¡No pude evitarlo! —se justificó ella—. ¡Nunca había visto uno así!

Delia extrajo un bolso negro con motivos arabescos rojos de una de las bolsas. Alba pensó que era mono pero nada del otro mundo. Echó un vistazo a la factura que llevaba Rodri y se tapó la boca.

—¡Es perfecto! ¡Único! —Delia besó a Rodri y lo calmó pero Alba lo sancionó con la mirada. Debía poner a la rubia en su sitio—. Esta noche te lo compensaré.

Delia le acarició la mejilla con el dorso de la mano y lo miró con deseo ficticio. Alba encolerizó; Rodri no se daba cuenta de sus artimañas.

A las siete y media de la tarde llegó el autobús que iba a Jasor. Rodri quería regresar a Ma con las motos de agua tal y como habían llegado. Se montaron en el autobús junto con varios pasajeros. Rodri y Alba en asientos contiguos; Delia y Álex detrás. Durante el trayecto, los ocupantes divagaban sobre la virulencia de las aves, pero ante la falta de justificaciones, se centraron en el motivo por el cual estaban incomunicados.

—Todo volverá a la normalidad. Los pájaros han alterado la *wifi*. —Apostó un *hipster* con una camisa floreada.

—Pero las radios y las televisiones tampoco funcionan —intervino una chica oronda demasiado maquillada que señaló el televisor nevoso del autobús—. ¿Cómo puede pasar todo esto al mismo tiempo?

Rodri y Alba se turbaron. Delia y Álex reían despreocupados; no les importaba. Quizás habían visto demasiadas películas de *The Asylum* y eran inmunes a lo sucedido. Rodri miraba patitieso a Alba como si fuese un puzle sin encajar.

—¿Sucede algo? —preguntó Alba intentando sonreír.

—¿Qué pasó en el mercado? —Rodri midió sus palabras—. Hay heridos pero a ti era como si los pájaros te respetasen. Antes de tocarte se apartaban. ¿Por qué?

—No sé —se sinceró—. Sabía que podía estar tranquila.

Alba regresó a ese momento en que la presencia contactó con ella. El autobús cogió un bache y se tambaleó. Cuando todo regresó a la normalidad, Alba probó responder:

—Es confuso —Alba tragó saliva—. Parece una locura pero ¿y si Mutghar es la causa de todo?

—¿Te refieres a los pájaros y a la falta de conexiones a internet?

Alba asintió.

—Es una superchería —añadió Rodri—. ¡No creas eso!

Alba lo miró con ferocidad y Rodri retiró el escepticismo. La de pelo anaranjado entendió que el policía estuviese atosigado e intentó explicarse:

—Siento una presencia desde que he llegado a la isla. Estaba en las olas que me incitaron a nadar hasta el collar, en las burbujas del *jacuzzi* cuando intentaba apartarme de las esferas, en la canción de Christina Aguilera, en las calles de Ma cuando huíamos del Na Patarra, junto a la Taula, ante las aves… en todo momento. ¿Y si es Mutghar?

Alba y Rodri guardaron silencio el resto del trayecto. Ella intentaba conciliar sus sensaciones. ¿Existía Mutghar? Yert lo había mencionado y en la reseña de Lumière se describía como un dios. ¿Podía haber estado en contacto con él a través de sus visiones? ¿Pertenecían a Mutghar los susurros que la imantaban hacia lugares y objetos? Intentaba hallar en Rodri un sostén pero él estaba ensartado en sus pensamientos.

Llegaron al puerto de Jasor a las siete y media de la tarde y los operarios les entregaron las motos de agua. Se distribuyeron como antes. Rodri y Alba en la moto azul; Delia y Álex en la amarilla. Los segundos arrancaron con brío yéndose mar adentro entre gritos. Rodri y Alba subieron con parsimonia. Los quebraderos de cabeza impedían el buen ánimo.

Rodri subió primero y Alba después. El policía aceleró pero sin intención de alcanzar la moto amarilla. Mientras se alejaban de Jasor, Alba contemplaba la costa escarpada. Su belleza se había embrutecido.

Alba agarró a Rodri por la cintura y sintió su calor.

—Debes pensar que estoy loca —susurró mientras se alejaban de Jasor.

Rodri miraba al frente y no respondía.

—Quizás hay alguna leyenda relacionada con mi familia —conjeturó ella calmosa—, o me parezco a algún ancestro que conocía a Lyliana y a Yert y me han confundido. Seguro que hay una explica…

—No creo que sea eso —la cortó Rodri. Detuvo la moto y el manso oleaje los meció. Rodri se dio la vuelta y se enfrentó a Alba—. Adoro la fantasía. El primer demente soy yo —le guiñó el ojo—. Nunca pisaste la isla antes —Alba recordó que, en efecto, visitar Talatoya siempre había sido una carga. Le daba pereza aunque no pasaba apuros cuando iba a Míkonos y a Córcega. Habían decidido ir a Talatoya borrachos. Estaban allí porque no lo había meditado; de haberlo hecho hubiese escogido otro destino—. No podemos permitirnos ser escépticos. Cuando Lyliana te increpó pensé que era una diabólica casualidad y lo de Lumière me sorprendió pero tampoco me alarmó. Sin embargo, lo del mercado no tiene explicación. ¡Por Dios!

Alba bajó la cabeza. Rodri era el cable que necesitaba. Se estaba perdiendo en una marisma de culpabilidad y el apoyo de su amigo la alivió. Quizás no estaba tan loca como creía. Rodri le levantó el mentón con el dedo índice doblado y prosiguió:

—Mañana declararás ante la juez y te irás a Barcelona pero investigaremos sobre Lyliana, Yert y Mutghar.

La moto tambaleó e interrumpió a Rodri. No era el oleaje. Algo distinto chocaba contra la embarcación. Se trataba de pequeños golpes que creaban una espuma alrededor del casco. Miraron a los lados y vieron unas manchas oscuras bajo el mar que iban en dirección contraria a la isla. Eran peces de distintos tamaños. Algunos impactaban contra la moto y de ahí el tembleque. Había millares; se extendían hasta donde alcanzaba la vista y se alejaban de la costa.

—¿Y esto? —preguntó Alba retóricamente.

Pálido, Rodri dio la espalda a Alba, aceleró y sorteó los peces. Su emigración no era tan llamativa ni peligrosa como la de las aves. Superaron la zona ocupada por el banco de peces y pudieron verlo en conjunto. Formaban una masa oscura que se alejaba de la isla.

Dieron las ocho de la tarde.

—El sol está cayendo —advirtió Rodri—. No debemos llegar a Ma de noche.

Alba escuchó que Rodri hablaba pero no sabía qué decía. Observaba boquiabierta el fenómeno. Rodri aceleró y viró al sur.

—¿De qué huyen? —preguntó el policía.

—Me preocupa que… —Alba se calló.

—¿Qué?

La noche se precipitaba ineludiblemente y Rodri aceleró.

—Que quizás sea una advertencia. —Conjeturó Alba.

—¿Una advertencia?

—¿No crees que si aves y peces abandonan Talatoya nosotros también deberíamos hacerlo?

Rodri permaneció en silencio dando credibilidad a Alba.

—No podemos hacerlo hasta mañana por la mañana.

—¿Y si huimos con la moto?

Rodri estaba contrariado.

—No podemos navegar de noche. Es peligroso.

Alba se puso nerviosa. No había salida.

—¡Cálmate! —aconsejó Rodri—. En unas horas habrás abandonado la isla y a mí.

Rodri la miró de reojo. Ella sonrió. No quería abandonarlo y entró en razón. Lo abrazó e intentó abstraerse. Se fijó en el mar turquesa constelado de peces. Navegar era parecido a volar. Por debajo de las motos se adivinaban las rocas oscuras. Desde el cielo, los pájaros debían ver las montañas de la misma manera.

¿Por qué los animales huían de Talatoya? Con esos pensamientos, llegaron a Ma cuando el sol se escondía. La capital de la isla apareció bajo la luna llena. El cielo estaba despejado y las titilantes estrellas iluminaban la enrarecida cúpula celeste cuyo azulón se sobreponía a la negrura. Por debajo, las luces de la ciudad costeaban el puerto como una reproducción terrenal de las estrellas.

Cuando entraron en la bahía de Kuatar, Alba observó las dos grandes piedras donde terminaba el golfo a derecha e izquierda. Parecían cinceladas con rasgos faciales. La oscuridad apremia los anhelos y sepulta la realidad aunque ¿no es la segunda la proyección de la primera? Alba supuraba poesía y eso que la detestaba.

Llegaron al puerto, detuvieron las motos, saltaron a la andana y las amarraron. La moto amarilla estaba en su sitio pero Delia y Álex habían desaparecido. Llegaron los aromas de los restaurantes. Ma parecía estar igual y Alba se calmó. Posiblemente, pensó, la rareza estaba en Jasor. A un paso del agua, miró los reflejos de las luces en el mar.

—No temas —apuntó Rodri.

Alba lo miró indecisa. Rodri amarró la moto y fue hacia ella:

—Llamaré para que limpien las motos.

El policía cogió el teléfono, pulsó el número de contacto pero no había línea.

—¡Diablos! —exclamó Rodri mientras guardaba el celular— . ¡Siguen los problemas con la cobertura! Mañana les echaremos la bronca a los operadores.

Los fantasmas de Jasor regresaron.

—¡Ya era hora!

Alba y Rodri se dieron la vuelta y vieron a Delia y a Álex. Delia les había increpado su falta de puntualidad. La rubia llevaba el bolso que valía como un piso. Se les acercaron como padres cabreados a hijos que habían llegado tarde la primera noche de picos pardos.

Cuando se plantaron ante ellos, Rodri tendió la mano y exigió:

—Dame las llaves de la moto amarilla.

Delia miró a Álex que negó con la cabeza con todo el disimulo que pudo, que no era mucho. Algo tramaban. Delia observó la mano derecha de Rodri: no estaba tendida como la izquierda sino hecha un puño pegada al costado. Su dedo índice estaba internado en el anillo del manojo de llaves de la moto azul que quedaban colgando.

—¡Dámelas! —De un zarpazo, Delia le cogió las llaves de la moto azul como si le quitase la paga a un quinceañero malcriado—. ¡Ya las guardo yo!

Delia tiró las llaves de las dos motos en el bolso de Uriutbur.

—¿Qué haces?

Delia miró a Álex.

—¡Aprovechar mi bolso! —le sonrió pícaramente—. ¡Vámonos Rodri! ¡Tengo ganas de llegar a casa!

Delia asió de la mano a Rodri pero él se detuvo. El policía se dio la vuelta y miró a Alba.

—No te preocupes, ¿de acuerdo?

Alba bajó la mirada. Cuando Rodri se ponía paternal deseaba hacerle mimitos. Nada sexual; Rodri era un osito de peluche de ojos cristalinos con quien no podía imaginarse obscenidades. Siguió su instinto y lo abrazó. Delia y Álex negaron con la cabeza. No obstante, Alba no quería soltar a Rodri.

—Tranquila, mañana por la mañana estarás en Barcelona. Vendré a recogerte en el hotel para llevarte al juzgado y luego te llevo al aeropuerto.

Alba lo soltó y lo miró de cerca.

—Prométeme que resolveremos este misterio.

—Te lo prometo.

—¡Venga tortolitos! —Delia rompió el ensalmo—. ¡Quiero compensar a mi novio!

Delia tocó el bolso. Antes le había prometido una "compensación" por el desfalco. Maldita sea, pensó Alba.

Era el momento de despedirse. Alba no quería dejar a Rodri pero tuvieron que darse la espalda.

CAPÍTULO 21
CONSECUENCIAS

Septiembre de 1881 d.C.
Talatoya, Jyktyan

Philip Aldous Lumière

Lumière abrió los ojos. No sabía durante cuánto tiempo había estado durmiendo. Estaba solo en una habitación de hospital sin ventanas. Todo era blanco; las sábanas, las paredes, el techo y la luz. Recordó el movimiento del gusano en su interior. Quiso vomitar pero no localizó el servicio. Miró al lado y había una palangana en el suelo. Se agachó, la asió y amarilleaba. Vomitó líquido, lo cual probaba que hacía mucho que no ingería alimento. Dejó la palangana en el suelo, se limpió la boca y notó solidez en el ojo izquierdo. Se llevó la mano allí y descubrió un cristal insertado en su piel. Iba a gritar pero algo lo distrajo. Enfrente, sentado en una silla de tijera blanca había un hombre vestido de negro con un sombrero oscuro. No lo había visto antes. Era Aaron Parker luciendo una extensa sonrisa.

—¡Aldous! —exclamó Aaron.

Lumière olvidó su ojo. Recordó las palabras de Augusto sobre los castigos que podían recaer sobre ellos.

—¿Cómo se encuentra? —preguntó.

Lumière volvió a tocarse el ojo cubierto por un cristal anudado a la carne con puntos; veía perfectamente como si no lo hubiese perdido. Aaron agarró un pequeño espejo que colgaba de la pared, se acercó y se lo dio a Lumière.

Aldous se contempló y se aterró. Su ojo devorado por el gusano había sido sustituido por un borroso monóculo permanente detrás del cual no había ni pupila ni párpado sino carne destripada oculta. Los bordes eran gruesos y había pequeños botones. Aaron, inmune, pulsó uno de los botones y la mirada de Lumière se aproximó a la pared. El francés se horrorizó.

—Le hemos arreglado el ojo, disculpe mi ignorancia médica. Dispone de una visión mejorada —Aaron pulsó otro botón del monóculo. La visión de Lumière se retrotrajo y se posicionó atrás como si la habitación hubiese empequeñecido—. Tendrá control sobre el objetivo. Podrá ver a una persona a cientos de metros o ampliar una araña para verla como un monstruo. El cristal es irrompible y antiadherente; no se ensuciará.

Lumière necesitaba tiempo para racionarlo. Cuando el gusano le destrozó el ojo pensó que jamás podría ver. Volvió a mirarse en el espejo. Había perdido humanidad. No era un jovencito que dependiese de su atractivo pero no era gustoso verse de esa guisa. Sin embargo, un pensamiento apartó el resto de preocupaciones. Pensó en su mujer: ella tenía más esferas. Intentó levantarse pero sus piernas no le respondieron.

—¡Alice! —gritó—. ¡Debemos salvarla!

—Alice Wright está bien. —Aaron regresó a la silla—. Le dijimos que sufrió un accidente y se está recuperando. No le hemos revelado lo del gusano, por supuesto. Más adelante, podrá ir con ella. Lleva aquí dos semanas. Su mujer puede esperar.

Lumière dudó. Por otro lado, si los gusanos hubiesen emergido de los cientos de esferas de Alice se hubiesen hecho notar en la isla. Se recordó que no debía mesclar a Alice. Menos mal que con el ímpetu anterior no se había ido de la lengua. Se hizo a la idea de que Alice no corría peligro ya que las esferas habían estado en casa durante mucho tiempo sin abrirse. Suspiró aliviado e hizo la pregunta más trascendente:

—Alice estaba embarazada. ¿Ha nacido mi hijo?

Aaron borró su sonrisa; Philip escuchó cómo chirriaba su mandíbula: la había forzado demasiado. Aaron se levantó, le dio la espalda y le informó:

—Su hijo, Robert, ha nacido y está sano.

Philip se imaginó el parto y el momento en que Alice lo bautizó. Se emocionó. Habían hablado de llamarle Robert en honor a su abuelo.

—¿Cuándo los veré? —Lumière notó que el ojo derecho lagrimeaba pero el izquierdo era insensible a sus sentimientos.

Aaron respondió sentencioso:

—Por ahora no puede. Estamos disgustados con usted. Lo contratamos y le dimos más dinero de lo que hubiese soñado jamás. Depositamos nuestra confianza en usted y nos lo paga aliándose con unos rebeldes. No podemos tolerar una insubordinación de este calibre. Debe ser consciente que su misión en Talatoya es muy importante y debemos tener la garantía de que trabaja con enteresa. No verá a su familia hasta que nos demuestre que podemos confiar en usted.

—¿Me está chantajeando? —sollozó Lumière por el ojo derecho.

—No, no —Aaron se dio la vuelta y volvía a lucir esa deleznable sonrisa—. Solo digo que hemos destapado a los rebeldes. Hacía tiempo que íbamos detrás de ellos. El incidente ante la tumba de Owöd, los Tres Dioses lo tengan en su gloria, nos valió de importantes pistas para encontrarlos. Sospechábamos quiénes eran y cuando sucedió lo del microscopio supimos que Augusto los lideraba. Sí, les hemos matado: a Augusto, a Jaime y a los dos que montaban guardia. Todos los rebeldes han muerto. Lo que no nos esperábamos era que usted, el más fiable paleógrafo, la persona gracias a la cual sabemos todos los datos de los ghak, formara parte de tan vil rebelión encubierta. Nos ha afligido y ha sembrado dudas en cuanto a su futura labor ya que debe traducir los textos más importantes: los de la columna de Oakh y el *Huktur-Akkim*. Es lógico pensar que si estaba confabulado con los rebeldes hubiera inferencias en las traducciones. Hasta ahora ha trabajado con textos menores pero ahora viene lo trascendente y debemos confiar en usted. Para ello nos valdremos de su familia. Si no traduce adecuadamente los textos de Oakh y sobre todo el *Huktur-Akkim*, ejecutaremos a Robert y a Alice. Por este orden, para que ella pueda ver las tripas de su retoño. ¿Me explicó? No exija verlos. Confórmese con que sigan vivos.

Aaron se puso las manos detrás de la espalda.

Todo lo descubierto hasta entonces eran minucias. El Culto anhelaba el contenido de los textos pendientes de traducir. En Jyktyan le habían puesto a prueba y, ahora, se aseguraban de su fidelidad amenazando a su familia. Philip intentó discutir pero le habían pillado *in fraganti* y no servía de nada invocar que un padre tiene derecho de conocer a sus hijos.

—¿Los he perdido? —preguntó suplicante Lumière y retiró una lágrima que le recorría la mejilla.

—Eso depende de usted —Aaron se acercó a la pared blanca y la acarició—. Romper su presidio está vinculado con su trabajo. Si nos percatamos de que ha habido algún error intencionado, su familia sufrirá las consecuencias. No haga tonterías, de lo contrario, morirán.

Lumière se llevó las manos a la cabeza. Había perdido a Augusto y con él se había ido la única protección ante la Organización. Por otro lado, Lumière pensó que el Culto aun debía atar otro cabo. Aaron creía que habiendo liquidado a los cuatro que fueron al área de geología había terminado con la rebelión pero ignoraba que había otros; entre ellos Diop.

—¿Por qué no me habéis matado? —preguntó Lumière carcomido por la culpabilidad.

—Lo sabe de sobras. Le hubiese cortado el cuello yo mismo. —Aaron se dio la vuelta y lo miró famélico—. Pero es el único que puede traducir los textos de los ghak aunque ignoro cómo lo hace. Es más, el área de paleografía es inútil, solo usted es válido. Desarticularemos esa nave, solo lo necesito a usted. Dentro de tres días, cuando haya sanado, lo llevaremos a Oakh para traducir la gran columna.

Lumière hizo memoria. Oakh era otro pueblo que él había descubierto situado al noreste de Talatoya: al otro extremo de Jyktyan, donde estaban Alice y Robert. Lumière se desanimó.

—Es primordial que traduzca el monumento. —Intervino Aaron—. Haciendo conjeturas con todo lo que tenemos, sospechamos que lo que hay en Oakh guarda relación con el ser que lo atacó.

Lumière distinguió una actitud felina en Aaron.

—¿Sabían que Talatoya podía hospedar un peligro de esta índole?

Aaron se cruzó de brazos, bajó la cabeza y se palpó el sombrero.

—Todo eran hipótesis hasta que fue atacado. —Aaron, sonriendo, se tocó su ojo derecho, se introdujo el dedo en el blanco ocular y lo palpó como si se tocara la mejilla–. La aparición del primer gusano ha lanzado una serie de teorías. Impedimos al mundo que conozca la isla por misterios como este. Antes de permitir que Talatoya sea habitada necesitamos saber por qué fue abandonada por los gigantes.

Lumière se identificó con esa necesidad. Deseaba ver a su familia pero su pasión por los ghak y el motivo de su éxodo eran un anzuelo apetecible. Si obedecía las órdenes de Aaron podría descubrirlo.

–No desean preservar a los futuros habitantes de Talatoya de los males que la habitan –apuntó Lumière–. Sus intenciones son otras y no me las revelarán. –Aaron levantó el mentón y enseñó su largo cuello venoso–. Por otro lado, necesito saber qué sucedió. Le prometo que tendrá sus traducciones.

Aaron ladeó la cabeza. No parecía de carne y hueso sino más bien de cera.

–Tengo una pregunta –Aaron pasó sus largos dedos por la sábana blanca–. El gusano emergió de la esfera dorada ¿cierto? –Lumière asintió–. ¿Quién, dónde y cómo se encontró?

Lumière tenía que ser diligente.

–Yo di con ella cerca de la costa mientras paseaba. –Contestó.

–¿No había más? –continuó Aaron.

–Solamente esa.

–¿Seguro?

–Por supuesto.

Aaron se acarició la barbilla.

–Hemos encontrado esferas como la suya en Talatoya. No hay muchas, apenas una decena –reveló Aaron–. ¡Qué desilusión! Nuestras fuentes nos informaron que había más.

¿Fuentes? Lumière se asombró. ¿Más allá de sus traducciones tenían medios para conocer la isla? Philip confirmó que las esferas y los gusanos eran importantes para el Culto, lo cual certificaba que debía guardar el secreto de Alice. Esperaba que ella no se lo rebelase a nadie pero no tenía medios para advertírselo. Se alivió cuando recordó que ella misma lo consideraba un secreto inconfesable.

Aaron intentó sonsacarle más información sobre los gusanos pero fue fácil sortear las preguntas ya que desconocía su origen. Después de una hora interminable, Aaron dio por concluso el interrogatorio:

—En tres días le recogerán para llevarlo a Oakh. Le advierto que si no nos obedece a pies juntillas su familia sufrirá las consecuencias.

Lumière ya había oído estas amenazas. Ahora necesitaba preguntar él:

—¿Por qué os interesan las esferas?

Aaron se tocó el ala del sombrero.

—Hay conceptos que los impuros jamás abrazaréis.

CAPÍTULO 22
BAJO LA LUZ DE LA LUNA

Talatoya, Ma
Julio de 2016 d.C.
Lunes

Alba

Álex y Alba fueron hacia el Na Patarra. Había poca gente por la calle y a medida que avanzaban, había menos. Alba se extrañó. Aunque fuese lunes seguía siendo verano y los bares estaban vacíos. Cuando llegaron al puerto todo parecía normal aunque ahora se percataba de que algo fallaba. Recordó que la ciudad estaba llena de vida y esperaba un gran ambiente nocturno.

—Nena —Álex, cabizbajo, se dirigió a ella. Alba temió lo peor, cuando empleaba ese tono era porque tenía algo detestable que decirle—. ¿Puedo quedarme unos días?

El desasosiego por la insospechada tranquilidad de Ma cedió ante la rabia.

—¿Solo?

—Sí. Hay discotecas molonas. ¡Space por ejemplo!

Álex mentía como un bellaco.

—Lo que quieres es follarte a la puta que sale con Rodri.

—¡Oye! ¿Por quién me has tomado? —se ofendió Álex.

Alba aceleró. Deseaba llegar al hotel y poner de patitas en la calle a ese memo.

—¡Hemos acabado! —le dijo tajante—. Quédate pero coge tus cosas y vete a un lugar que puedas pagar. Mañana, después de la declaración, puedes ¡irte a tomar por el culo!

—¡Nena! —insistió él—. ¡Que no tengo un euro! Nos han dado la habitación en el Na Patarra por ti. ¡Gratis! ¡Déjame quedar!

Alba no contestó a las pretensiones de Álex. El imbécil ni había pestañeado ante la ruptura; solo le interesaba hospedarse gratuitamente.

Llegaron al Na Patarra. El hotel estaba a oscuras. Los únicos destellos procedían de los negocios cercanos y solo alcanzaban las tres primeras plantas. La vegetación envolvente era afrentosa: formas negruzcas saliendo de la tierra queriéndose llevar el edificio. Era la primera vez que veían el hotel en contrapicado. Parecía más alto y siniestro. Sus grandes ventanales reflejaban la noche estrellada y era como si poseyeran lumbre propia.

—Debe ser una de esas noches —dijo Álex.

—¿Cómo? —preguntó Alba abducida por la tremebunda imagen del Na Patarra.

—¿No te acuerdas? —Álex se puso condescendiente—. Cuando entramos nos dijeron que las noches de luna llena no abren las luces; que al haber tantas ventanas la luz nocturna es suficiente para alumbrar.

La noche anterior no habían salido ni contemplado el hotel desde fuera. Les advirtieron que el sistema de apagado era un espectáculo pero Alba lo había ignorado.

Entraron en el hotel y una calma anormal regía en la planta baja. No había nadie. Alba recordó el montón de gente que había cuando llegaron.

El efecto "bajo la luz de la luna" era magnífico: todo estaba iluminado por la lumbre exterior.

Llamaron al ascensor y las puertas se abrieron. Entraron, pulsaron la planta dieciocho y ascendieron. Guardaron silencio y pensaron en sus cosas, bueno, más bien pensó ella. Alba, incómoda, se cruzó de brazos y miró abajo. Al alcanzar un piso, se escuchaba un sonido como el de las máquinas tragaperras al fijarse el elemento que debe triplicarse. Sin mirar arriba, donde se marcaban los números de las plantas, contó hasta diez y se pararon. Álex dio un paso al frente antes de que la puerta se abriera pero Alba extendió el brazo y lo detuvo.

—¿Qué haces? —replicó él.

Alba le indicó el marcador. No era la planta dieciocho sino la diez.

—¡Vaya! —se lamentó Álex—. ¡Nos hemos equivocado!

Álex pulsó de nuevo el botón número dieciocho pero el ascensor no se movió.

—¡Mierda! —exclamó—. Estamos atrapados. ¡Tanto lujo y se traba!

Álex accionó la emergencia pero tampoco funcionaba. Se puso nervioso, golpeó la puerta y pidió ayuda. Alba pensó en el collar y, sin explicárselo, se calmó.

Álex colocó los dedos en la brecha que separaba las puertas, tiró y las placas de acero se corrieron. Apareció un metro y medio de pared y una pequeña apertura superior que se antojaba como la única salida. El ascensor se había detenido entre la décima y la undécima planta.

Alba saltó, se apoyó en el hueco y comprobó que daba al pasillo. Estaba mal posicionada, se desprendió y cayó. El batacazo torció el ascensor. Alba se había hecho daño pero se levantó y analizó la situación. La distancia con el hueco se había ampliado. Si volvía a saltar y no conseguía subir, el ascensor podía venirse abajo.

—¡Ayúdame! —exigió a Álex.

Alba le indicó que enlazara las manos para crear un escalón. Se enfiló, se embutió en el hueco y asomó la cabeza en el pasillo. Algo mancillaba las paredes.

—¿Qué ves? —preguntó Álex.

Alba notó algo pringoso en la barriga. La moqueta estaba sucia. Reptó y una vez en el pasillo se levantó.

—¡Ayúdame! —por el hueco asomó la cabeza de Álex. Al ser robusto no podía salir.

Alba le ayudó. Fue complicado pero el fortachón pudo alcanzar el pasillo e incorporarse. Buscaron una explicación. El ascensor se había detenido porque los cables estaban gelatinosos. Desde arriba goteaba una especie de *blandiblu*.

—¿Qué ha sucedido? —preguntó Álex—. ¿Un apagón?

—No creo. La ciudad está iluminada. —Rebatió Alba señalando la Ma centelleante que había detrás de la vidriera—. Aunque estoy segura de que no es el efecto Bajo la Luz de la Luna.

Algo cubría las paredes. Alba lo tocó y se le pegó a los dedos cual tela de araña.

—Son como nubes de algodón de azúcar.

Álex lo dijo tontamente pero su descripción era veraz. Alba rompió fácilmente el filamento que se había adherido a su mano.

—Ahí hay luz, vamos a ver.

En efecto. Las luces se habían apagado pero al fondo a la izquierda brillaba una luz amarilla.

—¿Seguro? —preguntó acongojado.

—¿Realmente levantas ciento cincuenta kilos en peso banca? —Alba movió la cabeza como las chicas que salen en los videoclips de raperos—. ¡Vamos!

Unos metros por delante, el pasillo torcía a la izquierda y de ahí nacía una tenue lumbre dorada. Cautelosamente, se acercaron para averiguar su origen. Cada pisada estaba subrayada con un chapoteo. La moqueta estaba humedecida. Llegaron a la esquina. Olía a materia orgánica; como si se hubiese vaciado un canal y las algas se secaran. Finalmente, se asomaron y vieron tres piedras redondeadas, alargadas y peludas que obstruían el paso. Eran amarillas y la luz dorada procedía de ellas. Medían poco más de un metro de altura por medio metro de ancho y de profundidad. Hedían a podredumbre.

—¡Qué asco! —se quejó Álex.

Alba lo ignoró, se acercó, alargó la mano y palpó una de las piedras. Era blanda y hecha con los hilos que cubrían las paredes que, unidos, provocaban un efecto lumínico. La piedra se movió y se resquebrajó. Alba y Álex dieron un paso atrás.

—¡Son huevos! —exclamó Alba.

El capullo se rompió y apareció un ser inclasificable. Tenía el cuerpo peludo y la gruesa parte trasera terminaba en un aguijón. El torso era blanco y la tripa negra. Tenía muchas patas diminutas y ojos verdes triangulares. Su boca estaba constituida por incontables dientes afilados y una lengua viscosa. Disponía de dos alas negras que no compensaban su tamaño; era como una mariposa gorda y defectuosa. Medía más de un metro de altura y dos de largo. Parecía un cerdo con alas; una burlesca ave impedida. Sin embargo, sus características físicas eran las propias de una mariposa que aun conservaba taras del gusano que había sido.

El resto de huevos también se rompieron y nacieron seres iguales; se abrían paso mediante mordiscos.

El primero de los bichos cayó al suelo. No podía moverse por ser tan mórbido. Alba se agachó y lo observó. Parecía desorientado. Sus ojos verdes y vidriosos eran dos triángulos cuya hipotenusa estaba en la parte superior.

Extendió la mano para tocarlo. Álex le imploró que se largasen pero Alba estaba hipnotizada. La cobertura del ser le recordaba a un mineral *rara avis* blanco y peludo que su padre tenía en su colección privada.

Argggjahhhhsgsgfffjagjs.

El bicho gruñó belicoso y abrió la boca. Los caninos inferiores eran más largos, sobresalían y le llegaban hasta la nariz superando los labios. Esas fauces leoninas conjugaban salvajemente con la moviente lengua salivosa. Decidido, el ser batió las alas hasta depurar el movimiento.

Alba, incomprensiblemente tranquila, retiró la mano.

Las otras dos mariposas también gruñeron y batieron las alas. Al estar tan gordinflonas no se levantaban pero sus dientes alargados las hacían temibles.

–¡Vámonos! –suplicó Álex cogiéndola del brazo.

Alba estaba fascinada. También sentía miedo pero deseaba contemplar la evolución. Debían irse: la inocencia de esos animales se había diluido.

La mariposa que había intentado acariciar logró elevarse unos centímetros. Cayó, pero en un segundo intento se mantuvo en el aire y descubrió su malévolo esplendor. El aguijón se alargó y se convirtió en una métrea cola blanca terminada en punta de flecha. Las enormes mandíbulas, las alas batiendo y el movimiento del aguijón convencieron a Alba de que no eran pacíficos. ¿Por qué no hemos salido cagando leches?, se preguntó inútilmente.

Se dieron la vuelta y corrieron hacia la apertura que daba a las escaleras al final del pasillo. Las otras mariposas se elevaron y desplegaron sus aguijones.

Los aleteos estaban cada vez más cerca. Alba aceleró. A unos metros estaban las escaleras. No había puerta sino una gran apertura que comunicaba con el rellano. Animada por haber dejado atrás a los monstruos llegó a su destino y se resguardó detrás de la pared. Ninguno de esos bichos atravesó el umbral.

Alba se apoyó a la pared del rellano. Intentó controlarse y recapituló. Habían visto una mutación. Iba a reflexionar sobre esa transformación cuando se percató que Álex no estaba con ella. Hubiese huido por las escaleras pero no podía hacerlo sin él. Escuchó un ruido de quebranto. Estaba de espaldas, pegada a la pared a medio metro de la apertura. Respiraba con dificultad obturada por los temblores. Esos ruidos instintivos de su cuerpo se confundían con el de las fibras orgánicas rompiéndose.

Los bichos ya no chillaban.

Alba se asomó y, por desgracia, observó lo que sucedía.

Habían levantado a Álex. Una mariposa le había atravesado el estómago por detrás con su cola puntiaguda. Ensartado, las otras dos lo mordían. Pese a disponer de fauces tan grandes como las de los leones, se tomaban su tiempo como los gusanos de seda con las hojas de morera. Una de ellas avanzó por su brazo derecho; al llegar al hombro se soltó y un rielo de sangre emergió del corte donde se reunían conductos sanguíneos y huesos rotos. Dócilmente, la misma mariposa se dirigió al brazo izquierdo y continuó ingiriendo. Álex gritó pero la mariposa que le había ensartado el estómago descendió sobre su cabeza y le cerró la boca con sus patas peludas. La otra mariposa se ocupaba de las piernas. Hicieron desaparecer las extremidades. Álex seguía con los ojos abiertos, pues sus órganos vitales estaban intactos. Lo convirtieron en un torso con cabeza. Alba recordó una especialidad oriental donde se comían peces vivos.

Los ojos de Álex se encontraron con los de Alba y le suplicaron silenciosamente ayuda. Alba, sollozante, negó con la cabeza ya que si iba a por él le harían lo mismo. Álex, incapaz de entenderlo, la miró furioso.

Las tres feroces mariposas se lanzaron a la vez sobre el torso de Álex. La sangre se esparció por todos lados y los blancos cuerpos de los monstruos enrojecieron. Álex cerró los ojos que en ningún momento habían dejado de mirar hacia el rellano de la escalera.

Alba se tapó el rostro con las manos pero echó un último vistazo.

De Álex, solo quedaba la cabeza y parte de la columna vertebral. El pasillo estaba salpicado de sangre como el del *Resplandor* después de que Danny Torrance viera a las gemelas. La mariposa que había retenido a Álex atesoró su cabeza acariciándola con las patas como si fuera un balón; la lanzó hacia arriba, la mordió al vuelo, la engulló y descendió visiblemente de la garganta al estómago.

Horrorizada, Alba gimió. Quiso bajar por las escaleras pero el miedo la atenazó. Temió ser descubierta. Pensó en lo cobarde que había sido. ¿Tenía que haber socorrido a Álex?

Escuchó un estallido. A poca distancia, una robusta cola punzante atravesó la pared por la derecha. Era una extensión robusta parecida a la de los grandes felinos. Miró a la izquierda, en el umbral de la apertura y asomándose hacia ella había el rostro de uno de los bichos. Tenía los morros enrojecidos y salivaba una sustancia gelatinosa. Movía su gran lengua y gruñía sarnosa.

Llorando, Alba corrió hacia las escaleras y otro aguijón perforó la pared en la que había estado apoyada. Bajó los peldaños y otro ataque impactó en la barandilla después de soltarla. Desde la apertura hasta las escaleras había más de tres metros con que esas extremidades podían extenderse. No tenía tiempo de pensar en los mecanismos de ataque. Saltó las escaleras de tres en tres iluminada por las luces de emergencia. Las gordas mariposas la siguieron hasta el rellano siguiente. Proyectaban el aguijón hacia ella que se sentía como si estuviese esquivando un tiroteo.

A medida que bajaba, veía asquerosidades. Vio al botones de la entrada colgado del techo sin la mitad derecha del cuerpo mientras unos gusanos del tamaño de serpientes se lo comían. En el rellano del segundo piso vio más huevos peludos. Había manchas de sangre por doquier y tropezaba con huesos y partes desmembradas de cuerpos humanos. Identificó a varios de los comensales por las ropas pues el rostro estaba desfigurado.

No podía detenerse. Los bichos le pisaban los talones. Llegó a la planta baja después de romper una cortina de hilos que, de haber sido más espesa, hubiese sido imposible de atravesar. Salió a recepción pringada de ese mejunje orgánico y fluorescente con el que estaban hechos los capullos.

La separaban veinte metros de la salida del hotel. Ese espacio estaba cubierto por gusanos de distintos tamaños. Esos cilindros vivientes se lo comían todo. Unos mordían el mostrador, otros las paredes y los más grandes los cuerpos sin vida del personal del hotel. Pocos minutos antes, habían cruzado el *hall* y no habían reparado en ninguna anormalidad más allá de la ausencia de clientes. Por supuesto, no habían mirado detrás del mostrador donde los bichos estaban comiéndose al recepcionista ni tampoco en el guardarropas donde habían reunido los cuerpos sin vida del personal de limpieza. Los gusanos lo habían medido para zampárselos en un lugar alejado de la entrada donde tenían más posibilidades de huir haciéndoles creer que todo era normal. Eran seres cruelmente inteligentes.

Escuchó unos gruñidos. Miró atrás. Por el hueco que daba a las escaleras recientemente abierto por ella y bordeado por hilos se escuchaban los alaridos de los bichos que había visto nacer. Miró hacia delante. Los gusanos se acercaban con hambruna.

Los aullidos se potenciaron. Una corriente de aire movió los hilos amarillos y aparecieron las mórbidas polillas.

Se encorajinó y corrió hacia la salida esquivando a los gusanos. Maldijo la idea de ponerse *shorts*. Recibió varios mordiscos. Uno se le enganchó al muslo pero se lo quitó.

Era perseguida por los gusanos y las mariposas. Un aguijonazo rompió en mil pedazos el mostrador perturbando la comilona de los gusanos.

Faltaban tres metros para llegar a la salida, dos, uno…

CAPÍTULO 23
EL CABO DE OAKH

Septiembre de 1881 d.C.
Talatoya

Philip Aldous Lumière

Al cabo de tres días, cayeron los puntos y las heridas sanaron. Se había acostumbrado al monóculo aunque albergaba dudas higiénicas. Los médicos le aseguraron que no iba a infectarse pero no soltaron prenda sobre las técnicas empleadas para dotar a su ojo de tan notables cualidades. Había descubierto nuevas habilidades del monóculo. A su capacidad para acercarse y alejarse del objetivo se unía la vista nocturna, antiniebla y bajo el agua. El Culto ratificaba su supremacía tecnológica pero la concesión de esos dones era interesada. Los médicos le confesaron que la nueva visión le ayudaría a traducir los textos de Oakh. Aaron dijo que le hubiera cortado el cuello de no ser por su habilidad. Lumière no se lo había revelado a nadie pero, en efecto, trazar el Camino Inverso con un solo ojo hubiese sido complejo.

Pensaba en Robert y en Alice. Tenía la esperanza de que Diop los cuidase pero nadie le aseguraba que estuviesen con vida. No obstante, no podía soportar tan aciaga posibilidad y la eludía valorando el soberbio desafío que le aguardaba.

Sinceramente, prefería descubrir qué había sucedido con los ghak que estar con su familia. Era bochornoso e indignante pero era la verdad. Aaron se lo había dicho: "Su mujer puede esperar". Y es que el reto era abismal. Iba a desvelar qué les había sucedido a los gigantes.

La madrugada del tercer día, lo subieron a un coche propulsado por vapor hacia Oakh. Se trataba de un vehículo extravagante con capacidad para quince personas. Había seis hileras de dos asientos separadas por un estrecho pasillo. Aldous se sentó junto al conductor y el resto de asientos lo ocuparon miembros del Culto. Sobre la rueda delantera había una caldera y un motor de cilindros verticales. Tenía el techo destapado y la caldera de vapor estaba conectada a dispositivos mecánicos con tubos dorados; de forma circular, parecía un amorfo capó abombado. La rueda delantera era enorme y sobre ella se ejercía el poder del motor. Era un triciclo: la parte trasera estaba soportada por dos grandes ruedas que lo levantaban metro y medio del suelo. Era un aparato extraño que pocos podían permitirse. El Culto se valía de los avances más portentosos. Años atrás se habían desarrollado motores eléctricos, propulsados por carbón o aceite y estaban al caer los primeros de gasolina. Sin embargo, las máquinas que servían a la Organización eran de vapor. Lumière, de mente despierta, se preocupó por el vehículo y el chofer se lo explicó:

—Sigue el patrón de Nicolas-Joseph Cugnot de finales del siglo XVIII. La industria está empeñada en la combustión interna —se quejaba el conductor—. Aceite, carbón y gasolina pero el invento inicial de Cugnot era el menos contaminante y económico. El mundo está loco.

Mientras el vehículo avanzaba por caminos de tierra recién grafiados entre campos yermos donde el agua marina aun no había sido absorbida, Lumière daba vueltas a la historia del vehículo eléctrico alejándose de sus preocupaciones.

Después de dos horas, coronaron una colina y apareció una basta extensión de mar. El mal tiempo les arrolló. Escuchó las olas romper y el viento soplar. El coche se detuvo y Lumière miró al frente.

Había piedras amontonadas que sobresalían del mar encabritado. Se trataba de un accidente geográfico: un cabo de piedras puntiagudas que se adentraba centenares de metros en el agua. En el extremo más alejado del cabo y enfrentándose a las olas, se alzaba una mastodóntica piedra cual edificio de doscientas plantas. Su forma era puntiaguda y la cara que miraba el mar era plana y estaba escriturada.

–Hemos llegado –anunció uno de los esbirros de Aaron mientras sujetaba su sombrero de copa para que el viento no se lo llevase–. El cabo y la columna de Oakh.

Volvieron a poner el vehículo en marcha y condujeron escuchando el bramido del mar. El viento soplaba tan fuerte que pensó que el coche iba a volcar. Después de unos minutos llegaron a su destino. El campamento de la Organización tocaba el cabo de pedruscos que había visto desde lejos y las ruinas de la antigua ciudad de Oakh estaban más en el interior.

Lo condujeron a su nueva casa del campamento, que era idéntica a la de Jyktyan. Por lo poco que había traducido sobre Oakh, allí tendría que haberse encontrado el avanzado armamento de los gigantes. Pero no sabía cómo se había gestionado esa información.

Al día siguiente, los operarios de Aaron, vestidos de negro, lo condujeron hasta la columna de Oakh. Era peligroso acercarse. Se había habilitado un sendero entre las rocas del cabo que sobresalían veinte metros sobre el nivel del mar; aun así, el agua los alcanzaba. El camino, delimitado por barandillas, era resbaladizo.

—¡Deberíamos volver otro día! —sugirió el francés.

—¡Hoy el tiempo está calmado! —se opuso uno de ellos—. ¡El temporal nunca cesa!

Lumière miró al cielo y vio nubes blancas que liberaban una llovizna pero el mar estaba fuera de control.

Cubrieron el desafortunado camino que atravesaba el cabo y llegaron a la punta donde estaba la columna. Lumière miró arriba; las letras estaban parcialmente escondidas por las nubes. La columna rivalizaba en altura con una montaña. Era puntiaguda en la parte superior, se ensanchaba en medio y en la base se estrechaba. La cara lisa que enfocaba el mar contenía las runas que había visto en otras inscripciones. Las rúbricas eran como de costumbre: medían igual que cuatro palmas abiertas y eran nítidas. La primera línea o la última, según se mirase, estaba a la altura de sus cabezas. Lumière tocó la inscripción y miró arriba. Las letras, tan grandes desde el suelo, eran ilegibles a tanta altura.

—Hemos ideado un sistema de ascenso —un operario se cubrió el rostro por el temporal y señaló un robusto montacargas que colgaba de la roca a cincuenta metros de altura. Puede emplearlo si lo cree conveniente.

Lumière observó con escepticismo el montaje de poleas, contrapeso y barandillas. El viento soplaba y la lluvia se confundía con los arrebatos del mar en una niebla vaporosa y distorsionante. No tuvo fe en el montacargas y recordó que había adquirido una interesante habilidad. Lumière miró arriba otra vez, puso el índice sobre el monóculo, pulsó un botón y su visión se aproximó silenciosamente, como si fuese su ojo el que maniobrase. Aun no estaba acostumbrado y el objetivo se perdió en las nubes. Rectificó y retrocedió. Soltó un "uauuuu", asombrado por la facilidad con que lo había conseguido. Volvió a intentarlo apuntando a lo más alto de la columna. Las letras seguían inmaculadas pese a las nubes. Sin embargo, pudo ver la primera línea de caracteres.

–¡Necesito que monten una tienda aquí mismo! –exigió Lumière.

–¿Aquí? ¡Las olas lo arrollarán! –Repuso uno.

–¡Sí! –Lumière seguía en sus trece–. Solo requiero un lugar permanente junto a la obra. Unas telas y unos palos servirán. No es preciso el montacargas –Lumière señaló su monóculo cuyos bordes aun estaban cicatrizando–. Con esto descubriré el texto.

Lumière miró arriba y se concentró en la traducción de la parte superior velada por las nubes. El método para traducir era en vertical pero en textos largos había parágrafos y era en estos donde se aplicaba la norma. De esta manera, debía identificar los parágrafos, separados por un curioso símbolo en forma de T que le recordaba a las enigmáticas Taulas de Menorca.

Mientras cursaba el Camino Inverso, los operarios montaron una cobertura improvisada a su alrededor: una tela unida a travesaños. Cuando terminaron, Lumière estaba mojado y tiritaba pero el texto lo abrigaba. Las circunstancias eran pormenores: el autor de las rúbricas estaba afecto por una gran congoja y sintió su dolor, la pasión de cada trazo. No era una inscripción común como las que habían encontrado hasta entonces sino un texto con una historia íntegra.

Cuando la tienda fue colocada, Lumière, que había aprendido a no perder el conocimiento mientras empleaba el Camino Inverso, dio con el significado del primer parágrafo:

"Esto va dirigido a los que hallen Talatoya. Nosotros, los ghak, os rogamos que os vayáis. Para que atendáis nuestra advertencia, os explicaremos nuestra historia".

Talatoya, Oakh
Febrero de 1882 d.C.

Philip Aldous Lumière

Había pasado seis meses en Oakh. Arribó a casa de noche. Había un sistema de vigilancia inquebrantable. Los guardas siempre le pisaban los talones. Tenía la vaga esperanza de que Diop llegase y le trajera noticias pero era una ilusión. El Culto lo había separado de los suyos pero Lumière se había centrado en su trabajo y había perfeccionado el Camino Inverso. Había días en los que no hablaba con nadie. La conversación más larga la había tenido con el chofer del coche de vapor seis meses atrás. Perdía la noción del tiempo. Se pasaba la jornada ante la columna de Oakh, mirando arriba y copiando en una pizarra bajo la improvisada tienda.

Aprovechaba sus habilidades y con la luz de la luna trabajaba hasta que oscurecía. Deseaba terminar cuanto antes, en primer lugar para desentrañar la historia de Talatoya y luego para ver a su familia. Le dolía su orden de prioridades. El Culto le exigía que transmitiese su método para traducir pero ellos carecían de duende. Parecía que los gigantes protegiesen su lenguaje de tipos así. No podía identificarse vocabulario, gramática o reglas ortográficas. Los ghak hablaban sobre ideas etéreas, de ahí la complicación para establecer reglas. No podían redactarse las normas de su escritura porque se trataba de un conocimiento intransmisible.

Ese día era especial ya que había terminado con la traducción de la columna de Oakh. El texto recopilaba la historia de los ghak y el motivo de su éxodo. Era macabro. Había una relación entre los gusanos que emergían de las esferas y la emigración.

Al día siguiente entregaría de golpe las traducciones a Aaron tal y como habían acordado. Algunas partes del texto se modificaban al ponerse en relación con otras y para entender los párrafos difusos debía traducirse todo.

Miró a fuera. El viento soplaba y las nubes tapaban parcialmente las estrellas. No apetecía salir pero dentro había enemigos más fieros: la soledad y la melancolía. Coaccionado por tan imbatibles villanos, se cambió de ropa y salió. Fue a correr alrededor del campamento. Los guardas lo saludaron. Regresó en media hora y, sudado, se enfundó los guantes para darle al saco de boxeo del porche. Después de dos horas de duro entrenamiento apoyó el antebrazo en la pared y descansó la frente. Sus venas bombeaban como tuberías. Hacía ejercicio desde temprana edad y se había endurecido desde su aislamiento.

Se sentó en el porche. Después del ejercicio, el paisaje cambiaba. Sin vencer a los elementos se sentía fútil y tras demostrar que podía doblegarlos, vigoroso. Faltaba poco para la medianoche. No tenía sueño. Era contradictorio: cuanto más ejercicio hacía menos necesitaba descansar.

Comió algo frugal. Frutos secos y un vaso de leche entera. Se sentó en el escritorio y transcribió los últimos parágrafos del texto de la columna de Oakh. En la tienda copiaba las traducciones y en casa las pasaba a limpio. No podía escribir decentemente con el bravo mar acechando. Quisieron construirle algo firme pero Lumière se opuso por motivos absurdos. Había perdido el norte. Regresaba a casa desquiciado por el trabajo pero también embotado con la historia que esa noche iba a terminar.

Por fin, sabía lo que había sucedido en Talatoya.

La columna de Oakh era una advertencia. El mensaje no albergaba dudas: "Os rogamos que os vayáis". Al día siguiente tenía una importante misión: explicar a Aaron que debían abandonar la isla cuanto antes si no querían ser las nuevas víctimas de Mutghar.

A las seis de la tarde, llamaron a la puerta. Philip abrió y se encontró a los hombres de Aaron, con sus sombreros de ala ancha y sus trajes oscuros. Sus rostros eran blancos y tristes y los más jóvenes parecían viejos.

Cabizbajo aunque orgulloso, introdujo las traducciones en una bolsa y los siguió.

Cruzaron todo el campamento de Oakh en dirección al mar. Por donde pasaban se hacía el silencio. Los impuros no sabían qué había pasado con Lumière. Para ellos solo era un lisiado.

Llegaron al cabo y vieron al líder.

Aaron recortaba la piedra de Oakh que retaba al mar a lo lejos. Estaba de espaldas, detrás de una fila de subalternos.

Philip rebasó a los trajeados y Aaron, el mediano, se dio la vuelta.

—¡Lumière! —exclamó el flacucho—. Su hijo es muy apuesto.

Aaron no borraba su sonrisa de *jóker*. Philip quiso darle un puñetazo pero sus secuaces iban armados y la amenaza de matar a su familia continuaba vigente. Aaron dejó de forzar los pómulos. Sus arrugas se marcaron y sus ojos empequeñecieron. Lumière sacó las traducciones de la bolsa: cien folios escritos por ambas caras. Aaron cogió el legajo y lo hojeó con avidez.

—Tengo que advertirle. —Philip alzó la voz e intentó resumir lo que había descubierto—. ¡Debemos abandonar Talatoya! La columna de Oakh explica la guerra de los gigantes con los batyars y las lothgars, los hijos de Mutghar, un dios que quiso acabar con los ghak y por eso abandonaron la isla. La tierra roja de Tö-yhyohep que contiene el poder de Alzajod-ygüth convierte las esferas en gusanos y dependiendo de la intensidad del rojo lo hacen con más o menos rapidez. ¡Corremos peligro!

—¡Cállese! —escupió Aaron—. No se atreva a sermonearme. Lo que ha traducido nos servirá para nuestros propósitos.

—¿Propósitos? —Philip se enojó—. ¡Qué propósitos!

Aaron hizo venir a un sirviente, le dio las traducciones y clavó sus ojos en Lumière:

—¿Ha traducido el texto de la columna al completo? Recuerde que de haber omitido alguna parte su familia sufrirá las consecuencias.

Lumière tragó saliva. Temía esa pregunta. Lo había traducido todo aunque en la versión final que le había entregado a Aaron no había transcrito una línea de la columna. No podía confiar en el líder; por lo tanto, quiso guardarse un as en la manga. Tampoco se trataba, a priori, de información relevante en cuanto al mensaje principal que aconsejaba a los visitantes que se largasen de Talatoya, pero quizás en un futuro le sería de utilidad; sobre todo si debía esconderse. Había omitido lo relativo a la existencia de un templo en la ciudad ruinosa de Ma. Al parecer, dentro del acantilado sur del golfo de Kuatar se había construido un templo en honor a unos guerreros llamados ghakim. Ese santuario recibía el nombre de Ghüld. Había temido que le preguntaran sobre el asunto así que fingió sorpresa y asintió. Aaron no le dio importancia y continuó hablando con soberbia:

—Por lo que dice, las piedras de Tö-yhyohep hacen que las esferas evolucionen más rápido. Es decir, que el gusano que le atacó nació a consecuencia de la proximidad de la piedra de Tö-yhyohep. ¿Me equivoco?

Philip asintió. Había un brillo extraño en la mirada de Aaron, como si disfrutase con esa información cavernosa.

—¡Abandonen Talatoya! —insistió Lumière—. ¡Mi familia esta aquí!

Aaron levantó el mentón con la ayuda del índice.

—Eso no le incumbe. —Apostrofó—. Céntrese en su nueva tarea: la traducción del *Huktur-Hakkim.*

Una corriente eléctrica recorrió el cuerpo de Lumière. Se lo había dicho con anterioridad. Mientras traducía la columna sabía que en última instancia debía adentrarse en el libro del sacerdote profano. Hubo una colisión de intereses. Por un lado estaba la necesidad de ver a su familia y por el otro estaba el ansia por embarcarse en la nueva traducción. La columna de Oakh señalaba al *Huktur-Hakkim* como el compendio que desvelaba el poder arcano e inmundo de Alzajod-ygüth. La prohibición provocaba un deseo irrebatible. Aaron le brindaba la posibilidad de estudiar la raíz del mal. Y eso lo subyugaba.

El líder le puso la mano sobre el hombro. Lo superaba en muchos centímetros y lo miró desde las alturas con complicidad. Philip apretó los puños y rebufó.

—Veo el deseo en usted. Anhela saber estos secretos. ¿Por qué sino fue a la tumba de Owöd? —Lumière se sorprendió de que supiera ese detalle—. El Culto desea hacerse con esas artes oscuras Philip, al igual que usted. Empieza a entender nuestro plan. Ha hablado de la familia pero mírese ahora babeando por sumergirse en la letra profana.

Lumière miró avergonzado a un lado. Ciertamente, lo ansiaba pero tal deseo no se había evidenciado hasta entonces. Las palabras de Aaron habían subrayado su sed de oscuridad. No quería creérselo: Robert y Alice lo esperaban. De un zarpazo, apartó la mano de Aaron, lo señaló y lo amenazó:

—¡Jamás vuelva a decirme que prefiero traducir el libro antes que ver a mi familia!

Aaron se arregló el sombrero, sonrió y continuó:

—No he dicho eso —se limpió los pantalones pero no estaban sucios—. Su reacción prueba su interés. No se lo reprocho. Me interesa su bravuconería. ¿Para qué entrena sino? ¿Para darle de palos a un madero toda la vida? Desea dar rienda suelta a su vigor. No se reprima, la oscuridad lo ampara. Conozco esa sensación. Deshaga sus lazos, acérquese al esoterismo, a la demonología, al gnosticismo, al satanismo, a los Primigenios y a los Tres Dioses. ¡Traduzca el libro!

La sugestión de Aaron era insorteable. Philip dio un paso atrás, arqueó la espalda, miró al cielo y gritó. Al terminar, se sintió liberado del horror cósmico que había escupido Aaron.

—Le harán llegar una copia del libro. —Anunció el líder con indiferencia—. Lo hemos copiado en papel común, lo cual ha llevado tiempo. No podíamos entregarle el original porque está hecho con piel de gigante ungida con un aceite especial; de ahí que haya superado el paso del tiempo. Son artes más antiguas que muchas estrellas. —Aaron estiró el labio superior despectivamente—. Tiene tres años para traducirlo. Luego, quizás, conozca a su hijo y se reencuentre con su mujer. Lo que descubra nos ayudará a completar los ritos.

Nunca hasta entonces se le había dirigido con tanta mezquindad. Aaron alzó el mentón acompañado del rugido del mar. Con un movimiento de barbilla, indicó a dos fornidos agentes que se lo llevasen; no obstante no lograron hacerlo; estaba enraizado en el suelo.

—De nada sirve su oposición profe...

Aaron fue interrumpido por un fugaz movimiento de Lumière. El paleógrafo dio un codazo al agente de la izquierda y un rielo de sangre salió de su nariz. El golpe le hizo perder el conocimiento, se tambaleó y cayó bocarriba con la cara ensangrentada. Al de la derecha lo tumbó de un barrido. El hombre cayó al suelo, Lumière dio un salto, se precipitó de rodillas sobre su pecho y sus huesos crujieron. Aaron indicó a los otros agentes que vinieran. Diez secuaces corrieron hacia ellos. Lumière obvió a sus nuevos atacantes ya que disponía de unos valiosísimos segundos para vengarse de Aaron.

Lumière corrió hacia el líder. Cuando lo tuvo enfrente cerró el puño y lo ahondó en el traje de Aaron pero sus nudillos no le ablandaron la carne, estaba pétrea como si fuera cemento.

Lumière retiró el puño tembloroso pero Aaron no se había perturbado.

Aldous miró atrás: un esbirro se le acercó y con dos puñetazos, uno en la tripa y otro en el rostro, lo dejó fuera de combate; el golpe en el rostro le desencajó dos dientes y su sangre se proyectó sobre el traje de Aaron. El incólume líder miró la mancha roja y chasqueó los labios. Lumière volvió a buscarlo, esta vez con una patada. Alzó la pierna hasta su rostro, lo tocó de lado pero no se movió.

Aaron negó con la cabeza como un burócrata poniendo un sello, asió el pie del paleógrafo que lo tenía sobre el hombro y lo levantó del suelo demostrando una fuerza sobrehumana. Lo elevó por los aires y lo golpeó fuertemente contra el suelo.

Lumière tragó tierra y perdió el poder sobre su cuerpo.

Aaron lo soltó y sus esbirros lo recogieron del suelo medio inconsciente.

CAPÍTULO 24
SPACE

Talatoya (Ma)
Julio del 2016 d.C.
Lunes

Rodri

Al despedirse de Álex y Alba, Rodri y Delia subieron al biplaza deportivo Porsche Boxter S Front amarillo, descapotable y biplaza con el que el pequeño magnate había hecho el ridículo yendo a buscar a la de pelo anaranjado y a su novio forzudo. Dejaron el vehículo en un aparcamiento privado ubicado en el casco antiguo de la ciudad, salieron a la calle y se dirigieron hacia la casa del policía.

Se perdieron por calles cuyo nombre resultaba difícil de identificar entre torceduras y quiebros. Era un barrio de casas blancas y ventanas verdes. Rodri vivía en una de ellas.

Había guardado silencio durante el camino. Delia criticaba a Alba y él no deseaba discutir.

Llevaba un año saliendo con Delia. Era de Girona. La había conocido en la Universidad. Estaba con él por la pasta pero él también se aprovechaba. Una rubia despampanante elegantizaba. Los hombres se daban la vuelta para mirarla y las mujeres cuchicheaban. Era entretenido pero no tenían nada en común. Rodri había estado con muchas chicas. No era guapo pero hablaba bien y procedía de buena familia. Delia vacilaba continuamente por estar a su lado y él se lo permitía. –Rodri, cuéntales lo del hotel en Honolulú– o –cariño, ¡qué bien vimos la Fórmula Uno en el Puerto de Valencia!–. A él le importaba un bledo, estaba acostumbrado a que sus novias se esforzasen en atraer la atención. Consentía los alardes de Delia como el que tolera a un niño jugando al balón.

Rodri pensó en Alba. En sus mejores recuerdos estaba ella. Había química entre ellos y quizás por eso Delia la odiaba. ¡Dichoso conejo de la suerte!

Le daba vueltas a lo que habían descubierto en Jasor. ¿Y si Yert no estaba loco? Al igual que Lumière, el anciano hablaba de Mutghar. Al día siguiente iría al Na Patarra en busca de Alba para llevarla al juzgado y luego investigaría la mitología de la isla. Estaba intrigado. Era como si estuviese protagonizando una de sus historias de tres al cuarto. Le había quitado peso al asunto pero era sospechoso que Lyliana y Yert arremetieran contra Alba. Sucedían cosas extrañas y todas ellas parecían estar asociadas con la chica del pelo anaranjado. La pérdida de las comunicaciones podía ser muy perjudicial para el turismo y más en pleno mes de julio por no hablar de las complicaciones en el transporte. No podía quitarse de la cabeza la imagen de Alba siendo evitada por las aves enloquecidas. Nunca había presenciado fenómenos paranormales. Bueno, una vez haciendo la güija un amigo aseguró que el vaso se había movido pero estaba seguro que les tomaba el pelo.

Rodri no se lo había dicho a nadie y recordarlo le apuraba. El retraso en la declaración judicial de Yert lo había orquestado él. Necesitaban tiempo para organizar el atestado pero cinco días eran demasiado; en menos de setenta y dos horas lo hubiesen tenido listo. Rodri sabía que después de la declaración Alba se iría y no estaba dispuesto a perder la oportunidad de estar con ella. Tuvo que mover hilos en las altas esferas. Privar de libertad a Yert durante más de tres días suponía graves responsabilidades, pero se la había jugado para estar más tiempo con el amor de su vida. Era intolerable, lo sabía, pero a Yert no le significaba nada estar dos días más en la sombra y para él era vital. Después del incidente con Yert sabía que el primer deseo de Alba sería largarse; además, Rodri trabajaba al día siguiente y habrían perdido una jornada. Por otro lado, organizarlo había sido sencillo. Con su apellido, los poderes fácticos y judiciales caían de rodillas.

Cogió el móvil y probó llamar a comisaría para interesarse por Yert pero no había cobertura. Intentó conectarse al facebook pero ponía "error de red" en el margen superior.

–Hay poca gente en la calle ¿no crees? –observó Delia sin darle importancia.

Llegaron a su casa, subieron al segundo y último piso y fueron a la habitación. Delia seguía criticando a Alba. Alegaba que se habían aprovechado de las motos y que la próxima vez, si es que la había, debían pagar el combustible a medias.

Rodri, exhausto, se echó en la cama.

Delia tiró al suelo el bolso de Uriutbur que cayó cerca de la puerta. Rodri iba a recriminárselo: costaba lo que una persona normal no podía permitirse gastar en toda su vida pero la rubia se quitó los pantalones y descubrió su minúsculo tanga. Tenía un trasero redondeado y prieto; perfecto. Luego, se quitó el jersey y se puso el que solía llevar para dormir: uno verde con el nombre de la famosa discoteca Space.

La diva despistó a Rodri. Sí, era contradictorio. Amaba a Alba pero Delia le endurecía el miembro como ninguna. No sentía nada por ella, pero su cuerpo le fascinaba. Era débil, en efecto. Se declaraba culpable de tan grave pecado.

Rodri la asió de la cintura y se llevó su sexo a la boca. Ella quiso evitarlo pero recordó las cuentas corrientes del niño y se lo permitió. Después de unos lengüetazos, Delia lo tiró sobre la cama, le quitó la ropa y conservó los *boxers*. Lasciva, se puso de horcajadas sobre su entrepierna. Era muy mala. Antes de la penetración jugaba hasta desesperarlo. Quizás por eso aun no la había dejado, sabía tensionarlo. Delia le besó el cuello, le juntó las muñecas y aproximó sus brazos a la cabecera de la cama constituida por barrotes de hierro. Él le tocó las nalgas y las movió. El pene se estiraba y endurecía cautivo entre el tanga y los *boxers*.

Ella no tenía ganas de sexo pero deseaba hacerle creer lo contrario.

Delia se quitó el jersey de Space y descubrió sus pechos. Tenían una forma extraordinaria. La copa era firme y los pezones eran pequeños puntos marrones. Rodri los miró anonadado. Alargó las manos. Iba a alcanzarlos, eran suyos, pero Delia le retiró los brazos, los volvió a juntar y con el jersey de Space los ató a la cabecera.

–¡No! –lloriqueó Rodri.

Delia sonrió y apretó el nudo. Lo tenía dónde y cómo quería: debajo y sobreexcitado.

Delia le lamió la oreja. Rodri se retorció e intentó liberarse pero estaba fuertemente atado. La rubia le acarició el pecho y el policía sintió un placer cercano al dolor. Rodri ladeó la cabeza y miró por la ventana. Detectó un movimiento rápido, como si una águila batiese las alas.

–¿Qué haces? –se extrañó ella.

–¿No has visto nada?

Delia se encogió de hombros.

—Aquí solo hay esto.

Delia se apretujó los senos y en medio se formó una grieta. Rodri se imaginó su miembro encerrado en esa estrechura y olvidó lo que había visto. Ella movió la cintura. Rodri sentía la placentera opresión. Delia lo hacía con sapiencia: no apretujaba pero tampoco languidecía.

Rodri disfrutaba. Observaba la fricción. El tanga de Delia era blanco y cubría su minúsculo pubis. Los *boxers* rojos de él marcaban el pene que ella recorría con sus muslos. Estaba a punto de reventar. La maldijo. Delia se había acostumbrado a acabar de esa manera; no llegaba y le hacía correrse vestido dejándolo todo perdido. Rodri intentó retener la eyaculación pero fue insostenible.

El magnate retiró la mirada, extendió el cuello y miró irreflexivamente a la esquina superior derecha del techo. Unas extensiones largas y oscuras caían al suelo desde una brecha abierta en el tejado que estaba desapareciendo como corroído por un ácido. Después de eyacular era difícil pensar.

Forzó la vista. Eran seres alargados de ojos verdes y cuerpo oscuro que se comían el tejado, se lanzaban por el hueco y caían en el suelo. Tenían el tamaño de gruesas serpientes.

Rodri probó mirar al suelo, el destino de esos bichos, pero Delia se lo tapaba. Intentó quitársela de encima pero estaba maniatado.

—¿Qué tienes cariño? —preguntó ella que no se había percatado de lo que sucedía a sus espaldas. Riéndose, se quitó el tanga y lo embutió en la boca de Rodri—. ¡Cállate!

Delia hablaba picarona. No tenía ni idea de lo que se desarrollaba detrás. Rodri sintió la humedad de su propio líquido reproductivo en los labios. La ropa interior le impedía alertar a su novia.

Esos seres se arrastraban velozmente por todos lados. Juntos eran como una marea negra pero de cerca se identificaban. Se trataba de gusanos. Se esparcían por la sala estratégicamente rodeando la cama. Mientras tanto, seguían cayendo como si se tratara de una gotera petrolífera.

Delia se jactó:

—¡Cada vez llegas más pronto!

Delia

Cuando esas alimañas ocuparon el suelo como un manto negro, Delia calló. Detectó la amenaza en un relámpago de lucidez. Se fijó en Rodri. Cuando le hacía esos numeritos se quejaba pero formaba parte del juego. Sin embargo, amordazado y con el tanga húmedo en la boca no reflejaba excitación. La erección había menguado cuando después de correrse solía estar un buen rato con el palo tieso.

Rodri escupió el tanga. Se lo había introducido hasta la gargantilla y al expulsarlo liberó un rielo de saliva.

—¡Gusanos! —gritó—. ¡Suéltame!

"Gusanos". Delia escuchó la palabra maldita. Se levantó de un salto sobre la cama y vio que en derredor había una capa oscura compuesta por grandes gusanos de ojos verdes y bocas felinas.

—¡Suéltame! ¡Joder! —gritó Rodri atado al cabezal con el jersey de Space.

No obstante, Delia solo pudo gritar.

—¡Por lo que más quieras! —suplicó Rodri lloriqueando.

Uno de los gusanos escaló las sábanas, se plantó ante ella y se levantó como si fuera una cobra. Se acercó entre las piernas de Rodri. Delia eran un puente inútil que pasaba por encima. El gusano olfateó el derramamiento. El rostro de un insecto no refleja animosidad pero aquel sonrió.

Rodri cerró las piernas y atrapó al engendro con los cuádriceps. El bicho se retorció locamente e intentó morderlo. Rodri presionó y el monstruito explotó liberando un jugo verde, fluorescente y viscoso que embruteció sus piernas y los tobillos de Delia. Lo había matado pero había pringado la cama y a su novia. Lo mismo que antes pero sin beneplácito.

Los otros gusanos se movieron con mayor ferocidad alrededor de la cama.

Delia perdió la voz. Más gusanos treparon por las sábanas y la rodearon.

—¡Maldita sea! —gritó Rodri—. ¡Desátame! ¡Por favor!

Delia no tenía unos segundos para deshacer el nudo. No se le había pasado por la cabeza que liberando a su novio podía tener más opciones de escapar.

Analizó el suelo, los gusanos ocupaban casi toda la superficie colindante menos el pequeño espacio que había entre la cama y la puerta. Delia saltó a la moqueta y corrió hacia la salida. Los bichos, centrados en Rodri, la ignoraron. Delia se paró en el umbral. Los gusanos, en efecto, no iban a por ella sino a por él, que estaba impedido y hedía a jugos reproductores lo cual era una *delicatessen* para ellos.

Delia miró al suelo donde yacía el carísimo bolso de Uriutbur. Observó a Rodri. Su novio estaba perdido pero si daba un paso podía asir el bolso. Delia resolvió fácilmente el dilema. Recogió el bolso. ¡No podía dejarlo ahí!

Los gusanos invadieron las sábanas y cubrieron el cuerpo del pequeño jefe de policía. Delia negó con la cabeza; era su manera de disculparse pero Rodri la miró con odio y masculló dos sílabas: "Pu" y "ta". Acto seguido, los gusanos

245

se abalanzaron sobre él y gritó a cada mordisco como si le sacasen el alma.

Delia dio la espalda a la escena, bajó por las escaleras y salió a la calle donde aun se escuchaban los gritos de su novio. La noche había caído sobre Ma.

Se produjo un ruido parecido al de ventosas arrancándose. Miró arriba. La fachada de la casa de Rodri estaba invadida de gusanos pero no era la única ya que todo el barrio estaba punteado con bichos de mandíbulas gatunas.

De las casas salieron personas despavoridas. Cada ventana expresaba lo que sucedía en el interior. Dramas equiparables al que acababa de experimentar reflejados a través de luces intermitentes, cristales rotos, gritos y rotura de objetos.

Había que se tiraban por las ventanas con los gusanos mordiéndoles.

CAPÍTULO 25
LA CIUDAD ROJA

Abril de 1885 d.C.
Talatoya, (Jyktyan-Kalac)

Alice

El pequeño Robert, el hijo de Alice y Philip, ya había cumplido tres años. Estaba durmiendo y ella aprovechaba para terminar un encargo: un corsé dorado con dos franjas negras en los costados y un abanico de varillaje amarillo y tela negra con el dibujo de un globo aerostático. Se había labrado una reputación entre los impuros confeccionando vestidos y complementos. Fusionaba su amor a la aviación con bisutería, medias y faldas con enaguas. Gracias a eso, había tenido la mente ocupada durante los tres años y medio en que había sido apartada de Philip.

Dio a luz sola. Los médicos dejaron de prestar servicios para los impuros. Poco a poco se desentendieron. Suplicaban la asistencia médica en casos graves y no consideraban que un parto lo fuera. Alice tuvo que aprender a hacerlo sola. Cuando la cabeza del bebé emergió, presionó el periné para sacarlo. Robert tenía el cordón umbilical enredado al cuello así que tuvo que quitárselo. La parte más difícil fue la de los hombros. Liberado del cordón, presionó hacia abajo. Vio el rostro del bebé pero seguía embutido. Lo cogió de la cabeza y presionó de nuevo. Después de diez interminables minutos, sus hombros salieron y el resto del cuerpo apareció con facilidad.

La presión de los sectarios se había agravado con la desaparición de Philip. Los impuros no eran de interés. Fue un deterioro paulatino. Un vecino preguntó a un guarda por qué no los mataban si ya no eran de utilidad.

—Siempre debe haber reses para sacrificar—. Le contestó crípticamente antes de molerlo a palos.

Durante los primeros meses, los impuros fueron de gran utilidad pero ya los habían exprimido y no tenía sentido retenerlos: mantenerlos era un coste inútil. Por otro lado, tampoco les interesaba que ningún impuro escapase de la isla y explicase lo que habían descubierto.

Sabía que Augusto había sido asesinado por el Culto e incluso sabía dónde estaba Philip. Se lo había explicado Diop ya que la secta no daba explicaciones. La habían separado de su marido a una semana de que naciera Robert pero Diop aparecía de vez en cuando para darle noticias. Era un hombre de principios y la protegía tal y como le había prometido al difunto Augusto. Para llegar hasta ella debía sortear la rigurosa seguridad que había a su alrededor. Lumière había sido relacionado con los rebeldes y su esposa era estrechamente vigilada. Por otro lado, el asesinato de Augusto no había minorado la rebelión sino al contrario. Muchos otros se unieron al movimiento y rozaban el medio centenar. Diop y los rebeldes sospechosos desaparecieron para vivir en una cueva cercana al mar donde construían en secreto el barco que debía llevarles lejos de la isla. Habían abandonado definitivamente la secta. Después de acabar con Augusto, temían sufrir la misma suerte. Su desaparición constataba que formaban parte del movimiento revolucionario con que estaban en búsqueda y captura. Todo ello complicaba las visitas pero Diop lo conseguía y le informaba sobre Philip. Lo habían enviado a Oakh para traducir la columna y luego a la ciudad de Uriutbur a petición de él mismo. Al parecer, debían traducir otros textos pero nadie sabía cuáles. Era sospechoso que Lumière hubiese pedido el traslado a Uriutbur pero si la secta había accedido era porque les interesaba. Alice le preguntó a Diop si sabía algo sobre una esfera dorada. Había desaparecido justo el día en que se la había llevado pero Alice se guardó ese detalle. Diop solamente sabía que Lumière había perdido un ojo y que un monóculo de avanzaba tecnología ocupaba su cuenca ocular. No sabía cómo se había lesionado ni tampoco tenía conocimiento de la existencia de las esferas.

Alice preguntó a un oficial del Culto por qué la habían apartado de Philip.

—La familia es un estorbo para el erudito. —Contestó.

Alice sabía que Philip ansiaba ser padre y su relación era envidiable. Estaba entusiasmado con los ghak: se tomaba su trabajo a pecho pero no abandonaría a su familia por eso. Lo habían secuestrado.

Alice sufría pero debía atender a Robert. La costura la evadía. Había desarrollado vestidos espléndidos. La apatía gesta diseños de calidad. Soñaba con largarse en globo: tejería una bolsa, construiría una barquilla, conseguiría un quemador y se subiría con Philip y Robert.

Ese día salió con Robert al exterior. La primavera regalaba una bella tarde; eran las cinco y el sol permanecía en lo alto del firmamento. El día anterior había llovido y el rebufo de humedad enternecía la lumbre.

Iban por una calle fangosa del campamento y repiquetearon unas campanas. Eso lo hacían cuando deseaban comunicar algo. Fue hacia la plaza y vio a todos sus vecinos impuros. Un trajeado les hablaba. A su lado, había el poste del que colgaba la campana cuyo tañido había escuchado.

—¡Impuros! Iréis a Kalac. Allí os espera nuestro líder, Aaron el mediano, que os hará partícipes de una gran noticia. En una hora vendrán a buscaros en vehículos.

El sectario se despidió y los presentes discutieron sobre el motivo de reunirlos en Kalac a treinta kilómetros de allí. Algunos se ilusionaron con la esperanza de regresar a sus hogares. Había muchas hipótesis pero ninguna superlativa.

Alice fue a su casa y preparó lo esencial para viajar con Robert. Fue a la habitación y de debajo de la cama sacó un baúl. Lo abrió y descubrió el collar confeccionado con las esferas doradas. Finalmente lo había terminado. Estaba constituido por doscientas esferas; los discretos imanes móviles que había robado al Culto y que mediaban entre las canicas posibilitaban su movimiento. Se lo puso y quiso llevárselo. Era su creación predilecta. Había estado tentada de lucirlo pero no creyó adecuado llamar la atención. Además, estaba convencida de que la esfera había tenido que ver con la desaparición de Philip. Se mosqueó cuando su marido se la llevó: esa obsesión no podía ser buena.

Escuchó el llanto de Robert que esperaba en el comedor. Tenía tres años y podía ir a pie si era preciso. Olvidó la necesidad de llevarse el collar. Volvió a encerrarlo en el baúl y lo guardó debajo de la cama.

Cogió a Robert y fue hacia la plaza del campamento. Con puntualidad meridiana, aparecieron vehículos descapotados propulsados por vapor con capacidad para doce personas. Sobre las ruedas delanteras había una caldera y un motor de cilindros verticales. Había tubos repartidos por el chasis. Era el medio de transporte preferido de la secta pero solamente era empleado por los miembros del Culto. Sin embargo, en esa ocasión, ellos serían los pasajeros.

Subieron a un coche, arrancaron y se alejaron de la costa. No había visto nada más allá de cinco kilómetros a la redonda. Había controles que delimitaban los perímetros y prohibían el paso; eran cárceles a campo abierto y ella pertenecía a la de Jyktyan. Desde el coche vio ruinas gigantescas que se alzaban en medio de prados verdes y estatuas reducidas de seres que no respetaban la forma humana. El viento camelaba las ruinas trasladando el dolor de esas viejas piedras. Subieron colinas y cruzaron prados de hierba uniforme. Había árboles sueltos sin conjurarse en un bosque: hacía cinco años desde la aparición de Talatoya con que la vegetación aun no se había desarrollado.

Había un elemento desconcertante; a medida que avanzaban hacia el interior, las rocas y el camino mudaban de color. El gris y el marrón eran vencidos por el rojo. Por otro lado, incluso el cielo se veía afectado por la coloración.

Apercibió un aroma de reclusión como el que habita en las mazmorras y en los armarios que no se abren.

Después de media hora de viaje, aparecieron las ruinas de Kalac. Era menor que Jyktyan y la tierra rojiza se extendía en dos kilómetros cuadrados. Philip le dijo que los gigantes la llamaban La Ciudad Roja porque las construcciones también estaban hechas con la misma piedra. Las casas estaban parcialmente reducidas lo cual, al igual que en el resto de Talatoya, era una hazaña. El motivo de su resistencia era que estaban hechas de piedra y de aleaciones metálicas.

Avanzaron entre las ruinas de Kalac. Las calles eran estrechas y había resquicios de los milenios bajo el mar. Vio percebes de grandes dimensiones pegados a las altas paredes,

251

algas grotescas y fósiles de animales pretéritos. Kalac destilaba modorra. Alice denotó esa melancolía y, abrumada, desistió de entenderla. Bajó la cabeza y oró para cruzar la ciudad lo antes posible. Robert sollozó; sentía las mismas diabólicas vibraciones que ella. Lo abrazó y el calor les ayudó a superar las tinieblas rojas.

Dejaron atrás Kalac y después de unos minutos, se adentraron en una zona donde la tierra mostraba un rojo más intenso. Había decenas de coches aparcados. Se detuvieron y unos guardas les ordenaron que bajasen. Siguieron a los sectarios hasta que el terreno experimentó un declive. Estaban ante un cráter que medía quinientos metros cuadrados; desde la parte superior se podía contemplar entero. Las paredes abombadas medían diez metros. En el fondo, donde el rojo era más intenso, se había organizado un acto. Había sillas ordenadas en filas que miraban a un escenario con una mesa cubierta por un manto blanco. Dentro del cráter estaban todos los impuros de Talatoya.

Les ordenaron que bajasen y tomasen asiento. Los impuros preguntaban pero no obtenían respuesta:

–¿Para qué estamos aquí?

–¿Por qué es rojo?

–¿Cuándo volveremos a casa?.

Llegaron al fondo del cráter a través de unas escaleras. Se sentaron en las sillas. Había unas cuatrocientas personas. Alice sintió un escalofrío. Miró al cielo rosáceo. Robert gruñó y Alice le acarició la mejilla. No lloraba pero expresaba repugnancia.

Hubo movimiento en el escenario. Un hombre subió a la tarima y se puso ante la mesa. Era alto, delgado, llevaba un traje y un sombrero negro. Sus ojos azules se clavaron en la muchedumbre susurrante.

Aaron Parker sonrió macabro y se dirigió a los impuros:

—¡Bienvenidos al cráter de Tö-yhyohep!

Aaron agradeció la presencia de todos pero nadie estaba allí por gusto. Obedecían sin rechistar so pena de ser castigados. Habían ejecutado a muchos vecinos. Les mutilaban partes del cuerpo, secuestraban a sus hijos y cuando regresaban no eran los mismos. ¿Cómo contravenir una orden? La presión era bochornosa y el Culto, con sus oradores expertos, manipulaba los hechos haciéndoles creer que eran unos privilegiados. Alice se sentía dichosa porque no le habían rociado la cara con ácido ni le habían cortado las manos.

El líder del Culto en Talatoya, el largo y enjuto Aaron Parker, lisonjeaba a sus súbditos. Sonreía sin que nadie le devolviera el afecto. Un *fake* calculado. Señaló que habían llegado todos los impuros de los ocho pueblos de la isla.

—Ha sido honroso estar con ustedes durante este tiempo, nos han ayudado mucho en nuestra investigación que, al fin, ha terminado.

La noticia de la finalización de la campaña heló la sangre a Alice. Observó que, como ella, había más familias con bebés. Nunca hasta entonces habían reunido a todos los impuros de la isla. Aaron tramaba algo pero sus intenciones eran ininteligibles. Deseó escapar. Miró arriba y, como era previsible, había trajeados con escopetas apostados en la parte alta del cráter. Ellos, desde abajo, eran presa fácil. Si intentaban huir los abatirían. Alice temió lo peor.

Un trajeado subió al escenario y colocó un recipiente pequeño y oscuro sobre la mesa que había frente a Aaron. El larguirucho introdujo la mano en su interior y sacó una pequeña esfera dorada como las que Alice había utilizado para confeccionar el collar. Sin embargo, esa esfera se estaba deshaciendo y embruteció los dedos del líder. Alice se tapó la boca con la mano temblorosa. El público murmuró.

—¡Este es uno de los hijos de Mutghar! —Aaron dejó la esfera sobre la mesa y clavó su horrenda mirada en la concurrencia—. Hemos rastreado toda la isla para encontrarlas. —Aaron tiró sobre la mesa el contenido del recipiente y cayeron once esferas más que se deshacían como la primera—. Solamente existen estas.

Alice negó con la cabeza. No era cierto. Ella había encontrado doscientas esferas con las que había forjado una joya espléndida. Philip se había apropiado de una y había desaparecido. —Me llevaré una y la estudiaré—. ¡Menos mal que guardó el secreto! Si Aaron supiese que disponía de más esferas se las arrebataría y después la ejecutaría por haberlas escondido.

Otro trajeado subió al escenario y depositó sobre la mesa una piedra roja del tamaño de un torso. Había muchas como esa en Kalac. No tenía ninguna peculiaridad más allá del tinte rojizo del que hacía gala el terreno.

Aaron acarició la piedra y miró a la concurrencia famélicamente.

—Gracias a las traducciones del profesor Philip Aldous Lumière hemos sabido en qué consistía el legado de Mutghar y hemos entendido la gestación de sus hijos. —Un relámpago rojo iluminó las nubes rosáceas. Alice escuchaba mientras los presentes se descontrolaban—. Vosotros, impuros, nos ayudaréis a resucitar al dios.

Uno de los presentes se levantó y caminó hacia las escaleras del cráter. Se escuchó un disparo. Una bala impactó contra la cabeza del insurrecto y un chorro de sangre salpicó la tierra; cuando el impuro cayó, sus sesos se desparramaron por el suelo. Se escuchó algún grito pero los presentes no se atrevían a reprobarlo.

Aaron extendió los brazos en forma de cruz.

—¡Mis impuros! —exclamó—. ¡El Culto os agradece vuestro sacrificio! Los batyars pueden comer de todo pero la carne es lo que les hace evolucionar más rápido.

Aaron asió una de las esferas viscosas que descansaban sobre el mantel, abrió la boca y se la tragó. La bolita transitó por su cuello. Una por una, ingirió todas las que había sobre la mesa. Al estar pringosas, su boca se amarilleó. Se pasó el dorso de la mano para limpiarse pero quedó un rielo dorado. Se palpó la tripa y observó a los impuros.

—¡Sentíos bienaventurados! —gritó—. ¡Invocaremos a Mutghar! Inicialmente solo estabais aquí por ser brillantes. Hemos sabido muchas cosas sobre Talatoya gracias a vosotros. Geólogos, químicos, físicos, biólogos… ¡Gracias! Primero queríamos mataros porque como podréis comprender después de servir a nuestro propósito no podíamos tolerar que explicarais nuestros secretos. Sin embargo, gracias a Philip Aldous Lumière hemos sabido que podéis servir a un plan mucho más ambicioso. —Adoptó un tono triunfante—. La tarea más encomiable ha sido la de Philip Aldous Lumière. Él ha traducido los textos prohibidos. Hemos sabido la historia de los gigantes y también la manera de invocar a Mutghar. ¡Haremos que vuelva ritualmente! Recordemos la traducción del *Huktur-Akkim*, obrada por el señor Lumière, cuyo texto escrito con la sangre de Owöd sobre la piel de sus feligreses dice lo siguiente:

"Talatoya, la de tierra rojiza, es la puerta del abismo por donde el anatema Mutghar entrará para someter a los humanos. Kjen, la todopoderosa e Ylyok el magnánimo se unirán a él. Kjen será la primera y Mutghar la seguirá. Cuando se realicen los sacrificios adecuados, las esferas emergerán de la tierra. Esferas doradas que evolucionan con la tierra roja y se paralizan con el agua del mar. Si se acercan a la tierra roja se convertirán en batyars, que comen de todo, y estos evolucionarán en lothgars que se alimentarán de carne para reunir la energía necesaria y resucitar a Mutghar. La última lothgar, la que resuma el poder aglutinado por sus hermanas, será el cuerpo que albergue el narciso espíritu del dios estigio".

Alice entendió poco pero captó el mensaje. Escuchar esas palabras fue repulsivo. Cada una estaba revestida de una carga negativa. Preposiciones, artículos y adjetivos por separado eran inofensivos pero unidos poseían una mezquina radiación. Alice se fijó en los rostros de los impuros, era como si estuviesen hipnotizados.

Las esferas contenían unos engendros que llegaban con el objetivo de resucitar a un dios. Estos seres que nacían de ellas se alimentarían de carne y aglutinarían energía para resucitarlo. No obstante, el mensaje era difuso e interpretable en cuanto a la invocación.

Miró a la persona que estaba sentada al lado. Llevaba una capucha y vestía ropa raída. Había estado concentrada en Aaron y no se había fijado en él. El impuro que iba de incógnito descubrió que lo miraba y se quitó la capucha. Era Diop. Alice intentó levantarse pero el hombre de color la agarró de la mano y la detuvo.

—¡Cálmate! —dijo—. Si quieres conservar la vida obedéceme.

Diop señaló arriba.

—Somos más —dijo. Alice vio hombres escondidos entre los coches—. Hemos sabido de las intenciones de Aaron. Hoy es el día escogido para el sacrificio.

Aaron continuó con la invocación y el ambiente se caldeó.

El mediano habló en una lengua remota. Alzaba la voz y cantaba. Se quitó la chaqueta, el sombrero y la camisa descubriendo el pecho. Lo que parecía delgadez se revelaba como una cuerpo fibroso. Su musculatura seguía tensionada como la de un joven atleta.

—Necesitáis carne hijos de Mutghar. Con ella, la evolución que requiere días podéis lograrla en minutos. —Señaló arriba y se dirigió a los hombres armados—. ¡Vosotros hermanos! ¡Retened a los impuros para que no dañen a los menudos descendientes del dios! ¡Que coman hasta hartarse!

Aaron tomó la piedra roja que había sobre la mesa y la alzó por encima de la cabeza. Las nubes relampaguearon. Bajó la piedra, la miró con cerrazón y se frotó el abdomen con ella hasta sentir un espasmódico dolor. Tiró la piedra al suelo, arqueó la espalda y estiró sus largos dedos. Gruñó, gritó y se irguió. En su tripa aparecieron pequeños bultos alargados y de estos surgieron bocas con afilados colmillos. Eran cinco gusanos negros que se comían a Aaron y crecían a medida que lo hacían. Surgieron otros en las piernas y en los brazos. Cada uno le provocaba un dolor nefando. Se dibujaron dos segmentos en su cuello. Aaron se controló, tensó los músculos carcomidos por los gusanos y pronunció sus últimas palabras:

—¡Comed hijos de Mutghar! ¡Reunid el poder para que resucite vuestro padre! —señaló a los impuros—. ¡Aquí tenéis la carne que necesitáis!

Hubo un descontrol. Los impuros se levantaron de sus sillas y se alejaron. Alice apretó a Robert contra el pecho e iba a lanzarse a la carrera pero Diop la detuvo.

—¡Aguarda! —le instó.

Los impuros que se habían levantado fueron abatidos por los francotiradores. Contrariamente a la vez anterior, el resto no se disuadió ya que temían más el horror sugerido por Aaron. Alice miró al líder. Los dos gusanos que amenazaban su rostro emergieron, uno por el cuello y el otro por la frente. Los ojos del anciano se quedaron en blanco y cayó al suelo. Los gusanos tenían los ojos verdes y su cuerpo era negro y viscoso. Dieron cuenta de Aaron con facilidad convirtiéndolo en una mancha roja. Gracias a esto, alcanzaron el tamaño de serpientes. Saltaron del escenario sobre los impuros y empezaron a comérselos ampliando su tamaño. Recordó las palabras nauseabundas de Aaron: "Si se acercan a la tierra roja se convertirán en batyars, que comen de todo, y estos evolucionarán en lothgars que se alimentarán de carne para reunir la energía necesaria y resucitar a Mutghar".

Alice y Diop eran los únicos que no se habían levantado de sus sillas. Los gusanos devoraban a los impuros tanto vivos como muertos. El plan de Aaron estaba teniendo éxito.

Hubo movimiento arriba, los rebeldes de Diop entraron en liza y se enfrentaron a los francotiradores. Se escucharon disparos a resultas de la nueva contienda.

–¡Sígueme! –Diop asió a Alice y a Robert y corrieron hacia las escaleras.

Los impuros aprovecharon la confusión de los francotiradores que estaban siendo atacados por los hombres de Diop, subieron las paredes del cráter y se unieron a los rebeldes contra los sectarios. Algunos "puros" lograron escapar pero la mayoría cayó. Diop se quedó en el fondo del cráter para ayudar a los supervivientes. Alice subió las escaleras con Robert y desde lo alto contempló lo que se estaba desarrollando en el agujero. Los gusanos habían engullido a varias personas y habían alcanzado el tamaño de gruesas serpientes. Aun así, sucedió algo inesperado. Los bichos se habían hecho vagos. Ya no eran ágiles como al nacer. Poco a poco, se ralentizaron hasta detenerse. Luego, salivaron un filamento dorado con el que se cubrieron y se convirtieron en capullos.

La evolución los tomó desprevenidos. Alice conjeturó que esa fase debía ser necesaria para convertirse en lothgars. Es decir, que la evolución de los gusanos no era inmediata; había un lapso de tiempo en que debían evolucionar como los gusanos de seda. Si todo hubiese ido según el plan de Aaron, de los capullos hubiesen nacido las lothgars y estas se hubiesen engullido a los impuros. Lo que había previsto el líder hubiese prosperado de no haber sido por la intervención de los rebeldes. Si los francotiradores del Culto hubiesen mantenido a raya a los impuros o los hubiesen matado directamente, los gusanos hubieran tenido un festín sin interrupciones.

Diop, que continuaba en el cráter, sorteó los cadáveres y fue hacia los capullos. Eran del tamaño de bidones de gasolina. Sacó una escopeta y disparó sin piedad. A él se unieron más rebeldes que bajaron al cráter para auxiliarlo. Los capullos se abrieron y los seres alados de su interior que estaban a punto de eclosionar, aparecieron muertos detrás de los filamentos.

Entonces, una ráfaga de aire sopló en Tö-yhyohep y el rojo de la tierra desapareció.

CAPÍTULO 26
¡CORRED!

Talatoya, Ma
Julio del 2016 d.C.
Lunes

Delia

La calle era un caos. Poco antes, apenas había gente por las calles; fue la calma previa a la tormenta. La gente huía y Delia era una víctima más. Por arriba, en la habitación de Rodri, se rompieron cristales. Era inútil pedir ayuda. Esos gusanos habían atacado conjuntamente dando un golpe irrefutable sobre la mesa. Un incidente aislado podía tratarse pero un agravio global era más complicado de gestionar.

Todo el mundo iba hacia la zona comercial. No sabía qué hacer. Cuando estaba con Rodri se dejaba llevar pero gozar de autonomía era cargante. Sin embargo, debía tomar una decisión y optó por seguir a la gente.

Sintió frío. Cayó en la cuenta de que había metido el tanga en la boca de su novio y que iba descalza. Corría desnuda; la única "prenda" que llevaba era el bolso de Uriutbur pero nadie reparaba en ella. Había otras situaciones sofocantes como la gente llena de espuma que había sido sorprendida en la ducha.

No estaba preparada para meditar sobre el asesinato de Rodri.

Llegó a una zona peatonal. La gente que había venido con ella se desperdigó. Todo el mundo señalaba el cielo pero temió mirarlo y continuó corriendo con la vista fija al frente.

Las fachadas y la calzada estaban cubiertas de hilos que creaban un *attrezzo* parecido al del Halloween de Port Aventura.

Por casualidad, siguiendo a un grupo de personas, llegó a la calle que daba al Na Patarra. Dos hileras de moreras mediaban entre la calzada y las casas. A lo lejos, se veía la plaza donde se elevaba el hotel que fue incapaz de mirar. El manto blanco que envolvía las casas se había espesado y amarilleaba. Los hilos, al juntarse, se pegaban y creaban una única densidad como la del hojaldre congelado. La gente intentaba salir de sus viviendas pero el manto amarillo cubría las puertas y se lo impedía.

El caos había alcanzado otro nivel. Había pocos gusanos en las fachadas. La alarma estaba en los aires donde se escuchaban gritos y batir de alas. Por encima, se desarrollaba una asfixiante dimensión paralela que temía observar.

—¡Delia!

Alguien gritó su nombre. Al otro lado de la calle había una figura que avanzaba cojeando y esquivando las rarezas creadas por el manto amarillo. Llevaba unos *shorts*. Era una chica de pelo anaranjado, bajita y de piel blanquecina. Venía de la plaza del hotel.

Era Alba.

Al extender la vista hacia ella, Delia miró arriba y descubrió que el Na Patarra se había convertido en el averno. Su fachada rojiza estaba cubierta por los hilos que había en las calles y de las ventanas salía fuego. Unos seres alados daban vueltas alrededor del hotel como si se tratase de una organizada legión de águilas de Haast y se desplazaban por el firmamento nocturno a una velocidad sobrecogedora, tal y como lo hacen los renacuajos en un estanque. Su cuerpo, blanco y orondo, terminaba en una larga cola puntiaguda y los más alejados eran puntos que se confundían con las estrellas pero que cuando descendían identificaban sus horrendas formas.

Alba

Dos jóvenes sobrepasaron a Delia. Alba se paralizó. Había algo detrás de la chica desnuda. Ella no osó moverse pero una ventisca levantó su cabellera. Los dos jóvenes eran perseguidos por dos engendros voladores. A unos metros, entre Delia y Alba, los alcanzaron, les ensartaron el aguijón en la espalda, los levantaron y se los llevaron a la boca. Empezaron a comérselos a mordiscos mientras la sangre caía sobre la calzada.

Alba se acercó a la rubia mientras los monstruos daban cuenta de sus víctimas; sorteó la lluvia sanguinolenta, alcanzó a Delia y la zarandeó.

–¡Eh! ¡Eh! –La rubia, absorta, observaba la facilidad con que esos seres se engullían a los seres humanos. Con las patas retenían sus extremidades y succionaban las partes de su cuerpo una a una–. ¡Reacciona! ¡Estos bichos no paran de crecer! ¡Antes colaboraban para cazar pero ahora se bastan solos! ¡Delia!

La chica del bolso estaba embobada.

Se escuchó un ronroneo a la izquierda. Había una docena de capullos amarillos pegados a la pared de un bar.

En los aires, los engendros desmembraban a los dos jóvenes que habían intentado huir. Igual que habían hecho con Álex, eliminaban los brazos, las piernas y el torso manteniéndolos vivos durante la ingesta. Los gruñidos de los bichos y los lamentos de los que eran comidos llegaban como zumbidos de un mundo macabro.

Del Na Patarra salían alimañas en abundancia. Rompían los cristales y se plantaban en el exterior en busca de alimento. En medio de la maraña leonada que cubría el edificio había bultos que eran los capullos creados por los gusanos. Al romperse, salían las mariposas infernales. Su proceso evolutivo casi quedaba claro.

Alba y Delia no sabían qué hacer. Estaban rodeadas. Hacia delante, el Na Patarra era la fuente del horror y por detrás, los monstruos habían invadido las casas. Por otro lado, en el bar que había a la izquierda, los capullos se movían. De un momento a otro se abrirían y aparecerían doce bichos voladores. De lejos, se escuchaban los gritos de cientos de dramas parecidos que hilvanaban una perentoria sinfonía.

Las dos grandes mariposas terminaron su comilona. De los jóvenes solo quedaba la sangre que embrutecía su blanca pelambrera.

Los monstruos se centraron en las chicas.

Era inútil correr, las alcanzarían sin esfuerzo. Delia y Alba no reaccionaron y se protegieron con reflexiones fantasiosas.

Las alimañas aladas, a tres metros de altura, se acercaron mugiendo. Habían ganado volumen. Su sistema digestivo convertía rápidamente el alimento en materia orgánica. Contra pronóstico, se ralentizaron, abrieron las patas y descubrieron sus oscuras barrigas que contrastaban con lo blanquecino del resto del cuerpo. Las panzas se abrieron y de ahí salieron pequeños puntos dorados que cayeron al suelo. Tenían la brillantez de los plásticos que envuelven las monedas de chocolate. Era parecido al oro pero con un fulgor anormal. Alba se acercó. Delia le suplicó que regresara pero Alba hizo caso omiso.

Esas bolitas le resultaban familiares. Se trataba de las esferas constituyentes del collar que había encontrado en el mar. Alba sintió un peso en el pecho; un achaque de responsabilidad. Se había dejado el collar en la habitación y cuando abandonaron el hotel, las bolas se descompusieron y adquirieron un cariz orgánico. ¡Eran huevos!

—¡Alba! —gritó Delia—. ¡Vámonos!

En la fachada del bar de la izquierda, los capullos se resquebrajaron y emergieron las mariposas. Gruñendo como cerdos, desplegaron sus alas, levantaron el vuelo con torpeza y localizaron a las chicas. Por los cielos, sus hermanas mayores les contestaban con muñidos. Las recién nacidas volaron hacia ellas a trompicones y abrieron sus fauces. Alba y Delia no albergaban esperanzas y cerraron los ojos imaginándose cómo sería el más allá.

Hubo un disparo y las chicas fueron salpicadas por un mejunje verdoso. Las mariposas se silenciaron. Alba, tiritando, abrió los ojos. Una de las mariposas recién nacidas estaba herida. El balazo le había dado en el vientre y sangraba una sustancia verdusca. Las otras once se paralizaron y las mayores se enrabietaron.

Más balazos impactaron en los pequeños monstruos para desazón de los grandes. Alba y Delia se volvieron para saber su procedencia. Dos policías disparaban a destajo acompañados de un anciano. Los tres estaban llenos de la sustancia verde. El hombre mayor llevaba una caña de bambú con la que reventaba los capullos adheridos a las paredes. Era Yert. Alba se alarmó.

Yert y los dos policías se interpusieron entre las chicas y los monstruos. Los agentes vaciaron sus cargadores sobre los engendros recién nacidos. Yert se encaró a los que se habían engullido a los transeúntes. A cada disparo, los mayores gritaban.

Yert alzó su caña de bambú, avanzó y las grandes mariposas se echaron para atrás. Una de ellas le atacó con su cola puntiaguda pero Yert, hábilmente, la esquivó. La mariposa había invertido mucha fuerza pero Yert la había sorteado con un ágil movimiento.

Los policías habían reducido a los monstruos novicios pero seguían disparando a los fiambres. Rubén y Darío habían salido de la comisaría con todo y bandas de munición atravesaban su pecho. Habían derribado a otros monstruos con anterioridad; por eso estaban sucios de mejunje verde. Alba pensó que de haber tenido una pistola hubiese podido ayudar a Álex. No eran indestructibles. Por otro lado, los policías habían traspasado los rigores de la defensa y se estaban ensañando con los cadáveres.

–¡Vale! –el policía de pelo castaño, Darío, palpó el hombro del rubio, Rubén–. ¡Ya está! –El otro no reaccionaba y torpedeaba un capullo resquebrajado–. ¡Basta! –El rubio se detuvo–. Aun quedan muchas por…

Darío fue interrumpido por un tentáculo que se enredó a su cintura y lo elevó. Pegado al segmento marrón había otra gran mariposa del tamaño de las que retenía Yert. El policía rubio, Rubén, disparó pero era mayor que las que habían reducido y sus balazos, pese a atravesar su piel, no la abatían.

Rubén sintió dolor en la pierna. Miró abajo; una de las mariposas renqueantes le había mordido el tobillo. Era como si hubiese caído en una trampa para osos.

Darío, en el aire, sacó la pistola, miró los ojos del monstruo y en el fondo vio el brillo verde del gusano que había sido. Iracundo y gritando a lo *banzai*, le disparó en el ojo izquierdo. El engendro derramó líquido verdoso sobre el policía, perdió el control y sin soltar a su presa, la golpeó contra el suelo varias veces. A cada golpe, el policía perdía una parte del cuerpo como si fuera un juguete que no es del agrado de un niño. Después de desmembrarlo, lo tiró y de lugares inhóspitos salieron gusanos que se zamparon sus restos.

Rubén, el policía rubio, no podía moverse. Estaba sujeto por la mariposa renqueante. Le disparó pero había embutido sus dientes en su gemelo derecho y no podía deshacerse. Estaba atento para desprenderse de ella cuando miró enfrente y se encontró con la mariposa que había matado a su compañero. Del ojo izquierdo le goteaba la sustancia verdosa. Vio sus grandes dientes que medían igual que el colmillo de un elefante. Notó una presión en la barriga. Le había atravesado el estómago con la punta de flecha. La cola transitó por su vientre agujereado y se arqueó por detrás. Irónicamente, con la punta de flecha le palpó la cabeza para que se diera cuenta de su desgracia. Impedido, soltó sus dos pistolas y perdió la consciencia. La mariposa se tomó su tiempo. Con las patas, le quitó las bandas con la munición. La sibarita separaba lo menos sabroso; había desarrollado el sentido del gusto. Luego, lanzó la punta de flecha desde arriba y le atravesó la cabeza al policía. La mariposa se lamentó. Se había hecho un lío. Lo había ensartado tan cerca que su cola le molestaba para comer así que se entretuvo para sacarla del cadáver.

Alba y Delia, azoradas, fueron hacia Yert. El anciano controlaba a los otros dos engendros alados. Si no había sufrido la misma suerte que los policías era porque los monstruos le temían. Además, Yert había herido a sus enemigas ya que lucían rajas verdes en sus cuerpos.

266

—¡Venid! —Yert las animó a ponerse detrás de él.

Alba obedeció pero Delia se fue al lugar que había ocupado el policía rubio. La mariposa se había hecho un lío con su presa e intentaba sacársela de la cola a cinco metros. Alba se lo recriminó pero Delia, fríamente, cogió las pistolas que habían caído al suelo y se llevó los cargadores en forma de banda. Decidida, fue hacia Alba y Yert y disparó a los monstruos que les acosaban. Los dos se quedaron boquiabiertos porque al asir una pistola por primera vez se erra en el objetivo pero Delia demostraba precisión. Gracias a esto, las alimañas se echaron para atrás.

Yert, sorprendido, reunió a las chicas:

—¡Vámonos! —les instó asiéndolas de los brazos—. ¡No hay tiempo que perder!

Sobrepasaron a las mariposas y corrieron hacia el Na Patarra. Alba miró arriba y vio la multitud de bichos que salían de allí. Confirmó que se trataba realmente de la boca del infierno y se detuvo. Yert la agarró del brazo y ella recordó cuando la había zarandeado para que le entregara el collar.

—¡Confía en mí! —dijo.

Uno de los engendros lanzó su cola contra la pareja y pasó por en medio de ellos. Yert acarició la caña y de un extremo emergió una hoja de espada con la que cortó el tentáculo de una estocada. La punta y parte de la cola cayeron en el espacio que lo separaba de Alba. El bicho herido emitió un alarido.

Alba, desquiciada, saltó la cola cerciorada aun moviente y corrió hacia el hotel. Delia estaba alejada de ellos pero les esperaba porque no sabía adónde ir. Al alcanzarla, Yert las hizo pasar delante y ocupó la última posición.

–¡Corred! –gritó–. A pocos metros hay una cloaca abierta por donde hemos venido antes. ¡Tiraos dentro! –Delia lo miró asqueada–. ¡Y no rechistéis!

Los monstruos reaccionaron y fueron a por ellos.

Alba y Delia llegaron a la plaza. En el suelo, había una tapa de hierro circular y un agujero oscuro donde debían precipitarse.

–¡Saltad! –gritó Yert.

Se pusieron ante el agujero. Alba hubiese esperado al Tortuga pero Delia se tiró; se escuchó un grito y un golpe. No se veía nada.

Llegó Yert seguido de cerca por los engendros alados con las fauces abiertas y salivosas. El anciano abrazó a Alba y la chica a punto estuvo de tocar el monóculo ensartado en su piel.

Juntos, se tiraron en el agujero.

CAPÍTULO 27
LA ÚLTIMA FASE

Junio de 1925 d.C.
En las afueras de Londres

Philip Aldous Lumière

Habían transcurrido cuarenta años desde los acontecimientos de Talatoya. Lumière había envejecido con Alice y ella había cruzado el umbral de la muerte un mes atrás. Era injusto. Él tenía ochenta y cinco años y ella sesenta y cinco cuando murió. Por otro lado, el anciano conservaba un físico parecido al que tenía a los cuarenta con el bigote y el pelo canos sin síntomas de calvicie.

Lumière, arrugado, observaba en la casa de campo de sus hijos a sus bisnietos corretear por el césped. Se bañaban con el agua de la fuente. Philip los veía perfectamente desde lejos gracias a su monóculo. Hacía vida normal y solo las miradas sentenciosas de los que no lo conocían advertían la singularidad de su cuenca ocular. Cuando regresaron de Talatoya se volcó en los suyos. El resto lo miraba con resentimiento, como si fuera culpa suya que un gusano se le hubiese comido el ojo, aunque eso solo se lo reveló a su mujer.

Diop, que los visitaba a menudo, les aconsejó que abandonasen Kitty Hawk ya que era donde había venido Aaron para reclutarlos y podían encontrarlos. El Culto buscaba a los fugitivos de Tataloya como los perros de Tíndalos a los incautos; desgraciadamente, habían dado con algunos y les habían dado muerte.

Por eso, se fueron a Londres. Fue traumático para Alice que tuvo que abandonar a los Wright cuando la aeronáutica despegaba. Orville y Wilbur, los sobrinos de Alice que les habían visitado el mismo día en que Aaron Parker acudió a Kitty Hawk, habían logrado el 17 de diciembre de 1903 el que se consideró como el primer vuelo. Lo habían logrado con un aparato muy distinto al globo aerostático de Alice. Lo llamaron avión y no era necesaria una gran bola de tela para suspenderse en el aire. ¡Todo un logro! ¿Quién le hubiera dicho a Philip que esos chiquillos a los que les gustaban las galletas de su mujer llegarían a ser unos pioneros en la aviación?

Philip miró al cielo. Escuchaba las voces de sus hijas y a los niños corretear. Recordó todo lo que había dejado atrás. Era doloroso, pero con el escudo del tiempo resultaba placentero. Llevaba unos días inmerso en el pasado y esa tarde de verano las nubes portaban melancolía.

Después del ritual frustrado que Aaron Parker intentó realizar en Tö-yhyohep, Diop, Alice y los rebeldes fueron a Uriutbur en busca de Lumière. Contra pronóstico, no estaba vigilado. Lo encontraron tirado sobre un charco de orina y de vómito dentro de una casa ruinosa. En las paredes había enigmáticos escritos. Cuando lo incorporaron se tornó loco y no era posible sacarlo de ahí a no ser que fuera acompañado de esos misteriosos papeles. Lumière no se acordaba de nada relacionado con el periodo en que estuvo en Uriutbur ni de la reacción que tuvo al ser hallado. Los rebeldes recogieron todas las páginas y se las llevaron sin saber qué eran.

Por otro lado, el Culto se estaba reorganizando y los rebeldes debían huir cuanto antes. La victoria en Kalac era engañosa y no podían entretenerse. Los rebeldes llevaban años montando un barco para huir y estaba todo preparado para largarse ese mismo día.

No obstante, Alice explicó a Diop que había confeccionado un collar con las esferas. Diop se alarmó, pues las esferas eran codiciadas por el Culto para sus rituales. Fueron a su casa, sacaron el collar del baúl y Diop probó de romperlo. Alice le aconsejó que no perdiera el tiempo.

Debían tomar una decisión sobre el collar. Diop pensó en llevarlo hasta el cráter de Tö-yhyohep para matar a los gusanos una vez surgieran y aprovechando su pequeñez, pero Aaron había dicho que solo surgían con el color rojizo de la tierra que había desaparecido. Diop maldijo su suerte pero en el discurso de Aaron también se anunciaba que las esferas "se paralizan con el agua del mar". La piedra, en la tonalidad rojiza que evidenciaba el poder de Alzajod-ygüth, aceleraba el proceso de conversión y el agua lo detenía. Aun estando en tierra ordinaria, podía haber peligro de transformación. Quizás las esferas tardasen días, meses o años en convertirse en gusanos pero ¿y si lo lograban?. Diop consideró que no podían trasladar el collar fuera de la isla y acertó ya que si hubiese hablado con el Lumière octogenario, este le hubiese advertido que había precedentes macabros. Philip averiguó que algunos ghaks lo probaron y encontraron una muerte atroz. Las esferas perturbaban las mentes y enloquecían a sus custodios. Quienquiera que las tuviese, ya fuese un malhechor o un ciudadano ejemplar, sucumbía a sus silenciosas persuasiones. Había un caso de un monarca ghak,

Zafit, que quiso llevarse varias esferas a otra isla. Terminó regresándolas a Talatoya. Esclavizado por los susurros, sacrificó a sus esclavos y se ahorcó tal y como mandaba uno de los ritos del *Huktur-Akkim*.

Descartando llevarse el collar, Diop decidió tirarlo al mar. Algunos estuvieron en contra ya que lo dejaban en la mano de Dios. Podía ser arrastrado por las corrientes a un lugar sin mácula y trastornar a los que tuvieran la mala suerte de encontrárselo.

–Mejor estar en manos de Dios que en las de cualquier otro –proclamó Diop.

Zarparon con el barco, un navío con capacidad para cincuenta personas y que debía partir con el doble de tripulantes. Fueron a la Cala Blanca, cerca de Yh-wa, famosa por sus aguas de satén.

Fueron mar adentro partiendo de la Cala Blanca y a doscientos metros de la costa, Diop instó a Alice para que tirara el collar al mar. Ella, que en un primer momento lo acató, fue incapaz de hacerlo. En cubierta, ante los rebeldes, el poder de las esferas se lo impidió. Esa era la malignidad de Mutghar, capaz de hacer pasar por común la influencia más retorcida. Philip, que estaba en su camerino custodiado por unos guardas que impedían que se quitara la vida, no podía ayudar. De esta manera, Diop tuvo que usurparle el collar. Alice, iracunda, se lanzó contra él y, para retenerla, se necesitaron cinco hombres fornidos. Diop fue a la punta de babor con el collar. Las esferas temblaron y sus pensamientos se nublaron. Nadie debía poseer el collar. Diop se valió de toda su determinación para vencer la influencia de las esferas que ya se notaba tras unos segundos de contacto. ¡En años podían turbar a cualquiera! Tiró el collar y la joya se ahondó en la Cala Blanca hasta desaparecer mientras Alice se desquiciaba retenida por los rebeldes.

Todo había acabado. O al menos, eso parecía.

Al regresar, Lumière estuvo demente durante un año en el que fue ingresado en centros psiquiátricos; no se acordaba de Alice ni de su hijo pero después de un arduo tratamiento se recuperó. Alice necesitó un mes para superar la ausencia del collar pero el trastorno de Lumière era más severo. Menos mal de Diop y de los rebeldes, que se encargaron de Robert durante tan funesta etapa.

Cuando Lumière vio las hojas que se había llevado consigo de Uriutbur no se acordaba de qué eran. Alice le instó para que las quemara. Le explicó el ritual que pretendió obrar Aaron en el cráter de Tö-yhyohep y que lo que había recitado al ingerir las esferas procedía de un libro llamado *Huktur-Akkim* que él había traducido. Esa revelación dejó atónito a Lumière que negó haber participado en tal abominación. El paleógrafo, por aquel entonces, no era consciente de la malignidad que había despertado y se aferró a la necesidad de conservar esos papeles.

—¡Son inofensivos! —alegó—. No sé qué recitó Parker pero no puede tener relación con mis traducciones. ¿Acaso crees que lo ayudé?

Discutieron largo y tendido sobre el tema hasta que Alice se rindió. No lo aprobó jamás que se quedara con los papeles pero Lumière era terco. Alice se lamentó de no haberse deshecho de los escritos antes de que Lumière reaccionara. Si no le hubiesen revelado su existencia no se hubiese acordado de nada pero Alice quiso respetarlo. Por otro lado, también Diop estuvo presente el día del ritual y le preguntó sobre las palabras de Aaron. El malévolo mediano había infeccionado su curiosidad. Diop le preguntó si esas enigmáticas páginas de Uriutbur eran el *Huktur-Akkim*; la correlación era obvia. Sin embargo, él rehuía de responder o lo negaba tajantemente. Después de muchas tentativas, desistieron de preguntarle. Por supuesto, Diop y Alice ignoraban qué era el *Huktur-Akkim*. Nunca habían escuchado hablar de él y quizás por eso conservaron la cordura. Tampoco leyeron jamás ese legajo de papeles sucios encontrados junto al cuerpo demacrado de Lumière aunque hubo sucesos oscuros que enturbiaron su custodia.

Ya con los papeles, Lumière confirmaba que había un velo que cubría el momento de su escritura. Había cincuenta hojas escritas con rudeza como si se hubiesen transcrito forzadamente. La tinta era roja. Estuvo tentado de leerlo pero recordó que por culpa de Talatoya su vida casi se va al traste. Recapituló y se reunió con Alice para explicarle su decisión:

—Guardaré las hojas pero no las leeré mientras vivas.

—¿Por qué?

Lumière se pensó la respuesta:

—Porque quizás contengan respuestas sobre el paradero de los gigantes.

Aparentemente, el motivo que le incitaba a conservar esos papeles era la esperanza de llegar a los ghak. La experiencia en Talatoya le había marcado y necesitaba encontrar a los gigantes para que le explicasen más sobre su cultura. Quizás tenían las respuestas a las principales preguntas. Había estado en contacto con ellos a través del Camino Inverso y no podía dejar pasar la única oportunidad que se le brindaba de alcanzarlos aunque fuese remota e hipotética. No todo era negativo en Talatoya. Mutghar la había embrutecido pero ese lugar había albergado una civilización reverenciable. Philip se había apasionado con los gigantes desde que vio la pirámide de Jyktyan. El peligro en Talatoya había desaparecido y podía centrarse en los ghak. Lumière pensaba que habían ido a otros planetas pero estaba empeñado en encontrarlos.

Alice se dio por satisfecha y tuvieron una vida apacible en familia. Sin embargo, tras su muerte un mes atrás, la pesadumbre fue tan exacerbada que Lumière regresó a sus deseos más funestos y leyó los escritos de Uriutbur.

Gracias a ellos, recordó qué había sucedido.

En Uriutbur cayó Owöd después de redactar el *Huktur-Akkim*. Las piedras aun están lastimadas por esos recuerdos. Aaron le había pasado la versión en papel del *Huktur-Akkim* para que la tradujera, pero Philip, conmocionado por su hermetismo, necesitó estar en el lugar donde fue redactado. Ayudado por la energía de Alzajod-ygüth, tradujo al francés tan funesta abominación. El *Huktur-Akkim* es conocido en español por *La Edad de los Héroes*. Apartarse de su familia para ir a Oakh había sido una calamidad pero el libro lo absorbió hasta olvidarse de todo. Lumière tenía la esperanza de que el Camino Inverso pudiese explicarse científicamente pero en Uriutbur se convenció de que rayaba lo maldito. Conectó con la mente de Owöd y halló respuestas a lo que no debe plantearse. Cada letra era demoníaca. Un símbolo ghak adherido a las palabras, frases y páginas del *Huktur-Akkim* adquiría un sentido funesto.

Después de tres años, terminó la traducción de *La Edad de los Héroes* y Aaron se la requirió; Philip se lo negó pero Aaron le quitó a la fuerza el libro escrito en el lenguaje de los ghak y su traducción. Cuando se dieron cuenta de que era imposible racionar con él, lo dejaron furibundo en Uriutbur pensando que cualquier día se quitaría la vida. Sin embargo, Lumière recuperó hojas en blanco y volvió a reescribir el libro con su propia sangre. *La Edad de los Héroes* se le grabó con tal intensidad en su retentiva que pudo transcribir una octava parte en las hojas que descansaban en el suelo cuando fue encontrado. Entre las historias malditas que recopilaba el libro, estaba la de Zafit, el incauto monarca que quiso llevarse las esferas de Talatoya después de la guerra contra Owöd.

Una chiquilla de cabellos dorados de cuatro años despertó a Philip de su remembranza. Jazmine, que así se llamaba su bisnieta, le tocaba el monóculo con el índice. Philip se hizo el dormido y ella continuó hasta que, de sopetón, abrió los ojos y se abalanzó sobre ella levantándola del suelo. Jazmine gritó mientras sonreía. Philip le besó la mejilla y ella le dijo:

—¡Abuelo! —técnicamente era su bisabuelo, pero no le expliques a un niño lo del bis—. ¿Por qué llevas un cristal en el ojo?

Cada vez les daba una explicación distinta. Nadie sabía, a excepción de la difunta Alice, qué le había sucedido. Se había convertido en un tabú familiar al igual que las vivencias en Talatoya. Lo acaecido en la isla no podía trascender. La curiosidad es un virus galopante. Mejor olvidarlo. Diop, que también se había reunido con Alice en el otro mundo, les había aconsejado discreción. Las redes del Culto eran extensas y no podían arriesgarse a compartir su historia ni a conservar su nombre. Ahora, Philip se llamaba Antón Renoir. Diop se había inventado una historia muy perspicaz sobre su origen. Lo peor era esconder el monóculo. Llamaba la atención un hombre con un cristal embutido en la cuenca del ojo. Eso no podía disimularse con que rogó a Philip, ahora Renoir, que no se prodigara en público. Philip siguió sus consejos pero no por exigencias del guión sino porque, en realidad, él tampoco deseaba entablar relaciones sociales. Jazmine volvió a tocarle el monóculo.

—¡Abuelo! —insistió—. ¡Explícamelo!

Philip sonrió, se apartó de su truculento pasado e improvisó:

—¡Fue un duende! ¡Sí, sí! —Jazmine negaba con la cabeza—. Confundió mi ojo con una seta y se lo llevó.

Philip le besó el cuello de tal modo que su bigote le hizo cosquillas. Logró despistarla. No podía sustentar por mucho tiempo una conversación sobre un duende.

—¡A cenar! —gritó Natasha, la mujer de Norbert, hermano de Robert; el único que en edad temprana estuvo en Talatoya aunque, al parecer, no se acordaba de nada.

Obedientes, todos se reunieron alrededor de la mesa dispuesta debajo de una vid y enredada a unos hierros que cubrían la terraza del chalet de Robert a las afueras de Londres. Eran veinticuatro personas contando a Philip y como en todo grupo había rifirrafes. Sin embargo, todos se conciliaban alrededor del abuelo Antón al que guardaban gran respeto.

Todos habían recibido una fecunda educación. Cuando regresaron a la vida cotidiana, Lumière quiso volver a traducir pero Diop le quitó la idea de la cabeza. El gremio eran muy cerrado y podían dar con él. Por eso, tuvo que pensar en otra fuente de ingresos y potenció la costura de Alice que, con el nombre de Martha Noth, triunfó en Londres. Gracias a sus diseños tiraron adelante y les brindaron un futuro luminoso a sus hijos. Alice y Philip tuvieron cinco hijos: Robert, Norbert, Efraín, Miriam y Laura; casados respectivamente con: Tiffany, Natasha, Lindsay, Terry y Jacob. El suegro tiende a menospreciar a los nueros y nueras. Philip no era una excepción pero sincerándose consigo mismo sus hijos habían hecho buenas elecciones. Robert y Tiffany tenían dos hijas: Fátima y Bernabeth. Norbert y Natasha habían criado a Teresa; Efraín y Lindsay tuvieron tres hijos: Amanda, Nikola y Stuart. Miriam y Terry habían decidido no tener descendencia. De Laura y Jacob, por su parte, habían nacido Matt y Eric. Fátima se había casado con Vincent y de su unión surgió Jazmine y el pequeño Javier. Bernabeth había contraído nupcias con Jean-Claude y le habían dado a su último bisnieto: François.

Comieron y bebieron entre risas y al terminar el primer plato, las mujeres retiraron las bandejas que instantes antes habían contenido suculentas raciones de Sunday roast *pudding* Yorkshire. Tiffany y Bernabeth eran unas maestras en la cocina. El asado de cordero lo habían servido con un *pudding* de Yorkshire para chuparse los dedos. Stuart, Terry y Efraín habían tomado dos raciones aunque se llevó el palmo la oronda Laura, que se había zampado tres. Alguien tenía que pararla; estaba demasiado gruesa pero nadie se atrevía a echárselo en cara. Le sobraba peso y orgullo.

De postres, sirvieron un maravilloso *Apple pie* caliente. La comida inglesa le fascinaba. Él, francés, notaba las diferencias con la *cuisine* gala pero se había adaptado. Los ingleses tenían muchas influencias; especias orientales, *curry*, salsa de menta... lo cual enriquecía las recetas. Philip le estaba dando vueltas a las características de la cocina anglosajona mientras se introducía una suculenta porción de pastel de manzana en la boca. Permitió que el calor de la fruta interactuara con su lengua. Fue entonces cuando Robert se aproximó e indicó a Stuart que le dejara ocupar su sitio al lado de Philip. Antón quedó al lado de su primogénito. Antes se habían saludado con frialdad. Su relación era cordial. Se estimaban aunque sus obligaciones los alejaban irremediablemente. El gesto de sentarse junto a él extrañó a Lumière y empezaron una agradable conversación.

Robert tenía cuarenta y tres años y en agosto cumpliría uno más. Era alto, ancho de hombros y le sobraban quilos.

No parecía gordo por la altura y podía confundirse con un robustecido culturista pero tenía alergia al deporte.

—Estás raro —observó Robert—. ¿Sucede algo?

Philip negó con la cabeza y hablaron sobre sus nietos, la convivencia y demás vaguedades. Pese a mantener una conversación ordinaria, Robert había dado en el clavo. Algo enturbiaba la mente de Lumière. Mientras Robert analizaba lo importante que era estudiar, Philip se preguntaba cómo el primogénito se había percatado del germen que le atormentaba desde la muerte de Alice. No podía explicárselo; él siquiera sabía que había estado durante sus primeros años de vida en Talatoya, ¿cómo podía transmitirle la obsesión por los ghak?

Terminaron la comilona, retiraron los platos y poco a poco, los familiares se despidieron de Robert y de Tiffany, que eran los anfitriones. A medida que se iban, Philip les dedicaba una mirada cómplice que esperaba que en un futuro supieran interpretar. No podía emplear las palabras, solo darles pistas sutiles sobre el destino de su abuelo, bisabuelo y padre. Contuvo las lágrimas, le dolía dejarles atrás pero había tomado una decisión. Debía continuar el camino que se había interrumpido. Lo había madurado durante toda su vida aunque hasta la muerte de Alice no se había decidido a llevarlo a cabo.

Se quedaron en la casa de campo los anfitriones, Robert y Tiffany e invitaron a Philip a pasar la noche. Se fueron a dormir temprano, Philip averiguó dónde escondían las llaves y se fue a la cama a las nueve. A las cuatro de la madrugada se levantó y, sin encender las luces, preparó sus cosas. En una mochila se llevó dos mudas de ropa y los retazos de *La Edad de los Héroes* que él mismo había escrito.

Recordó la primera vez que, a través del Camino Inverso, había visto a un ghak. Sí, ¡había otros seres inteligentes en el universo! En el ocaso de su existencia necesitaba hallarles. Ahora o nunca.

Philip salió a fuera. El amanecer aun quedaba lejos pero la oscuridad de los árboles altos que rodeaban la casa era más opaca que la verdusca de la cúpula celestial. Las estrellas estaban ocultas detrás de un manto de nubes oscuras. Podía llover en… iba a pensar la locución "en cualquier momento" cuando le cayeron las primeras gotas sobre la frente. Las ramas de los árboles y el sotobosque recibieron la lluvia. Lumière sintió el agua fría y miró la casa de Robert. Se imaginó terminando sus días recostado en una cómoda butaca de un hogar y una legión de nietos. No. Amaba a su familia, los había criado con cariño y los había defendido con uñas y dientes. Fue asaltado por los recuerdos pero no podía sucumbir a ellos.

Se cubrió la cabeza con la capucha de su abrigo, salió de la parcela de la casa y siguió el camino de tierra hacia el sur. Primero le molestó la lluvia pero al cabo de unos minutos aprendió a caminar bajo ella. Iba hacia Talatoya y de ahí a los ghak.

CAPÍTULO 28
LUMIÈRE SIGNIFICA LUZ

Talatoya, Ma
Julio del 2016 d.C.
Lunes

Alba

Cayeron en la cloaca de pie. La pobre luz del exterior les permitió distinguir que estaban en un túnel. Los bichos que les seguían se asomaron por la boca pero era demasiado pequeña y no pudieron pasar. Introdujeron las colas puntiagudas pero las esquivaron y los aguijones impactaron contra la roca. A una distancia prudencial, Yert encendió una linterna e instó a las jóvenes para que lo siguieran.

Desde las tapas abiertas de las cloacas se veían los incidentes. Mujeres raptadas, hombres asesinados, niños llorando la pérdida de los suyos; todo se escuchaba con amarga nitidez.

Después de diez minutos, el túnel experimentó un descenso. La estructura de la cloaca se confundió con la de una cueva. El riachuelo de inmundicia se convirtió en un sendero y los pasadizos se conjugaron en un laberinto natural. El ruido de los monstruos fue apagándose hasta silenciarse.

Cuando el caos se disipó, las respiraciones entrecortadas de Alba y Delia rompían el silencio. Yert avanzaba sigiloso.

Alba se dio la vuelta y abordó a Delia:

—¡Oye! —Delia miró temblorosa al costado—. Álex ha muerto. Esos bichos lo han devorado. —Alba temía lanzar la pregunta. Yert se detuvo y las enfocó con la linterna—. ¿Qué ha sucedido con Rodri?

Delia se vino abajo. La rubia gritó desesperanzada, se agachó y su cabello le cayó sobre el rostro. Alba y Yert se aproximaron y Delia, desnuda, intentó evitarles. Solamente llevaba el horrendo bolso de Uriutbur, las bandas con la munición que le cruzaban el pecho en forma de X y las pistolas robadas a los policías.

—¡Lo han matado, lo han matado! —Repitió cada vez con menor intensidad—. Se lo han comido en nuestra cama —Delia lloraba aunque Alba dudaba sobre sus motivos—. No pude hacer nada. —Delia se aferró a su bolso.

Alba ignoró a la rubia y se apartó del haz de luz de la linterna. Yert fue hacia Delia e intentó consolarla con estereotipos. Alba se recogió en la oscuridad, dio unos pasos y se plantó en un lugar indeterminado. Podía estar frente a la roca o ante un agujero escondido en las tinieblas pero le era igual. Rodri, su amigo, había fallecido. La muerte de Álex había sido dolorosa y la de Rodri la fulminó. Recordó su tímido beso en el conejo de la suerte. Una ráfaga de aire gélido la azotó. No sabía si era real o fruto de una bajada de temperatura corporal. Rompió a llorar en silencio. Delia ocupaba todas las frecuencias auditivas y ella no podía ni quería quitarle protagonismo. Se llevó la mano a la boca y lagrimeó con un sentimiento que ignoraba atesorar. Su alma estalló a través de su nariz y ojos como si su cuerpo fuese una olla a presión. La pesadumbre la concienció de su pequeñez. El sentimiento que le unía a Rodri superaba las limitaciones de la materia. Deseó hablarlo con alguien. Esas ideas afloraban mientras sollozaba y se perdían en una diatriba inconexa; todo aquello tenía un sentido pero antes de entenderlo, Yert habló:

—Debemos continuar. —El hombre del monóculo había apaciguado a Delia y se habían acercado a la gimiente Alba—. Todavía no estamos seguros.

Volvieron a seguir al anciano. Caminaron durante media hora durante la cual Alba probó digerir la muerte de Rodri. Durante el trayecto, Yert accionó interruptores y abrió puertas donde solo había piedras. Alba se sorprendió por la facilidad con que lo hacía, como si todo aquello le fuese familiar.

Yert torció a la derecha, se detuvo y apagó la linterna. Todo se oscureció, el anciano pulsó un interruptor y se encendieron unos fluorescentes. Estaban en una sala amoblada y polvorienta de ochenta metros cuadrados. Había un lavabo protegido por cortinas, cocina, armarios, despensa y fotografías descoloridas colgando en la pared.

Yert buscó ropa para Delia que se reprimía y emocionaba con un énfasis anormal. Iba desnuda y el frío había subrayado su flaqueza. Estaba sufriendo un brote de demencia. Mientras la rubia preguntaba absurdidades, la de pelo anaranjado estudiaba las paredes. Eran rojas como las de las cloacas y llenas de cuadros y de fotografías. Yert le aconsejó cambiarse de ropa. La miraba igual que a Delia. Quizás también estaba afectada y no se daba cuenta.

—Gracias —murmuró Alba.

Yert les indicó dónde estaba la ducha. Estaban sucias del líquido verde que circulaba por el nauseabundo cuerpo de esos seres. Al percatarse de que habían luchado contra ellos palidecieron pero Yert, como si detectase su temor, las apaciguó:

—No os preocupéis —aseguró—. Aquí no llegarán.

Delia se duchó primero y luego Alba. La de pelo anaranjado observó que la sustancia verde se desprendía de su piel y se iba por el desagüe. Se enfundó el camisón blanco que le había prestado Yert y se reunió con sus dos improvisados compañeros. Se hubiera reído si horas antes le hubiesen dicho que compartiría espacio con esa odiosa rubia y el hombre que la había intentado agredir.

Delia abandonó las armas y se enfundó en un camisón de antaño igual que ella. Yert se puso un raído pijama a rallas.

Se creó un incómodo silencio. Alba recordó las escabrosas y recientes escenas. Intentó distraerse fijándose en una fotografía que colgaba de la pared. Había unas veinte personas, podía pasar por una instantánea de curso escolar. Sin embargo, los niños y jóvenes tenían edades dispares, por lo tanto, no era una clase. En el centro, había dos personas mayores, una de ellas muy parecida a Yert.

—¿Quiénes son? —preguntó Alba.

—Mi familia —contestó Yert.

Yert fue a un armario, sacó tres colchones delgados con sus respectivas mantas y las colocó en el suelo.

—Pasaremos la noche aquí —informó el anciano—. Descansemos. —Delia y Alba lo miraron solícitas—. Mañana estudiaremos cómo salir de esta.

Delia se echó en uno de los colchones, se acurrucó bajo la manta y les dio la espalda. Yert apagó los fluorescentes y encendió una vela para que Alba continuara observando las fotografías desdibujadas por el tiempo.

—¿Por qué son tan antiguas?

No recibió más contestación que los ronquidos de Delia. Se detuvo en un retrato de un hombre de pelo cano, bigote y piel arrugada. Estaba sentado en una silla y sobre las rodillas tenía a una mujer rubia y de pelo rizado que lucía un camisón blanco como el suyo. Los dos sonreían y su sintonía sobrepasaba las barreras del tiempo. Alba comparó al hombre de la foto con Yert que la miraba echado de costado en el colchón. Eran idénticos. La fotografía era de marzo del 1880 y había una inscripción debajo: matrimonio Lumière. Alba recordó la instantánea que había en el restaurante de Lyliana en Jasor. Miró a Yert fascinada y él, deduciendo sus interpretaciones, asintió.

—No nos hemos presentado —dijo jovial—. Mi nombre es...

—Philip Aldous Lumière, aunque lo llaman Yert, el Tortuga. —Le interrumpió Alba.

Yert arrugó la nariz y se acarició la barbilla.

—¿De dónde has sacado este nombre jovencita? —Se interesó él.

—En el *chill-out* de Lyliana en Jasor hay una reseña sobre ti.

Yert bufó.

—¡Lyli! —exclamó—. Mi fiel amiga. Espero que haya leído los signos y se haya ido antes de la hecatombe.

—¿De qué la conoce?

—Cuando regresé a Talatoya en el 1967, ella y otros *hippies* me acogieron. Fueron mi nueva familia. Una noche tomé demasiado ácido y les expliqué algunos secretos relacionados con este lugar. Cautivados, me siguieron durante años. —Alba se los imaginó como en la película *Jesucristo Superstar*—. Eran buena gente pero poco a poco encontraron su lugar fuera de aquí. Solo Lyliana continuó en Talatoya y aun estoy en contacto con ella. Le dije que no prodigara mi historia pero obedecer no es lo suyo.

Alba no daba crédito a lo que escuchaba. Había presenciado el fenómeno de los gusanos, de las aves y de los peces pero que una persona fuese capaz de sobrevivir ciento setenta y seis años era inverosímil. En la reseña de Lyliana estaba el año de nacimiento de Lumière: ni más ni menos que en el 1840 d.C.

—¿Cómo es posible? —Alba se entusiasmó.

Yert se sentó sobre la cama, se tocó el monóculo y se frotó la cabeza.

—Traducir los textos de los ghak supuso participar en revelaciones difíciles de ignorar —Lumière se cruzó de brazos—. Gracias a ellas he engañado al tiempo aunque fue en edad tardía y me he revitalizado.

Alba miró detenidamente a Yert. Su cuerpo era musculoso. El jersey sin mangas descubría sus fibrosos brazos. Su cara estaba arrugada pero no parecía un carcamal. La de pelo anaranjado ignoraba cuándo se detuvo el tiempo para Yert pero fuese lo que fuese lo que había hecho también le había rejuvenecido.

Yert no se sentía cómodo. Un puñado de personas sabían que era Lumière y no era un tema del que se sintiese orgulloso. Alba ardía en deseos de saberlo así que insistió pero Yert no respondió. Aun así, Lumière había confesado que había sido el traductor de los textos de la isla, lo cual coincidía con la reseña de Lyliana pero contravenía lo que se había prodigado en los medios.

—Según la historia, Aaron Parker tradujo los textos de Talatoya y estableció la versión oficial de los ghak. ¿Quién era entonces Parker?

Yert bajó la cabeza y habló:

—Actuaba como representante del Culto, una secta cuyos engranajes aun desconozco. Aaron Parker quiso sacrificarnos para resucitar a Mutghar. Este cataclismo está ligado con los gigantes que habitaron la isla. He viajado por todo el mundo para desentrañar la historia de los ghak. Una vida normal, de años escasos, es insuficiente para lograrlo. Hay numerosas referencias a los gigantes en los textos antiguos. La biblia católica dice de ellos lo siguiente: "Allí nacieron los famosos gigantes de los primeros tiempos, de gran estatura y expertos en la guerra. Pero no fue a ellos a quienes Dios eligió y les dio el camino de la ciencia; ellos perecieron por su falta de discernimiento, perecieron por su insensatez". (Baruc 3:26, 3:27 ,3:28).

Alba se estremeció. *Mutghar.* No estaba preparada para continuar pero Yert no se detuvo:

—Tuviste que haberme entregado el collar.

Alba tembló. Tenía presente las emanaciones de la alhaja: como si fuese radioactiva. Evitó la mirada de Yert aunque no era sentenciosa.

—Antes de que llegarais, un bicho volador parió esferas como las del collar. ¿Cómo podía pensar que fueran huevos? —Alba negó con la cabeza—. No lo concibo. ¿Qué era ese collar y por qué llegó a mis manos?

—¿Dónde lo encontraste?

—En una pequeña cala de aguas cristalinas, creo que se llamaba Cala Blanca. Estaba dentro de un acantilado. Luego vinimos en autobús hasta Ma y fuimos al Na Patarra.

Yert se tocó la barbilla visiblemente contrariado:

—Cuando llegaste a Ma apercibí una extrañeza. Por culpa de mis insanas lecturas he aprendido a domeñar sutilezas que es mejor no transmitir. El hecho es que vagué por las calles en busca de algo, no sabía qué era pero supe que debía intervenir.

Alba recordó que ella había experimentado lo mismo ya que había notado que Yert la seguía sin tan siquiera verle

—Te encontré tarde —prosiguió Yert—. Estabas en la entrada de la tienda de *souvenirs* y noté que tú también te percataste de mi presencia. Llevabas puesto el collar y lo identifiqué inmediatamente. Hacía mucho que lo buscaba —

Alba se ruborizó–. Es más, el lugar donde tú lo encontraste lo escudriñé mil veces y no lo halle. Es perverso.

Alba sintió un escalofrío pero Yert aun no había terminado:

–Cuando me detuvieron intenté explicártelo pero fue un desastre. Llevaste la joya al Na Patarra, elevado parcialmente con la piedra roja de Talatoya, las esferas se abrieron y aparecieron los gusanos que se han multiplicado y extendido. En la calle no sucedió nada porque el asfalto evita el contacto directo con la piedra roja. El autobús también actuó de escudo. Tuviste suerte ya que de la playa al Na Patarra no contactaste con la piedra de la isla. ¡Una excursión a la montaña hubiese sido fatal! Hace tiempo, la tonalidad rojiza solo afectaba la parte central de Talatoya pero ahora está por todos sitios aunque sus intensidades varían dependiendo de la zona.

"Mi posición era complicada. Al veros en la tienda de *souvenirs*, sabía el poder de las esferas pero revelártelo era insensato. Mira cómo acabó: yo preso y tú lesionada.

–Prueba ahora. –Alba sonrió pero Yert la había señalado como la responsable de todo–. Necesito saberlo.

–El collar fue obra de mi mujer: Alice Wright –Lumière pronunció su nombre con cariño–. Aaron Parker quería las esferas porque de ellas nacen los hijos de Mutghar: los gusanos batyars. Encontró unas cuantas pero Alice se le adelantó. Las coleccionaba y en su momento no le di importancia. Con ellas, Alice formó el collar. Alice. La quería y la sigo queriendo aunque no esté en este mundo. Era inglesa, yo francés. Nos conocimos en Estados Unidos, en la universidad. –Yert se detuvo. Alba dedujo que debió ser su profesor–. Trabajaba de paleógrafo y era feliz con Alice. Sin embargo, el demoníaco Aaron Parker nos sedujo para ir a Talatoya a traducir las inscripciones de los gigantes. Nos ofreció tanto dinero que aun hoy es una cantidad indecente. En la isla descubrimos que Aaron representaba a una mezquina secta llamada el Culto. No deseaba participar en su plan pero me amenazaron con matar a mi familia así que obedecí y con ello conocí el mal.

Cuando dijo "mal", pareció que la oscuridad susurrase. Lumière se recompuso y continuó:

—Escapamos de la isla gracias a unos rebeldes contrarios al Culto. En Inglaterra, cambiamos nuestras identidades para ocultarnos de la secta y concebimos muchos hijos. No obstante, cuando Alice falleció di rienda suelta a mi más hondo deseo: encontrar a los ghak. Primero busqué por todo el mundo y en 1967 regresé a Talatoya donde he residido hasta ahora.

Yert se emocionó. Alba tocó la fotografía de los ancianos y asimiló su irrompible ligazón. Tan intenso era lo que había detrás de esa imagen que las atrocidades vividas pasaron a un segundo plano. Alba se aproximó a él, se sentó a su lado y le pasó el brazo por detrás de los hombros. Recordó cuando le atacó en la tienda de *souvenirs*. Días antes era un demonio pero tendría que haberlo escuchado.

—¿Por qué estaba el collar en el mar si era tan valioso?

Yert negó con la cabeza.

—Diop, un rebelde, se lo arrebató a Alice y lo tiró al mar esperanzado de que el agua salada evitaría el nacimiento de los gusanos. Precisamente lo tiró donde tú lo encontraste: en la Cala Blanca. Consideraron que era la mejor opción y yo, por aquel entonces, no estaba capacitado para evitarlo. Luego les dije que no habían obrado bien, que cualquiera, como tú, podía encontrar el collar y repetirse la desgracia de Töyhyohep. —Al pronunciar ese nombre un hálito frío recorrió la sala. Yert se santiguó—. Regresé a Talatoya para hallar pistas sobre los gigantes y, en segundo lugar, para encontrar el collar y controlarlo. Sin embargo, pese a mis incontables sesiones de buceo nunca lo encontré. Incluso convencí a Lyliana y a los suyos para que rastrearan la zona. Siempre he temido que alguien lo hallase y desatase el mal. Desgraciadamente, mis temores se han hecho realidad.

Alba recordó el collar, la fascinación que le provocó y la decepción cuando se descompuso sobre la cama. Había estado conectada a la joya. Su comportamiento se había visto afectado por algo indescriptible que se había manifestado con ímpetu en Jasor. La perspectiva de que todo lo sucedido era responsabilidad de ella la atolondró. Yert, consciente de ello, le dio una palmadita en la espalda. El anciano se había levantado y ella no se había dado cuenta.

—Unas redes invisibles te han guiado —aseguró crípticamente el Tortuga—. No te culpes. Descansa. Mañana os informaré sobre lo que habita en esta isla. Necesitáis saberlo para defenderos.

Alba se sorbió los mocos. El Tortuga la guió hasta la cama, la arropó y apagó la vela.

—Cuando Lyliana me vio se exaltó como si hubiese visto a un demonio. —Se quejó infantilmente Alba como si lamentara que sus padres cerrasen la puerta de la habitación.

Yert negó con la cabeza.

—Lyli es apasionada. —Contestó Yert—. Sabe interpretar los símbolos, yo se lo enseñé. Sin embargo, antes de hacer juicios se debe de analizar todo con tiento y ella se precipita. Pero ahora no es momento de hablar de esto. Duerme, lo necesitas.

La chica cerró los ojos y sus párpados colisionaron con las lágrimas. Recordó la muerte de Álex. Se echó a un lado y escuchó que Delia también lloraba y se esforzaba para que no la escucharan. Por otro lado, un sentimiento desdeñó los otros: el pánico por las últimas palabras de Yert. Siempre tuvo la impresión de que sus pasos estaban medidos, como si alguien o algo la guiase. Nunca lo había hablado con nadie; se engañaba pensando que era dueña de su destino. Aun así, su intuición contrariaba su pensamiento analítico y lo que acababa de revelarle Yert confirmaba que algo la condicionaba desde el primer día de vida.

Rodri se asustó en Uriutbur cuando los pájaros la evitaron. Rodri. Si todo aquello era culpa de ella, entonces también era responsable de la muerte de su amigo. Se vino abajo. En las tinieblas de esa estancia subterránea, se sintió maldita. Sin embargo, la conversación con Yert no había sido tan funesta: le había explicado su vida, seguramente movido por la inmediatez de la muerte ya que él también dudaba de salir de la isla.

Recordó al Tortuga. Lo que había pasado sobrepasaba en creces sus chiquilladas y aun así se dedicaba a contar historias a los niños y seguía las bromas que le hacían sobre Mutenroshi. Alba sonrió al recordar al "Follet Tortuga" de *Dragon Ball* que cuando veía a una chica le salía sangre por la nariz. Le vino a la cabeza el apellido de Yert: Lumière significaba luz.

El anciano era la esperanza contra esa angustiante oscuridad.

CAPÍTULO 29
ALZAJOD-YGÜTH

Talatoya, Ma
Julio 2016 d.C.
Martes

Alba

Al día siguiente, les despertó la tetera. Yert había cocido pan. La cueva no estaba iluminada por el terco fluorescente sino por una luz dorada procedente de la apertura principal. Yert les dio los buenos días y les sirvió té, pan y mantequilla. Se lo comieron con saña y luego les sugirió que se vistieran. Alba no podía usar la ropa del día anterior. La sangre verde de los monstruos no se podía quitar. Por otro lado, Delia había llegado como Dios la trajo al mundo.

—Tengo ropa —anunció Yert—. Trapitos que tienen tantos años como un servidor.

Alba suspiró y Delia maldijo su suerte. Yert abrió un armario empotrado y un hedor a claustro emergió de ese cementerio textil. Dentro había ropa extravagante y objetos decimonónicos: faldas largas, corsés, guantes, medias ralladas, botas, chaquetas de aviador, gafas de montura gruesa al estilo *google* y vestidos *old fashion*. También había complementos: relojes barrocos con saetas y mecanismos externos, gorros, collares y chalecos. Sus colores acentuaban el cariz rococó: dominaban los dorados, plateados y cobrizos con rayas, lentejuelas y topos.

Delia farfulló.

—Lo siento —Yert se lamentó con formalidad añejada—. Carezco de otros tejidos. Esta ropa la tejió mi mujer, Alice.

Alba se imaginó a la concubina de Yert dando forma a esas telas. Trasladarse a ese momento fue sencillo, como si hubiese conectado con ella. La agradecida sensación se vino abajo cuando recordó que había sido precisamente Alice Wright la que había confeccionado el collar con las esferas de Mutghar.

—Fue una gran diseñadora. —Confesó Yert—. Gracias a su talento tiramos adelante después de huir de Talatoya.

—¿Y cómo han llegado aquí? —preguntó Delia.

—Hace unos años los subastaron en la isla. Emplearon el nombre que Alice adoptó para sepultar nuestro pasado. Lo anunciaron por todo lo alto: "Modelos de Martha Noth".

—¡Martha Noth! —Delia se atolondró y corrió hacia las prendas—. He oído hablar de ella. Es una referencia *steampunk*. ¿Sabéis qué es? Empezó siendo literatura y se convirtió en un movimiento social y cultural según el cual el vapor era la herramienta tecnológica predominante. Suele situarse en la Inglaterra victoriana o eduardiana con recursos anacrónicos. Julio Verne o H.G. Wells son autores de este estilo. ¡Qué os creíais! ¿Que por estar tan buena no sabía nada? ¡La moda es cultura memos!

Al parecer, Delia sabía más cosas que los ganadores de Gran Hermano. Por otro lado, su reacción inicial había sido de rechazo a las prendas pero cuando supo su autoría el criterio cambió. Pasó de arrugar la nariz a iluminársele el rostro.

—¿Cómo te hiciste con esta ropa, viejo? —La rubia tan simpática como siempre—. ¡No puedes pagar ni un calcetín de Martha!

—Los subastaron en Talatoya. —El Tortuga ignoró el tono de Delia—. Nadie sabe que Alice vivió en esta isla. Como comprenderéis, no pude evitar asistir a la subasta. Todas las prendas fueron adjudicadas a un magnate del Golfo Pérsico pero jamás le llegaron.

—¿Las robaste? —intervino Alba.

—¡Por supuesto! —se enorgulleció Yert.

Las chicas se acercaron al armario y buscaron prendas. Delia parecía estar en un *Stradivarius*. Alba, en cambio, estaba indecisa. El collar de Alice había provocado la plaga de gusanos y temía que otros objetos de su propiedad también estuvieran envilecidos. Alba se quitó tan absurda idea de la cabeza y buscó un conjunto de su agrado. Escogió unos pantalones holgados que le cubrían hasta la mitad del gemelo, jersey blanco, tirantes, botas con lentejuelas, guantes sin dedos y un prieto sombrero de aviador con sus gafas. Cuando se vistió, el hedor desapareció como si hubiese sincronizado con la ropa. Delia optó por unos pantalones a rallas verticales amarillas y marrones, jersey negro y chaleco oscuro con flores de lis en las hombreras.

Una vez vestidas, Delia se dirigió a Yert:

—Me cuesta creer que vivas gracias a los conocimientos de los gigantes.

Alba y Yert la miraron embobados. El anciano le había confesado tan alto secreto a Alba mientras Delia, a priori, dormía:

—¿Qué pasa? —se defendió la rubia—. ¿Nunca habéis simulado ronquidos?

Philip jamás hubiese contado a Delia una intimidad semejante. Incluso Alba lo supo por la reseña en Jasor. Acto seguido, la rubia empezó a derrumbar lo que el anciano había explicado la noche anterior. Le increpó que los gigantes eran seres malévolos y que, por su culpa, Talatoya estaba endemoniada. Echaba por los suelos la ambición del anciano. Yert no la escuchaba; no caería en sus provocaciones. Delia atacaba su punto flaco: el amor hacia los ghak. Era deleznable que desease atormentar a quien les había salvado. Eso advertía su carácter dominante, necesitaba sentirse superior vilipendiando a todo el mundo y haciéndoles creer que eran insulsos. Estar encerrada en una cueva con dos desconocidos la superaba. Estaba acostumbraba a coger la sartén por el mango y estaba a merced de un anciano que horas antes consideraba peligroso.

Delia miró a Alba con rabia. En la conversación del día anterior con Yert, se había revelado que la de pelo anaranjado llevó el collar al Na Patarra. Sin decir nada, la rubia se lo reprochaba. Alba lo entendió con una claridad meridiana, como si leyese sus pensamientos.

Alba quiso estrangularla pero se despistó. Miró la luz procedente de la puerta. Recordó que habían llegado desde la oscuridad. Se levantó, traspasó el umbral y se plantó en la estancia principal que no había visto la noche anterior.

Se trataba de una amplia sala de techo elevado. En la parte superior, había grietas que juntas creaban una unidad luminosa dorada. En el acantilado donde yacía el collar también había pequeñas aberturas que calibraban la luz. El suelo estaba cubierto de grandes baldosas plateadas. Enfrente, se alzaban trece estatuas de hombres altos y fornidos clavadas en la pared. Medían entre tres y cinco metros. Estaban dispuestas en punta de flecha, es decir, uno delante y los otros extendidos detrás. Iban rapados menos en la parte trasera del cráneo donde colgaba una larga trenza.

Vestían faldas cortas con símbolos y llevaban armas cargadas de florituras.

Alba se acercó a las estatuas. Su color era blanquecino y contrastaba con el rojizo de la cavidad. Sus ojos eran diminutos y sus hombros anchos.

—Son los ghakim, los guerreros ghak que lucharon contra Owöd. —Explicó Yert.

Yert y Delia habían salido y se habían puesto detrás de Alba.

—Estáis en Ghüld, el templo de los ghakim. —Informó con solemnidad el anciano.

Alba se fijó en las barbillas puntiagudas de los ghakim y en las pinturas que decoraban sus grandes cuerpos. Las estatuas estaban mal conservadas; algunas les faltaban partes y en las del fondo apenas se distinguía su forma antropomórfica.

—¿Por qué este lugar no está destinado al turismo? —torció Alba liberando a Yert de sus temibles pensamientos.

El Tortuga sonrió.

—Nadie más conoce este templo. —Yert torció el labio en una especie de sonrisa cómplice—. Supe de su existencia a raíz de la historia de la columna de Oakh, pero no lo expuse a Aaron Parker. El Culto ignora su existencia porque yo lo omití. Me arriesgué pero tenía una corazonada.

—¿Qué más les escondiste? —se interesó Alba.

Lumière se encogió de hombros.

—El Culto lo sabe todo menos la existencia de este templo. Me deben sus conocimientos pero pude haberles engañado más. Sin embargo, no era mi propósito inicial sino avisarles. Cuando traducía la columna de Oakh me amenazaron con matar a mi familia si erraba pero confiaba que si sabían los peligros de Talatoya la abandonarían. ¿Cómo imaginar que deseaban propagarlos? No obstante, me arriesgué y no les revelé el fragmento sobre Ghüld. Al regresar, después de lo sucedido en Little Lake… –Lumière se calló y prosiguió– Ghüld aun no había sido descubierto y lo convertí en mi hogar. Cerré los accesos con puertas y rocas falsas creando complicados mecanismos de apertura. Ghüld no se ve desde el exterior, la luz que se filtra por arriba es a través de grietas minúsculas que juntas emulan la docilidad del atardecer. El templo está escondido en el interior del acantilado sur y encima de las ruinas de la originaria ciudad de Ma. Pero lo más importante de la traducción de la columna de Oakh es que es una advertencia. Sugerí al Culto que debían abandonar la isla pero desoyeron mis consejos.

Lumière se sentó en el suelo, a la sombra de los colosos de piedra. Las chicas lo imitaron.

–¿Qué es lo que relataba la columna de Oakh que te llevó a darles ese consejo? –se interesó Alba.

–Advierte sobre una antigua leyenda relacionada con los ghakim, Mutghar y sus hijos, los batyars, que son los monstruos con los que os habéis topado y las lothgars que son su evolución en forma de mariposas demoníacas.

–¿Batyars? ¿Lothgars? –intervino Delia asqueada.

–Después de Lyliana y de mis fieles adeptos de los sesenta, seréis las únicas en escuchar la historia que traduje y que se encuentra inscrita en la columna de Oakh. No me gusta trasladaros esta información. Os daré nombres que es mejor mantener ocultos, os aproximaré al drama cósmico que desde el principio de los tiempos atormenta Talatoya y amenaza con extenderse por el mundo. Aun estáis a tiempo de no escuchar y salvaguardaros de la infecta leyenda de los gigantes. Os advierto antes de que sea demasiado tarde.

–¿Por qué quieres contarla si es tan terrible? –Le interrumpió Delia.

Yert miró arriba, sonrió y contestó:

–Desearía no hacerlo. La curiosidad es un demonio travieso. Desvelar los secretos de las tinieblas supone acercaros a ellas. Como decía Friedrich Nietzsche: "cuando miras al abismo, el abismo también te mira a ti...".

Delia se levantó.

–¿Sabéis lo que os digo? –escupió la rubia– Poneos estas historietas por dónde os quepan. No quiero escucharos *losers*. Voy a probarme los vestidos de Martha Noth. ¡Aquí os quedáis!

Delia se fue hacia la habitación donde habían dormido y desapareció.

Alba y Yert se quedaron a solas. El advertimiento del anciano la había puesto en alerta. También estaba tentada de largarse pero ansiaba saber la historia de Talatoya. Con Rodri querían estudiarla y ahora podía escucharla en boca del mayor erudito en la materia. No podía desaprovecharlo.

–Sabía que se iría. –Yert indicó la habitación con la cabeza–. No importa el conocimiento sino la comprensión. Delia es depositaria de datos como un ordenador pero si no se interiorizan es como acumular coches sin saber conducir.

Alba no lo seguía. Aun necesitaba instrucción. Recordó a Rodri. La reminiscencia la atacó con ferocidad. Su amigo, antes de relatar cuentos advertía sobre su horror para potenciar su efecto. Se emocionó, sus ojos brillaron. Deseaba vengarse y para ello necesitaba saber a qué se enfrentaba.

–¡Explícamelo!

Yert la miró crípticamente y, sin más preámbulos, resumió lo que había traducido en la columna de Oakh:

–Cuando las estrellas eran jóvenes, llegaron a la Tierra seres que respondían al nombre de ghak. Habitaron en Talatoya durante milenios conectados con "lo que no se ve", afines al universo y siendo su tecnología la proyección de su arte. Sus avances harían palidecer a cualquier científico

299

contemporáneo; habían asimilado las conexiones entre lo espiritual y lo material y disfrutaban de un estatus envidiable en la exopolítica.

"Pero todo cambió, Owöd, un sacerdote ghak adorador de Gioneh, escuchó un susurro. El dios Mutghar se puso en contacto con él y le informó del poder de Alzajod-ygüth, la roca sumergida que eleva Talatoya. En aquellos tiempos, la isla conservaba el color de la tierra pero Mutghar advirtió que cambiaría. "El cráter de Tö-yhyohep enrojecerá y luego lo hará toda la isla. El rojo es la marca de Alzajod-ygüth y permite que mis hijos crezcan", susurraba Mutghar. Owöd quedó fascinado y descubrió que, en efecto, la roca submarina donde descansaba Talatoya era rojiza.

"Muthgar le explicó a Owöd las maravillas del "otro lado". Supo de los dioses lascivos que hay "detrás de la puerta" y de los misterios de la muerte. Owöd estaba hechizado. Sin embargo, Mutghar se silenció. Owöd, necesitado de saber, le imploraba pero ya no había respuestas. Años después, regresaron los susurros. Owöd, ansioso, ya que la información de Mutghar le había sugerido preguntas que antes no se planteaba, quiso saber más sobre los abismos remotos del universo pero el dios espetó que no habría más revelaciones sino le ofrecía sacrificios.

"Owöd se rindió a sus exigencias. Con su capacidad para torcer las mentes, mató ghaks en su honor. Familias enteras iban a Tö-yhyohep y se destripaban unos a otros motivados por sus sarnosas palabras. Después, Muthgar exigió la mayor de las inmolaciones: matar a todos los habitantes de la ciudad de Kalac, la Ciudad Roja. Owöd les quitó la vida uno a uno en Tö-yhyohep. Era tal su poder de persuasión que sonreían cuando les pasaba el cuchillo. Fue una festividad sangrienta que terminó con el cráter lleno de cuerpos sin vida.

"Owöd, orgulloso, contempló el embarrado sangriento en el que se había convertido Tö-yhyohep. De manera sorpresiva, de la tierra fangosa y sanguinolenta emergieron miles de esferas doradas como semillas. Mutghar ordenó a Owöd que las recogiese. Una vez reunidas, el sacerdote preguntó al dios qué deseaba hacer. Mutghar no respondió hasta el tercer día. En ese periodo, Owöd se mantuvo arrodillado y cabizbajo en medio del cráter, entre los cadáveres de sus vecinos de Kalac. El hedor de los cuerpos en descomposición, los buitres y los gusanos necrófagos fueron sus compañeros en esa tediosa espera. Nadie le descubrió ya que Mutghar selló la zona para tapar el genocidio. Y al tercer día, el dios contestó: "Espárcelas por Talatoya y cuando termines refúgiate en Uriutbur porque los tuyos averiguarán tus crímenes y querrán darte muerte. En la ciudad de la Torre te protegeré".

"Owöd, sin cuestionarlo, obedeció y distribuyó las esferas por Talatoya. Cuando lanzó la última, emigró a Uriutbur.

"Los ghak, tal y como había previsto Mutghar, descubrieron el crimen de Owöd y que se hospedaba en Uriutbur. Enojados con el traidor, decidieron capturarle y hacerle pagar por sus maldades. Sin embargo, el sacerdote convenció a los habitantes de la Ciudad de la Torre que su causa era noble y que Mutghar era misericordioso. Contra pronóstico, Uriutbur se rindió a Owöd y sus habitantes se fortalecieron con magia negra para protegerlo.

"Owöd aguardó durante 140 años en Uriutbur atendiendo la voz de Mutghar mientras sus vasallos luchaban por él. Durante ese tiempo, Mutghar le enseñó las artes prohibidas de Alzajod-ygüth y muchas otras cuyo nombre no debe transcribirse. Owöd reunió esas enseñanzas en un libro: el *Huktur-Akkim*, también llamado *La Edad de los Héroes*. Durante los 140 años en que Owöd lo redactó, acaeció un fenómeno en Tö-yhyohep. Desde el genocidio de Kalac, el color de la tierra del cráter se tornó rojo y se extendió por la isla. Los ghak ya tenían suficiente con luchar contra Owöd y no le dieron importancia. Sin embargo, cuando el rojo tocó las esferas esparcidas nacieron los batyars, gusanos de lenguas carnosas, ojos verdes y dientes afilados que comían de todo; cuando crecían, se encerraban en un capullo y se transformaban en lothgars, águilas felinas de alas membranosas y cola puntiaguda. A diferencia de los batyars, las lothgars solo comían carne y concebían esferas doradas como huevos. Y así se multiplicaban a un ritmo frenético.

"Esos engendros destruyeron las ocho ciudades de Talatoya. Salían por sorpresa en todos los sitios y declinaron la contienda a favor de Owöd.

"Pero los ghak no habían sido derrotados. En Ma, se hicieron fuertes gracias a sus más sentidos guerreros: los ghakim, escondidos en el templo de Ghüld, dentro del acantilado sur que compone el golfo de Kuatar. Después de cruentas batallas, los ghakim redujeron a los batyars y a las lothgars. Fue un combate temible que hizo temblar a la tierra y llorar a los dioses. Animados por la victoria, los ghakim fueron a Uriutbur en busca de Owöd. Se enfrentaron con las aberraciones del sacerdote y llegaron hasta su trono en lo alto de la Torre. Allí se desplegó la lucha más atroz de la que guarda memoria Talatoya y en la que se dio muerte a Owöd.

"Cuando eso sucedió, la tierra perdió su tonalidad rojiza.

"Pese a la victoria, los ghak estaban prácticamente extintos, apenas quedaban cien, y era prioritario deshacerse del cadáver del sacerdote. La primera opción fue incinerarlo pero su carne no prendaba. Probaron desmembrarle pero tampoco fue posible. Owöd se había tornado irreductible. Se conjeturó que Mutghar protegía el cadáver y corrió el rumor de que Owöd no estaba muerto sino dormido a la espera de una resurrección. Lo mismo sucedió con el malsano *Huktur-Akkim* que los ghakim encontraron junto al trono del sacerdote. El libro estaba redactado con la sangre de Owöd. Estudiaron su cuerpo lleno de cicatrices. Cerca había plumas con tinteros que almacenaban sangre. La textura de las páginas era distinta. No era pergamino ni papiro sino piel. Los fieles de Owöd se habían despellejado para que el sacerdote creara las páginas. El libro era vomitivo y se catalogó como pecaminoso a fin de desalentar a los curiosos. No obstante, las advertencias provocaron el efecto inverso; cada vez eran más los interesados. En consecuencia, los ghak optaron por destruirlo pero la maldición de Owöd también recaía sobre el libro. *La Edad de los Héroes* era irreductible igual que su tenebroso escritor.

303

"Atormentados por no poder deshacerse de Owöd ni del *Huktur-Akkim*, los ghak temieron que el sacerdote regresara de la muerte. Además, *La Edad de los Héroes* infectaba sus mentes. Algunos se atrevieron a leer fragmentos y se suicidaron ya que eran depositarios de saberes inasimilables.

"A estos males, se unió la aparición de nuevas esferas. La súbita extinción del color rojo había impedido su evolución. La tierra había regresado a su tonalidad habitual. Podrían haber acabado con los gusanos esperando a que nacieran si el color rojo persistiese pero Mutghar había sido hábil; se había adelantado y había extinguido el bermejo. En su estado original, las esferas eran irreductibles, con que el dios se había salido con la suya. Fue entonces cuando los ghak descubrieron que las intenciones de Mutghar eran inescrutables.

"Sumando todos estos factores, los ghak decidieron destruir Talatoya y exiliarse. Las generaciones futuras no debían habitar en la isla. No obstante, no pudieron hacerlo. Alzajod-ygüth y Talatoya eran inexpugnables. Talatoya, las esferas, el *Huktur-Akkim* y Owöd estaban santiguados por Mutghar.

"Y entonces, el clima cambió. Los sabios advirtieron que la Tierra sufriría cambios irreversibles; un Gran Diluvio asolaría los continentes y encabritaría los océanos. Los ghak y otras razas privilegiadas fueron advertidos a tiempo de la catástrofe que se cerniría sobre el mundo. Debían emigrar a otros mundos y confiar en que la ferocidad de los elementos sepultaría Talatoya para siempre.

"Antes del éxodo, los ghak enterraron a Owöd junto al *Huktur-Akkim* en la ciudad de Jyktyan consagrada a su dios supremo, Gioneh, representado por una serpiente. Ese sagrado bastión había repelido más que ningún otro el enrojecimiento de la tierra y era el lugar más seguro para evitar el despliegue del poder dormido de Owöd.

"Los ghak quisieron atestiguar los horrores de Talatoya. Creyeron que una inscripción rupestre sería la mejor manera de transmitirlos. Con una tinta que no conoce el paso del tiempo, garabatearon en la columna de Oakh su historia. Allí explicaron las guerras con los gusanos, el horror de Mutghar y la malevolencia de Owöd. Todo ello con la sana intención de que nadie habitase en Talatoya.

"Con todo hecho, los ghak construyeron Raqu, la mayor de sus naves, mientras el Gran Diluvio asolaba el planeta. A su vez, en el golfo de Kuatar irguieron el portal que les llevaría a través de las dimensiones.

"El día en que terminaron Raqu, los ancianos advirtieron que debían huir. En la contienda con los gusanos, apercibieron que si las esferas estaban bajo el mar no evolucionaban con que el Gran Diluvio era beneficioso. Cuando las olas superaron la altura de las montañas, los ghak subieron a Raqu y avanzaron a través del golfo de Kuatar. Bajo la lluvia, el portal dimensional los iluminó en destellos azules y los transportó a otro mundo con la esperanza de no volver jamás.

Yert

Yert terminó su exposición. La historia de la columna de Oakh era turbia y revelaba nombres corrosivos que contenían demonios. Yert hubiese preferido evitar contarla pero Alba debía saberla para entender al enemigo. Se compadeció de ella. Con el tiempo, las escenas de Oakh la perturbarían y le impedirían descansar pero cuando la vio con el collar supo que había sido señalada por las parcas. Había estado años buscándolo y ella lo había encontrado al pisar la isla. No había sido casualidad.

Escucharon unos alaridos. Miraron arriba. De la alta cúpula del templo insertado en las cavidades subterráneas se colaba la luz y el sonido. Los ataques de las lothgars continuaban. Ignoraban si habían llegado refuerzos; los batyars habían cortado las comunicaciones pero quizás habían enviado al ejército. No importaba; si los ghak vencieron a duras penas a los hijos de Mutghar, las huestes actuales serían doblegadas con facilidad.

Alba rumiaba. El Na Patarra estaba hecho con una aleación de la piedra rojiza, de ahí que las esferas se abrieran. Si la piedra hubiese sido más pura, los bichos hubiesen nacido más rápidamente. Un angustioso sentimiento de culpabilidad la fulminó y preguntó:

—No lo entiendo ¿Por qué Talatoya emergió después del resto de islas?

Yert la miró convulso y probó de responder:

—La isla no se creó por acumulación de sedimentos ya que apareció de golpe y sus componentes son lavíticos. Los volcanes y las montañas crecen o disminuyen según los movimientos geológicos pero Talatoya es distinta. Por algún motivo, a finales del siglo diecinueve, la tierra experimentó un alzamiento. Quizás en la época anterior al Diluvio, el mar tenía menos nivel e Ibiza, Formentera, Menorca y Mallorca se elevaban más sobre el nivel del mar. Pero todo son hipótesis.

—¿Qué crees que sucedió?

Yert la miró sofocado.

—La conexión diabólica se produce a través de una montaña oceánica llamada Alzajod-ygüth. Imagínate, un lugar donde se residencia un poder descomunal, que parece muerto pero que sigue expectante. Creo que esa energía ha alzado la piedra como si se tratara de un ser vivo pétreo, bermejo y ansioso. Precisó centurias para sobrepasar el nivel del mar pero lo logró. Y hay más. Alzajod-ygüth no solo influencia a la tierra sino también a las personas.

—¿Qué quieres decir?

—Alzajod-ygüth se extiende como un virus por la isla y afecta a los que la habitan. El poder de Mutghar se halla en la sugestión. Afuera hay monstruos temibles pero la peor amenaza es que perdamos el control. Debemos salir de aquí antes de que Alzajod-ygüth nos posea.

CAPÍTULO 30
NOTHING ELSE MATTERS

Talatoya, Ma
Julio 2016 d.C.
Martes

Delia

Delia no quiso saber nada de los cuentos de Yert. Su cabeza estaba llena de *Jersey Shore*, Gran Hermano y *One Direction*. No había lugar para nada más; estaba impedida por el televisor. Los abandonó y se fue a la habitación contigua. Apenas había pegado ojo pero en ese momento concilió el sueño. Al despertar, se levantó y fue hacia la sala principal. Alba y Yert no estaban. Ignoró las estatuas y fue hacia la pared opuesta cuyo punto superior no se atinaba. Indiferente, se mordió las uñas.

Pensó en lo que habían sucedido hasta entonces. En unas horas su vida había cambiado. Había pasado de *dominatrix* a intentar sobrevivir del ataque de unos bichos nauseabundos. Era pasadillesco. Aspiraba a despertar del sueño como Antonio Resines al final de la serie televisiva *Los Serrano*. Se convenció de que, al fin y al cabo, no había hecho nada malo. Ella solo había huido para salvar el pellejo.

—¿Cómo pasó?

Era la voz de Alba. Se dio la vuelta y la vio con severa expresión. La detestaba. Era infame. Cuando salieran de ahí siquiera la agregaría al facebook; tal era su odio hacia la de pelo anaranjado. No había ninguna causa concreta que la motivara a sentir tirria hacia ella pero la animadversión era prístina y potente.

Delia se humedeció los labios y se hizo la sueca:

−¿A qué te refieres?

−¿Cómo murió Rodri?

Horas después de abandonarlo, la escena cobraba insensatez. ¿Por qué no lo había soltado? Desatándole de la cabecera de la cama lo hubiese salvado pero había huido.

−Llevabas el bolso de Uriutbur en la avenida de moreras. −Apuntó Alba.

Delia avanzó hacia las estatuas de los ghakim y se detuvo en medio de la sala. Decidió contar parte de la verdad. Los gusanos saltaron sobre Rodri que estaba impedido por un juego sexual. Se inventó que había probado desatarlo pero Alba no se la creyó.

−No pude hacer nada −se justificó Delia. Intentó llorar pero solo retorció las facciones−. El bolso estaba cerca de la puerta, lo cogí y me largué.

Alba miró a un lado, negó con la cabeza y gritó:

−¡Fue culpa tuya!

Alba corrió hacia Delia, la alcanzó, le propinó un puñetazo y la envió al suelo. La rubia se dio un golpe en la espalda y un rielo de sangre surgió de su labio superior. No se trataba de una herida profunda pero nunca le habían pegado. Desde el suelo, miró a Alba; extendía el brazo con el puño cerrado y una sombra cobijaba su rostro detrás del cabello sujeto por el gorro de aviador. Estaba distinta, feroz, pero Delia no se achantó:

–¿Culpa mía? ¿Acaso no llevaste tú el collar al Na Patarra? Quizás soy responsable de la muerte de un hombre pero tú lo eres de la de miles.

Alba abrió las piernas, cerró los puños, tensionó los brazos y bufó como un toro antes de embestir. Delia se levantó dispuesta a luchar; esta vez la cogería del pelo y se defendería.

La dos corrieron una en busca de la otra y cuando estuvieron a punto de agarrarse una voz las detuvo:

–¡Haya paz! –gritó Yert–. ¡Lo sucedido puede ayudarnos!

Alba y Delia lo miraron confundidas. Yert descubrió el bolso de Uriutbur. Delia quiso pedirle explicaciones por habérselo cogido pero Yert introdujo la mano en el bolso y sacó las dos llaves de las motos de agua.

–Esto nos servirá –aseguró Yert. Delia y Alba hicieron conjeturas.

Delia recordó el momento en que se hizo con las llaves. Con las de la moto amarilla tenía suficiente pero Rodri las había requerido y si se las devolvía no podría ir a fornicar con Álex por las calas. Ella, despechada, le había quitado las de la moto azul. ¡No recibía órdenes de nadie! Lo había hecho sin pensar. Recordó el decepcionante polvo en Jasor. Con las motos hubiesen ido a cualquier otro sitio a darse otra oportunidad. Se hubiesen inventado alguna excusa para esquivar a sus parejas. Tenían cuerpazos dignos de las tarimas de las mejores discotecas y estaban con Alba y Rodri por interés. Delia y Álex como pareja vivirían de alquiler en un piso de 40 metros cuadrados. ¡Menudo sufrimiento!

–Las motos alcanzan gran velocidad –intervino Yert–. Podríamos huir de la isla y dejar atrás a las lothgars.

–Debemos encontrar la manera de llegar a ellas –terció Alba.

Delia tragó saliva. Mejor no confesar por qué llevaba las llaves en el bolso. Cruzó los dedos para que no se lo preguntasen.

Alba

Comieron amargamente mientras escuchaban los confusos ruidos que procedían del exterior. Se sentía orgullosa de haber tundeado a Delia. Tenía carácter; sus padres le recordaban que de pequeña pegaba a todo el mundo pero no recordaba ningún incidente. Darle a esa engreída había sido una sublevación. Delia había abandonado a Rodri. La pérdida de Álex había sido funesta pero podía encontrar a un musculoso en cualquier gimnasio; sin embargo, personas como Rodri escaseaban.

Al terminar de comer, cada uno cogió una senda distinta. Delia se fue a la sala principal y Yert desapareció. La de pelo anaranjado se quedó a solas en la pequeña estancia. Los cuadros estaban rectos, los cereales dentro de recipientes de vidrio y los potes de conservas dispuestos por legumbres. Yert había resistido heroicamente en ese lugar desde el año 1967. Se había convertido en un mendigo cuando merecía un sentido reconocimiento.

Escuchó ruidos guturales desde el exterior. La atmósfera estaba cargada; el suelo irradiaba un calor tenebroso. La historia de los gusanos era una atrayente blasfemia. Esos monstruos lidiaban con el mismo poder oscuro que la había seducido para llevar el collar al Na Patarra.

Intentó distraerse. Salió a la estancia principal y vio a Delia. Aun le sangraba el labio. Le preguntó dónde estaba

311

Yert y le contestó que se había ido por las escaleras del fondo. Alba halló una apertura a la izquierda con grandes escalones y los subió. Medían metro y medio y más bien los trepó. No podía superarlos con una zancada. Estaban en mal estado y la lumbre escaseaba pero cuando creyó que la oscuridad iba a absorberla, apareció la luz.

Giró a la izquierda tal y como le dirigía la escalera y se abrió una estancia circular repleta de libros. Ocupaban el suelo entero y era imposible entrar sin pisarlos. Estaban apilados en montones de altura variable y algunos llegaban hasta el techo. En la parte superior, a cinco metros de altura, había aperturas rectangulares que recordaban a las ventanas de los garitones de los castillos medievales pero en horizontal.

Alba entró insegura. Había libros viejos con los lomos maltratados pero también había revistas y novelas actuales como *El Círculo Mágico* de Katherine Neville e *Hijos de Matrix* de David Icke. Pese a crear una alfombra no estaban vejados; se habían dispuesto con ternura. Se fijó en las columnas de tomos; estaban apilados a la perfección y cuando alcanzaban cierta altura la base estaba hecha con varios ejemplares con que se aseguraba la estabilidad; en medio de la estructura, los libros ocupaban posiciones estratégicas como los ladrillos de un edificio.

Entraba más luz que en el resto de Ghüld. Las aperturas daban directamente al exterior sin la extraña obstrucción que afectaba al templo. Alba reconoció su valor. La luz, proyectada sobre los libros, los ennoblecía.

Miró arriba y vio a Yert sobre una de las montañas de libros. Se asomaba por una de las grandes y finas ventanas horizontales mientras observaba el paisaje a través de su monóculo. Tocaba unos botones situados en el borde del cristal y parecía que buscase algo.

No la había visto. Ella se acercó cautelosamente y le llamó la atención:

—¿Qué haces ahí? —le preguntó.

Yert, que no se había dado cuenta de su presencia, se sobresaltó, hizo un gesto como si le hubiesen dado una colleja y gritó en francés. Se dio la vuelta y vio a Alba unos metros por debajo. Él tenía las piernas medio abiertas, como las de los dibujos de Mutenroshi. El monóculo, de habilidades desconocidas, reflectó la luz y alcanzó a Alba, que tuvo que protegerse con los brazos.

—Perdón —Yert movió la cabeza y desvió el incómodo reflejo—. ¡Sube! Pero antes toma los prismáticos que hay ahí.

Yert señaló la base de una columna de libros donde había unos prismáticos dorados cuyos objetivos eran desproporcionadamente grandes en relación con los oculares. Alba los cogió y se los colgó del cuello: pesaban un montón y tendrían mil años.

Fue en busca de Yert. Analizó la estructura de papel. No lo tenía claro, se frotó la barbilla y torció los labios. Descubrió que había amarres donde apoyarse. Sería como trepar por una montaña. Se animó y ascendió. Era intuitivo. Yert lo había dispuesto para eso. El grosor de la columna era considerable y reposaba contra la pared con que no había riesgo de caída.

Llegó a la cima y el anciano la ayudó a levantarse. Alba se irguió; había espacio para los dos. Miró abajo y confirmó que el suelo de la estancia estaba enmoquetado por libros bañados por la lumbre de la tarde. Yert sonrió.

—¿Te sientes mejor?

Alba fue sorprendida por una ráfaga de viento y se envalentonó.

—Quizás —contestó ella—. De repente he mejorado. ¿Qué sucede?

—Los libros —confesó Yert—. Los puse de esta manera porque me protegen de la tierra roja. —Alba lo miró incrédula—. No digo que tengan la capacidad física de hacerlo pero me alivian. Llamo a esta sala *Nothing Else Matters*, como la canción de Metallica.

Alba asintió pero no conocía la pieza. El reconforte podía deberse a la luz, al aire cálido del exterior, al aroma de los libros, etc. No tenía que haber una explicación teológica-filosófica-trascendente. ¿O acaso esos detalles mitigantes lo eran por sí mismos?

Yert le pasó el brazo por detrás de los hombros y la volvió hacia la ventana. Vio el considerable grosor del alféizar y detrás de este una panorámica del golfo de Kuatar. La vista estaba obturada por pequeñas ramas; la naturaleza escondía los ojos del templo de Ghüld. Se escuchaban el romper de las olas contra el acantilado. Yert instó a Alba para que utilizara los prismáticos binoculares. Ella miró a través de ellos y contempló el golfo y la ciudad de Ma. Los batyars habían destruido casas, estampado coches contra paredes e incluso los habían tirado sobre los barcos. El muelle también había sido corrompido. Yert le preguntó si veía las motos de agua. Ella se atolondró. No las localizaba. Sin embargo, después de unos minutos, las halló cerca del acantilado sur donde estaba Ghüld. Estaban indemnes pese a que muchos barcos habían sido destruidos al intentar huir.

Yert y Alba suspiraron aliviados.

—¿No ves nada extraño? —preguntó Yert. Alba veía cosas subrayables pero sospechó que el anciano no se refería a la desolación—. Mejor dicho, ¿qué es lo que no ves?

Alba alucinó. Para ver todo aquello se requería de unos potentes prismáticos pero Yert no los necesitaba; se bastaba con su monóculo. Alba sintió curiosidad sobre la tecnología empleada para insertárselo pero había cosas más urgentes que atender.

Analizó el puerto.

—No están los batyars ni las lothgars —contestó Alba sorprendida—. ¿Cómo es posible? La ciudad estaba infestada. —Alba peinó la costa con los prismáticos pero no había ni rastro de los engendros—. ¿Qué ha sucedido? —Preguntó a Yert.

—La leyenda de los ghak tiene misterios y hay fragmentos incomprensibles.

Yert le había revelado parte de la epopeya de los gigantes pero sabía mucho más. No debía ser fácil atesorar tantos secretos enfermizos. Alba soltó los prismáticos y quedaron suspendidos entre sus enormes pechos. El anciano se quedó mudo. Alba detectó el despiste varonil ante las protuberancias femeninas y cerró a medias los párpados en señal de escepticismo. Todos son iguales, pensó. Sin embargo, se controló. No tenía tanta mala leche como Bulma.

—Si crees que no debes contármelo no te fuerces. —Instó Alba para conseguir el efecto contrario.

Yert torció los labios y apeló:

—Es grande mi responsabilidad. Solo un puñado de personas conocen lo que te he explicado antes sobre Alzajod-ygüth pero aun menos están al corriente de esto.

¡Explícalo! ¡Por favor! ¡Por favor! Suplicaba Alba para sus adentros.

—Por otro lado, como te dije, este conocimiento es dañino.

—¡Lo sé! —Lo sancionó Alba. Yert era sobreprotector—. Pero me has contado parte de este saber. ¡Y ansío saber más!

Yert la miró con pesadumbre y le advirtió:

—Ahondar en una materia sana es bello pero hacerlo en asuntos sombríos perturba. Primero sientes curiosidad, luego inquietud y cuando menos te lo esperas eres un esclavo de ese conocimiento. Los humanos no podemos controlar estos asuntos: estos nos controlan a nosotros.

—Un bicho se ha comido la cabeza de mi novio. —Alba estaba decidida—. Necesito saberlo. Aunque no me lo digas indagaré y lo encontraré. La isla me ha despertado. Nunca me ha preocupado la arqueología, las reliquias y la mitología pero desde que encontré el collar he cambiado. He abierto una puerta hacia una oscuridad en la que deseo perderme.

Yert le dedicó una mirada compasiva, se apoyó en el alféizar y claudicó:

—Te he hablado sobre la historia de Owöd, el sacerdote mezquino que luchó contra los ghak y al que le susurraba el nauseabundo Mutghar. Por culpa de Owöd y después del genocidio de los gigantes de Kalac aparecieron en el cráter de Tö-yhyohep las esferas doradas que contenían los gusanos. Después de esparcir las esferas por Talatoya, Owöd se refugió en la ciudad de Uriutbur, concretamente en lo alto de la Torre, y allí, durante 140 años y protegido por los gigantes de la ciudad, escuchó la voz de Mutghar. Owöd, fue depositario de secretos esotéricos. Mutghar, a través del conocimiento, lo esclavizo para que escribiera ese funesto compendio de horrores en un libro: el *Huktur-Akkim*. Este es su nombre original aunque ha recibido muchos. El más conocido es en griego: η εποχή των ηρώων. En español se lo conoce como *La Edad de los Héroes*. Cuando Owöd fue derrotado por los ghakim, el *Huktur-Akkim* fue encontrado junto a su trono en lo alto de la Torre de Uriutbur. Los ghakim intentaron destruirlo así como al cadáver de Owöd pero no lo lograron. Talatoya, Owöd y el *Huktur-Akkim* estaban protegidos. Algunos incautos quisieron leer fragmentos del *Huktur-*

Akkim y murieron por circunstancias inexplicables o bien se suicidaron. Ante la imposibilidad de destruirlo, los ghakim optaron por enterrar el libro junto a su escritor en la ciudad de Jyktyan, el lugar menos corrompido por la fuerza roja de Alzajod-ygüth. Y fue allí, en Jyktyan, donde Aaron Parker me destinó para empezar a traducir los textos de los ghak.

"En el año 1880 llegué a Talatoya junto con mi mujer y el Culto nos dirigió a Jyktyan. Era una ciudad magnífica, con monumentos erguidos a los dioses de los gigantes tan antiguos como el poder que hace gravitar a los planetas. Animoso, empecé a traducir los textos y descubrí una inscripción que revelaba dónde estaba enterrado Owöd y el *Huktur-Akkim*. No era consciente de quién era ni del contenido del libro con que, ilusionado, planteé al Culto mi traducción y abogué para que se excavara donde advertía la inscripción. Me hicieron caso y descubrieron el cuerpo de Owöd junto con el libro que contiene las aberraciones cósmicas de las que fue garante el sacerdote profano.

"Los del Culto cerraron filas alrededor del cadáver de Owöd pero necesitaba verlo y me escapé. Contemplé su tumba y ese amargo recuerdo aun está grabado en mi retentiva. Estaba prohibido visitar el lugar y me descubrieron. Cuando creí que iba a morir, los hombres de Augusto, unos rebeldes que actuaban en la sombra contra Aaron Parker, me salvaron.

"Poco después, Alice me contó que estaba recolectando esferas doradas. Cogí una y fuimos en busca de un geólogo para estudiarla. Mientras la analizaba a través de un microscopio, emergió de ella un gusano batyar que se precipitó sobre mi ojo izquierdo, se lo comió y por poco me alcanza el cerebro. Luego supe que el motivo de que naciera el gusano había sido la proximidad de una piedra del centro de la isla, extraída del cráter rojo de Tö-yhyohep, cerca de la

Ciudad Roja de Kalac. El geólogo la tenía en el despacho donde observé la esfera por el microscopio y en cuestión de minutos la descompuso y nació el batyar que casi acaba conmigo.

Alba asintió dubitativa, Lumière detectó su contrariedad y continuó:

—El Na Patarra está construido parcialmente con la piedra roja, los diseñadores hicieron una aleación con la roca original. Hay muchos otros materiales que lo constituyen y, por eso, los batyars tardaron días en romper las esferas. En mi caso, la piedra era natural de Tö-yhyohep y el gusano emergió inmediatamente.

Alba entendió su razonamiento y le rogó que continuara:

—A consecuencia del incidente con el microscopio, los rebeldes fueron descubiertos y Augusto fue ejecutado. Cuando desperté, los del Culto me habían incrustado este monóculo que suplía y mejoraba mi visión. Recluido y apartado de mi mujer, me obligaron a viajar a Oakh, donde traduje la columna y cuyo contenido ya te he explicado. Pero las intenciones de Aaron Parker eran más funestas. Aun tenía que realizar la tarea más ardua: traducir *La Edad de los Héroes*.

"Me llevaron a Uriutbur, el lugar donde Owöd había escrito el libro, y me libraron una copia del *Huktur-Akkim*. El original, de tamaño mayor ya que fue escrito por un gigante, estaba en paradero desconocido. Sin embargo, en esa copia estaban los símbolos rubricados por la sangre de Owöd. No quería hacerlo pero sí quería. No pero sí. La atracción chocaba con la prudencia. Necesitaba traducirlo aunque muchos habían muerto leyéndolo. Muy a mi pesar, no tengo un recuerdo funesto de ese tiempo. Lo olvidé durante muchos años hasta que... —Yert seguía cauteloso—. Creía que si poseía ese conocimiento pondría fin a mis días, tal y como hicieron los incautos gigantes que osaron leerlo pero no fue así.

"Después de que terminara la traducción de *La Edad de los Héroes*, Aaron Parker reunió a los impuros en Tö-yhyohep donde quería matarlos en honor a Mutghar igual que hizo Owöd con los habitantes de Kalac. En ese momento, Aaron pronunció el siguiente fragmento del *Huktur-Akkim* que yo mismo traduje:

"Talatoya, la de tierra rojiza, es la puerta del abismo por donde el anatema Mutghar entrará para someter a los humanos. Kjen, la todopoderosa e Ylyok el magnánimo se unirán a él. Kjen será la primera y Mutghar la seguirá. Cuando se realicen los sacrificios adecuados, las esferas emergerán de la tierra. Esferas doradas que evolucionan con la tierra roja y se paralizan con el agua del mar. Si se acercan a la tierra roja se convertirán en batyars, que comen de todo, y estos evolucionarán en lothgars que se alimentarán de carne para reunir la energía necesaria y resucitar a Mutghar. La última lothgar, la que resuma el poder aglutinado por sus hermanas, será el cuerpo que albergue el narciso espíritu del dios estigio".

"Después del incidente con el batyar que devoró mi ojo, los rebeldes, contra pronóstico, habían ganado fuerza. Gracias a ellos, gran parte de los que iban a ser sacrificados por Aaron Parker fueron salvados y Parker murió devorado por los gusanos que él mismo hizo emerger gracias a otra piedra pura de Tö-yhyohep. Los rebeldes me rescataron de Uriutbur. Me dijeron que me encontraron tirado sobre mis propios vómitos rodeado de papeles sueltos en una casa oscura de Uriutbur. Luego, tiraron el collar a la Cala Blanca.

Yert calló. Alba se sobresaltó, sintió vértigo y la altura de cinco metros en la que estaban le pareció mayor, como si el suelo se apartase. Temió caerse y se apoyó en la pared. Tal era la intensidad del relato. La historia sobre el *Huktur-Akkim* era perturbadora. Alba quiso saber más pero el anciano cercenó sus pensamientos:

—"La última lothgar, la que resuma el poder aglutinado por sus hermanas, será el cuerpo que albergue el narciso espíritu del dios estigio". Esto dijo Aaron Parker y no sé cómo interpretarlo. Habla de la última lothgar pero se reproducen a una velocidad tremenda. ¿Nos están invitando a destruirlas para que Mutghar se reencarne en la última?

—Es incoherente —ratificó Alba—. La última lothgar es especial pero ¿por qué?

—Como en *Los Inmortales* —carcajeó Yert. Alba no entendió la referencia—. Bueno, el hecho es que la última puede ser la más funesta.

—¿Crees que tiene relación con que no veamos lothgars?

Yert asintió. La inscripción sobre la llegada de Mutghar coincidía con la extraña desaparición de las lothgars. Alba ignoraba lo que pensaba el anciano; con todo lo que había leído, Yert podía barajar muchas ideas pero lo más terrorífico que ella había visto era *Paranormal Activity* y tenía una inventiva atrofiada.

—Estos huecos están resguardados —dijo Alba tocando el alféizar. Se percató de que estaba humedecido por un líquido brillante—. Pero me cuesta creer que las lothgars no los hayan visto. ¡Y que durante todo este tiempo nadie haya reparado en ellos!

Yert chasqueó los labios. Estaba obligado a explicar más detalles:

—Cuando me encontraron en Uriutbur estaba rodeado de papeles. Por lo que me dijeron, insistí en que debían recogerlos. Estaba demente, fuera de mí. Pues bien, los rebeldes los reunieron y cuando recuperé la cordura me los entregaron encuadernados. Estaban sucios de orín y de vómito y hedían a podredumbre. No sabía qué eran pero prometí a Alice que no los leería. Sospechaban que eran parte del libro maldito que había parafraseado Aaron Parker. Respeté su postura pero cuando murió en el 1925 falté a mi palabra. No pude evitarlo. Abrí la tapa y las páginas estaban escritas en rojo. En efecto, era una parte del libro de Owöd. Entonces, cuando mis ojos se estamparon contra esas letras, recordé detalles sobre lo sucedido mientras traducía el *Huktur-Akkim*. Solo destellos, nada uniforme.

"Aaron Parker me exigió la traducción del libro y el volumen escrito con el lenguaje de los gigantes que empleé como original. Me forzaron a entregárselos; yo no quería. Luego, fuera de mí, me abandonaron en Uriutbur pero me habían facilitado hojas para escribir las traducciones y sobraron muchas. En mi memoria, tenía gravadas las rubricas de Owöd. Me acordaba de lo traducido con una precisión endemoniada. Creo que Mutghar me facilitaba los datos sin necesidad de tener el libro, tal y como hizo con Owöd. Solo y abandonado, transcribí de nuevo el libro esta vez para mí. Sin embargo, me habían privado de plumas con que tuve que buscar otro tinte: mi sangre; igual que había hecho Owöd. Me concentré en una casa de Uriutbur y allí escribí de nuevo el libro. Cuando llevaba una octava parte, los rebeldes me descubrieron y me obligaron a dejar mi tarea.

"Nadie más a parte de mí sabía que ese legajo de papeles era el compendio más macabro que el mundo ha conocido. Alice y Diop lo sospechaban pero nunca lo confirmaron. Eres la primera en saberlo. En mi versión de *La Edad de los Héroes* no está toda su malevolencia; faltan partes. Probé terminarlo después de la muerte de Alice pero la afección de Mutghar se había extinguido. Por otro lado, pese a que los conocimientos del libro son condenables, los he asimilado. O, al menos, eso creo.

"Entre los secretos de esa pequeña recopilación, había un truco para evitar a los batyars y a las lothgars. Estos bichos odian el aceite. Por eso, los bordes de las ventanas están cubiertas de aceite. No me preguntes cómo nadie ha visto antes estas ventanas. He intentado observarlas desde fuera pero nunca las he localizado, es como si estuvieran protegidas. Como un cristal por el cual puede verse desde dentro pero no se distingue desde fuera. Ignoro el truco o la técnica empleada aunque es efectiva.

Se escuchó un alarido desde el exterior. Por instinto, Alba y Yert se agacharon; era como si una gran ave volase cerca. Una desbandada de pájaros se elevó desde los árboles. A Alba le recordó al ruido de las lothgars voladoras pero con una tonalidad superlativa. El día anterior hubiese sentido terror pero en esa ocasión, ahora que atesoraba ese nombre arcano, *La Edad de los Héroes*, el funesto tesón que irradiaba de ese conjunto de palabras la absorbió. Los monstruos de fuera eran irrisorios comparados con la negrura que representaba el libro.

—El original de *La Edad de los Héroes* ha desaparecido pero hay versiones "humanas" en Arabia Saudí, en América Latina y en el Monte Cilene en Grecia, todas ellas derivadas de la mía. —Aseguró Yert—. Lo sé por autores dementes que cayeron en desgracia y murieron jóvenes encerrados en manicomios. Te preguntarás qué credibilidad guardan y yo te diré que mucha. No tengo un argumento firme solo una convicción. No te engañaré. Busco con ansia esas versiones pero parece que me evitan. Nunca he dado con ninguna aunque creo en su existencia.

Sopló el viento y unas hojas corrieron por el alféizar, entraron en la sala y se precipitaron hacia abajo confundiéndose con los libros. Alba recordó la imagen de los ghakim y se estremeció.

—¿Aun existen los ghak? —se interesó Alba.

—Esta es la pregunta que intento responder. Según las inscripciones de Oakh, los gigantes construyeron una puerta interestelar en la bahía de Kuatar y se largaron tras el enfrentamiento con Mutghar. He estudiado los acantilados de Ma y todas las rocas submarinas pero no he encontrado vestigios de ningún portal. Incluso he llegado a pensar que erré en mis traducciones. Si encontrara el portal tendría grandes pistas sobre su paradero pero esta posibilidad es muy remota. Además, facilité estos datos al Culto con que ellos ya han hecho investigaciones al respecto para apropiarse del portal. ¡Fui un estúpido! ¡Tuve que guardarme esta información tal y como hice con la existencia de Ghüld! Si damos con esa puerta sabremos dónde se fueron los gigantes y podremos ir a su encuentro. Con todo esto, estoy convencido de que *La Edad de los Héroes* tiene todas las respuestas. Sé que es malicioso lo que voy a decir pero hay veces que deseo que Mutghar me posea para saber todos estos misterios y también maldigo a los rebeldes por haberme interrumpido en Uriutbur cuando estaba reescribiendo el libro.

Alba se alejó un ápice de Yert vigilando no caer de la columna de libros. Se había entusiasmado demasiado y deliraba. Ella no le conocía, pero se convenció de que no lo decía en serio y que esos pensamientos le asaltaban en instantes concretos como a todo el mundo le sobreviene un pensamiento macilento de vez en cuando.

—¿Quieres decir que ya no tienes el influjo para reescribir el libro? —preguntó ella.

Lumière asintió pero el tema le dolía demasiado como para continuar. Alba comparó su malestar por la pérdida de su familia y el de ahora por no poder atesorar el saber oculto de Mutghar y creyó que el segundo era más intenso que el primero.

No obstante, Alba no quiso juzgarle y echó un vistazo al exterior. Contempló la destrucción y se sobrecogió. Si salían tendrían que enfrentarse a los hijos de Mutghar pero no podían continuar encerrados. Sobre la torre de libros, la maldad que mancillaba la tierra quedaba lejos pero esa protección era quebradiza.

—Al menos tenemos vehículos con los que huir. Partiremos mañana por la mañana —dijo concienzudamente Yert—. Pero antes debemos prepararnos.

CAPÍTULO 31
STEAMCARBINE

Talatoya, Ma
Julio 2016 d.C.
Martes

Alba

Les costó convencer a Delia que debían irse con las motos de agua. La subieron a la habitación *Nothing Else Matters* y la obligaron a mirar por las aperturas a fin de familiarizarse con la estampa. No había soldados, helicópteros ni aviones: el ejército no parecía haber retado a los monstruos.

Delia, llorica, apostaba por quedarse en Ghüld. Escuchaban aberraciones sonoras; se trataba de una mezcla de aullidos y graznidos. No se podían identificar los animales que los proferían pero era evidente que eran lothgars. Su presencia tácita era truculenta. Surtían múltiples preguntas ¿por qué se escondían?

Mientras Delia exponía los contras de huir, Alba daba vueltas al plan de Yert. Tenían las llaves y las motos. Debían llegar al puerto y montarlas pero no era sencillo. El mar estaba constelado de restos de navíos con que otros habían pensado lo mismo. La tensa calma la desconcertaba. Habían pasado más de veinticuatro horas desde el estallido de la plaga y los gusanos se habían propagado a gran velocidad pero su mayor mérito era haberlo hecho sin obstrucción. La inteligencia que les domeñaba, Mutghar, estaba al tanto de la tecnología; si no habían llegado los refuerzos militares o estos habían sido insuficientes se debía a una pericia que iba más allá de la ferocidad. La ausencia de gusanos y mariposas obedecía a sabios designios.

—Iremos por el acantilado. —Lumière expuso la estrategia—. Las cuevas que llevan a Ghüld se bifurcan en túneles subterráneos y uno da al acantilado, a quinientos metros del puerto. Son conductos naturales, fruto de la erosión. Los accesos por los que entraban los gigantes son ignotos y a buen seguro que fueron sellados antes de la partida de Raqu.

—¿Y si nos descubren los batyars? —Lo censuró Delia—. ¿No podemos desplazarnos por los túneles hasta un lugar más cercano?

Yert negó con la cabeza y contestó:

—No hay ninguna salida más próxima al lugar donde están las motos. Una vez hayamos salido fuera en el acantilado, hay un estrecho sendero que conduce al puerto. No es seguro pero es la única vía. Seguiremos los túneles hasta el acantilado, cogeremos el sendero hasta el puerto y subiremos a las motos de agua.

Delia claudicó.

—Debemos armarnos —terció Yert.

—¿Con qué? —preguntó Alba.

Yert miró a Delia.

—Arriba cogiste dos pistolas y munición. Dale una a Alba —sugirió Yert—. Aquí no tengo armas.

–¡Ni hablar! –se negó Delia–. Rodri me enseñó a dispararlas. No puede usarlas cualquiera. Además, ¡yo me arriesgué para conseguirlas! –Delia miró a Alba con arrogancia–. No pienso regalarle una a esta cretina y mermar mis defensas.

Alba encolerizó pero Yert leyó sus intenciones y se interpuso entre ellas. El Tortuga intentó convencer a Delia de que debían compartir las armas pero la rubia no daba su brazo a torcer.

Alba se rindió y los dejó discutiendo. Bajó por los libros hasta el suelo y escuchó cómo Delia le reprochaba a Yert su partidismo hacia la de pelo anaranjado. La hubiese molido a palos pero antes ya le había dado una buena tunda y no iba a perder más tiempo con esa esnob.

Quiso alejarse del aura maligna de Delia, abandonó *Nothing Else Matters*, bajó las escaleras hasta la estancia principal del templo y echó una mirada a los ghakim que, en distintas posiciones, creaban un triángulo extendido de cuerpos. Aunque fuesen de piedra irradiaban supremacía.

Sintió curiosidad y se escabulló dentro de la cueva de Yert. El anciano del monóculo había abierto multitud de puertas hasta llegar allí y pensó que podría haber más estancias. Palpó las rocosas paredes irregulares pero no había interruptores ni palancas.

Se cruzó de brazos. Ante ella tenía la fotografía en sepia donde Alice Wright estaba sentada sobre el regazo de un sonriente Philip Aldous Lumière que aun conservaba el ojo izquierdo.

Puso las palmas sobre la fotografía. No era de tela sino de metal. Se sorprendió. La empujó y la imagen se ahondó en la pared. Se trataba de un interruptor. La pared se agrietó y se abrió una apertura.

Miró por todos los lados para cerciorarse de que nadie la había seguido. Los gritos de Delia llegaban hasta allí.

La apertura era oscura así que tanteó la pared interna en busca de un interruptor. Mágicamente dio con uno, lo accionó y se encendieron unos tristes y añosos fluorescentes amarillos. Temerosa pero a la vez entusiasmada, entró en la nueva estadía.

Había tarimas, vitrinas con objetos polvorientos, un traje de buzo, maquetas de aviones, hélices y baúles. Se trataba de un curioso trastero.

Observó la escafandra. Sospechó que dentro del casco de hierro había una persona; siempre tenía la misma impresión. Con los trajes de buceo contemporáneos no sucedía; el deshumanizado neopreno confería un aire anfibio.

Había una gramola en una esquina; se acercó y leyó un nombre en la madera donde volteaban los discos: Emile Berliner. Al lado, había una extensa colección de vinilos dispuestos en cajas. Sacó algunos y descubrió: *Tubular Bells* de Mike Oldfield, *Valtari* de Sigur Rós, *Joshua Tree* de U2 y *Yield* de Pearl Jam.

Miró enfrente. Sobre unas barras pegadas a la pared descansaba la caña de bambú de Yert. Debió guardarla ahí cuando nadie le veía.

Se acercó con respeto ceremonial y puso la mano sobre ella sin tocarla ya que con una caricia se accionaban los cuchillos. La escasa luz apenas permitía ver los detalles pero en la penumbra parecía metálica. En su superficie, había decenas de minúsculos interruptores. Desde lejos parecía una simple caña, pero de cerca revestía las características de una avanzada arma. Sobre la caña había un cartel con una inscripción hecha con una máquina de escribir antigua:

AXL YMAN

"Robada en Iraq en el año 1965 antes de la invasión estadounidense. La sustraje de los museos de Bagdad antes de que fueran saqueados en el 2003. Un árabe sabio me advirtió que era un arma sumeria de ocho mil años de antigüedad y que había vencido al tiempo porque estaba hecha con el metal de lagh. Hay pocas referencias sobre este material. En el Necronomicón: la traducción de Dee[3] anotada por Lin Carter hace un críptico inciso: (...) algunos dicen que los lagartos crustáceos llegan a la Tierra por medio de sus torres, que son del imperecedero metal lagh que no siente el mordisco de los vientos negros y gélidos que soplan entre los mundos (...)[4]. El sabio me reveló su nombre, Axl Yman, ya que los antiguos nominaban a sus armas".

Alba se imaginó a Yert en el 1965 mezclado entre los iraquíes para llegar a Axl Yman. Por lo que le había explicado, había abandonado a su familia en el 1925 y estuvo hasta el 1967 vagando por el mundo en busca de indicios sobre los gigantes. Descubrir esa arma había sido un logro. Bueno, más que descubrir: robar. Era un ladronzuelo confeso; también se había apropiado de las ropas de su mujer, el muy canalla.

---

[3] Del autor L.Sprangue de Camp ©1973 de Owlswick Press. Título original: *The Necronomicon: The Dee Traslation.* Incluido en la obra *The Necronomicon* (tercera edición mayo de 2008). Editado por La Factoria de Ideas y traducido por Óscar Díaz García.

[4] Del autor L.Sprangue de Camp ©1973 de Owlswick Press. Título original: *The Necronomicon: The Dee Traslation.* Incluido en la obra *The Necronomicon* (tercera edición mayo de 2008). Editado por La Factoria de Ideas y traducido por Óscar Díaz García. Este fragmento está incluido en *El Libro de las Puertas* en el apartado *Acerca de los Mundos más allá de este Mundo, y de las maneras de viajar.*

Aumentó el respeto por esa arma aunque su sombrío origen merecía prudencia. Si antes no deseaba tocarla, ahora menos. "(...) que no siente el mordisco de los vientos negros y gélidos que soplan entre los mundos(...)". Esa frase retumbó en su cabeza y necesitó apartar la mirada de Axl Yman.

En una esquina, otro objeto captó su atención. Estaba sobre una mesita de noche polvorienta y rasgada. Se trataba de una caja dorada de metal con un tubo saliente de la parte inferior que enlazaba con una escopeta adherida a un lateral de la misma caja. Se acercó y descubrió que disponía de correas de piel para ser cargada en la espalda. Pasó la mano por la superficie, limpió una película de polvo y el trazo liberado refulgió en amarillo. Dio un paso atrás. Todo lo que parecía oro podía estar maldito. Estudió la caja; en su superficie había dibujos que recordaban el interior de un reloj: una galaxia de volantes, balancines y tuercas. Igual que con el Axl Yman, encima colgaba un cartel con una explicación:

STEAMCARBINE

"La robé de los museos de Bagdad en 1934 antes del saqueo. No tengo referencias. Ninguno de los sabios a los que consulté sabía nada aunque todos coincidieron en su origen sumerio. Su mecánica me aterra y me fascina por igual. Se parece a un fusil contemporáneo. La llamé Steamcarbine porque al pulsar el gatillo se disparan potentes ráfagas de vapor candente. Puede ser un arma peligrosa y cuesta domeñar; yo mismo he sido incapaz. Lo que me preocupa es el origen del vapor. He intentado abrir la caja pero es imposible lo cual me hace pensar que quizás está hecha con el metal de lagh. De todas formas, la caja está hueca y el vapor no se produce por la combustión del agua porque no necesita repuesto. Steamcarbine dispone de una fuente inacabable de vapor que es invisible a nuestros ojos. ¿Un arma cuyo nutriente se halla en otro mundo o en otra dimensión? Debo investigarlo".

La agarró y la limpió. Alba tosió por la cantidad de polvo levantado. Steamcarbine había sido abandonada, se apiadó de ella y se la colgó en la espalda. Apenas notó su peso, cayó con naturalidad como si encajasen dos piezas. Miró al lado y vio la escopeta en el lateral. La desclavó de las sujeciones metálicas que la pegaban a la caja, se la presentó y le impresionó la imagen de sus guantes sobre ella. Sería bueno mirarse en un espejo y ver la pinta que llevaba con el gorro de aviador, las gafas de montura gruesa y Steamcarbine colgándole de la espalda.

—Así que has estado todo este tiempo aquí, sola —Alba la acarició como si entre sus brazos tuviese un animal desvalido.

Había quitado mucho polvo y la sala se había corrompido con átomos de suciedad. Los fluorescentes parpadearon. Estos detalles embrutecieron la situación.

Oyó golpes. Miró arriba. Filamentos de polvo cayeron del tejado por las sacudidas. Escuchó unos aullidos lejanos y un sonido que le destripó el alma: parecía un perro abriendo las fauces mellado por una respiración tosca y gutural. Las lothgars, o lo que fuese que había allí arriba, iban a por ellos. No estaban a salvo en esa ratonera.

Se turbó recordando la cercanía del combate con los monstruos. Debían salir a la superficie y ella ni siquiera tenía un arma. Miró la escopeta y se sintió aligerada. El sonido gutural seguía latiendo como si cerca merodease un mastodóntico cocodrilo pero Steamcarbine le indicaba que no perdiese la calma.

Agarró la escopeta con decisión. La culata y el apoyo mejilla eran gruesos pero a medida que se acercaban al cañón se estrechaban hasta que la boca se reducía a una pequeña apertura. Buscó el gatillo, resguardado por un notable guardamonte con detalles ornamentales cincelados. Lo presionó levemente y sintió que algo se movía por detrás. En la punta del cañón, apareció una potente luminiscencia focal azulada. El arma se calentó y notó actividad en la empuñadura y en el guardamanos. Seguía escuchando los alaridos exteriores pero Steamcarbine la tranquilizaba.

Asió la escopeta y por la mirilla circular buscó un objetivo donde probar puntería. La culata se le adaptó al hombro como si estuviese hecho para ella. Se sintió parte del arma. Se percató de que la mirilla era un añadido negro; no formaba parte de la original Steamcarbine.

Buscó una buena posición y se puso a diez metros de una pared libre. Volvió a apuntar. La finura de la boca dificultaba la precisión como si el objetivo se escapase. De todas formas, apuntaba a la pared más apartada de los enseres de la habitación con que no podía pasar nada si erraba. Volvió a presionar el gatillo suavemente y el cañón se azuló.

—Ooooooooo —exclamó bobalicona.

Sintió el fulgor retenido por el arma y apercibió un ruido parecido al de una central eléctrica al encenderse. La luz azul permitió ver mejor la pared, era parecida a un infrarrojo pero no había una línea luminosa para controlar la dirección, solo un intenso punto cerúleo en la boca del cañón.

Presionó un poco más y la radiación se aceleró. Escuchó el mismo ruido que antes pero ahora lo asoció con mecanismos movientes. Se animó, apretó la nariz y…

—¡Yaaaa!

Presionó el gatillo solo una décima parte de lo que podía hacerlo, es decir, lo mínimo para accionar el disparo. Apenas vio nada. Del cañón emergió una potente ráfaga de vapor candente que colisionó dispersado contra la roca haciéndola añicos. La energía expedida lanzó a Alba contra la pared opuesta. Las vitrinas se rompieron y los cuadros cayeron. El traje de buzo también se vino abajo y todo quedó por los suelos. Alba, luchando por no perder el conocimiento, observó que había agujereado la pared.

Escuchó unos pasos. Yert y Delia entraron azorados. Yert le dijo algo pero ella no le escuchaba. El traumatismo le había afectado a los oídos; por la manera en que movía los labios la estaba censurando por su imprudencia. Yert se llevó las manos a la cabeza pues su sala del tesoro estaba destrozada.

Alba sonrió antes de desmayarse. Ya tenía su arma.

Despertó dos horas después en la cama. Estaba en la humilde estancia anterior a la sala de los tesoros robados donde había dormido por la noche. Yert estaba ante ella sentado en el suelo con el ceño fruncido.

—La princesa por fin se despierta —dijo ofensivamente.

El desprecio no importó a Alba que buscó a Steamcarbine. Estaba debajo de la fotografía/interruptor de Alice y Aldous. Ignoró a Yert, se levantó, fue hacia ella y la acarició.

—¿Qué haces? —Yert subió el tono—. Este objeto es peligroso. No deberías haberlo descubierto.

—Dijiste que no tenías armas. ¿Por qué la escondías? Puede sernos útil.

—No sabes lo que dices —Yert se levantó—. Nadie sabe para qué sirvió. Está hecha de un metal muy resistente capaz de…

—Soportar los vientos negros y gélidos que soplan entre los mundos. Sospechas que es el lagh pero no tienes la certeza como con Axl Yman.

Yert apretó los labios.

—No deberías saber esto.

—¡Por supuesto que debería! —le cortó ella—. Estamos a punto de morir. No creo que salgamos con vida y lo sabes. Escondes más secretos de los que nos has contado; entre otros, que eres un ladronzuelo.

Alba lo miró con picardía. Yert puso los brazos en jarras.

—Pues si quieres sinceridad te aconsejo que te olvides de Steamcarbine.

Alba cogió el arma.

—¡Devuélvela a su sitio! —gritó Yert.

Alba se la colgó en la espalda y volvió a "conectarse" a ella.

—¡No! —Yert intentó impedirlo.

—¿Por qué te alarmas? —preguntó Alba—. Si practico puedo controlarla. —Miró uno de los múltiples relojes de la estadía y comprobó que eran las ocho de la tarde—. Mañana no pienso irme desarmada. —Alba sacó la escopeta del costado y Yert hizo una mueca de disgusto—. Necesito espacio. Iré a la sala de los ghakim para practicar.

Alba cogió el colchón, se fue y Yert la siguió intentando disuadirla:

—No te creas que podrás domeñarla. Yo lo he intentado en vano. Por lo que más quieras —Yert la asió de la cintura y la obligó a darse la vuelta. Se detuvieron en el centro de la estadía de los ghakim—. No sabes a qué fuerzas te enfrentas. Antes os he explicado una mínima parte de lo que sé pero no es aconsejable sembrar la mente de saberes ocultos. Te lo digo yo que soy estudioso. La historia de los ghak tiene un sentido que no puede abrazarse sin la adecuada instrucción. Y yo, que he nadado en las tenebrosas aguas del saber, no he podido domeñar a Steamcarbine, es más, es el objeto más temible que he almacenado. Su verdadero peligro no está en el vapor sino en el origen de este y la... —Yert buscó la palabra adecuada— conexión que se produce con el arma.

Alba miró la escopeta.

—Hay objetos que nos influencian —continuó Yert—. Estos enseres, como Steamcarbine, son recaderos de otros mundos y encierran historias olvidadas que por algo han sido sepultadas por los años. Siquiera sé su nombre real. Su interior está hueco con que no hay una producción interna de vapor; eso significa que procede de otro lugar y mi experiencia me dice que ese "otro lugar" es el "Otro lado". No tengo tiempo para explicártelo, solo puedo decirte que conectar con ese "Otro lado" es peligroso porque tú misma puedes ser la puerta para que "Los que moran en la oscuridad" crucen el velo que separa los mundos.

Alba lo miró fascinada. Lo que decía era posible teniendo en cuenta la extraña simbiosis que se había producido con el arma. Sin embargo, no iba a cambiar de opinión:

–¡Me da igual! –Alba silabeó la última palabra para que quedase claro que no iba a cambiar de parecer–. Mañana por la mañana saldré con Steamcarbine. Quizás es arriesgado pero más lo es ir desarmado. Muchas gracias Yert. Buenas noches.

Alba le dio la espalda y tiró el colchón en el suelo. Yert la miró desconcertado. Después de unos minutos de contemplación misericordiosa, el Tortuga abandonó la sala y Alba se quedó sola.

Bueno, no tan sola.

CAPÍTULO 32
LITTLE LAKE

Junio de 1925 d.C.
En las afueras de Londres

Philip Aldous Lumière

Había pasado una semana desde que había abandonado a su familia. Se dejó crecer la barba y se tintó el pelo de rubio. Tenía la esperanza de que así no lo reconocerían pero el monóculo no se podía disimular. Si habían denunciado su desaparición le encontrarían. Evitaba las vías más concurridas e iba por los caminos de tierra del sur de Inglaterra. No podía hacer autoestop; los coches patrulla tendrían órdenes de detener a viejos con ojos desquiciados.

El cielo, como en todo buen enclave inglés, solía estar nublado y las lluvias eran constantes. No importaba la estación del año.

Llegó a Little Lake, un pueblo minúsculo cercano a Portsmouth. No había oído hablar del sitio. Su impopularidad era merecida. Eran cuatro calles con una gasolinera, un bar, dos moteles y bloques de pisos deshabitados. Carecía del encanto de un pueblo y de las ventajas de una ciudad; estaba en medio de la nada, a un kilómetro de la costa. En la época en la que se alquilaban pisos quizás estaba atestado pero en verano era fantasmagórico. Anochecía y no tenía más remedio que buscar alojamiento allí. Al día siguiente cruzaría el English Channel hacia Europa. Hubiese podido ir desde Londres siguiendo el Támesis hasta Canterbury o Dover pero prefirió ir hacia el sur.

Le dieron una habitación en un triste bloque de pisos. El conserje hojeaba un diario y Lumière vio una foto suya en la sección de particulares. Agachó la cabeza por si acaso. Su familia había puesto un anuncio describiéndole como un viejecito desvalido.

El conserje le enseñó la diminuta habitación, dejó sus cosas y se fue sin despedirse.

Lumière miró por la ventana. Tenía vistas al prado que se extendía en dirección contraria al mar. Había vacas a lo lejos y humaredas de fábricas. El paisaje era una contradicción.

Recordó los muchos años de entrega a su familia. Se sentía orgulloso pero ahora necesitaba tiempo. No viviría siglos para encontrar a los gigantes. Solo tenía una opción para seguir su sueño.

Abrió la mochila y en el fondo encontró la octava parte de *La Edad de los Héroes* forrada en piel marrón. Las hojas amarilleaban. Había restos de sangre, orín y vómitos que el tiempo había convertido en simples manchas. Se imaginó a eruditos glorificando el aroma de los *años*; si supiesen la verdad... Cuando lo encontraron en Uriutbur, los rebeldes respetaron esas páginas porque ignoraban qué eran. Estaban demasiado impresionados con el numerito de Aaron. El líder había hablado demasiado en Tö-yhyohep pero nadie había confirmado que Lumière hubiese traducido el libro. La existencia del *Huktur-Akkim* solo la atesoraban los más altos cargos de la secta.

Acarició el libro. Durante los tres años en que lo estuvo traduciendo tenía claro que Mutghar le había utilizado como a Owöd. El mensaje apocalíptico del *Huktur-Akkim* le había absorbido hasta el punto de hacerle perder el norte. Había lagunas, por ejemplo, por qué Aaron no lo mató cuando le robó la traducción completa del libro. Tiempo, tiempo, – pensó–. Necesito tiempo para esclarecerlo.

Abrazó el libro como Owöd en su tumba.

¿Qué era el *Huktur-Akkim*? Después de la muerte de Alice, se ilustró de conceptos paganos para entenderlo. *La Edad de los Héroes* contenía ritos dirigidos a entidades demoníacas y salmos en honor a dioses de nombres impronunciables. Se adentró en un mefítico conocimiento para hacer una taxonomía del libro y encontró cuatro categorías posibles: la *demonología, los libros de los prodigios, los grimorios y las Escrituras*[5].

Los tratados de demonología estudian a los demonios: clases, relaciones y jerarquía. Se caracterizan porque el autor los censura y advierte al curioso. *La Edad de los Héroes* no encajaba en esta categoría puesto que Owöd era un fiel seguidor de Mutghar. Tampoco era un libro de los prodigios o un grimorio porque no solo contenía alquimia y hechizos.

Lo único plausible es que se trataba de unas Escrituras en las cuales conviven dos subclases: Sagradas Escrituras como la *Biblia* y las Escrituras Ocultistas como la *Biblia de las Brujas, Aradia...* La diferencia entre ambas es el número de seguidores. Las Sagradas son universales y las Ocultistas

---

[5] Distinción establecida en *Un comentario sobre el Necronomicón* de Robert M. Price o *Comentrario crítico* que apareció por vez primera en Crypt of Cthulhu nº 58 el 1 de agosto de 1988. Incluido en la obra *The Necronomicon* (tercera edición mayo de 2008). Editado por La Factoria de Ideas y traducido por Óscar Díaz García.

minoritarias aunque en ocasiones caigan en un rechazo de lo sagrado sin construir una doctrina coherente. Las Escrituras contienen mitología e instrucciones litúrgicas. *La Edad de los Héroes* era eso: una explicación de la mitología de Mutghar y otras entidades así como la manera de convocarlas. Por otro lado, también instruía para lograr objetivos terrenales como el amor, el dinero o alargar los días. En la parte que había transcrito había fórmulas para conseguir algo parecido a la inmortalidad y eso era lo que anhelaba antes de regresar a Talatoya.

Lumière estornudó. Sintió una opresión en el pecho. Sus huesos estaban carcomidos. Recordó sus abandonados entrenamientos.

Abrió el libro y buscó la página donde estaba el sortilegio. *La Edad de los Héroes* contenía dibujos horrendos. Había secciones que no se atrevía a mirar. No entendía cómo él, tan nefasto dibujante, había trazado tan siniestras escenas. Llegó donde se abordaba la inmortalidad. Había tres maneras de acariciarla y todas peligrosas.

La primera era con la Fórmula de Nnh[6]. Su mero pronunciamiento ensucia las almas. No es aconsejable leer este nombre y mucho menos pronunciarlo. El aire no merece ser embrutecido por tan viles sonoridades. Debía recitar la fórmula pero estaba escrita en un idioma inidentificable que en tiempos de los ghak ya era viejo. La ejecución del ritual era sencilla pero si había un error, por pequeño que fuera, el destino del incauto sería atroz. Las consecuencias de una actuación negligente le disuadieron.

---

[6] Del autor L.Sprangue de Camp ©1973 de Owlswick Press. Título original: *The Necronomicon: The Dee Traslation.* Incluido en la obra The Necronomicon (tercera edición mayo de 2008). Editado por La Factoria de Ideas y traducido por Óscar Díaz García. El concepto de la Fórmula de Nnh se halla en *La Cuarta Narración: la cripta bajo la mezquita.*

La segunda de las opciones para congelar eternamente a un hombre en un momento infinito del tiempo, era una planta ancestral llamada moly. La moly tenía los pétalos blancos y la raíz negra y su mero contacto alargaba los días y sanaba cualquier afección espiritual o corporal. Homero la mencionó en la *Odisea* pero era tan excepcional que no había manera de encontrarla.

La tercera y última opción era el Ritual de Koós. No había riesgo de sufrir una muerte deleznable o una condena eterna como con la Fórmula de Nnh y sus elementos estaban al alcance de cualquiera. Era la opción más plausible. Debía de seguirse todo al pie de la letra aunque si se erraba no caía ninguna maldición sobre el hechicero. Solo había un inconveniente: debía derramarse sangre.

Buscó las instrucciones para el Ritual de Koós. Las había memorizado pero quiso repasarlas. No era complicado. Su sencillez era aterradora.

Tiempo, tiempo –pensó–. Necesito tiempo.

Cerró el libro. La noche estaba a punto de caer sobre Little Lake. Vació la mente de moralina y de ética.

Se duchó y se echó en la cama pero no durmió.

A las seis de la madrugada, cuando el sol era una línea amarilla en el horizonte, salió del hotel y fue al bar de Little Lake. Entró y la campana de la entrada indicó su llegada. Todos repararon en él. Era un lugar ramplón; las tapas se exponían en la barra protegidas por vidrios cóncavos. Las mesas, sillas, paredes y suelo eran de madera.

Los clientes eran en su mayoría hombres aunque había dos mujeres hablando de coches. No se habían afeitado el bigote desde hacía meses. Se sintió observado: un viejo con un ojo cosido a un cristal podía ser un cascarrabias abandonado, un pervertido o un friki en busca de mariposas.

Mientras era atravesado por esas divagaciones, se sentó en una mesa alejada y apareció un orondo camarero. Pidió una madalena y un vaso de leche. El sirviente lo miró con desprecio y se largó.

Llegó el camarero con la madalena y el vaso de leche. Tiró el plato sin acompañarlo y la madalena cayó sobre la mesa esparciendo migas. El camarero la cogió y la devolvió al plato aunque quedaron restos. Lumière se fijó en sus mugrientas uñas; ingeriría un alimento tocado por ellas. El camarero le cantó el precio, Lumière pagó y él se fue.

Se quedó solo ante las migas, entre hombres sucios, mujeres orondas y palabras malsonantes; un tapiz goyesco de la putrescencia humana. ¿Esa decadencia justificaba el Ritual de Koós? Según el *Huktur-Akkim*, solo faltaba susurrar el conjuro que había memorizado. Antes había cumplido con el resto de protocolos del Ritual. Había marcado los símbolos, quemado las velas... Así que cerró los ojos y susurró:

Hajsh arghoorg ah yhütfkir Unjalkuadar
Muasghtu güj ylhab koptana ig ah nüar

Los elementos se enojaron y el silencio se pervirtió pero miró en derredor y nada había cambiado. Sacó el *Huktur-Akkim* de la mochila y comprobó que había orado correctamente. Desanimado, escondió el libro y dio cuenta de la madalena. Su manuscrito era una transcripción hecha sin el original y podían haber fallos. Quizás Mutghar no le había hablado. Fue arrollado por múltiples dudas.

Notó el peso de los años. Se había ilusionado con ser inmortal y ahora se sentía candoroso. A los ochenta y cinco años era un anciano adorable pero su familia no lo necesitaba y no deseaba que llorasen su pérdida. Prefería buscar a los gigantes.

Hubo un tembleque. Ayudado de su monóculo, enfocó la mesa y comprobó que las migas de la madalena vibraban sutilmente.

Se sintió ligero. Los efectos habían tardado en manifestarse pero lo había logrado.

Una hora después

Abrió los ojos y estaba en un campo de altas hierbas. No sabía cómo había llegado ahí. Miró atrás. Se encontraba a cien metros de Little Lake. Vio las casas y un lago estrecho, alargado y elíptico como una estrella antes de ser absorbida por un agujero negro. Esa comparativa le sorprendió ya que no sabía nada sobre astronomía. Sin embargo, la imagen de una estrella siendo estirada hasta descomponerse en una línea de millones de kilómetros le pareció terriblemente cercana. Había casas de las que nacían columnas de humo y cadáveres en el suelo de los que rielaba sangre hasta el lago. No sabía qué había sucedido. El recuerdo era esquivo. Le sobrevinieron imágenes de figuras estiradas pero se escabulleron perniciosamente.

Miró enfrente empleando el monóculo. A un kilómetro había un puerto con un barco a punto de zarpar. Intuyó que habría sitio para él.

Una corriente de energía invisible trepó desde su estómago y se desparramó por todo su cuerpo aliviando sus quejumbrosos músculos. Le arribó a las manos, a las piernas y le alcanzó el rostro. Se arrodilló e hizo una genuflexión como ante el retablo de una iglesia. No obstante, el proceso infame que estaba experimentando procedía de los abismos del universo implacable.

Una ráfaga de viento le desconectó de esos pensamientos. La energía, una vez extendida, se acomodó a su cuerpo mediante una leve vibración.

Desapareció la culpabilidad. Miró adelante. Tenía que subir en ese barco que estaba a punto de partir. Por arriba, el cielo, cerrado por nubes grises, no ofrecía respuestas. El Ritual de Koós había funcionado. Había logrado su objetivo; los años no debían preocuparle. Según las instrucciones del libro, ahora viviría perpetuamente y con un cariz rejuvenecido.

Podía regresar a Talatoya. La isla se había convertido en un destino turístico al uso. El Culto la había cedido al Gobierno español para que la explotase, ellos ya no tenían nada que hacer allí después de que se borrara el poder rojo de Tö-yhyohep. Pero antes deseaba viajar por todo el mundo en busca de pistas sobre los ghak y otras civilizaciones remotas.

Volvió a mirar al cielo. La misma opacidad gris, la misma soberbia.

—Si no me das respuestas, iré yo a por ellas —anunció con altivez.

Autoindulgente y reafirmado, anduvo hacia el barco sin volver la vista atrás.

CAPÍTULO 33
MR. VAIN

Talatoya, Ma
Julio 2016 d.C.
Miércoles

Yert

Yert no pegó ojo. Le desvelaban los fogonazos de Steamcarbine y los golpes de Alba al caerse al suelo. Había ido un par de veces a ver cómo se encontraba y se hacía la dura; no reconocía el dolor, se rehacía y continuaba. Era un entrenamiento absurdo, Steamcarbine era indomable. Alba se arriesgaba a hacerse daño y lo peor era que estaba expuesta al "Otro Lado". Yert empalidecía imaginando a los seres que la mirarían desde "allí" ansiosos de tomarla. Debía quitarle Steamcarbine a la fuerza pero dos factores se lo impedían. En primer lugar, Alba no tenía armas y fuera sería presa fácil. En segundo lugar sentía curiosidad. Yert había cargado con Steamcarbine dos días seguidos. Durante ese tiempo, apercibió la evolución de la conexión con "El Otro Lado". Empezaba con un susurro y luego se convertía en una gibosa energía perturbadora y alucinógena que le permitía ver lo oculto y escuchar voces. Fue incapaz de soportarlo y decidió quitársela, lo cual fue cthuloideo. Yert deseaba saber qué sucedía más allá de su experiencia. Alba era un conejillo de indias pero él la había avisado. ¿Qué debía hacer? ¿Arrancársela? Mejor observar.

Los chillidos de los monstruos cada vez estaban más cerca. Las puertas que les protegían eran rompibles y estaba seguro de que habían reventado unas cuantas. Sin embargo, el titanismo de aquellos estertores no era propio de las lothgars sino de seres más afrentosos.

Pensó en los años invertidos en evitar esa catástrofe. Todo había sido en balde. Las estrellas, el destino o el capricho casual se había impuesto a su sana intención de salvaguardar el mundo. Cuando arribó a la isla en los años sesenta, tenía como objetivo hallar pistas sobre los gigantes. Sin embargo, no había novedades desde sus traducciones. Desalentado, y pensando en otro destino, visitó el cráter de Tö-yhyohep y, contra todo pronóstico, vio que el color rojo había vuelto a aparecer. Según los rebeldes y Alice, después de aniquilar a los gusanos, un viento sopló y despintó la piedra. Sin embargo, cuando Lumière se acercó lucía un bermejo aterrador.

Todo el mundo se ilusionó con ese tinte. Las agencias de viaje hacían el cuento de la lechera con el montón de turistas que vendrían a observar el fenómeno.

Sin embargo, Lumière estaba consternado. Si Tö-yhyohep se había reactivado eso significaba que aun había peligro. La ligazón de ideas era evidente. Mutghar deseaba el collar de Alice. El dios, listísimo, seguía empeñado en resurgir y lo probaba de nuevo cuando nadie se acordaba de él. De todas formas, Lumière dudaba que eso pasara desapercibido para el Culto. La secta seguía siendo la gran incógnita.

Lumière cambió de planes. No podía irse de la isla sin evitar el peligro que se cernía otra vez sobre Talatoya. Ya había muerto demasiada gente. Tampoco podía informar al gobierno sobre las leyendas. No quedaba rastro de la época en que los sectarios habitaron la isla antes de abrirla al público. El Culto lo había borrado todo, como si no hubiese pasado nada. Confesarlo le hubiese valido un internamiento en un centro psiquiátrico. Escogió la opción más loable: quedarse en Talatoya para encontrar el collar y destruirlo. Había pensado llevar las esferas a Tö-yhyohep de una en una para liquidar a los gusanos una vez naciesen hasta terminar con la joya entera. Pero nunca halló el collar pese a sus esfuerzos. Mientras Lumière lo buscaba y pasaban los años, el rojo de Tö-yhyohep se extendió por toda la isla. Un completo desastre.

Había pecado de inocente o de vanidoso al creer que podía evitar los funestos acontecimientos.

Pensó en el Culto. Cuando fue reclutado como paleógrafo, estaban obsesionados con las esferas. Quizás el hecho de que Alba llevara el collar al Na Patarra había estado previsto desde un principio. Lumière intentó seguir la pista de la secta a pesar del riesgo de ser descubierto pero había sido infructuoso. Sospechaba que los discípulos de Aaron continuaban interesados en la isla pero no encontró indicios. Era como si hubiesen desaparecido de la faz de la tierra.

Miró el reloj y eran las seis de la mañana. Había llegado la hora. Se levantó y se adecentó en silencio sin despertar a Delia que estaba en la misma estancia.

Durante esos dos días había almacenado demasiada negatividad. Antes de despertar a las chicas debía cambiar de postura. No podían salir así. El optimismo era necesario para enfrentarse a las lothgars. Recordó a su mujer. Ella era la entusiasta; él un miserable.

–Te echo de menos. –Susurró.

Un recuerdo se coló en su mente. Algo dulce y minúsculo que guardaba en una esquina de la memoria: el motivo por el que le llamaban Yert. Corría el año 1986 y se había autobautizado con varios nombres. Paseaba por la playa a las siete de la mañana. Como en muchas ocasiones, pensaba en lo triste de su existencia. Los aterradores acontecimientos en Little Lake le habían afectado. No había día que no lo recordara. Gracias a ello había congelado el tiempo y se había revigorizado pero los remordimientos eran demasiado pesados. Le daba vueltas a esos asuntos cuando vio a unos jóvenes que bailaban y se besaban mientras escuchaban música. Se acercó atraído por el hedor a marihuana. Se confundió con el grupo, le invitaron a beber y a tomar setas alucinógenas. En un día normal lo hubiese rechazado. Había omitido las drogas incluso estando con Lyliana y los *hippies* que fumaban más que comían; sin embargo, ese día estaba especialmente sensible y probó todo lo que le ofrecieron. La música se tornó deliciosa. Las trompetas se alternaban con una contundente línea de bajo y el cantante aullaba feroz aunque con la melosidad del que cuenta un cuento. Preguntó a un rastafari qué escuchaban y le dijo que era una canción llamada *Yertle the Turtle* de los Red Hot Chili Peppers famosos por vestir solo calcetines y no en los pies. Escucharon el álbum *Freaky Styley* varias veces mientras abusaban de los psicotrópicos.

—Te estás convirtiendo en una tortuga —dijo el joven desfasado acariciándole el rostro—. Yert... Yert... —Le costaba pronunciar el nombre de Yertle, la caricaturesca tortuga de Theodor Seuss Geisel en la que se inspiraba la canción. Al poco, se quedó dormido.

Desde entonces, decidió llamarse Yert, el Tortuga. Le gustaba su sonoridad y el significado de la obra de Seuss; una tortuga reunía a varias de su especie para encaramarse al cielo. Creía elogiable que seres tan poco augustos asumiesen tan elevada misión. Por otro lado, más adelante se hizo famosa la serie televisiva de animación japonesa *Dragon Ball* y los niños le llamaron Mutenroshi por su parecido con el Follet Tortuga, el maestro de artes marciales que enseñó a Son Goku y a Krilin. Al parecer, tenía una extravagante afinidad con esos reptiles quelonios. ¡Y le encantaba!

Sonrió y tuvo una idea. Fue en busca del gramófono y buscó entre los vinilos a los Red Hot Chili Peppers. ¡Maldición! El álbum no estaba. Había adquirido *Freaky Styley* al día siguiente del colocón en la playa pero se lo había prestado a Lyliana. Necesitaba volver a escucharlo y sacar a relucir la portada con los miembros del grupo multiplicados y en posiciones imposibles, sin embargo, no sería posible.

Siguió buscando música. Había vinilos muy preciados como *Gallus* de Gun, *And Justice for All* de Metallica, *Dirt* de Alice in Chains, *Parklife* de Blur... La música era balsámica. La obsesión de encontrar a los gigantes y los remordimientos por lo sucedido en Little Lake le estropeaban los días pero esos grupos le apartaban de la realidad. Desde la escucha de *Freaky Styley* se había interesado por la música contemporánea. Incluso se compraba revistas como la *Rockdelux* para curtirse y descubrir nuevas formaciones. Aun así, pese a la gran variedad y calidad de los vinilos, no había ninguno que le agradase lo suficiente para ilustrar ese momento tan determinante.

Ya pensaba que quizás sería mejor no escuchar ninguna pieza y salir a fuera sin más cuando una portada de un vinilo le llamó la atención. El fondo era violeta con un defectuoso efecto espiral; en la parte superior central había un círculo con una especie de tuerca puntiaguda y casi ocupando toda la portada había el nombre del grupo, Culture Beat, en un degradado amarillo y violeta y el de la canción, *Mr. Vain*[7].

Reprimió una sonora carcajada para no despertar a Delia. Recordó cómo aquella obra insignia del Eurodance germano del año 1993 había llegado hasta su ilustre colección. Se lo había regalado un amigo asiduo de las discotecas de Ibiza pensando que si era aficionado a los vinilos le encantaría tenerlo. Sin embargo, sus gustos eran muy distintos. Por otro lado, recordó la melodía y, por algún oscuro motivo, consideró que era la más adecuada para preparar la batalla final.

Animado, sacó el disco, lo puso en la gramola y se produjo el sonido indicador de que el vinilo había sido capturado por el aparato. Subió el volumen y, gozoso, escuchó esas trompetas sintéticas enroscadas. Si esos gusanos, juntos, hacían algún sonido, sería ese. Luego, llegó el bombo: rotundo, tenaz e imparable. Y ahí estaba, la voz de Tania Evans para iniciar la alternancia melódica con los rapeados de Jay Supreme:

call him Mr.raider call him Mr.wrong
call him Mr.vain
call him Mr.raider call him Mr.wrong
call him Mr.vain

---

[7] Tema de 1993 del grupo alemán de Eurodance Culture Beat. Se incluye dentro del recopilatorio Máquina Total 6 y en el álbum *Serenity* del grupo Culture Beat.

Delia

Se despertó de sopetón por un ruido que no identificaba como música. Buscó formas en la oscuridad pero las tinieblas eran un velo intransigente. Se abrieron las luces y vio a Yert con la caña de bambú moviéndola al ritmo de la música de los 90. El anciano llevaba jersey blanco sin mangas y pantalones negros de pinza. Yert se detuvo, le dio los buenos días, y le entregó las prendas que había escogido el día anterior, las dos pistolas y las bandas con la munición.

—Queda poco tiempo —advirtió Yert frotándose las manos—. ¡Nos vamos!

Tragó saliva y cogió los enseres. Apenas había dormido y los bombos de *Mr. Vain* la desternillaban. Quiso sugerir a Yert que bajara el volumen porque ella no sabía hacerlo. Solo había conocido los MP3 y tiempo atrás se había comprado CD's. Un vinilo era como un fósil. Debería aguantar la canción mientras se adecentaba.

Fue al lavabo, se frotó los ojos y le escoció la mandíbula. El golpe de Alba aun le dolía. Delia, que era más atlética, le hubiese podido devolver el golpe pero se había achantado ante la mirada inyectada en sangre de la de pelo anaranjado. Además, de un golpe la había enviado al suelo con que no era tan enclenque como pensaba. Delia la había atacado con palabras porque ella había traído el collar a tierra. La historia sobre gigantes, dioses y monstruos era subsidiaria, lo principal era la culpabilidad de Alba. La odiaba.

Cuando Yert insinuó compartir pistolas, ella se negó para vengarse. Temió que Alba le diera otro golpe pero claudicó y se fue.

La música seguía sonando maliciosamente. No había escuchado jamás esa pieza. Ahora el turno del rapero, que, sin piedad, recitaba:

call me Mr.raider call me Mr.wrong
call me insance call me Mr.vain
call me what ya like
as long as you call me time and again
fell the prensence of the aura
of the man none to compare

Se vistió rápidamente con los trapitos del día anterior: los pantalones de rayas verticales amarillas y marrones, el jersey negro de tirantes y el chaleco violeta con flores de lis en las hombreras. Se lo hubiese llevado todo. ¡Eran diseños de Martha Noth! Le dolía dejarlos allí pero debía salvar el pellejo y si huía con una maleta llena hasta los topes tenía todos los números de morir. También había tomado la decisión de abandonar el bolso de Uriutbur. Debía evitar toda carga innecesaria. Sí, en realidad "necesitaba ese bolso", pero mejor abandonarlo a tiempo.

Al terminar de vestirse, una corriente eléctrica le atravesó el cuerpo. Recordó los seres contra los que volverían a enfrentarse. Los batyars se parecían a los gusanos de seda. De pequeña, coleccionaba *bombyx mori* y los alimentaba con hojas de morera. Eran adorables cuando creaban sus capullos y se convertían en gordas mariposas. Las lothgars guardaban parecido con ellas aunque con un componente felino en la boca y otro de reptil en la cola. Eran terribles. No podía quitarse de la cabeza la imagen de los policías siendo devorados. Intentó olvidarlo. Si se recreaba no saldría de allí.

Cogió las pistolas; no tenía cartucheras con que debería llevarlas en las manos con la limitación de movilidad que ello suponía. Sobre el pecho, se colgó en forma de X las dos bandas de munición. Recordó cuando Rodri le enseñó a disparar. Iban al bosque y hacían puntería sobre unos recipientes de conservas. Regresó al momento en que le dejó morir. Nunca se hubiese imaginado que unos gusanos acabarían con su novio después de que este se corriera. Se había llevado el bolso porque lo tenía a mano. Alba y Yert deberían estarle agradecidos pues de lo contrario no tendrían las llaves de las motos de agua.

Fue en busca del bolso, hurgó en su interior pero no encontró las llaves. Escuchó un tintineo por detrás y se dio la vuelta. Yert las sostenía en el aire y las movía provocando un sonido parecido al de una campanilla rota.

—Las tengo yo —anunció el anciano. Delia recordó que el día anterior se las había mostrado con impunidad.

Delia fue hacia el anciano y le arrebató las llaves.

—¡No toques mis cosas! —le increpó—. ¿Y si las pierdes?

—¿Y si las pierdes tú?

Yert se enfrentó a Delia pero esta no iba a dar el brazo a torcer.

—¡Son mías! —zanjó la conversación la rubia poniéndose las llaves en el bolsillo derecho de los pantalones de rayas. Como los pantalones eran ajustados, las llaves crearon un bulto en la cadera.

Delia se reafirmó, alzó los antebrazos y se sintió confiada ladeada por las pistolas. Sabía que no se atrevería a quitarle las llaves.

Yert bufó, le dio la espalda y se fue a la sala principal en busca de Alba.

Delia sonrió y desde el estómago se alzó una corriente de energía. La música seguía sonando ¿qué mierda es esta?, pensó. De no saber que debía guardar las balas hubiese reventado el gramófono.

Fue en busca de sus acompañantes; y es que no eran amigos, siquiera conocidos. Alzó el mentón y arrugó la nariz. ¡Estaba cabreada!

Alba

Despertó con los primeros versos de *Mr. Vain*. El inicio con esa especie de trompetas sintéticas, la extirpó de su profundo sueño como si cada nota fuera un eslabón en la larga escalera hacia el despertar.

Nunca la había escuchado antes pero el ritmo, primitivo y simplón, le recordó a las películas de Tarzán de Gordon Griffith.

Miró alrededor. Se había dormido en el suelo de la estancia principal. Estaba magullada y sucia. Durante toda la noche había practicado con Steamcarbine. No había hecho grandes evoluciones pero había aprendido a domeñarla mínimamente. Era peligroso; lo que salía de allí era vapor con una esencia corrosiva parecida a la del ácido. Fuera lo que fuese, se trataba de una emisión dispersa que debía controlar. El problema era la orientación, que unida a la potencia requería de una fuerza sobrehumana. No había presionado el gatillo hasta abajo, solo había llegado a una cuarta parte y la corriente la había tirado por los suelos. El que quisiera controlar a Steamcarbine debía tener músculos hulkinianos. Al pensar en el héroe verde de *Marvel*, miró hacia arriba. Los ghakim, con sus facciones angulosas y poligonales, la miraban con la tez iluminada por los rayos matutinos.

—¿Estás preparada?

Alba miró a la izquierda y vio a Yert armado con Axl Yman. El anciano tiró la caña al aire y esta se enfundó detrás de la espalda.

—¿Y tú? —le preguntó ella mientras se levantaba y se limpiaba el polvo—. No te llevas mucho equipaje después de tanto tiempo.

—No podemos cargar con nada —miró con recelo a Steamcarbine—. Me llevaría todos los tesoros y los libros que he coleccionado pero debemos aligerar la carga.

Según las sucintas descripciones que había leído, el anciano había robado a Axl Yman y a Steamcarbine pero ¿quiénes las habían forjado? ¿Estaban hechas del metal lagh con el que se puede viajar a través del universo? Había multitud de incógnitas alrededor de los dos objetos que se llevaban consigo pero ¿cuántos misterios dejaban atrás? ¿Qué había en los libros de la sala *Nothing Else Matters* y en las reliquias que había obviado en la sala de los tesoros?

—¿Crees que saldremos de esta? —preguntó la de pelo anaranjado.

Yert miró al suelo y al cabo de unos segundos contestó silabeando la tonada de *Mr. Vain* que aun sonaba de fondo.

—Prepárate —dijo él—. Debes tomar tu trono.

Yert la dejó a solas y ella pensó en la frase del anciano: "Tomar el trono". Alba se había criado cómodamente; sacarse el permiso de conducir había sido lo más arriesgado que había hecho. Nunca había escalado, ni saltado en paracaídas ni buceado. Era una chica convencional: iba a la discoteca, le gustaba el *Neo Peplum*, miraba las películas de Antena 3 los domingos por la tarde, vestía a la moda y compraba revistas del corazón pero ¿acaso había algún trono reservado para ella? Se sintió culpable por no haber invertido mejor el tiempo. Tendría que haber ido al gimnasio y haber pulido el intelecto. Mucho dinero tenían sus padres pero ella ¿quién era? ¡No! Se prohibió pensar así. Debía fortalecerse. No se había quitado la Steamcarbine desde que se la había puesto y tampoco lo había necesitado. Quizás había sido el arma lo que le había abierto el pensamiento. Al ponérsela, había notado el vaivén del metal pero ahora no notaba nada; era como si la caja se le hubiese pegado a la espalda.

Tuvo tentaciones de ir a ducharse, sacarse la Steamcarbine y comprobar si se había anudado a su carne pero se quedó en medio de la sala pensando. No había experimentado jamás una apertura de miras tan diáfana. Se recordó a sí misma estudiando las absurdeces del sistema educativo y participando de eventos infértiles. Se percataba de los muchos errores que había cometido. Metafóricamente, pensó que esas equivocaciones eran batyars y que podía redimirse dándoles una buena tunda.

Después de un rato, Delia y Yert salieron a su encuentro.

Alba, vestida con un pantalón holgado negro que le cubría la mitad de los gemelos, jersey blanco de manga corta, tirantes, botas negras, gorro prieto de aviador, gafas *google* y guantes sin dedos, los esperaba sentada en el suelo sujetando firmemente la Steamcarbine con una pierna en ángulo recto y la otra sobre el suelo. Por la expresión de ambos, la temieron. Y le gustó.

—¡Vámonos! —dijo ella sin levantarse y apoyando el cañón sobre el hombro—. ¡Que se preparen esos hijos de… Mutghar!

CAPÍTULO 34
LA COLA

Talatoya, Ma
Julio 2016 d.C.
Miércoles

Alba

Siguieron al Tortuga por los túneles. Fue difícil dar la espalda a Ghüld. Era triste pensar que todo aquello sería absorbido por la malignidad pero las reliquias eran un estorbo y debían centrarse en escapar. Si a ella, que había estado un día, le dolió, Yert, el colector de esas maravillas, debía sentirse sumamente afligido.

Eran pasillos estrechos, húmedos y con goteras. Durante unos minutos todo oscureció pero de pronto aparecieron grietas a través de las cuales se vislumbró un brillante amanecer.

Descendieron por el túnel descartando otras bifurcaciones. Yert abrió unas cuantas puertas secretas; se fijaba en sutiles símbolos marcados en la piedra que eran inapreciables. Era normal que Ghüld se hubiese mantenido oculto. Seguir a Yert era mareante.

Salieron al exterior y se plantaron ante una gran cavidad abierta en el acantilado donde las olas se introducían espumosamente y se escurrían entre la erosionada roca. El mar quedaba a diez metros; se trataba de un lugar de difícil acceso puesto que la apertura estaba cubierta por una cortina de vegetación.

Desfilaron por el borde de la cavidad hasta la boca asidos a la pared. Yert se asomó al exterior, les indicó que no había peligro y salieron a los pies del acantilado.

El sol brillaba como si quisiera incendiar la isla. Se encaramaron a las rocas y subieron hasta llegar a un estrecho sendero situado en medio del acantilado. El puerto quedaba a la izquierda, a medio kilómetro aunque aun no se veía, y el mar se desplegaba ante ellos. Escucharon el graznido de las gaviotas y el quejido de las olas al suicidarse contra la costa. Solo un detalle diferenciaba la escena de cualquier postal insular: el elemento humano había desaparecido. No se escuchaban voces ni ruidos artificiosos. Alba no sabía si era bueno o malo pero hacía tiempo que no experimentaba una sensación tan profunda; era como si sus sentidos le agradeciesen el exterminio.

Steamcarbine palpitó y Alba dedujo que el arma expandía la sensibilidad de su huésped. ¡Huésped! La de pelo anaranjado se preguntó por qué había pensado en ese nombre.

Hubo una ventisca. Los tres se escondieron detrás de una roca y los cubrió una extensa sombra. Alba sintió que el corazón se le salía del pecho.

Con un gesto, Yert les ordenó que se agachasen. Miraron arriba y Alba, boquiabierta, contempló la magnitud que habían alcanzado las lothgars.

El bicho se detuvo sobre el mar dándoles la espalda. Era mucho mayor que las que habían visto dos días antes. Su tamaño le daba un toque irreal ya que no existe en el cielo especie tan enorme. Seguía siendo oronda y las alas eran pequeñas en relación con el cuerpo pero la extensión de la cola le daba un aspecto parecido al de una raya gigante. Sin embargo, el cuerpo romboidal de esos selacios no superaba el metro de longitud y la lothgar medía treinta.

Enmudecieron mientras el monstruo se contorneaba. Sus movimientos eran lentos, como si nadase.

La lothgar se puso de lado y se dio la vuelta hacia el acantilado. Al ser tan grande, su maniobra requirió un espacio considerable y no los vio. Pasó a cinco metros de ellos y desapareció tierra adentro.

Se levantaron temerosos. Esos seres crecían por lo que ingerían y lo mastodóntico de ese ejemplar hacía pensar que se habían engullido no solo a la población de Ma sino a la de toda Talatoya. Alba entendió que las lothgars retaran a los ghak. Era previsible que creciesen. Las que había visto nacer en el Na Patarra eran menores que las que había en la calle cuando se encontraron con Yert. No obstante, tal gigantismo la superaba. Aunque sospechase su evolución, no estaba preparada para verla.

Escuchó un ruido; Steamcarbine se movió: Yert miró la parte trasera de la caja.

—Está sucediendo de nuevo —dijo Yert.

Alba no entendía. Echó un vistazo por encima del hombro para averiguar qué sucedía y vio que las múltiples ruedecillas y mecanismos que componían la carcasa de Steamcarbine se movían. Lo que parecía fijo o pintado cobró vitalismo.

Alba, que había temido la proximidad de la lothgar, se sintió reconfortada. Asoció los mecanismos de la Steamcarbine a un reloj y ella, por analogía, se comparó con una saeta porque dio un paso adelante aupada por una energía ajena.

Alba miró hacia delante. Quedaban cuatrocientos metros hasta el puerto.

—No tenemos tiempo que perder —dijo tomando las riendas de la expedición.

Delia los rebasó.

—¿Qué hace? —Alba se dirigió al anciano.

—No la perdamos de vista —aconsejó Yert animándola a ir detrás de la rubia que estaba a unos diez metros—. Tiene las llaves de las motos.

—¿Cómo que tiene las llaves? —se ofendió Alba—. ¡Creía que las llevarías tú!

—Lo intenté —se justificó Yert—. Pero me las quitó.

Alba negó con la cabeza. No pensaba que Yert fuera tan iluso. Lo mejor hubiese sido que él llevase las llaves. Se trataba de dos llaveros y al menos uno de ellos tendría que habérselo quedado. Era un grave error.

Yert y Alba, resignados, siguieron a Delia y continuaron adelante con miedo en el corazón.

El sendero era estrecho e irregular; había tramos en los que era indistinguible del acantilado. Torcieron a la izquierda y apareció Ma.

La costa estaba desordenada. Había vehículos bocabajo y estampados contra las paredes. Las casas estaban demolidas y a algunas les faltaban pisos como si Gamera las hubiese mordido. No obstante, no se veían lothgars, ni batyars ni huevos. Alba sospechaba que Ma sería pasto de esos bichos pero parecía haber sufrido un bombardeo más que una invasión de quimeras.

Siguieron. Delia iba varios metros por delante enarbolando las dos pistolas. A Alba le recordó a una chica disfrazada de vaquera buscando ligue en Halloween.

La de pelo anaranjado miró arriba. El sendero estaba en medio del acantilado coronado por las ruinas de la antigua

Ma. De lejos, las reducidas construcciones tenían formas arquitectónicas pero de cerca eran piedras deformes. El sol, que golpeaba la parte anterior de los monolitos, los oscurecía a sus ojos. Alba se puso las manos de visera para contemplarlas pero una voz insufrible la perturbó:

—¡Veo las motos de agua! —gritó Delia señalando la costa.

Alba y el Tortuga le exigieron silencio con un *chisssss* al que no dieron potencia para no llamar la atención de los monstruos.

Observaron las motos. Seguían intactas aunque había muchas embarcaciones flotando en la bahía de Kuatar. Algunas se estaban quemando y otras se habían convertido en maderas apelotonadas. Alba reconoció las motos como las que habían empleado para ir a Uriutbur. Estaban al inicio del puerto, tal y como las habían visto desde la sala *Nothing Else Matters*, y situadas entre dos barcos destruidos. Solo les faltaban trescientos metros hasta ellas. Parecía sencillo. No había monstruos a la vista y las motos estaban relativamente cerca pero...

Vieron una sombra. Se dieron la vuelta y una blanquecina lothgar de cuarenta metros descendió de lo alto de las ruinas y se plantó ante ellos batiendo sus alas negras. El bicho, de ojos estirados verdes, emitía el gruñido que encarcela una garganta rabiosa. De repente, como si un millar de elefantes barritaran juntos, emitió un grito que se convirtió en viento y movió sus cabellos y prendas.

Yert y Alba se pusieron en guardia. Observaron los ojos verdes de su enemigo y la forma irregular de su mandíbula; sus cientos de dientes estaban mal distribuidos.

Se escucharon unos disparos. Delia, contrariamente a todo lo previsible, no se había amilanado, se acercó y vació el cargador contra la lothgar. Disparaba a la brava pero la hería.

361

Un tambor entero podía tumbar a una lothgar recién nacida pero nada podía hacer con aquel ejemplar. Aun así, las balas la hacían retroceder.

—¡Vámonos! —gritó la rubia.

Aprovechando el desconcierto, Delia corrió hacia el puerto y Alba y Yert la siguieron a varios metros de distancia. Por detrás, se escucharon los alaridos de la lothgar y sus movimientos remachados con el silbido del viento.

Yert

El Tortuga ocupaba el último puesto. Miró atrás y la lothgar se acercaba. Iba a alcanzarles. Los disparos de Delia solo la habían despistado. El monstruo desplegó la cola, la torció en el aire y lanzó el aguijón contra el anciano. Avieso, Lumière se detuvo y evitó el impacto pero el aguijón rompió la roca ahondándose en el acantilado y separando a Yert de sus acompañantes.

La cola, que medía de ancho lo que el anciano de altura, intentó salir de la roca entre convulsiones, pero no pudo. Estaba atrapada.

—¡Lumière! —Alba gritó desde el otro lado de la cola.

El anciano vio conmiseración en sus ojos y asintió.

—¡Continúa adelante! —le aconsejó él.

Alba, detrás de la cola retenida y convulsionante, negó con la cabeza y, temblorosa, desencajó la escopeta de Steamcarbine con la intención de disparar.

—¡No! —exclamó Yert—. ¡Corre! ¡Delia tiene las llaves y no va a esperarte!

Delia no se había detenido; corría sin mirar atrás. Yert estaba convencido de que subiría a la moto de agua sola sin esperar a nadie. Tuvo que haberle arrebatado las llaves y a Alba el collar en su momento. ¡Crasos errores! Definitivamente, no sabía imponerse.

Alba sollozó, bajó la cabeza y, contra su voluntad, se largó.

Yert sonrió. Estaba solo. Como siempre.

La lothgar aun intentaba sacar el aguijón embutido en la roca. Por un lado, era positivo porque estaba atollada pero por el otro impedía que Yert avanzara. Mientras evaluaba qué hacer, algo se aproximó por detrás; apercibió el sonido de unas alas moviéndose. Rápidamente, sacó el Axl Yman, se dio la vuelta y vio a otra lothgar. Yert maldijo su suerte. Retar a un monstruo era temerario pero enfrentarse a dos era quimérico.

La lothgar recién llegada fue hacia su hermana renqueante y prisionera. Por el tamaño, se trataba de la misma que habían visto antes y que, por suerte, no los había localizado. Cuando apareció por primera vez evaluaron que era gigantesca pero la que tenía el aguijón clavado en la roca la superaba.

El segundo monstruo emitió un ruido sin parangón en el reino animal. Yert esperaba ser atacado pero sucedió algo inesperado.

La lothgar recién llegada, la menuda, atacó a la mayor. Le mordió en la cabeza y se llevó parte de su rostro. La menor se tiró sobre su hermana y empezó a aguijonearla.

Yert no salía de su asombro. Recordó el mito de los gusanos. Había muchas lagunas y entre ellas, el fin de su ciclo evolutivo. No podían multiplicarse hasta el infinito sin ningún fin. Ahí tenía la respuesta. Las lothgars, una vez alcanzado un tamaño concreto, se comían entre ellas.

La lothgar pequeña crecía a medida que se zampaba a la mayor. Lo que en un cuerpo ordinario requiere días, meses y años, en el de las lothgars se producía de inmediato. El cuerpo mayor ampliaba al pequeño; se confundían en uno. Por otro lado, la lothgar que estaba siendo atacada no ofrecía resistencia a esa carnicería.

El mar y las rocas se embrutecían del líquido verdusco que corría por las venas de esas seres.

Yert sintió náuseas: la explicación del *Huktur-Akkim* cobraba sentido: "(...) lothgars que se alimentan de carne para reunir la energía necesaria y resucitar a Mutghar. La última lothgar, la que resuma el poder aglutinado por sus hermanas, será el cuerpo que albergue el narciso espíritu del dios estigio."

Debía aprovechar la ingesta entre los monstruos y huir. Yert se descolgó a Axl Yman, la acarició y emergió un gran cuchillo en forma de cimitarra en la punta. Con destreza, y como si estuviera abriéndose paso entre la frondosidad de la jungla, golpeó la cola atrapada liberando gritos que pugnaban con los de los bichos. A cada estocada, la cola liberaba la sustancia verdosa que les hacía de sangre salpicándole y embruteciéndole. La cola atrapada se contorneaba. No podía saltarla ni rodearla; solo podía destrozarla. La piel del monstruo era fláccida, apenas ofrecía resistencia; era una masa frágil y voluble como si fuera un insecto con obesidad mórbida. Pese a ello, la cola no se rompía. Aguardó un momento. Los monstruos le ignoraban. La lothgar libre arremetía contra su pasiva hermana removiendo el agua.

Observó la cola. Se había convertido en un hueso parecido a una columna vertebral con trozos de carne aun pegados. Había destripado la pequeña parte de la cola que obstruía el sendero; el resto continuaba moviéndose mar adentro. Pudo apreciarse la delgadez del hueso en relación con la gruesa capa de grasa y carne.

Yert escondió a Axl Yman, dio unos pasos atrás y, cuando estuvo a una distancia adecuada, corrió hacia la cola, dio un salto, extendió la pierna, su pie alcanzó el hueso y lo resquebrajó.

La lothgar desmembrada aulló. Yert cayó aparatosamente en el suelo, al otro lado de la cola. Se levantó, se apartó unos metros y analizó el enfrentamiento.

La pequeña aguijoneó a la otra y las dos cayeron en el mar levantando cortinas verdosas de espuma que obligaron a Yert a cubrirse. Las gotas eran pesadas, como si fuese *blandiblu*. Cuando terminó de llover la mezquina mezcla de agua marina con sangre de lothgar, en el agua había un solo cuerpo mayor que los dos anteriores. La nueva lothgar intentó levantarse pero sus alas aun crecían. La mitad de su cuerpo estaba cubierto por el agua; era tan grande que la profundidad costera no la cubría.

Yert debía afanarse. Reanudó la carrera; faltaban menos de trescientos metros para llegar al puerto.

CAPÍTULO 35
LAS DOS ÚLTIMAS

Talatoya, Ma
Julio 2016 d.C.
Miércoles

Alba

Había corrido hasta perder a Yert. No tenía esperanzas de que hubiese sobrevivido. Delia, más rápida, estaba cincuenta metros por delante. Alba, con cuerpo enclenque y pecho abultado, no podía alcanzar a una chica alta y atlética que no se perdía una sesión de *spinning*. Pensó en lo cobarde que había sido. Lumière las había auxiliado y ella no había movido un dedo por él.

Quedaban cien metros hasta el puerto y tras una carrera de veinte metros alcanzarían las motos de agua. Delia cada vez se alejaba más pero, ante ella, un engendro se alzó silenciosamente desde la parte inferior del acantilado como una cortina de humo. La aparición se interpuso entre la rubia y el puerto. Su cuerpo blanco y su gruesa cola se movían sigilosamente mientras el oleaje silenciaba el aleteo.

Esa lothgar superaba a todas las otras.

Delia

Delia corría sin mirar hacia delante. Tenía miedo de encontrarse con esos monstruos y observaba al suelo concentrada en esquivar las vicisitudes del sendero. Le tenía sin cuidado que Yert y Alba no la siguiesen; ella tenía las llaves y no pensaba ayudarlos. Ya había hecho suficiente disparando a la lothgar pero no lo había hecho por ellos sino para beneficiarse ella. Solo le faltaban unos metros para superar el acantilado y saltar al puerto. Pensaba en lo bueno que sería sentarse en la moto. Se recreó en la sensación que tendría al acelerar y dejar atrás Talatoya. El placer iluso la hizo desconectar. No obstante, una sombra negra, que no era una nube, ocultó el sol.

Se paralizó ante la magnánima negrura. Sus piernas languidecieron. Timorata, miró arriba y, en contrapicado, contempló la lothgar más grande que había visto hasta el momento. Sus patas, apenas visibles en las crías, superaban el tamaño de un hombre y en su boca cabía el mayor yate del puerto. Sus alas eran grandes velas membranosas y su cola, de más de cien metros, era tan gruesa como la AP-7. Medía más de setenta metros de altura por unos cincuenta de ancho con las alas extendidas.

La lothgar se irguió, miró abajo y vio a Delia. El monstruo bajó la cabeza hasta casi tocarla. Delia, llorosa, vio de cerca sus gigantescos ojos verduscos que reflejaban el sol con turbia brillantez. La lothgar subió los labios y descubrió sus dientes prietos. Su cabeza medía lo que una casa y sus dientes lo que una farola. Emitía un rugido agudo e iracundo.

La lothgar levantó la cabeza. Delia, haciendo acopio de toda su valía, se dio la vuelta y corrió torpemente en dirección contraria, sabedora que, por detrás, no podía controlar lo que podía suceder.

La lothgar abrió la boca y se propulsó de cabeza contra Delia.

Pero una ráfaga de vapor lo confundió todo.

Alba

Alba vio la escena a cien metros. La grandeza de la lothgar convertía el acantilado en un pedrusco. Delia le había dado la espalda al monstruo y corría hacia ella. El monstruo, con la boca abierta, iba a engullírsela.

La chica del pelo naranja asió con firmeza a Steamcarbine, acarició el gatillo y sintió los mecanismos movientes del arma. Durante su leve instrucción había aprendido que la única manera de controlarla era contextualizando con ella. Debía entenderla y, en cierta manera, dejarse llevar.

El punto azul del cañón se encendió y se escuchó el sonido que aglutinaba el poder demoledor del vapor.

Alba apuntó hacia delante y a través de la mirilla focalizó a la lothgar. Delia corría y, por detrás, el monstruo gigante bajaba su robusta cabeza hacia ella. ¡Iba a tragársela!

Debía darse prisa. Se cercioró de que tenía el objetivo fijado, presionó el gatillo y una ráfaga de vapor hirviente atravesó el sendero.

Alba intentó resistirse pero no pudo controlar la sacudida y, violentamente, cayó al suelo. Estuvo un momento tirada sin saber el resultado de su ataque.

Se levantó dolorida. Una cortina de vapor lo tapaba todo. No veía a Delia pero el monstruo se había retrasado. ¡Le había dado!

Alba tembló y Steamcarbine tintineó con el movimiento impulsivo de su cuerpo.

El vapor se disipó y ojalá nunca lo hubiese hecho porque, desde entonces, lo que vio nutrió sus pesadillas.

La lothgar había retrocedido, se había elevado y se estaba recuperando de la ráfaga vaporosa. Delia estaba a cincuenta metros y seguía andando hacia Alba; su ropa y su piel humeaban. Estaba llena de manchas rojas y su cabello ardía. No solamente había dado a la lothgar sino también a la rubia.

La piel de Delia se descomponía a cada paso. Los trozos de carne caían al suelo a cada zancada. La había asado.

Delia y Alba se miraron. Alba negó con la cabeza, incapaz de soportarlo.

Delia

Delia observó que su mejilla derecha caía y se detuvo. Estaba cubierta de quemaduras. Se miró las manos. La carne de los dedos se estaba desgajando de los huesos. Era como si la hubiesen bañado en ácido sulfúrico. Sentía dolor pero estaba extendido por todo el cuerpo y no podía racionarlo. Más allá del peligro que tenía a las espaldas, pues la lothgar estaba recuperándose, pensó que su sueño de ser modelo de lencería se había quebrado.

Enfadada, Delia miró al frente y vio a la de pelo anaranjado. Alba se había petrificado. Delia tuvo tiempo de enjuiciarla. Sanguinolenta, la señaló con un dedo que solo era un hueso. Movió la boca y se vieron los movimientos de las fibras asándose. Le cayó la nariz al suelo y sus ojos se cerraron por la fundición de las cejas.

−¡Te has salido con la tuya! −Increpó Delia.

−¡Ha sido un error! −se justificó Alba sollozando−. ¡Solo quería ayudar!

−¡Eres una...! −Delia iba a insultarla pero se escuchó un ruido atronador por detrás que silenció la palabra que identificaba el oficio más antiguo del mundo.

Alba

La niebla se difuminó. La lothgar alcanzó altura y emitió ruidos parecidos a los de una ballena. Alba dio unos pasos atrás sin apartar la mirada de Delia. La imagen era repulsiva pero se responsabilizaba de ella. La rubia la reñía pero Alba no escuchaba lo que decía; solo veía a una mujer ensangrentada que la señalaba con un dedo huesudo mientras su piel se derretía.

Miró arriba. La lothgar encorvó el cuerpo hacia abajo, abrió su colmilluda mandíbula y descendió. Iba a por Delia.

Entonces, Alba recordó que si se comían a Delia también desaparecerían las llaves de las motos. Intentó averiguar dónde las guardaba pero no vio indicios.

Timorata, se acercó a Delia mientras la lothgar descendía.

—¿Dónde están? —preguntó Alba sollozante—. ¡Las llaves!

Delia dio un paso adelante y la mejilla izquierda se le desparramó sobre el pecho. Era una masa sanguinolenta y moviente. Alba sintió el olor a carne quemada y estuvo a punto de vomitar. Odiaba a Delia, incluso en ese estado era incapaz de ayudarla.

—Si yo muero —dijo la rubia mientras la mandíbula se desmontaba—, ¡vosotros también!

Entonces, su tripa se descoyuntó y su cadera se torció. Continuó viva pero con la columna vertebral torcida a la izquierda como si estuviese agachada pero de lado; era como si ejercitara los oblicuos pero con la inclinación de un ángulo recto. La pose hizo que el bolsillo derecho se rompiese; el hueso de la cadera se salió y destripó el pantalón. Por el hueco asomó un objeto brillante. ¡Las llaves!

Alba corrió hacia ella. Por arriba, la lothgar estaba a pocos metros. Su sombra había ocultado el sol y su aleteo equivalía al de un enjambre millonario de abejas.

Alba hizo tripas corazón, alargó la mano y asió las llaves. El monstruo en el que se había convertido Delia intentó evitarlo pero su mandíbula se le cayó y su lengua vagó desconcertada en busca de la cavidad bucal inferior: no podía hablar.

Una vez con las llaves, dedicó una última mirada a Delia y se prohibió sentir lástima. Corrió en dirección contraria. Escuchó unos ruidos, que eran los intentos de Delia de insultarla con una lengua que no podía articular palabras.

La lothgar alcanzó a la rubia, se la zampó con piedras del sendero provocando una ventisca de desechos. Alba, que había logrado distanciarse lo suficiente, colgó la escopeta de Steamcarbine, se guardó las llaves en el bolsillo y se puso las gafas de aviador. La ventisca se aproximaba y albergaba piedras, hierbas y los desperdicios turísticos que estaban escondidos en el paisaje. Latas, plomos, cañas, envases de plástico... Se protegió con los brazos y los escombros impactaron contra ella. Las piedras afiladas le hicieron pequeños cortes y los mechones de su anaranjado cabello que quedaban por debajo del gorro fueron vapuleados.

Después de unos segundos, el viento se calmó. Alba bajó los brazos pero conservó las gafas. Sus antebrazos, protegidos por los grandes guantes habían salido ilesos pero los bíceps y tríceps estaban llenos de filamentos rojizos. Sintió escozor pero había algo más apremiante. El monstruo; ¿dónde estaba el monstruo?

La lothgar estaba a medio centenar de metros y había embutido la cabeza en el acantilado, sobre el sendero, la única vía de comunicación con el puerto. ¡No podrían alcanzar las motos! Su rostro no se veía porque estaba inmerso en el gran agujero que ella misma había creado. La cola, que superaba la altura del acantilado, golpeó las ruinas superiores de la antigua Ma. Las viejas piedras cayeron y se destartalaron contra la punzante roca costera.

Alba se dio la vuelta para huir en dirección contraria pero impactó contra un cuerpo y se detuvo. Exasperada, gritó antes de saber lo que le obstruía el paso. Cerró los ojos. Unas manos envolvieron sus muñecas y una voz familiar la calmó:

—¡Eh! —exclamó Yert.

Alba, que lo tenía por muerto, abrió los ojos y vio al anciano con el monóculo y la caña de bambú colgándole de la espalda. Estaba lleno de mejunje verde pero seguía vivo. Lo abrazó. Se había sentido terriblemente culpable. Haber abandonado al anciano había sido vil pese a que él la había animado a hacerlo.

—¡Tranquila!

Alba que era más alta que el Tortuga, tenía la barbilla apoyada en su hombro. De esta manera, pudo ver que, por detrás, aparecía otra lothgar. Alba soltó al anciano y Yert volvió la vista atrás.

—¡Se ha comido a su hermana y ha aumentado de tamaño! —Informó el paleógrafo.

Alba valoró que era mucho mayor de lo que recordaba aunque no era ni la mitad de volumétrica que la que se había comido a Delia.

—¡Dios Santo! —Yert señaló hacia delante.

Alba se dio la vuelta. La gran lothgar había sacado la cabeza del hoyo y les observaba. Estaban rodeados. El sendero estaba reducido y volver sobre sus pasos era imposible porque había otro ser cuyo tamaño era comparable al de un vagón de mercancías. Estaban rodeados. No podían ir ni hacia delante ni hacia atrás.

—Se comen las unas a las otras. —Estipuló el Tortuga mientras las lothgars se aproximaban.

—Tampoco desprecian la carne humana. —Alba recordó la muerte de la rubia pero no lloró.

—He visto cómo se engullían a Delia. —Yert tampoco parecía afectado—. Aun así, su prioridad es zamparse entre ellas —alegó Yert—. He descifrado la incógnita de su evolución.

Alba y Yert se fijaron en las lothgars. Si hubiesen querido comérselos ya lo habrían hecho pero se aproximaban analizándose una a la otra.

—Son las dos últimas —anunció Yert—. Por eso no las veíamos volar sobre la ciudad. Una vez terminaron con la población su objetivo eran ellas mismas. Ahora entiendo.

Yert empalideció porque había hecho una insana conexión.

—¡Debemos irnos! —gritó Philip Aldous Lumière—. ¡Lo que despertará en Talatoya excede el poder de cualquier ser de este mundo! ¡Se comen entre ellas pero sin resistirse! Antes, la mayor se dejó comer por la pequeña. ¡Están siguiendo un plan!

Yert cogió a Alba de los hombros y la zarandeó. Ella, cuerda, se zafó.

—¿Y cómo llegamos a las motos ahora que el camino ha desaparecido? —Alba se puso nerviosa.

La lothgar mayor se acercó. Uno de sus ojos estaba enrojecido debido al vapor de Steamcarbine. De sus dientes colgaba una pierna de Delia. Con un movimiento rápido, se la embutió en la boca y se la engulló. El monstruo miró enfrente. Por debajo estaban Yert y Alba y por delante, la otra lothgar. La que había perseguido a Yert estaba como sedada. La lothgar mayor los ignoraba, movía la cola y salivaba mirando a su hermana.

—¡Tengo una idea! —terció el anciano.

El Tortuga dio un paso al frente y se puso al borde del acantilado. Alba lo imitó. Por debajo, a más de quince metros, había piedras esparcidas por el mar con que era difícil determinar la hondura. Si querían evitar caer sobre ellas debían saltar con fuerza y rezar para que la parcela de agua que alcanzasen fuese suficientemente profunda para no darse contra el fondo.

—¡Saltaremos! —Yert verbalizó la idea pero Alba no estaba convencida.

Alba y el Tortuga se echaron para atrás. Alba sintió un peso en el corazón. La franja espumosa con rocas era amplia y debían propulsarse al máximo para no hacerse pedazos. Alba se detuvo.

—¿Qué sucede? —preguntó molesto el anciano.

—No lograremos saltar tanta distancia. Pero sé cómo podemos evitar caer sobre las piedras.

—¿Cómo? —preguntó el Tortuga.

Alba desajustó el fusil de Steamcarbine.

—¡Agárrate!

El Tortuga la miró confuso pero Alba lo asió de la cintura. Se lo llevó hasta el borde del acantilado, saltó y en el descenso se aproximaron a las piedras puntiagudas: iban a caer sobre ellas. El Tortuga cerró los ojos. Aunque en el aire se soltase, se desmembraría y solo podía confiar en "agarrarse" tal y como Alba le había sugerido. Fueron salpicados por las olas atomizadas. Iban a morir pero la de pelo anaranjado encañonó Steamcarbine hacia abajo, descargó el vapor y al contactar con las piedras quedaron suspendidos en el aire. Alba dio un segundo cañonazo y se orientó hacia el mar. La humareda creó una parábola. Cuando estuvieron a una distancia considerable de la costa, en un punto seguro y profundo, Alba liberó el gatillo y cayeron al agua con gran alboroto.

CAPÍTULO 36
RAQUS

Talatoya, Ma
Julio 2016 d.C.
Miércoles

Alba

Alba abrió los ojos bajo el mar. El fondo quedaba lejos. En frente, donde las olas se rompían, había una insuperable capa de piedras; si hubiesen saltado como había dicho Yert se habrían roto la crisma. Se sintió aliviada y braceó para impulsarse hacia arriba. Bajo el agua, el peso de Steamcarbine era mayor. Empleó toda su fuerza pero no avanzó. La capa cristalina de la superficie parecía cercana pero cubrirla con esos *hándicaps* era harto difícil. Se puso nerviosa y se hundió. Perdió la cadencia del nado y movió las extremidades incoherentemente. Le faltó el aire; iba a ahogarse.

Embotada, recordó cuando se introdujo en la cavidad submarina llena de coral. Las paredes eran coloristas pese a estar sombreadas por las grandes piedras superiores. Solo habían pasado unos días y todo había cambiado. Ella solo quería gozar del agua límpida y del paisaje submarino. Sí. Se había encontrado con un collar. Su recuerdo se detuvo en ese maldito momento en que lo asió del agua. Estaba agarrado a una piedra puntiaguda como si fuera un busto. Se vio descolgándolo de nuevo pero esta vez, en un plano superior y juicioso:

−¡No lo toques!

Alba no podía controlar su *alter ego* que sacó del mar la joya y miró hacia arriba donde estaba la consciencia de Alba ahogándose. La chica, ella misma, parecía una extraña... y sonrió macabra.

Unos fuertes brazos la llevaron hacia arriba. Identificó la ropa de Yert. Mientras la subía, Alba se alejaba de su *alter ego* paralelo. La realidad y el recuerdo enviciado de sí misma se yuxtaponían.

Yert y Alba salieron a la superficie y aspiraron todo el aire que sus pulmones fueron capaces de albergar. Yert, que llevaba a Axl Yman colgando de la espalda, ayudó a Alba a mantenerse a flote. La de pelo anaranjado nunca había estado tanto tiempo debajo del agua y había sido espantoso. Su cuerpo resucitó poco a poco aunque necesitó amoldarse a la realidad. Un gesto de Yert la espabiló. El anciano intentó quitarle Steamcarbine para que pudiera nadar pero Alba se lo impidió con virulencia:

−¡No me toques!

Yert claudicó y continuó sujetándola. En tierra había valorado que Steamcarbine pesaría unos veinte kilos pero a medida que se acostumbraba parecía pesar menos. Sin embargo, en el agua, su peso parecía multiplicarse. Alba confirmó la destreza del anciano; era capaz de mantenerla a flote junto con sus armas. Ignoraba de dónde sacaba esa fuerza pero quizás más adelante tuviera la oportunidad de preguntárselo.

−Gracias −dijo Yert.

Alba no le entendió, rebobinó unos minutos atrás y dedujo que era por haberse lanzado desde el acantilado con Steamcarbine apuntando a las rocas. Alba se sintió extraña. Era la primera vez que hacía algo por el prójimo. Ni siquiera daba limosna a los críos que desfilaban con la cestilla en la iglesia. En un impulso había asido al Tortuga, había pensado en emplear la Steamcarbine y lo había salvado.

Cargar con el arma era funesto pero era bellísima. ¿Cómo deshacerse de ella?

—¡Lumière! —gritó Alba señalando el acantilado. Yert la asía de la espalda como si fuera un socorrista—. ¡Mira eso!

El anciano giró la cabeza, el acantilado sur quedaba cincuenta metros. Las dos lothgars habían llegado donde antes habían estado ellos. De no haber saltado ahora estarían muertos. Se estudiaban pero no había ira, solo una críptica fascinación mutua.

—¡Tenemos poco tiempo! —exclamó Yert.

—¿Poco tiempo para qué? —preguntó Alba escupiendo agua salada.

—Se nutren entre sí. —Yert braceó de espaldas cargando con la chica, que a la mínima tragaba agua y se hundía—. Esto explica las palabras del *Huktur-Akkim* cuando se refiere a la última lothgar. No tenía sentido si su objetivo era solo multiplicarse y causar estragos.

Alba intentó racionarlo.

—Entonces, si el fin de los batyars no es simplemente destruir ¿cuál es?

Alba recordó una frase: *Homo homini Lupus* de Tito Maccio Plauto cuya traducción era "el hombre es un lobo para el hombre".

Había cien metros hasta el puerto y el mar estaba constelado de fragmentos de barcos hundidos. Yert, con Alba a cuestas, fue en busca de un mástil flotante que en su día había pertenecido a una florida embarcación. Lo cogieron y Alba pudo descansar. Moviendo las piernas avanzaron hacia el puerto. Mientras, observaban el acantilado. La gran lothgar envolvió a la pequeña con la cola como si fuera su retoño. Supuraban una disparatada familiaridad. Por otro lado, no había atisbos de violencia. Esas lothgars nada tenían que ver con los agresivos ejemplares que se habían encontrado dos días antes.

—Ahora solo son peligrosas cuando están solas. —Valoró Yert.

Llegaron al puerto. Yert subió al mástil y saltó a la tierra. Había una pared lisa de metro y medio entre el mar y la calzada. Alba se sorprendió de su agilidad. Yert la ayudó a levantarse y, finalmente, subieron a la plataforma del puerto donde estaban los amarres. Yert continuó con su teoría mientras Alba respiraba con dificultad por el cansancio:

—La única lothgar que nos ha atacado era la que iba sola. Cuando llegó la otra simplemente se dejó matar. Antes, nuestra carne las hacía crecer pero ahora son enormes y un humano apenas las modifica, necesitan cuerpos mayores, es decir, el de ellas mismas.

—Concentran su energía —reflexionó Alba al recuperarse.

—¡Esto es lo peor! —se exaltó Yert—. Lo que dijo Aaron Parker en Tö-Yhyohep sonsacado del *Huktur-Akkim* dice: "La última lothgar, la que resuma el poder aglutinado por sus hermanas, será el cuerpo que albergue el narciso espíritu del dios Estigio".

Todo encajó. Miraron el acantilado sur ocupado en gran parte por las lothgars. De vez en cuando, sus movimientos tiraban las piedras ruinosas de la antigua Ma en el mar. Eran grandes pedruscos pero en comparación con la magnitud de las lothgars parecían gravilla.

Yert y Alba se hicieron a la idea de lo que acababan de descubrir. La transcripción de Owöd cobraba sentido. Los ghak, que habían reducido a los batyars y a las lothgars antes de que reunieran el poder necesario no habían podido recoger en la historia transcrita en Oakh el significado de las palabras del sacerdote. Los gigantes habían vencido pero los humanos, tristes seres, habían sido el pienso perfecto para su evolución. Una vez alcanzado el nivel de energía necesario solo debían unirse y, en su conjunción...

−¡No podemos entretenernos! −advirtió Yert. Alba tenía las manos sobre las rodillas y respiraba trabajosamente−. ¡Oh no! ¡Las llaves! ¡Las llevaba Delia!

Por un momento, Alba pensó que habían desaparecido con Delia pero la funesta imagen de la rubia con la cintura descoyuntada le recordó que las había recuperado. Tardó en regresar a la realidad; se encalló en la tremebunda instantánea de la joven descomponiéndose. Mientras, Yert, voz en grito, lamentaba su desdicha.

Los gruñidos de las lothgars la despabilaron. Cayó en la cuenta que llevaba las llaves en los bolsillos. Las sacó y le dio el llavero azul a Yert; ella se quedó con el amarillo. El anciano la miró como si se le hubiese aparecido la Virgen.

−¿Cómo las has conseguido?

Alba negó con la cabeza. No quiso explicarse. Si confesaba que había asado a Delia, Yert la reprendería y no tenía ganas de sermones. Le había reiterado que no se armase con Steamcarbine y no deseaba darle cuerda. Igual se lo decía y le quitaba el arma, lo cual no toleraría. Bastante tenía con soportar el peso de la consciencia. Yert había visto cómo la lothgar se engullía a Delia pero se había perdido el asado previo y la recuperación de las llaves. ¡Menos mal!

El silencio de Alba alarmó a Yert. El anciano la cogió de los hombros y señaló el corto camino que les quedaba hasta las motos.

—No importa. ¡Vamos!

Fueron hacia las motos que estaban cerca. Mientras avanzaban, Alba observó el puerto.

Los amarres habían sido arrancados y las casas se habían derrumbado. Había coches, bicicletas y carteles de negocios desvencijados. Todo estaba hecho trizas y en silencio. El único ruido era el de los papeles arrastrados por el viento. Olió a humo y vio fuego en una lancha motora.

Miró por una de las calles que llevaba al centro y vio cuerpos mutilados tirados en el suelo, colgando de los balcones y descuartizados contra las paredes. Las lothgars se engullían a sus víctimas ¿por qué se habían dejado esos cuerpos a medias? Pensó en términos de energía o, tal y como rezaba el *Huktur-Akkim*, de poder. Si las lothgars habían recogido la energía para resucitar a su dios, no sería necesario continuar comiendo humanos. Mutghar les habría indicado que habían alcanzado la cota, no era preciso engullir más y debían ingerirse unas a las otras para aglutinarse en una sola entidad. Las lothgars, en dos días, habían logrado lo que en tiempo de los gigantes fue imposible. Cuando Alba había sacado el collar, las esferas tardaron tres jornadas en abrirse. Sin embargo, las nuevas esferas evolucionaron con más celeridad porque si hubiesen seguido el mismo patrón no se hubiesen multiplicado tan rápidamente. ¿Qué explicación merecía esto? Miró los árboles del paseo marítimo y las copas estaban desnudas como si estuviesen en invierno. Cuando llegaron todo estaba florido. Echó un vistazo a las montañas y no había verdor, todo estaba deshojado. Ma había enrojecido. Unos días antes, las casas eran blancas y solo el leve rojizo del Na Patarra daba color a la ciudad. Sin embargo, ahora, el bermejo se había extendido y era más intenso. Las fachadas estaban pintarrajeadas y el asfalto estaba corroído por ese maldito tinte. Todo estaba siendo alterado. Alba dudó que los gigantes hubiesen conocido esa fase tan avanzada de la maldición.

La isla había necesitado milenios para resurgir de las profundidades y los efectos nocivos de Alzajod-ygüth también habían tardado en manifestarse en Tö-yhyohep. Ahora que los batyars habían asolado la isla, la influencia desde Alzajod-ygüth había aumentado posibilitando una evolución más rápida. Seguro que las esferas que había parido la lothgar en la avenida de moreras se habían abierto en cuestión de minutos.

Por otro lado, la reunión del poder en una sola lothgar podía ser apocalíptica. ¿Acaso abrirían la puerta a...?

Yert la asió de la espalda y la condujo hasta las motos. Alba estaba tan absorta que no podía concebir el peligro.

Las motos estaban en el amarre que tenía al lado. Estaban intactas aunque a ambos lados había embarcaciones quebrantadas y manchadas con la sangre de los acaudalados marineros inexpertos.

Yert saltó sobre la moto azul, puso las llaves en el contacto y la encendió. Apenas hacía ruido.

Alba tardó en reaccionar. Yert la requirió para que montase pero estaba embotada. Desde que se había hecho a la idea de que Mutghar podía entrar en la Tierra, sus sentidos habían abandonado su cuerpo y volaban por la oscuridad del inescrutable universo estrellado. La introducción de Yert al mundo de los ghak se tornó real. Esas leyendas inmemoriales que incluso en Ghüld parecían remotas, se plantaron ante ella con un realismo atroz. Miró arriba, en el cielo, y el día luminoso se envició con una mancha negra. Alba apreció que algo avanzaba irrefrenablemente hacia su dimensión. Se atolondró. Sintió unos susurros; alguien le hablaba al oído desde ese gran agujero abierto en el firmamento.

–¡Eh! ¡Eh! –gritó Yert.

Alba volvió en sí. Había perdido la noción del tiempo y del espacio. Se halló de rodillas en el suelo, mirando con la boca abierta el cielo. No había ningún agujero, el cielo no se había desgajado hacia el negro universo superior. El añil celeste continuaba intacto, los monstruos seguían en el acantilado y ellos estaban en el puerto sometidos a un sol de justicia.

Escucharon unos alaridos. Miraron hacia el acantilado sur y la gran lothgar se abalanzó contra la otra. Fue una arremetida violenta en la que la mitad del cuerpo de la menor fue a parar al interior de la cavidad bucal de la mayor. Con los dientes, le destripó la carne y unos chorros verdosos embrutecieron la tripa de la engullidora, el acantilado y el agua alcanzando hasta casi donde estaban ellos. La pasarela del puerto quedó embrutecida de verde.

Alba se tiró torpemente sobre la moto amarilla, introdujo la llave en el contacto y escuchó el motor que era insuficiente para imponerse al griterío de los bichos.

Encararon las motos hacia el mar y aceleraron. Yert iba por delante. Manejarlas era sencillo, solo se trataba de darle gas. El mar estaba calmo, sin embargo, el apremio no estaba en las condiciones climáticas sino en el horror que se desarrollaba a su derecha.

La gran lothgar daba mordiscos a su hermana y al destriparla se desparramaban ingentes cantidades de líquido. Alba veía con nitidez cómo los dientes de la mayor se hincaban en la menor. La precisión era tan diabólica que era como si todo se desarrollase a un metro cuando estaban a más de doscientos. La asía con la cola y se la comía con saña. Solamente quedaba un trozo de lothgar. Antes de comérselo, la gran lothgar se detuvo dando ritualidad al momento. No solo era un trozo de carne sino la poca energía que le faltaba.

La lothgar se introdujo en la boca el último pedazo del cuerpo de la otra. El bulto cruzó su garganta y al llegarle al estómago, la tripa se coloreó de rojo y amarillo, como si fuera un dragón a punto de escupir fuego.

Hubo una explosión de luz que duró una milésima de segundo y se propagó por todos los sitios. Cuando Alba y Yert fueron alcanzados por la onda expansiva, sus oídos se taponaron. El paisaje cambió. Un filtro verdoso y helado se posó sobre las montañas, la ciudad roja destruida y el puerto.

La última lothgar se transformó. Su tamaño aumentó; la montaña no pudo albergarla y cayó al mar provocando una gran batahola. La luz blanca se extendió en líneas por su cuerpo y el diseño de otra figura se sobreexpuso al del monstruo. La carne se adaptó al molde creado por los segmentos luminosos.

Era un ser compuesto de tentáculos; su cuerpo era una unión de cilindros carnosos que alternaban diversos valores de negro. Sus ojos se reventaron como si fuesen lunas de cristal y en su lugar, aparecieron dos cavidades: no había globo ocular ni pupila, solo profundidad. Era como la cuenca de los ojos de las calaveras aunque sin su fragilidad. Aquello no estaba muerto; acababa de nacer. Desde lo más hondo de esa profundidad, que era la misma que Alba había visto abrirse en el límpido firmamento, aparecieron dos ojos redondeados con la pupila vertical y refulgente enmarcada en un iris que irradiaba una luz verde como la de los batyars y las lothgars. Los segmentos pulposos que eran sus tentáculos se extendieron irremediablemente hasta que esa macabra evolución pareció detenerse. Ahora, ese titán abarcaba el acantilado sur y parte del puerto.

—¡Mutghar! —balbuceó Yert.

385

Alba no podía apartar la mirada del demonio.

El dios gritó. Una onda expansiva vapuleó el mar, pasó por debajo de las motos y alcanzó el otro lado de la bahía donde impactó contra el acantilado norte. Las vibraciones sonoras del dios reproducidas en el agua como un ligero temblor, parecieron volatilizarse cuando tocaron las rocas. Pero no fue así. En unos segundos, esa energía malsana perturbó la tierra. El acantilado norte se vio afectado por un seísmo demoledor. La tierra se fragmentó, la piedras se hundieron en el mar, las casas se derrumbaron como si fueran de papel y las carreteras se borraron absorbidas por la corrosión del relieve.

Alba contempló absorta la destrucción del ala norte de Ma. No se trataba de un cataclismo parcial sino de una insubsanable pérdida. Lo que al hombre le había costado décadas en levantar, estaba siendo aniquilado por un grito que, sin ser alto, proyectaba una energía incontenible. El derrumbamiento del acantilado provocó que la línea costera se difuminase entre la polvareda levantada por la escisión de las rocas y la espuma del mar. Quedaba lejos, a más de un kilómetro de distancia, pero desde donde estaban se podía apreciar la magnitud del desastre.

Por otro lado, la visión apocalíptica la apartaba de la observancia del dios estigio. Seguían avanzando con las motos y Alba, tentada, no pudo evitar volver la mirada hacia el sur, donde Mutghar había hecho acto de presencia. El lugar que había ocupado ahora estaba ennegrecido. Solo permanecía su silueta aureolada por una neblina verdosa pero su cuerpo no estaba. Entonces, esa negrura se convirtió en millones de pequeños puntos que se dispersaron volando en todas direcciones. Alba no supo de qué se trataba hasta que escuchó unos graznidos. Eran pájaros. Algunos se fueron tierra adentro y otros les pasaron por encima en busca del mar. Alba miró hacia arriba y se azoró: eran cuervos y sus ojos eran verdes.

—¡Cuidado! —gritó Yert desde la otra moto.

Alba miró enfrente; estaba a punto de colisionar contra una de las múltiples embarcaciones reducidas que poblaban la bahía. Reaccionó a tiempo, maniobró y sorteó el obstáculo. Alcanzó a Yert cuando la bandada de cuervos los superó.

Inquieta, miró al sur y comprobó que lo que había sido Mutghar se había esparcido completamente en forma de cuervos.

Escucharon otro ruido, esta vez del norte. Alba miró hacia allí; la confusa línea costera se había convertido en una peligrosa conjunción de remolinos y corrientes. El poder que había destruido el acantilado afectaba ahora el agua provocando una creciente superficie oleaginosa que amenazaba con derrumbarles. El ruido de las funestas olas se evidenció. En el norte se había creado un *tsunami* enviciado de proyección lateral que avanzaba hacia ellos.

—¡Aceleremos! —exigió Yert.

Alba obedeció. No habían reducido la marcha pero las visiones de uno y otro lado les habían despistado. Pensó que cuando el Mar de Suf regresó a su cauce después de pasar el pueblo de Israel, lo hizo con esa virulencia. Serían engullidos por las olas. Morirían descarnados por torbellinos de agua. Avanzaban a poca distancia del acantilado sur con que si el *tsunami* los alcanzaba les catapultaría contra las rocas. La salida de la bahía aun quedaba lejos. Alba se acongojó. No había escapatoria.

Escucharon otro grito del dios que ahora era invisible a sus ojos. Retumbó como lo haría una bomba atómica. El sonido de la explosión de Hiroshima no es subrayable si no se observa la nube en forma de hongo. Sin embargo, hay algo especial que late entre bastidores y advierte de la mortalidad desatada.

El firmamento ennegreció. El día soleado se tornó gris.

Temían mirar a la derecha, al sur, donde había aparecido Mutghar; no obstante, el dios se había confundido con los elementos. Estaba en el mar, en las rocas y en el aire. Lo mancillaba todo como aquel petrolero que se hunde y se expande. Alba recordó la profundidad de sus ojos y su verde resplandor.

—¡Alba! —gritó Yert deteniéndose delante de ella—. ¿Por qué te paras?

La imagen del dios la había embotado. No se había dado cuenta y había parado la moto. Alba iba a la deriva, estaba hipnotizada. A medida que recordaba los tentáculos de Mutghar, cobraba consciencia de su grotesquidad.

Alba, que escuchaba a Yert como una voz lejana e irreal, miró atrás. Vio lo que antes había sido Ma detrás de una niebla oscura y verdosa. La ciudad era un abominable recuerdo de un pasado portentoso que en segundos se había ungido con la santidad de Petra.

Mutghar llamó a Alba desde la cobarde invisibilidad. Le susurró que era especial. El dios estaba pletórico, libre en un mundo que deseaba enquistar.

—¡Alba! ¡Reacciona! —gritó el Tortuga despertándola del embotamiento.

La de pelo anaranjado no podía acelerar. Yert, consciente de su falta de reacción, abandonó su moto y subió a la de ella.

—¡Agárrate!

Alba se puso detrás, agarró a Yert de la cintura y este arrancó dejando la moto azul atrás. La niebla verdusca avanzaba apesadumbrando lo que tocaba. Era hipnótico: una concepción distinta de la realidad que se había mantenido a la sombra desde los anales del tiempo.

Mientras, Mutghar le hablaba a Alba en un idioma pretérito enviándole imágenes de un pasado olvidado. Alba lo entendía aunque desconocía su lengua. La imbuyó a soltarse de Yert y le obedeció. Sin embargo, Lumière la asió del brazo. Alba deseaba confundirse con la niebla verde como los ghak devotos del dios profano. Gracias a la explicación velada de Mutghar, lo entendió todo. Los batyars y las lothgars habían sido los instrumentos que había utilizado para abrir la llave del mundo. Los ghak habían logrado detener la plaga pero Mutghar había reunido suficiente energía para reflotar la isla. Los gusanos eran su visado; debían unirse y de esa conjunción nacería el dios destructor. Lo había conseguido; ante ellos se había figurado como un ser iracundo y de macabros principios. Alba no consideró que las intenciones de Mutghar fueran necias. Bajo el influjo de su voz, su regreso era laudatorio. Alba ansió participar en sus rituales, glorificar su nombre y rezar sus plegarias.

Se desconectó del ensalmo. Un destello de sentido común materializado en un chispazo azul la desvinculó del infecto yugo. Miró hacia delante y el morro de la moto rompía una invisible barrera eléctrica en relámpagos añiles.

Yert se alarmó pero no podía detenerse. Temibles corrientes y remolinos procedentes del norte iban a arrollarles si no superaban la bahía. Por detrás, un neófito inmortal ansiaba someterles con aberraciones sin nombre.

Tan solo les quedaba seguir adelante pese a la extrañeza.

Los fulgores se incrementaron. Cuando la moto chispeaba, los remolinos de la izquierda desaparecían, el mar se tornaba parsimonioso y la atmósfera gélida se embellecía con los colores de la tarde.

Estaba asustada. Antes, ansiaba ser sometida por el poder de Mutghar. Ahora, con perspectiva, caía en la cuenta del abismo al que había estado a punto de caer. Sintió vértigo pero halló esperanza en el cambio intermitente del paisaje en atención a los destellos azules.

Hubo una última sacudida cuando las olas del *tsunami* estaban a pocos metros.

La moto dio un salto. La niebla oscura y verdosa, con sus espesos y alargados retortijones como tentáculos vivientes, iba a engullirlos por detrás. Estaban rodeados. Si la moto tocaba el mar, serían pasto de su imbatible enemigo. Fue una milésima de segundo en un único e irrisorio espacio libre de monstruosidad. Alba notó la relevancia de ese momento coincidente con la mayor intensidad del destello azul. Ese instante, que duró lo que un suspiro, pareció largo e intenso. De haber mirado atrás, hubiese visto el movimiento de las lenguas oscuras de niebla.

Finalmente, la moto cayó en el agua y desapareció entre *flashes* azules.

El espacio que ocupaba fue conquistado por la malquista atmósfera envolvente. El *tsunami* ocupó el lugar donde deberían estar ellos y las nubes negras se atolondraron en una rocambolesca unión de tentáculos gaseosos. Entonces, el *tsunami* impactó contra el acantilado sur provocando los mismos daños que en el norte.

Pero el espacio que faltaba por mancillar, antes ocupado por la moto de agua, estaba libre; Yert, Alba y la moto amarilla se habían volatilizado.

La negrura no se había apropiado de lo que anhelaba: Alba se había escapado.

CAPÍTULO 37
TAULAS

XXXXXX
Julio 2016 d.C.
Miércoles

Yert & Alba

Alba y Yert se encontraron, de golpe, en otro lugar.

No había corrientes, ni niebla ni el influjo de Mutghar. El paisaje mudó y el mar se convirtió en una inofensiva superficie de brillantes crestas. El cielo languideció y adoptó un color crema.

Ante ellos, apareció una playa de arena en la que se internaron irremediablemente. No era prudente saltar y debían confiar en que la moto se detuviera, lo cual hizo al cabo de cien metros.

Los dos se sorprendieron gritando y con los ojos cerrados. Alba agarraba con fuerza a Yert. El anciano fue el primero en abrir los ojos y mirar enfrente.

La blanca arena pertenecía a una playa turquesa que se adentraba en la tierra como una lengua. Doscientos metros más adelante, empezaba una superficie terrosa, rojiza, vieja y erosionada. En esa zona, la piedra era irregular y creaba formas inverosímiles. Más lejos, un bosque verde circundaba una gran montaña cuyo pico se escondía entre las nubes.

La paliativa escena era opuesta a la de Talatoya. En una situación normal, hubiese pasado como una imagen de postal pero tras desatar el infierno se antojaba como una deleitosa visión celestial con ángeles medio desnudos entre nubes de algodón.

Bajaron de la moto. Estaban exhaustos. Yert se tiró en la arena y Alba, temblando, recostó la espalda en la embarcación. Habían sorteado la amenaza pero ignoraban cómo y estaban sufriendo las secuelas del insano clímax.

Yert tenía el cuerpo perlado de sudor y Alba tiritaba de frío.

Lumière había estado en muchas batallas pero nunca se las había visto con un dios, lo cual superaba, con creces, todas sus vivencias. Ese diabólico engendro era capaz de doblegar al más temible ejército.

Mutghar se había apropiado de Alba. La deseaba aunque ignoraba con qué fin. Semejante vileza la había embrutecido. Había presenciado acontecimientos dantescos como la muerte de Álex y la de Delia pero nada superaba la visión de ese ser. Recordó sus ojos verdes y su cadavérica tez de donde nacían los tentáculos. Se había dirigido a ella y se estaba recuperando de la fetidez de sus palabras.

–¿Cómo te encuentras?

La pregunta la hizo el Tortuga, que se había puesto de cuclillas ante ella. Alba lo miró con reservas. Le tiritaban los labios. Yert se quitó su desgastado jersey sin mangas y lo puso sobre los hombros de Alba.

Ella asintió agradecida y observó el musculoso torso del anciano que no casaba con su rostro arrugado y su bigote blanco.

El Tortuga miró en derredor. Tímidas nubes blanqueaban el azul celeste. La montaña estaba en algunos puntos nevada y más lejos de la playa de lo que había sospechado. Miró hacia el mar y el agua era clara tocando a la costa y se oscurecía mar adentro. Las gaviotas graznaban. Parecía una imagen promocional de una agencia de viajes. Tan solo había algo distinto: la superficie rojiza de formas extravagantes que precedía al bosque y que tenían a doscientos metros. Yert achicó los ojos para descubrir las formas de las piedras pero la voz de Alba le despistó:

–Lo he oído.

Yert se dio la vuelta y descubrió a la joven abrazándose las rodillas en el suelo.

–¿Qué has oído? –preguntó.

–A Mutghar –desveló con vergüenza–. Quería que me fuera con él.

La explicación de Alba fue interrumpida por una desbandada de pájaros que emergió del bosque. Había cientos; se colocaron encima de la franja rojiza y dieron círculos sobre las rocas informes.

–¿Vamos? –sugirió Alba.

La chica se levantó aunque le costó mantenerse en pie.

–Necesitas reposo –intervino Yert–. Quizás en el bosque haya paz.

–¿Dónde estamos? –preguntó Alba echando un vistazo a la gran montaña.

–Lo ignoro, pero me preocupa más cómo hemos llegado aquí. –El Tortuga buscaba indicios para identificar el lugar–. Vamos al bosque: no hay salida por ahí. –Señaló el mar–. Debemos ser precavidos.

Alba le rebasó. La chica, con los brazos cruzados y con la Steamcarbine en la espalda, avanzó hacia el segmento rojizo de la isla sobrevolado por las aves.

El Tortuga no quería exteriorizarlo pero estaba pletórico. Quizás ni siquiera estaban en la Tierra. Podía haber mil explicaciones pero la más plausible era que habían cruzado una puerta interestelar como la de *Stargate*. Esta posibilidad coincidía con lo que advertía la columna de Oakh. Sin embargo, pese a la referencia escrita de los gigantes, no había oído hablar de tales prodigios en Talatoya. Normalmente, cuando hay portales, existen leyendas sobre desapariciones como en el Triángulo de las Bermudas o en la Mussara. Había leído que surgían peligros insospechados tras un salto espacial. Se emocionó pero se controló. No quería hacerse ilusiones en vano. Intentó evitar la euforia y pensó en Alba. Había algo inquietante en la reacción de la chica. Había confesado que Mutghar le había hablado. ¿Qué tenía Alba para que un espectro milenario se dirigiese a ella?

Yert alcanzó a la de pelo anaranjado y caminaron juntos.

A medida que se acercaban, las rocas cobraron forma. Se trataba de enormes piedras rectangulares que de dos en dos formaban una estructura en forma de T; una estaba vertical y sobre ella descansaba la otra en horizontal. Eran Taulas como las que había en Talatoya y que se atribuían a los ghak. Había una docena y estaban dispuestas en círculo recordando los monolitos de Stonehenge. Alba recordó la que vio en Jasor, cuando tuvo la visión de la guerra con los adeptos de Owöd.

Dejaron atrás la playa y penetraron en la zona rojiza. Se detuvieron en el centro del círculo dibujado por las Taulas. Los pájaros iban tan rápidos que no podía identificarse la especie.

El Tortuga y Alba se dieron la espalda para abastecer todo el perímetro. La circunferencia trazada por las Taulas medía cincuenta metros y la altura de los monumentos rondaba los cuatro metros. En Talatoya había de muy distintos tamaños mientras que allí todas respetaban las mismas dimensiones.

Yert apercibió la energía que había en ese punto. Había visitado supuestos portales pero su radiación era menor. Si habían sido activados cien años atrás, su poder se intuía más que se apreciaba. Sin embargo, en ese círculo se denotaba una refulgencia trotante que desvelaba una actividad reciente. ¿Acaso ese círculo había sido la causa de su viaje en el espacio? Un portal no tenía una forma definida, podía estar constituido por un arco, un sendero estrecho, una cueva o un círculo en el suelo como el marcado por las Taulas. Siempre se había preguntado si esos portales eran fruto de la magia o de la tecnología.

Se escucharon unos ruidos procedentes del bosque. Las copas de los árboles contiguos a las Taulas se movieron. Algo se aproximaba. Era impensable que fuesen seres humanos puesto que podrían llegar a través de la vegetación sin alborotar.

El Tortuga y Alba se pusieron en guardia. No podían escapar; estaban rodeados. Cada uno cubrió su flanco apoyados espalda con espalda. El Tortuga temió que fueran lothgars pero Alba tenía el convencimiento de que no. El dios se lo había explicado en susurros: el cometido de los monstruos había terminado. Se estaba acercando algo distinto aunque eso no aseguraba que tuviera buenas intenciones.

Aparecieron al mismo tiempo. Las últimas ramas de los árboles fueron apartadas por níveas manos gigantescas. Su blancura destacaba sobre las hojas. Echaron a un lado los enormes troncos de las copas con la facilidad con que se corre una cortina. Eran doce seres de grandes proporciones.

Blancos y sin vello. Llevaban el torso desnudo, superaban los cuatro metros de altura y sobre su piel había símbolos, letras y dibujos; podrían ser tatuajes pero su impresión era tan perfecta que parecían grafías arquitectónicas. La cintura estaba cubierta por una escarcela y una falda de loriga; como la parte inferior de una armadura medieval. De rodillas para abajo no llevaban nada e iban descalzos. La altura les estilizaba y convertía la exagerada musculación en algo natural. Sus ojos eran pequeños puntos bajo grandes pliegues. La nariz, la boca y la orejas eran equiparables a la de un ser humano aunque a mayor escala. Su cabello estaba resumido en una gran trenza en la parte trasera estando el resto de la tez completamente rasurada.

—¡Ghaks! —susurró Lumière.

—¿Gigantes? —preguntó Alba. Realmente, guardaban mucho parecido con las estatuas del templo de Ghüld.

Los ghaks llegaron a las Taulas y se apoyaron en ellas como si se tratara de clérigos en altares leyendo las Santas Escrituras. Había doce, uno por taula.

Lumière y Alba seguían en guardia. Los ghaks tenían la mirada fija en las Taulas como si su presencia no fuera relevante.

El Tortuga recibió información a través de medios distintos del lenguaje. Igual que Mutghar había hablado con Alba, los gigantes estaban dirigiéndose a Lumière. Contrariamente a la revelación de Mutghar, el Tortuga se sintió ungido. No había infección ni influjo en su mensaje.

Lumière se arrodilló. Por fin había dado con los seres que había estado buscando durante toda su vida. Recordó los sacrificios que había hecho. Había renunciado a su familia, malvivido por todo el mundo y cometido atrocidades como la de Little Lake. Había contrastado pistas, indicios,

397

testimonios y textos antiguos. Finalmente, todo su trabajo cobraba sentido por una carambola del destino.

Yert se emocionó. Los miró detenidamente. No se notaba su respiración, estaban inamovibles apoyados en las Taulas. Era como si formasen parte de la roca pero no estaban inactivos.

Los doce ghaks levantaron la cabeza a la vez. Con sus pequeños ojos miraron a los que ocupaban el centro del círculo. Uno de ellos, el que estaba enfrente de Lumière, movió el brazo y el Tortuga salió despedido por el aire como si una ráfaga de viento lo llevase. El anciano cayó a diez metros de Alba y perdió la consciencia. Ella intentó ir a socorrerle pero el mismo gigante apretó la mano en un puño y la paralizó.

Los ojos del ghak perdieron la bondad. Frunció el ceño, descubrió sus fauces y gritó en un idioma que Alba desconocía pero que, al igual que sucedió con Mutghar, entendió:

—¿Quién eres? ¿Por qué te desea Mutghar? ¡Te hemos llevado hasta aquí para que nos lo expliques!

Continuará...

ÍNDICE

www.ingramcontent.com/pod-product-compliance
Lightning Source LLC
Chambersburg PA
CBHW030544260626
47157CB00006B/2187